FRANCISCO GONZÁLEZ LEDESMA

Le péché ou quelque chose d'approchant

TRADUIT DE L'ESPAGNOL
PAR ISABELLE GUGNON

W0406283

nrf

GALLIMARD

Titre original :

EL PECADO, O ALGO PARECIDO

© *Francisco González Ledesma, 2000.*
© *Éditions Gallimard, 2001, pour la traduction française.*

COLLECTION SÉRIE NOIRE
Créée par Marcel Duhamel

Parutions du mois

2621. 12, RUE MECKERT
(DIDIER DAENINCKX)

2622. TROUBLES FÊTES
(CHANTAL PELLETIER)

2623. LE NOEUD GORDIEN
(BERNHARD SCHLINK)

2624. POUSSIÈRE DU DÉSERT
(ROLO DIEZ)

2625. EN AVANT LES SINGES !
(PIERRE BOURGEADE)

2626. L'ENNUI EST UNE FEMME À BARBE
(FRANÇOIS BARCELO)

2627. COMME UN TROU DANS LA TÊTE
(JEN BANBURY)

2628. FRANCONVILLE, BÂTIMENT B
(GILLES BORNAIS)

2629. LE PÉCHÉ OU QUELQUE CHOSE D'APPROCHANT
(FRANCISCO GONZÁLEZ LEDESMA)

2630. JUSTICE BLANCHE, MISÈRE NOIRE
(DONALD GOINES)

1

Une question de soutanes

— Vous vous rendez compte, Milady ? s'écria Mme Robles, qui à soixante-quinze ans apprenait l'anglais, non mais vous vous rendez compte, *my teacher* ? Vous qui êtes à Madrid depuis peu, qu'allez-vous donc penser de cette fichue ville ? Figurez-vous qu'en ce moment même, de l'autre côté de la place… vous ne voyez pas ? Vous n'avez pas l'impression que ce monsieur respectable là-bas, un *gentleman, of course*, eh bien… vous n'avez pas l'impression qu'il est mort ? Vous ne trouvez pas qu'il a une posture un peu bizarre pour quelqu'un qui prend le soleil ?

— *Speak english, only english*, murmura patiemment la jeune étudiante de l'université de Madrid, qui donnait des cours d'anglais aux retraités et avait constaté que les élèves du sexe masculin cherchaient plus à lui toucher le cul d'un air paternel qu'à apprendre la langue de Shakespeare. *Only english, if you want to learn quickly*. Que voulez-vous dire ?

— Celui-là, juste en face de vous, *my baby*, vous ne le voyez pas ? *See you just in front, please*. D'après moi, ce monsieur vient de passer l'arme à gauche. Il est *dead*. Il ne bouge pas : *he is very quiet*, un peu trop *quiet* à mon goût. Et ça fait au moins cinq minutes qu'il est dans cet état, je l'ai bien regardé. Son chapeau masque son visage, mais sa tête est affaissée, *the head is underground*, si le terme est correct, *lady my teacher*, vous voyez, *you* voyez bien ! Et il y a autre chose qui m'intrigue, vous n'avez peut-être pas remarqué, mais moi, si. Vous savez qui l'a installé sur ce banc ? Deux jeunes putes, figurez-vous. De manière on ne peut plus délicate, certes, comme pour faire croire qu'il était encore en vie, n'empêche que c'étaient quand même des putes.

— *Only english*, répéta avec douceur la très jeune fille, qui espérait bientôt être payée.

— Vous avez raison : c'était deux *foqui-foqui* girls.

— Oh, mais que dites-vous là ?

— J'en suis sûre, j'ai tout vu. *I see it with the eyes of me, lady teacher.* Et puis… oh mais comme c'est bizarre ! Regardez ! *Do you mean ?* Vous ne voyez pas les deux curés qui sont en train d'enlever le corps ? Ils ne sont pas très discrets. Bon Dieu, que c'est reposant de parler sa langue ! Moi, vous savez, les morts, je ne prie pas pour eux en anglais. Ils l'emportent comme s'il était ivre ou sidéen en phase terminale, et personne ne moufte ! Mon enfant, vous qui n'êtes pas ici depuis longtemps, j'ignore ce que vous allez penser de cette ville putassière où tout le monde a le feu aux fesses et tapine à la première occasion. Vous ne comprenez pas ? Et si je vous parle de *body business*, ça va mieux ? Évidemment, comme ils sont en soutane, personne ne va rien leur dire. Quelle solennité ! On dirait des doyens de Tolède. J'y ai passé ma lune de miel, moi, à Tolède, mais en ce temps-là, les curés étaient plus pieux et gros comme des femmes enceintes ! Ah, ils ont fini par le glisser dans cette belle voiture. Dieu sait ce qu'ils vont bien pouvoir en faire. Ils sont tout de même culottés de s'habiller en curés à l'ancienne, les seuls vrais, ceux qui poussaient leurs chants liturgiques après les repas… mon défunt mari, lui, il appelait ça des chants gastriques. Si encore ils s'étaient déguisés comme il faut… je ne sais pas, moi… en contrôleurs de la R.A.T.P. On voit bien qu'il n'ont pas de *street wardrobe*. Moi, je pense qu'ils auraient pu éviter de s'attifer en *clergymen*. C'est scandaleux !

2

Une question de sexe

— Vous êtes dans une sacrée galère, Méndez, dit l'éminent docteur. Remarquez, moi aussi j'ai des problèmes mais vous, vous filez vraiment un mauvais coton. Prenez votre impuissance, par exemple, et notez bien que je commence par le moins grave.

— Mince alors, c'est pourtant ce qui me semble le plus important, se défendit Méndez.

— Ne le croyez pas. C'est un moindre mal si l'on considère que vous avez atteint un âge presque fatal et aggravé votre cas en prenant de mauvaises habitudes alimentaires à force de fréquenter des gargotes infâmes, le genre de tavernes où le petit ami de la patronne se met aux fourneaux, sans parler des soupes populaires et des maisons closes qui font des rabais à Pâques parce que le client se fait rare. Et puis, tout le monde le sait, il y a dans la soupe populaire des ingrédients hallucinogènes pour faire gober aux gens le taux officiel d'augmentation du coût de la vie. Avec le temps, tout ça finit par faire mal, Méndez. Très mal. Et je ne vous mentionne pas le pire. Je resterai discret sur la dégénérescence de vos neurones noyés dans les alcools du Baix Penedés. S'ils n'étaient pas aussi chers, je vous collerais tout de suite un régime à base de vins de la Rioja.

— Je trouve que c'est un diagnostic plutôt raisonnable, lâcha le vieux policier, mais je me réserve le droit de choisir les appellations. Les vins de la Rioja Alavesa me semblent par exemple relever de la santé publique.

— Je doute qu'ils vous soulagent au lit, Méndez. Vos défaillances remontent à loin, on en parlait déjà pendant les municipales de 1929. Mais ce n'est pas ce qui me préoccupe le plus. Oubliez le sexe, Méndez, sinon vous finirez par en payer la T.V.A. On peut toujours exiger un salaire minimum sauf dans ce domaine-là, croyez-moi. Non, ce qui m'inquiète vraiment, ce sont vos hallucinations. Vous dites que vous ne reconnaissez plus votre ville ?

— Non, mais je ne suis pas une exception. C'est une maladie générale qui finira par être reconnue par la Sécurité sociale. Je ne me retrouve plus dans cette Barcelone postolympique pleine de voies soi-disant rapides, de palmiers africains et d'appartements avec vue sur la mer où des athlètes logeaient encore il n'y pas si longtemps. On m'a même dit une fois qu'en ouvrant un placard, des semaines après les Jeux, quelqu'un était tombé sur un lanceur de poids en train de besogner une sauteuse polonaise assez libérée. Que je me perde dans la ville olympique, passe encore, mais le plus grave, c'est que je ne reconnais plus les quartiers de mon enfance. Prenez la Calle Nueva de la Rambla. Comme vous le savez, doc, on y a toujours vu passer l'ombre de personnes comme il faut : syndicalistes, députés transfuges, putes spécialisées dans les pipes aux partisans de la Lliga et de la Gauche républicaine qui se bituraient à la limonade en leur promettant que leur leader les remettrait dans le droit chemin. En ce temps-là, la culture populaire était à la portée de tous. Dans la Calle Nueva, empire du petit coup du samedi tiré vite fait bien fait et de la bière nationale accompagnée de sa mouche, on vient de dégager une place qui ressemble au désert du Sahara. Quand elles la traversent, les femmes ne risquent plus d'y perdre leur virginité mais de mourir d'inanition ! Et pour créer tout ça, il a fallu démolir, alors évidemment, les marteaux-piqueurs s'en sont donné à cœur joie. Qu'est-ce que vous en pensez ? Moi, j'en dis qu'ils ont foutu en l'air des bars aussi célèbres que le Paraguay, dernier bastion de la bonne vieille gamba, du poulpe séculaire et de la paella gauchisante. Juste à côté, il ne reste plus rien de la Calle de Las Tapias où je verbalisais les putes de cinquante ans qui me poursuivaient par ailleurs pour que je leur paie mon dû. Ils ont juste laissé une cheminée centenaire et une bande de gazon. Un jour, comble de l'horreur, on y découvrira une herboristerie et un restaurant végétarien. Avenida Paralelo, on a rasé l'Apolo et construit un hôtel qui fait mauvais ménage avec les trois belles cheminées de l'ancienne centrale électrique, mais offre toutes les commodités sanitaires aux touristes américaines pour se laver le trou de balle. Non, franchement, je ne reconnais plus ma Barcelone fin de siècle dans cette Barcelone du second millénaire.

— Ce n'est pas ce qui m'alarme le plus, fit l'éminent médecin en hochant la tête.

— Ah non ?

— Non car en fin de compte, à y regarder de plus près, le maire de la ville, les disciples de Sert[1] et les présidents des associations de quartier de la Ciutat Vella souffrent du même *delirium urbanisticum* que vous. Mais dans votre cas ça ne peut pas être grave, Méndez. Ce qui m'inquiète

1. José Lluis Sert (1902-1983) : architecte barcelonais qui a introduit le modernisme dans cette ville dès les années trente. *(Toutes les notes sont de la traductrice.)*

davantage, c'est que vous n'arriviez plus à distinguer les sexes.

— C'est vrai, doc, moi aussi ça m'inquiète. L'autre jour, j'en ai même parlé à un auteur de traités qui a présenté une motion lors d'un congrès international organisé par la clinique Dexeus. Il m'a dit qu'il fallait incriminer le manque de pratique, l'usure des canaux déférents et la baisse d'afflux sanguin dans le prépuce. Mais ne croyez pas qu'il soit parole d'évangile. Sans m'en rendre compte, je suis devenu le principal sujet d'étude de toutes les personnalités médicales de ce congrès, et un autre bonhomme m'a assuré que mon impuissance hautement déclarée ne venait pas du tout de là, mais de la pollution. « Il doit dire vrai », ai-je pensé tout en m'excusant. Figurez-vous qu'ensuite, un troisième spécialiste est venu me dire que mon incapacité à distinguer les sexes était tout d'abord due à mon désintérêt — pourquoi se leurrer ? — et en deuxième lieu à des raisons... disons... sociologiques. Il se fondait sur les témoignages de piliers de bars, de coiffeurs et de boutiquiers. Il était même allé interroger le dernier cireur de chaussures encore en vie dans notre pays, celui qui travaille sur les Ramblas. Tous ces gens lui ont raconté que ce n'était pas ma faute si j'avais ce problème. Ils m'ont défendu avec une verve proche de l'héroïsme, affirmant qu'un homme se différenciait d'une femme par sa tenue vestimentaire, mais qu'à présent les filles les plus normales s'habillaient comme des camionneurs et que les hommes arboraient des pantalons bleu ciel et des chemises taillées dans des tissus aussi fins que des ailes de papillon. Secundo, les cheveux. Même un observateur intelligent s'y tromperait puisque les hommes se font des queues de cheval et que les femmes se rasent la boule à zéro. Troisième différenciation : la barbe, mais avouons tout de suite qu'aujourd'hui, selon les sources citées, pas mal d'hommes ont une peau de bébé ou de geisha qui leur permettrait d'entrer dans un orphéon de sodomites. Quatrième distinction qui relève des choses évidentes et palpables : les seins. « Ah ! les seins ! » se sont exclamés les membres du congrès en reluquant une aide-soignante qui passait justement par là. Qui peut résister à leur doux mouvement, à leurs frottements mutins, à leur saillie magique et fière ? « C'est sûr ! s'est écrié un médecin de la vieille école qui avait dû apprendre son art dans une clinique d'Istanbul. *L'art d'aimer*, d'Ovide, n'est en fait qu'un court chapitre sur l'art de téter. » Le problème, c'est qu'avec leurs régimes diurétiques, les femmes d'aujourd'hui n'ont plus du tout de seins. Difficile de les reconnaître avec leurs cheveux courts, leur cul plat et leurs salopettes d'ouvriers. Bon, d'accord, il reste toujours les boucles d'oreilles, mais les hommes en portent aussi ! Après avoir reçu l'absolution de tous ces grands professeurs, doc, je suis retourné dans les bars, les gargotes et autres cantines où on m'a reçu comme un prince. J'ai même été faire un saut à l'Armée du Salut parce que les femmes qu'on y croise ont des culs pompeux qui sont les fruits du régime méditerranéen et de l'entre-deux-guerres.

— Selon des sondages très sérieux, c'étaient les plus beaux, appuya l'éminent docteur.

La douloureuse consultation — dernier recours de Méndez avant un rendez-vous galant qui devait avoir lieu trois mois plus tard — fut interrompue par la sonnerie du téléphone. Le médecin passa le combiné au vieux policier.

— Venez tout de suite, lui intima la Hiérarchie d'une voix excédée. Vous devriez déjà être là, frais et dispos pour le service.

— On ne me laisse même pas le temps de me préparer au harcèlement sexuel, protesta Méndez. Je suis chez le médecin, figurez-vous.

— Oubliez ça, le pressa son supérieur. Avec les nouvelles lois, vous pourrez bientôt mettre enceinte une employée par semaine. Pour le moment, venez. C'est une question de vie ou de mort. Plutôt de mort.

3

Une question de dignité

Don Alejandro Díaz de Quiroga Manglano y Mesa commença sa journée selon le mode habituel, autrement dit en sortant de chez lui. Il habitait au cœur de Madrid dans un immeuble de la Gran Vía archirentabilisé qui abritait deux pensions, les cabinets d'un dentiste et d'un avocat, le bureau d'un administrateur de biens, le temple d'une liseuse de tarots, la garçonnière d'une grande dame, l'atelier d'un tailleur de soutanes et la boîte aux lettres d'un voyant. Le rez-de-chaussée, aussi bien exploité que le reste, était occupé par les boutiques d'un horloger et d'un bijoutier mouchard, un bistrot, une échope de billets de loterie et une agence pour l'emploi.

Don Alejandro Díaz de Quiroga, etc., gagna la succursale de la banque Bilbao Vizcaya, située à deux pas, et s'arrêta comme tous les matins devant le tableau où s'étalaient les valeurs boursières du jour. Quoi qu'il arrive, celles-ci ne variaient pas de toute la semaine, ce qui portait don Alejandro à croire qu'à moins d'un effondrement des cours ou de la faillite de la banque Bilbao, l'employé chargé d'inscrire les chiffres au tableau était sans nul doute à l'article de la mort. Il prit néanmoins des notes d'un air concentré et s'attarda sur les lieux pour réfléchir, comme s'il s'apprêtait à faire un investissement capital. Ensuite, sans rien changer à ses habitudes quotidiennes, il se dirigea à petits pas vers Callao.

L'ambiance bigarrée le dérangea plus que de coutume. Il se sentait mal à l'aise parmi les badauds, les flâneurs professionnels, les fripiers, les barbiers au chômage, les conseillers financiers qui interrogeaient les poubelles. Il croisa même une prostituée remplie d'un espoir bien légitime qui s'était déportée quelques rues plus haut que la sienne. Bien sûr, il y avait aussi des touristes japonais, ce qui prouvait que la ville avait encore de l'avenir.

Suffoqué par ce remue-ménage, don Alejandro Díaz, etc., avait l'impression de tomber en morceaux. À chaque fois qu'il traversait ce quartier, il éprouvait la même sensation. Il eut envie de descendre jusqu'à la Puerta del Sol, où les larges trottoirs lui permettaient d'observer la population à son aise, mais redoutant le vacarme de cette partie du centre-ville, il préféra se glisser dans son bar attitré, où il commanda un café au lait. L'endroit, minuscule, était en réalité une toute petite dépendance de la loge d'un immeuble, mais don Alejandro y retrouvait le calme regretté des cabines de plage. Comme tous les matins, il sirota son café en se plaignant au patron des faibles rendements des placements à taux fixes, puis sortit acheter l'*ABC* dans le renfoncement d'une autre loge d'immeuble. Cette emplette n'était pas exempte d'esprit utilitaire car sans son journal, il n'aurait pas pu faire dignement la route des poubelles.

La technique utilisée par don Alejandro Díaz Quiroga Manglano y Mesa était simple, quoique savamment étudiée. Il marchait sans se presser tout en lisant l'*ABC*, comme n'importe quel fonctionnaire en service. Quand il tombait sur une poubelle — il ratissait les bons quartiers car même dans les basses tâches, il faut savoir garder une certaine classe —, il feignait d'y jeter son journal, geste parfaitement aristocratique qui démontrait aux passants qu'il n'était pas près de ses sous. Au terme de deux années de pratique, cette hésitation apparente lui permettait d'évaluer le contenu de la poubelle. S'il y décelait un objet de valeur, il récupérait son journal en s'emparant de son butin. S'il n'y dégotait rien d'intéressant, il reprenait pareillement l'*ABC* et poursuivait son petit bonhomme de chemin riche en surprises et en trouvailles historiques, à tel point qu'il se demandait pourquoi l'Office du tourisme ne l'exploitait pas davantage, compte tenu du pouvoir d'achat élevé des gens qui visitaient la ville. Grâce à cette manœuvre astucieuse, don Alejandro gardait la tête haute et les ordures du quartier n'avaient pas de secret pour lui. Cependant, lorsque ses efforts n'étaient pas récompensés par une quête fructueuse, il se gardait d'acheter le journal le lendemain et réutilisait celui de la veille.

Ce matin-là, écœuré par un parcours désespérant, et débarrassé de ses illusions quant à la générosité humaine, don Alejandro se rendit jusqu'à Santa Ana, une place à deux niveaux où les voitures dormaient en sous-sol, et les retraités sur les bancs publics situés juste au-dessus. Don Alejandro Díaz de Quiroga, etc., les connaissait presque tous pour s'être parfois assis en leur compagnie. Mais contrairement à eux, qui ne faisaient rien excepté nourrir l'espoir secret que celui d'à côté trépasse le premier, don Alejandro exerçait une réelle mission de salubrité publique. Pourtant, bien que cette activité n'atteigne pas sa dignité, il répugnait à agir de la sorte et ne sortait cette carte de sa botte que lorsque la route des poubelles avait été désastreuse.

Là non plus le temps ne semblait pas au beau fixe puisqu'il ne croisa aucun de ses contacts, des demoiselles de belle prestance qui escomptaient bien qu'un jour ou l'autre justice serait faite et qu'elles deviendraient alors miss Torremolinos. Dans le fond c'étaient de bonnes filles, animées de cette foi en un monde meilleur dont toutes les putes espagnoles sont les dépositaires. Don Alejandro les retrouvait souvent au bar, où elles avaient coutume de venir boire le dernier café de la matinée avant d'aller travailler chez doña Lorena Dosantos, qui tenait l'atelier de fornication le plus pieux de la ville. Mais ce matin-là, personne n'était au rendez-vous, sauf le mort qui trônait sur la place.

4
Une question de salauds

— Salaud !

Le cri de la femme fut aussitôt suivi d'une claque. Elle hurla de douleur et continua de se défendre, mais on sentait qu'elle avait la gorge nouée.

— Va plutôt demander à ta mère, je suis sûre qu'elle fait ça pour pas cher !

Deux autres claques résonnèrent puis on entendit le grincement d'une porte contre laquelle un corps vient de se cogner. La femme se tut. Elle sanglotait en silence, essayant de ravaler ses larmes.

— Tourne-toi, ordonna une voix masculine.

— Pou… pourquoi ?

— Je veux voir ton cul.

— Quoi ?

— Ne joue pas les idiotes et ne te fais pas plus sainte-nitouche que tu ne l'es. Tu sais très bien que ton cul est ce que tu as de mieux. Il ne te l'a jamais dit, le prêtre de ton école de bonnes sœurs ? Enfin, ce n'est pas tout à fait vrai… tu as aussi une bouche à sucer des bites.

— Et toi, tu as beaucoup mieux que ça.

— Ah oui ?

— Tu as juste la bonne taille pour entrer dans un cercueil que j'ai vu dans une vente aux enchères.

Elle avait parlé d'un ton sec et plein de défi, à croire qu'elle n'avait pas peur. Elle hoqueta avant de reprendre sa respiration.

— Si tu touches à un seul de mes cheveux ou si tu en reparles, je te jure que je vais hurler à la mort.

— Tu peux toujours crier. Ici, personne ne t'entendra.

— Écoute-moi bien, espèce de salaud. Connard. Ça t'est peut-être arrivé d'enculer une fille, je n'en sais rien, mais si tu penses que tu vas le faire avec moi, tu te trompes. Tu peux déjà préparer ton enterrement. Quand il le saura, mon père te tuera. Il te fera brûler vif.

— Je connais bien ton père, ma cocotte.

— Et alors ?

— Il me mange dans la main.

Elle poussa un cri de rage puis de douleur, des gémissements d'enfant acculé qu'on vient de battre. Les talons de ses escarpins crissèrent sur le parquet. De toute évidence, l'homme l'avait poussée et placée de telle manière qu'elle lui tournait le dos.

— Montre-moi ton cul.

— Tais-toi, salaud.

— Ton cul, je te dis.

Il y eut un coup sec, sans appel, et le bruit d'un corps qui s'écroule, un corps tendre et lourd qui fit craquer les lattes de bois. L'homme s'exprima à nouveau d'une voix pâteuse, hachée par le désir et l'excitation.

— J'ai envie de toi depuis que ton père nous a présentés le jour où il est venu te chercher à la sortie de ton lycée catho, pouffiasse. Tu étais encore jeune, mais tu avais déjà du matos devant et derrière : un gros cul et une petite gueule de pute. Je me suis juré de te baiser des deux côtés, en commençant par le cul, et maintenant je vais le faire. Pute, sale pute !

Une brève lutte s'instaura entre eux. Leurs jambes martelèrent le plancher dans un bruissement de soie tandis qu'ils haletaient, le souffle chargé de salive. La femme tournoyait sur elle-même, se défendant bec et ongles. Elle geignit sans pouvoir esquiver une autre volée de coups. Elle fut interrompue par un son jusque-là inédit, un claquement métallique que même un policier mis sur une voie de garage et battu par sa femme aurait identifié comme le bruit d'une arme qu'on charge.

— Mais… qu'est-ce que tu fais ?

— Faisons un marché, sale pute, fit l'homme, apparemment obsédé par ce mot. J'ignore si tu as déjà vu ce genre de pistolet. Comme ça m'étonnerait que les bonnes sœurs t'aient appris à t'en servir, je vais te faire la leçon. C'est un Star BM 9 mm. S'il explose une tête à cinquante mètres, imagine ce qu'il peut faire de toi de là où je suis. Alors choisis.

— Choisir quoi ?

— Première option : tu te conduis bien, tu te mets à genoux sur le lit, le cul bien en l'air, pendant que je te le chatouille et que je le mouille comme il faut. Après je m'en vais et tu te branles.

— Salaud !

— Deuxième option : comme je ne suis pas sûr de bien pouvoir te péter la gueule en me servant de mes mains, je vais le faire au pistolet. Tu seras tellement amochée que tu n'auras même plus de paupières. Tu ne pourras plus fermer les yeux et ton cher papa ne te reconnaîtra pas. Après, si tu continues à faire l'imbécile, je te baise quand même, mais avec le canon, et je te fous une balle dans le trou du cul. Plutôt joli comme programme, non ?

Un long silence s'éleva, brisé par les sanglots contenus de la femme, qui devait faire de terribles efforts pour ne pas hurler.

— Arrête de pleurnicher et dis-moi ce que tu as décidé.

— Tu m'as entraînée ici en me racontant des bobards, tu...

— Ça suffit ! Alors, qu'est-ce que tu choisis ?

— Je préfère que tu me tues !

— Avec plaisir. Ne crois pas que ça me déçoive. J'ai toujours été curieux de savoir comment c'était de baiser une morte.

Un court silence s'ensuivit, puis les talons firent à nouveau grincer le parquet, comme si la femme reculait de quelques pas.

— Non ! hurla-t-elle, terrifiée.

— Alors parle !

— Je... je vais être gentille.

— Tu fais bien, un peu plus et je tirais. Allez, vas-y.

— Qu'est-ce que je dois faire ?

— Soulève ta jupe.

Elle s'exécuta dans une sorte de frou-frou pathétique.

— Baisse ta culotte, enchaîna l'homme.

— Ne me fais pas mal.

— Je ne t'ai encore rien fait pour le moment. Hummm... tu es un beau petit lot. Agenouille-toi sur le lit et relève bien le cul.

Au silence qui s'installa on sentait son hésitation. Les ressorts du lit grincèrent légèrement.

— Écarte-le.

— Quoi ?

— Écarte-le à deux mains, sale pute ! Elles ne t'apprennent donc rien, tes bonnes sœurs ? Comme ça… comme ça c'est bien… Aah…

Les cris de plaisir de l'homme emplirent toute la pièce, mêlés aux mugissements de sa victime.

— Prends ça, sale pute… sale pute, ahana-t-il. Deux employés de ton père t'ont appelée, pas vrai ? David et Alberto… Alberto et David… tiens, sale pute… prends tout… Ils t'ont dit de venir attendre ton père ici. Dommage que je sois venu à sa place. Devine un peu ce que je leur ai promis, à Alberto et David ? Je leur ai dit qu'ils pourraient passer derrière moi, mais ne t'en fais pas, je ne les laisserai pas poser la main sur toi. Ce qui est à moi est à moi, n'est-ce pas, petite ? Tu me sens, là, tu me sens bien ? lâcha l'homme avant de jouir, sans doute un peu trop vite à son goût.

— Non, pas le pistolet ! hurla la femme, qui avait dû se retourner.

— Je t'ai dit que personne ne te toucherait à part moi.

Elle pleurait. Le canon lacérait sa chair, fourrageant son être au plus profond de son intimité, puis on entendit la détonation de la balle assourdie par un écrin de peau soyeuse, de muscles tendus, de membranes salies, de viscères, de matières fécales, de sperme et de sang.

5
Une question de femmes

Tandis qu'il se dirigeait vers la préfecture de police, Vía Layetana, Méndez avait l'impression de se promener en terre étrangère. Les Ramblas conservaient un semblant d'authenticité. Elles étaient toujours bordées d'arbres centenaires et les moineaux y côtoyaient d'éternels pique-assiettes qui traînaient devant les vieux hôtels où quelque conseiller d'Alphonse XII avait dû mourir impromptu. Les terrasses des cafés regorgeaient de monde et personne n'avait encore songé à reléguer aux oubliettes les boutiques de souvenirs ou à envoyer au septième ciel les kiosques spécialisés en revues érotiques. Tout paraissait normal et aurait pu tromper n'importe quel spectateur non averti, mais un homme tel que Méndez ne risquait pas de tomber dans le panneau.

Même le théâtre du Liceo avait été refait. On avait préservé sa facade et les fenêtres du Cercle, dont certains fauteuils accueillaient encore les fesses momifiées de quelque membre venu attendre là le Jugement dernier, mais cette mascarade n'arrivait pas à dissimuler les tonnes de béton armé et d'acier trempé qu'un constructeur du Kansas avait utilisés pour mettre le vieil édifice aux normes de la construction moderne. Méndez, lui, savait qu'un soir de Saint-Sylvestre un malencontreux incendie avait tout ravagé, jusqu'au rideau et au décor, sans parler des loges qui abritaient des dames d'un âge automnal.

Les trottoirs n'étaient plus aussi animés et les bars populaires avaient disparu. Au coin de la Calle San Pablo et au sortir du métro, on avait interdit le commerce de ces citoyennes qui considèrent le péché à sept mille pesetas comme un des beaux-arts. Méndez songea qu'elles avaient sans doute pris une retraite bien méritée car elles avaient largement passé l'âge du service actif. Seuls un cireur de chaussures, un joueur de cartes, un vendeur de kleenex et deux petits jeunes qui faisaient la manche pour s'offrir un shoot contribuaient encore au prestige du quartier. Plus loin, les immeubles se modernisaient, les commerçants repeignaient leur devanture et avaient remplacé les figurines de toreros aux fesses bien rebondies par des montres japonaises. C'en était bien sûr terminé des bars de travestis dont les patrons nourrissaient la secrète ambition de pouvoir un jour revêtir la soutane. On avait fait table rase de la vieille Barcelone et lâché des cadres dynamiques sur les Ramblas, chassant du même coup les routiers et les poètes.

Sur le chemin du travail, la seule réjouissance de Méndez consistait à emprunter la Calle Portaferrissa, pleine de petits bistrots et d'ateliers spécialisés dans la confection d'aubes et de robes de baptême. Combien de couples s'étaient extasiés devant les Galeries Maldá pour acheter à crédit les ampoules de leur chambre coucher selon des règles commerciales datant du siècle dernier ! D'émouvantes librairies telles que la Espiga de Oro n'avaient pas bougé d'un iota. Après être passé devant des immeubles qui sentaient l'aide municipale à plein nez et des ruelles qui empestaient le policier en sueur, on accédait au temple du savoir et de la préventive. Méndez passa la porte de la préfecture de police en redoutant qu'on lui demande ses papiers.

La Hiérarchie était représentée par Pons, un chef de brigade qui espérait gravir rapidement les échelons parce que son grand-père avait été membre de la milice de la *Generalitat de Catalunya*[1], raison qui aurait suffi à le faire renvoyer quelques années plus tôt, mais Pons avait tout prévu. Si les temps venaient à changer, il saurait se souvenir qu'une de ses grand-mères avait été la gouvernante d'un évêque. Il salua cordialement Méndez :

— Nom de Dieu, on peut dire que vous n'êtes pas une flèche.

— Je suis venu à pied et j'ai planté mon médecin en pleine consultation.

— Ah oui ? Vous êtes malade ? Impuissant, peut-être ?

— Bingo.

— Je n'ai aucun mérite, c'est tellement courant, fit Pons.

Il lui montra une chemise qui ne contenait pas plus de cinq ou six pages.

— Sale affaire, ajouta-t-il sans se douter que les membres du gouvernement employaient la même formule quand ils soupesaient leurs dossiers.

— Elle ne doit pas être bien grave puisqu'on me la confie, lâcha Méndez en prenant sa plus belle voix d'enfant de chœur. C'est sûrement un cambriolage dans les bas-fonds de Barcelone.

1. Gouvernement autonome de Catalogne.

— Eh bien, vous vous trompez. C'est un vol, mais il a eu lieu dans un quartier huppé de Madrid.

Méndez leva les bras au ciel et recula son fauteuil, sur la défensive.

— Écoutez, protesta-t-il. Moi je n'ai rien à voir avec la Banque d'Espagne, le Bulletin officiel, la Croix-Rouge, le ministère de l'Intérieur, la Banque espagnole de Crédit, la direction générale de la Guardia Civil, Filesa[1] et la coopérative du logement de l'U.G.T[2]. J'ai cité tous les braqueurs de haut vol ou j'en ai oublié un dans le tas ?

— Vous n'avez pas foi en votre pays, Méndez.

— Aucune.

— Là encore, vous vous trompez. Ce n'est rien de ce que vous imaginez, et quand bien même ce serait le cas, vous ne seriez pas capable de vous en occuper. Non, il s'agit d'une enquête beaucoup plus simple qui relève, euh... de votre niveau.

Il considéra la chemise un moment :

— Vous connaissez la place Santa Ana ? demanda-t-il.

— Bien sûr que oui. Elle fait partie du Madrid que j'aime, avec ses *churros*[3], ses veuves de fonctionnaires, ses vendeuses de billets de loterie, ses petits cafés où on boit à crédit et ses retraités en passe d'être inhumés. C'est un Madrid stimulant, croyez-le, promis à un avenir des plus glorieux. Mais tout a dû changer, ça fait tellement longtemps que je n'y ai pas mis les pieds. À présent, peut-être que les consommateurs paient leurs cafés avec une carte bleue et que la Société protectrice des animaux a interdit

1. Filesa : Société fictive créée par les amis socialistes de Felipe González pour percevoir des fonds illégaux.
2. Unión General del Trabajo : Union générale du travail.
3. Churros : beignets semblables aux « chichis » du sud de la France.

les beignets fumants. J'ai l'impression que les retraités disparaissent peu à peu. À chaque fois qu'ils vont en consultation, par exemple, ils n'en ressortent pas et on les enterre en secret sous le ministère des Finances. Bref, la place Santa Ana n'est certainement plus celle que j'ai connue. Pourquoi cette question ?

— Parce qu'il est possible que vous y alliez, Méndez.

— Pardon ?

La main de Pons s'abattit sur le dossier.

— L'idée vous déplaît ? demanda-t-il.

— Non, ce n'est pas ça. J'aime le vieux Madrid et je suis sûr que c'est réciproque, en tout cas les membres de la Communauté autonome ne m'ont pas encore expulsé. Mais je suis sur le point de prendre ma retraite. J'ai de l'arthrose, des rhumatismes, une sciatique, je suis impuissant et très probablement rongé par une syphilis congénitale. Au-dessus on le sait et on me confie désormais des affaires qui relèvent de l'asile de vieux, concentrées sur un parcours de cinq cents mètres. N'allez pas croire qu'il s'agit de missions faciles, bien au contraire… Ces trois derniers mois, j'ai dû par exemple réorganiser tout le réseau d'indics du London Bar, près des Ramblas. Vous comprenez, je suis très ancré dans cette ville. Tous les soirs, je vais voir un barman qui me garde un fond de whisky — du vingt-cinq ans d'âge —, et tous les matins je donne à manger à un pigeon. Dans ces conditions, m'envoyer en mission loin de Barcelone me semble d'une cruauté inutile.

— Vous n'allez pas en mourir, Méndez. D'ailleurs, autant vous dire tout de suite que l'idée ne vient pas de moi, mais de plus haut, précisément. Et puisque nous en sommes là, il ne me semble pas loyal de vous cacher que vous êtes mal vu. En quelque sorte, on vous envoie à Madrid pour vous punir d'une de vos phrases malencontreuses qui a beaucoup choqué les chefs du groupe.

Méndez le regarda, hébété :

— Ah oui ? Qu'est-ce que j'ai dit ?

— Que vous aimiez bien les jeunes femmes de la Guardia Civil en uniforme.

— Celles qui portent l'uniforme avec jupe, précisa Méndez.

— Tout juste : avec jupe.

— Où est le mal là-dedans ? Je me contente de les regarder et de louer, du fond de ma conscience démocratique, la dose d'humanité qu'ils ont consentie à notre antique force de l'ordre, ni plus, ni moins. Je n'ai jamais essayé de leur toucher le cul dans les aéroports, les musées, les perceptions ou la première salle du contentieux, des lieux où un beau cul fait pourtant cruellement défaut, quand bien même il s'agit d'un cul réglementaire. Je les ai toujours respectées, ne commettant d'incartades avec elles qu'en rêve, en dehors des heures de service et encore… la seule perversion que je m'autorisais était de leur demander de porter le tricorne.

— Mais vous avez tenu ces propos, Méndez.

— C'est vrai. Je ne sais plus où, du reste. Mais au fond, en quoi est-ce grave ?

— C'est un manque de respect doublé d'une idiotie. Pas même une déviation sexuelle, juste une imbécillité aussi vide de sens que cette table, un peu comme si on me venait me rapporter que lire le Bulletin officiel vous donne la trique.

« J'aimerais bien », songea Méndez quand son chef souligna ce problème épineux.

— Avant de vous pâmer devant les jupes de nos recrues, continua Pons, vous auriez pu songer qu'elles s'appellent toutes Gómez, croient en la Résurrection et sont les filles ou les nièces d'anciens éléments de notre Corps d'État.

— Exact, murmura Méndez, se sentant piégé comme un rat.

— Vous voilà informé.

— Comment m'attirer les bonnes grâces du commandement ? souffla Méndez en adoptant le ton craintif qui sied aux parfaits fonctionnaires. Je suis prêt à jurer n'importe quoi : que la nomination de M. Roldán[1] s'est faite clandestinement, que Mlle Aida Alvarez[2] fait la manche à un coin de rue de Madrid au nez et à la barbe du gouvernement et que le G.A.L.[3] est une invention du roi de Thaïlande. C'est une propostion honnête, le gouvernement ne trouvera pas meilleur témoin. Et puis, tout bien pesé, je suis un policier fidèle qui ne fréquente que des délinquants cafteurs et des putes à la retraite. J'avoue que mon imagination sexuelle est un peu tordue, pourtant, en se livrant à une analyse poussée de mon dernier délire, les chefs comprendraient que ma seule obsession est de forniquer avec des personnes — si possible des femmes — figurant au Bulletin officiel.

Pons lui lança un regard en biais.

— À vous écouter, vous êtes donc un fonctionnaire modèle.

— Plus ou moins, oui, monsieur.

— Dans ce cas je vous conseille d'obéir aux ordres et de faire tout ce qu'on vous demande, autrement dit de vous

1. Roldán : directeur général de la Guardia Civil nommé par les socialistes, qui s'est enrichi grâce à de multiples escroqueries et a fini par s'enfuir d'Espagne. Il coule aujourd'hui ses jours en prison.

2. Áida Alvarez : chargée par le gouvernement socialiste de recueillir des fonds illégaux qu'elle a en partie empochés, elle n'a pas été condamnée.

3. G.A.L : groupe de lutte antiterroriste.

rendre à Madrid sur-le-champ pour y accomplir votre mission. Pour commencer, examinons ce dossier, fit-il en considérant à nouveau la chemise. Connaissez-vous dans la capitale de notre royaume une dame du nom de Lorena Dosantos ?

— Ça se peut. Attendez voir… Est-elle mère supérieure ? Brodeuse de capes pour toreros ? Gouvernante d'un cardinal-évêque ? Cuisinière à la Cava Baja ?

— Vous ne connaissez que l'Espagne classique, ma parole, susurra Pons.

— Tout à fait, monsieur.

— Eh bien, vous devriez savoir qui est doña Lorena, parce qu'elle en fait partie.

— Ah oui ? De qui s'agit-il ?

— D'une prostituée.

Méndez eut une pensée émue à l'évocation de ce noble métier.

— Bizarre que je ne la connaisse pas, dit-il après avoir marqué un temps de réflexion. Croyez bien que je le regrette. Je pense que je devrais me tenir plus au courant.

— Vous le serez quand vous commencerez votre travail. Et consacrez-vous-y corps et âme. Dites-vous que le haut commandement vous a accordé une marque de confiance. On ne cherche pas seulement à vous éloigner de cette ville où vous parlez trop et où vous avez trop d'amis, en d'autres termes on ne cherche pas à vous enquiquiner. Bien au contraire, le haut commandement estime que vos compétences spéciales en la matière vous permettront de vous acquitter au mieux de cette mission.

— Soyez sûrs que j'y affecterai mes cinq sens, en y ajoutant mon sens aigu du devoir, promit Méndez, qui commençait à comprendre que les choses auraient pu tourner plus mal pour lui — qui sait si les jupettes des jeunes guardias civiles n'avaient pas été financées par des fonds réservés ? —, qui dois-je retrouver ?

— Vous n'y êtes pas du tout. C'est plutôt une affaire à étouffer.

— Quoi donc ?

— Il vous faudra éviter que ça s'ébruite, qu'on fasse des commentaires ou qu'on publie quoi que ce soit dans la presse, même dans les rubriques d'informations rurales. Il n'y a pas de quoi pleurnicher, Méndez : ce travail s'inscrit dans la lignée de la plus délicate tradition policière espagnole.

— Je crois avoir d'assez nombreuses années de service pour m'en rendre compte, mais… que s'est-il passé ?

— Un client de la plus haute importance est décédé dans la maison de Mme Dosantos, Méndez.

— Et alors ?

— Les filles de doña Lorena, inquiètes de la chose — il faut dire que la quantité de gens qui meurent en odeur de sainteté dans les maisons closes est impressionnante —, sont allées trouver leur patronne. Elle a un sacré carnet d'adresses où figurent même des membres du gouvernement, de telle sorte que, comme elle nous l'a déclaré, elle avait pensé au plus simple, c'est-à-dire contacter l'un d'entre eux et se faire envoyer une ambulance pour évacuer le corps. Mais cela impliquait de mêler un haut dignitaire à cette histoire, a songé aussitôt cette femme qui m'a tout l'air d'être une grande dame. Car que se passe-t-il avec les gens haut placés ? Tout d'abord, un bon paquet de ces bonshommes refusent de se mouiller, et ceux qui acceptent vous font courir deux dangers : primo, un jour ou l'autre ils lâchent le morceau et vous êtes foutu ; secundo, ils décident de baiser à l'œil jusqu'à ce que digne mort s'ensuive et vous vous retrouvez avec un autre cadavre sur les bras. Notre célèbre tenancière n'a donc pas adopté cette solution trop risquée, mais une de ses pupilles avait eu une expérience similaire avec le curé de son village. « Portez-le sur la place, doña Lo, lui a-t-elle conseillé. Le moins perçu est au vu et au su. Nous avons un ascenseur, un escalier de service, deux filles robustes sous la main — la Patri et moi, spécialistes en présidents de conseils d'administration, économistes officiels, notaires et autres lascars qui ne se sont jamais mis au régime mais restent les rois du grand saut. Nous le sortons tranquillement, comme s'il avait eu un malaise. En lui donnant des petits coups dans les jambes, nous pourrions presque faire croire qu'il marche. En fait, nous avons grosso modo dix mètres à parcourir pour le poser sur le banc, en face de chez nous. Une fois assis, il ressemblera tout au plus à un retraité un peu distrait ou pétrifié à l'idée que les impôts lui diminuent sa pension. » Vous saisissez la poloche, Méndez ? Deux tapettes sur la joue comme pour dire : « Soyez bien sage, papy, il fait très beau aujourd'hui », et zou, les filles s'en vont ! Un pépère qui reste deux heures au soleil, sur un banc, la tête légèrement inclinée et la bouche ouverte comme un lézard n'attire pas l'attention... Tiens, ça me rappelle la chanson du village blanc de ce connard de Joan Manuel Serrat... Et quand on finira par le découvrir, personne ne saura dire qui l'a flanqué là, en tout cas les filles pourront toujours rétorquer qu'il était encore vivant quand elles l'y ont laissé, tout fringant et promis à un avenir béton. Qui pourra prouver le contraire, Méndez ? Voilà exactement la façon dont les faits se sont déroulés.

— Dans ce cas, je ne vois pas trop où est le problème. Qu'attendez-vous de moi ? Que je fasse cracher les filles au bassinet ?

— Elles ont déjà tout dit, enfin... les détails nous ont été donnés par doña Lorena Dosantos, qui je vous le répète est une grande dame qui a le bras long, jusque sur les listes électorales. Vu les circonstances, elle a préféré lâcher toute la vérité.

Méndez ferma à demi les yeux tandis que sur ses lèvres se dessinait un sourire soumis et diligent.

— Vous ne songez pas à l'accuser, murmura-t-il.

— Non. De quoi pourrions-nous l'accuser ? Et puis ça ferait trop de tintouin, ce que nous souhaitons précisément éviter, Méndez, car doña Lo est quelqu'un de très important, tout comme le mort, du reste. C'est justement là que vous intervenez pour ne laisser filtrer aucun commentaire ou indiscrétion, la première chose à faire étant de remettre la main sur le mort...

— Quoi ? s'étrangla Méndez. Il a donc filé ?

— Non ! souffla Pons en haussant les bras pour signifier son impuissance. Ce qui s'est passé est beaucoup plus étrange : deux curés l'ont embarqué dans une voiture.

6

Une question d'urgence

Lorsque Méndez arriva à Madrid, ce fut pour constater que la ville connaissait un automne délicieux et pourri. Une lumière oblique tombait sur le lac du Retiro, où se reflétaient la statue d'Alphonse XII, les silhouettes des rameurs et aussi les langues audacieuses des amoureux et la main castillane en quête — parfois désespérée — d'une vierge de même origine. Les feuilles mortes tourbillonnaient autour la statue de Pérez Galdós[1], ensevelissant son livre ouvert, sa patience et sa longue expérience en fientes de pigeons. Il y avait là assez de matière excrémentielle pour en faire une thèse de doctorat à conserver dans les annales, peut-être même une discipline universitaire avec un *numerus clausus* longuement médité par le Conseil rectoral. Les cadres supérieurs faisaient leurs comptes, vérifiaient la valeur du franc suisse ou téléphonaient à leurs deux femmes. En vérité, la cité bouillonnait. Les gens dans le coup racontaient qu'au Zalacain il fallait désormais réserver sa table, et qu'un client s'était enfermé avec trois femmes en

1. Benito Pérez Galdós (1845-1920) : écrivain naturaliste espagnol, auteur entre autres romans de *Doña Perfecta* et *Tristana*.

furie au sixième étage de l'Eurobuilding de la Calle del Padre Damián. Dans les gargotes de la Plaza Mayor se produisaient chaque jour de petits miracles : un calamar affublé du tampon des Archives militaires ; un rayon de soleil sur des bonbonnes de Valdepeñas ; un garçon de café d'âge moyen, marié, deux enfants, écrivant une lettre d'amour à Butragueño. Le pays, disaient les politiques, avait à nouveau le vent en poupe. On faisait la queue devant les distributeurs de billets, et selon une enquête menée par la société Metra-6 dans les bars de Madrid, les sandwiches au jambon de pays partaient comme des petits pains, alors qu'un an plus tôt les consommateurs se rabattaient sur la mortadelle. On observait une diminution des vols à l'étalage au Corte Inglés et une hausse de la fréquentation des salles de cinéma. Enfin, pour marquer la reprise, le ministre des Finances s'était acheté une cravate neuve et une célèbre grue affirmait qu'un de ses habitués lui avait réglé une fellation en liquide.

Ainsi, Méndez arriva dans un Madrid automnal, délicieux et pourri. Aux abords de la Plaza Mayor, les vieux sols cirés des orfèvreries avaient aussi fière allure que les femmes mariées de l'entre-deux-guerres qu'elles abritaient. Au déclin du jour, un soleil impérial, financé par le roi Juan Carlos, s'écrasait contre leurs vitrines. Qu'elles soient de Ségovie ou non, les anciennes auberges affichaient des menus de saison comprenant des agneaux de lait nourris de vers à soie d'une finesse extraordinaire. Les usagers de la gare d'Atocha étaient bien habillés et lisaient au moins un journal par mois. Ils n'avaient plus rien à voir avec le béret, la valise en carton et l'Espagnol boucané d'antan. Hardis et cosmopolites, les Ibères prenaient l'AVE[1],

1. AVE : littéralement « oiseau » ; train à grande vitesse.

conscients que de nos jours aucune frontière ne divise plus ni l'Europe ni l'Espagne, partisans de la liberté et amoureux de la vie, capables de différencier un premier cru d'une réserve, parfaitement au courant des glorieux gueuletons de fruits de mer servis quelque part sur la route qui mène à La Corogne.

Méndez détestait ce Madrid-là, lui qui aimait les tavernes, les boulangeries où l'on pétrit le pain à la main, les verres de Chinchón sec, la friture venue à pied d'Alicante, les énormes matrones, les cours où le linge fraîchement lavé s'exhibe au soleil. Voilà pourquoi il évita de descendre dans un de ces hôtels qui se disent refaits à neuf parce qu'on y a collé deux bidets et deux lithographies du Maestro Palmero[1]. Il se choisit une petite pension sur la Gran Vía, établissement qui avait dû être distingué du temps où les académiciens moralistes allaient au bar Chicote à la recherche des racines de la vertu, mais qui faisait à présent grise mine avec ses sols éculés, ses lits métalliques, ses salles de bains aménagées dans des placards, ses serviettes passées dans une fourmillière. Les repas, communs, se déroulaient autour de deux thèmes de conversation : tandis que les clients se remémoraient leur défunte épouse, la patronne se plaignait de la cherté des aliments qu'ils ingurgitaient. On y buvait des Riojas inclassables, sans doute impayés pour la bonne et simple raison que le représentant qui les avait vendus était passé de vie à trépas. À l'aube, le patron organisait des parties de cartes où certains — disait-on à voix basse — pouvaient perdre jusqu'à mille pesetas. Méndez adora cet endroit dont la façade s'écaillait sur les

1. Maestro Palmero : peintre de paysages sans style qui vendait beaucoup grâce à ses campagnes publicitaires. Ses fils ont aujourd'hui pris la relève, créant une véritable dynastie.

trottoirs de la Gran Vía, un peu comme le passé qui s'effrite. Il présentait en outre l'avantage d'être à proximité des lieux où il aurait à enquêter.

Après s'être installé, il s'empressa d'aller renifler un de ces Riojas probablement mortels, se livra à une brève estimation des femmes célibataires de la pension et du degré de vertu de la taulière. Il se précipita ensuite vers l'origine de son affaire, à savoir la maison de doña Lorena Dosantos.

*

Méndez fit quelques vérifications discrètes, notamment sur la matière première. Avant franchir la porte, il avait par exemple découvert que le commerce de Mme Dosantos reposait pour l'essentiel sur des petites provinciales de la classe moyenne tirant vers le bas, originaires d'une Espagne demeurée pratiquement inchangée. On leur avait appris la cuisine, la broderie, la mécanographie, la découpe des patrons et la couture, les bonnes manières et autres arts antiques, mais à vingt-cinq ans, elles s'étaient retrouvées dans une région frappée par le chômage où personne ne requérait leurs services. Doña Lorena Dosantos les accueillait dans son atelier où elles festonnaient des chasubles d'évêques, des mantes de vierges, des chemises de nuit pour demoiselles prêtes à convoler, des capes de parade pour les toreros, qui disaient toujours qu'ils allaient mourir. Doña Lorena était traditionnelle et respectable. Dans son intéressant cabinet de curiosités du siècle dernier, elle recevait la visite de messieurs des années vingt qui louaient la qualité du fil d'or, la grâce du dessin, la perfection des finitions, la douceur de la soie et les cuisses des jeunes filles, lesquelles avaient toutes l'air d'employées dociles (l'une d'elle apportait même sa gamelle le midi), même si leur journée commençait à onze heures et qu'elles étaient titulaires de comptes courants bien fournis dans les banques du quartier. Leurs parents ignoraient qu'elles forniquaient et il leur arrivait elles-mêmes de l'oublier, distraites à force d'habitude.

La clientèle était triée sur le volet, la discrétion absolue. Au terme d'actives transactions municipales, la maison, petit morceau du vieux et généreux Madrid, aurait mérité d'être déplacée près du Casón del Buen Retiro. Dans ces conditions, rien d'étonnant à ce que les clients aient ressenti une vive admiration — parfois doublée de tendres sentiments — pour les pupilles de doña Lo, dont ils goûtaient le calme, la réserve, le tact et autres vertus tout aussi anciennes.

Ses premières recherches conduisirent Méndez sur la piste d'un homme qu'il identifia sans peine. Don Alejandro avait connu les filles dans le bar situé en bas de la maison close, un lieu fréquenté par des lecteurs de journaux et des putes, autrement dit la confluence de deux types de solitudes. Don Alejandro Díaz de Quiroga, par simple esprit de générosité mais aussi — pensait Méndez — à la manière d'un homme qui n'a jamais effeuillé la rose, avait pris l'habitude de leur rendre de menus services, comme d'aller chercher les cigarettes qu'on ne vendait pas au bar, apporter des magazines, prêter les livres qui s'entassaient chez lui ou leur fournir de la petite monnaie pour le téléphone. Assis à son poste de garde, il transmettait aux dernières venues les messages de celles qui venaient de partir. « Écoute, Patri, la María me demande de te dire de ne pas de mettre en rogne, mais ton ami du ministère des Finances ne sera pas au rendez-vous aujourd'hui, c'est la Conchi qui se l'est emballé. » Parfois les filles sortaient de leurs gonds et s'en prenaient au pauvre don Alejandro, invoquant divers conduits anaux du pays où aller se faire mettre. Dans ces cas-là le vieillard n'avait jamais un mot plus haut que l'autre. Méndez, qui s'était essayé dans sa jeunesse au rôle de messager en espérant qu'un jour ces dames finiraient par le payer en nature, éprouvait un immense sentiment de solidarité envers don Alejandro.

Il s'agissait d'une affaire urgente, lui avait-on affirmé à Barcelone, sans se douter que Méndez avait une conception de l'urgence peu ou prou similaire à celle de la Cour suprême ou des Nations unies. Pourquoi s'affoler alors qu'aucun journal n'avait fait mention du mort sur la place ? Fort de cette observation, Méndez préférait réfléchir tranquillement en sirotant de multiples cafés tandis que le jour déclinait et qu'une infinité d'ombres se profilaient au fond du local. Les nuages de fumée se dissipaient pour revenir aussitôt — provoquant des cancers jusqu'au Pakistan, écrivait-on dans les journaux — et de temps en temps un serveur jurait que l'équipe de Mérida allait remporter le championnat d'Espagne. Ce fut pourtant là, bercé par son propre calme au milieu de gens hâtifs et gueulards, que Méndez entendit parler d'un véritable crime.

7
Une question de voix

Le commissaire vint le trouver dans le café. Fortes était vieux, costaud, large d'épaules, franquiste, admirateur de la politique extérieure des États-Unis et aspirant à entrer dans les rangs du F.B.I. Il avait toujours un chapeau, une épingle de cravate, une flasque et un Bulldog calibre .38 avec lequel il avait gagné, malgré son canon très court, quatre concours de tir, dont un organisé par la Guardia Civil. C'était en outre un homme discret, silencieux, une force de l'ombre — « un Richelieu », disait-il parfois de lui-même — qui cachait sa fonction de policier — « parce que notre travail est une affaire de retenue ». En un mot, il était persuadé d'être l'enquêteur-chef le plus secret de tout Madrid.

Le serveur-chef le salua :

— Bonjour, commissaire.

— Ta gueule.

— Excusez-moi, je ne savais pas que vous étiez en service.

— Le service, tu peux aller le coller sur cette table, là-bas, grogna-t-il en faisant un geste dans la direction de Méndez.

Je veux un café serré et une coupe Machaco. Compris ? Alors file en cuisine.

Il prit place à côté du guéridon où Méndez se tuait au travail, lui tendit une main en lui montrant furtivement sa plaque :

— J'ai l'impression que vous et moi, mon ami, allons monter un petit quart d'heure chez Mme Dosantos.

*

Entre-temps Méndez avait cogité sur cette institution traditionnelle. Lui qui louait l'ancienneté des établissements et le crédit sanctifié par les années, il s'était dit, au terme de sa longue réflexion dans le bar, que doña Dosantos aurait pu par exemple asseoir sa respectabilité en vissant sur sa porte le genre de plaques qu'affectionnent les Français et qui inspirent confiance. Le vieux policier imaginait bien l'inscription suivante : « Débitantes de mère en fille ».

Quand il sortit du café accompagné du commissaire Fortes — son supérieur, comme tous les autres policiers d'Espagne —, il avait enrichi ses connaissances au sujet de la maison vers laquelle ils se dirigeaient. Il avait appris qu'un jour glorieux, une des filles avait invité don Alejandro à l'atelier. Elle ne cherchait pas à le travailler en tant que client puisque selon la rumeur, don Alejandro avait tiré son dernier coup sur le front de Madrid, avec une milicienne qui lui avait tourné le dos pour s'écrier : *« ¡ No pasarán ! »* À ce qu'il paraissait, la petite pute comptait vraiment sur lui car elle le nomma dépositaire non pas de sa virginité ni de son honneur, mais de sa bourse. D'après les sources de Méndez — qui avait tendu l'oreille, l'affaire du cadavre ayant délié les langues —, la chose s'était plus ou moins déroulée de la sorte : la fille avait prié le vieux de passer la voir vers midi, après « s'être fait » un client. L'argent issu de ce commerce se retrouva dans les poches de don Alejandro, qui regagna dare-dare le café. Sur le coup d'une heure, un sale type devait venir réclamer son dû à la serveuse, qui brodait des chasubles pendant les heures creuses. Don Alejandro était chargé de lui remettre les sous en le sommant de ne plus jamais réapparaître. La pupille de doña Lo ne doutait pas que le sale type obtempérerait, « parce qu'un homme, lui avait-elle dit, force toujours le respect et que vous avez je ne sais quoi d'un policier repenti ».

En ce jour glorieux — un mercredi des Cendres de surcroît —, le ciel pur et limpide qui régnait sur Madrid donnait à réfléchir sur le côté éphémère de l'existence. Dans les rues, les taxis, les surineurs, les filles de joie, les agents des femmes d'affaires, les joueurs de binto et les adjoints au maire s'adonnaient à toutes sortes d'actions pieuses. Dans la maison désertée pour cause de repentir collectif, les pupilles de doña Lo avaient brodé tant d'effigies de saints qu'en vertu du calendrier chrétien elles devaient en être à la Saint-Sylvestre. La patronne vint elle-même saluer don Alejandro, dont les filles lui avaient fait l'éloge, et le convia dans son bureau où trônaient des œuvres reliées de Blasco Ibáñez, des reproductions de Benlliure, des mantes de vierges étrangères, des bustes de toreros disparus et le portrait d'un général qui — l'informa-t-elle — la cherchait encore pour l'épouser. Mais ce qui impressionna le plus le noble déchu, ce fut la lumière discrète, domestiquée, tamisée qui éclairait la pièce sans blesser les yeux.

Cette rencontre initia une collaboration commerciale fructueuse, non dépourvue de moments éblouissants.

Lorsque doña Lorena Dosantos sut que don Alejandro avait été jusqu'à sa retraite fonctionnaire au ministère de la Justice, affilié à la bonne tenue et au contrôle du registre des titres nobiliaires, elle lui témoigna un respect sans bornes, lui montra davantage de parures de vierges et se laissa même aller à lui confesser qu'en réalité deux généraux — un médaillé et un pensionné — l'avaient courtisée. À compter de ce jour, don Alejandro monta avec régularité à la maison close, jamais de son propre chef mais toujours sur une invitation dans les règles. Doña Lorena le chargeait de classer les factures et les filles l'envoyaient chercher des bières, des sodas avec ou sans bulles, des sandwiches diététiques, des cigarettes d'importation ou des magazines de duchesses. Certaines lui demandaient d'aller déposer de l'argent sur leur livret d'épargne, chose que Mme Dosantos s'abstint de faire en dépit d'une confiance mutuelle et de la vocation mariale qu'ils partageaient tous deux.

Cette activité, désintéressée au départ, finit cependant par rapporter quelque argent à don Alejandro. Les filles le forçaient à accepter des pourboires et la patronne lui remettait parfois une petite enveloppe, lui spécifiant que pour l'amour de Dieu il lui fallait l'empocher. C'était une situation plaisante et commode, que selon Méndez don Alejandro acceptait par nécessité, notamment quand il avait épuisé toutes ses arguties sur la route des poubelles. En réalité, les sommes qu'on lui refilait en douce en échange de services rendus en tant que gentilhomme gênaient don Alex, mais, comme on dit bien souvent, la roue tourne dans le sens qu'on choisit et Méndez, qui semblait d'après les ragots du café partager les vues de ce vieillard qu'il ne connaissait pas, lui aurait volontiers conseillé de ne pas s'en faire, car si les églises et les cathédrales ont leurs pauvres, pourquoi pas les clandés ?

Il paraissait donc évident que Méndez allait essayer d'aborder cet homme d'un autre âge, ce qu'il fit sans tarder. Le vieux policier venait de passer plusieurs heures au café, son enquête n'avançait pas d'un pouce et on lui avait annoncé que Pons, son supérieur à Barcelone, venait d'avoir un semblant d'infarctus. Il était néanmoins convaincu d'avoir agi en policier zélé, persuadé qu'il faut accomplir le travail pas à pas. Son premier entretien direct avec don Alejandro Díaz de Quiroga Manglano y Mesa se passa de manière on ne peut plus conventionnelle : alors qu'ils se trouvaient tous deux sur le même banc, le vieux lui demanda une cigarette.

— Ils ne vendaient que celles-ci devant la bouche de métro, lui dit Méndez. Moi qui ne fume que des brunes, figurez-vous, je déteste ce tabac oxygéné.

— Je suis pareil mais j'accepte quand même.

— Prenez. Vous avez du feu ? Tenez. Comme vous le voyez, je n'utilise que des allumettes en bois, les plus traditionnelles, celles qui servent à mettre le feu aux poudres dans les cantines de la Calle San Bernardo. Je hais les briquets fantaisie qui portent, dans le meilleur des cas, l'emblème du Rayo Vallecano. Mais dites-moi, le tabac brun, vous l'aimez mentholé, comme les chochotes, ou plutôt fort ?

— Fort, lâcha don Alejandro en allumant sa cigarette de secours. Au ministère de la Justice, où j'ai longtemps travaillé, je fumais des cigarettes à vous donner la chair de poule et votre ration quotidienne en substances minérales. J'ai toujours été très patriote en la matière. Je ne fais d'exception que pour le tabac toscan, mais on le trouve difficilement et je n'en fume que lorsque j'ai des problèmes de bronches.

— Nous sommes faits pour nous entendre, dans ce cas, déclara Méndez. Allez, je vous invite à boire un petit café, j'achèterai un paquet de Ducados, et puisque nous sommes en confiance et que je sais ce que vous fumez, dites-moi comment vous aimez les femmes.

— Grassouillettes ! s'exclama don Alejandro.

— Fessues ?

— Fessues, lâcha don Alejandro en roulant des yeux. Je passe sur tout le reste, sauf sur ça.

— Vous avez dû être un bon fonctionnaire.

— J'ai fait ce que j'ai pu. Sachez en tout cas que j'ai bien vécu.

— Ne restons pas ici, le supplia Méndez. Il y a un vent infernal, à croire que le gouvernement le commande exprès pour réduire le nombre de retraités d'ici 2010. Allons prendre un café avant qu'il soit trop tard.

Ils s'accoudèrent au bar de marbre piqué, sans doute les restes de la pierre tombale d'un quelconque penseur de la Génération de 1898[1], bien mieux traité depuis qu'il était poli par les doigts des clients de Mme Dosantos, dont une des protégées adressa un sourire fraternel à don Alejandro.

— Quel malheur que M. Paco Rivera soit mort, dit celui-ci. En le déposant sur le banc, ces demoiselles auraient pu mettre un petit écriteau pour la paix de son âme. Pour votre gouverne, Méndez, M. Rivera était le dernier représentant d'une civilisation qui disparaîtrait si doña Lorena

1. Génération de 1898 : mouvement littéraire qui prônait la « fécondation de la pensée nationale par la pensée étrangère », selon son chef de file José Martínez Azorín, et comptait notamment en son sein Valle Inclán, Miguel de Unamuno, Pio Baroja, Rubén Darío, Ortega y Gasset.

n'en assurait pas la continuité. Dans son établissement, on n'entend jamais un mot plus haut que l'autre, pas même dans les transports amoureux ou au moment de l'extase. Une fois, elle a renvoyé une fille trop impétueuse parce que, pendant les spasmes, elle avait pressé un client de « vider son sac » en le traitant d'enfoiré, de salopard et de Portugais. Il va sans dire que Mme Dosantos a également mis le client à la porte. Ces choses-là n'arrivaient pas avec don Paco. Il passait des journées entières à bavarder avec les filles dans une petite pièce, leur apportait des douceurs et des revues sur les chanteuses de flamenco. C'était un homme qui présentait bien et je m'étonne que sa mort, aussi discrète et pieuse soit-elle, n'ait mobilisé aucun policier.

— Justement, j'en suis un, murmura Méndez en promenant un doigt sur sa tasse pour nettoyer une minuscule traînée de café.

— Vous ?

— Il faut avouer que je le cache bien, si bien que j'ai souvent l'air d'un homme respectable, un privatiseur des quelques entreprises de pompes funèbres municipales qui existent encore en Espagne, par exemple. En vérité, je suis un flic immémorial. Pour me chambrer, mes collègues racontent que j'ai travaillé sur l'attentat de Mateo Morral[1] et l'assassinat de Canalejas[2]. J'ai un brillant avenir en tant que dénicheur de chiens perdus et persécuteur de chats errants dans les poissonneries. Je sévis à Barcelone, en quelque sorte comme chroniqueur des bas quartiers, mais quand je gêne on m'envoie à Madrid. On a même déjà

1. Mateo Morral : anarchiste auteur d'un attentat contre le roi Alphonse XIII le jour de ses noces. Le roi s'en est sorti, pas l'anarchiste.

2. Président du Conseil des ministres sous Alphonse XIII ; assassiné à Madrid en 1912 par un anarchiste.

essayé de m'envoyer plus loin, à Badajoz, mais je les ai bluffés en sautant du train.

— Et vous enquêtez maintenant sur les causes de la mort de don Paco Rivera ?

— Au contraire, je suis chargé de les dissimuler. D'après les rapports qu'on m'a fournis, M. Rivera est mort de sa belle mort, comme dans tout endroit bien organisé où se trouve une femme avisée pour dispenser les premier secours. De ce côté-là l'affaire est classée, mais ma Hiérarchie redoute des complications : un scandale, la divulgation de listes de clients, des pots-de-vin administrés par le Vatican… Ils craignent qu'on ne parle publiquement de la fortune de don Paco, qui était à l'évidence très riche, ou alors de son passé. J'ai entendu dire qu'il s'était farci des dames respectables tandis qu'une fanfare municipale entonnait l'*Oriamendi*[1]. Cela ne porterait pas à conséquence si les femmes en question n'étaient pas les gestionnaires de grands domaines à Marbella, or la Hiérarchie veut éviter qu'on cite des noms. Je suis donc ici pour empêcher les détectives et les journalistes de fourrer leur nez dans cette histoire, bref, j'ai pour mission de faire en sorte que, chez doña Lorena, on continue de broder des chasubles, de baiser en silence sans traiter personne de Portugais.

Don Alejandro sirota un peu de son café et murmura :

— C'est une mesure on ne peut plus sensée.

— Je n'ai pas envie de faire des cachotteries à un homme de votre trempe, qui connaît sur le bout des doigts les noms de tous les bâtards des Grands d'Espagne. Et puis, vous

1. L'*Oriamendi* est la chanson officielle des partisans de l'extrême droite de Navarre, lesquels participèrent activement à la Guerre civile dans les bancs franquistes. Leur devise est : « Religion, Roi, Inquisition ».

allez peut-être pouvoir m'aider. Vous qui passez votre temps ici, vous avez vu des journalistes fouiner ?

— Aucun, enfin... pour être franc je n'en ai croisé que deux : le premier a téléphoné du bar parce que la fourrière avait embarqué sa voiture, l'autre vient régulièrement chercher son directeur chez Mme Dosantos quand il y a une urgence.

— Autrement dit, des gens tout à fait comme il faut. Et les filles, qu'en pensent-elles ? Vous en avez discuté avec elles ?

— C'est simple : vous n'avez qu'à monter et le leur demander vous-même. Ce sont de bonnes filles qui ne mentent jamais, sauf quand elles jurent à un client qu'il est le seul à profiter de leurs charmes.

— Je ne m'y risquerais pas, j'ai trop peur de provoquer une débandade, lâcha Méndez avec modestie.

— De toute façon, elles n'ont fait aucun commentaire. Elles préfèrent oublier ce genre de remue-ménage. Ne vous en faites pas : l'histoire est enterrée comme la reine Nefertiti, vous pouvez donc regagner Barcelone avec le sentiment du devoir accompli, ou partir en vacances à Badajoz, si ça vous chante.

— Il était marié ?

— Oui, les filles l'ont toujours dit, et puis l'établissement de doña Lorena est un lieu pour hommes mariés, ainsi que l'exige la tradition.

Don Alejandro, qui était somme toute un ancien fonctionnaire des guichets officiels, fronça le nez :

— Mais vous devez le savoir, ajouta-t-il. Vous avez forcément consulté sa carte d'identité, sa fiche de Sécurité sociale et ses déclarations fiscales. Pourquoi me posez-vous la question ?

— Au cas où sa femme saurait quelque chose ou qu'elle aurait traîné dans le coin.

— Elle ne mettra jamais les pieds ici.

— Elle a raison. Une femme mariée n'a aucune raison de ravaler sa dignité en s'informant des préférences sexuelles de son époux. Elle ignore peut-être où il est mort. A-t-elle commandé des faire-part ?

— Là aussi, vous êtes mieux informé que moi, Méndez.

— En effet. Il n'y a eu qu'un seul faire-part, aussi grand et pompeux qu'un monument aux morts, il ne manquait dans l'enveloppe qu'une marche d'infanterie gravée sur C.D. Bien sûr que je suis au courant, don Alejandro, je vous ai questionné par simple déformation professionnelle, j'ai des manies de vieux flic espagnol, comme celle de demander au tout-venant ce qu'il fabriquait le 18 juillet 1936. Je dois pourtant vous avouer que ce faire-part déprimant ne m'a rien appris de nouveau. Il annonçait juste un enterrement discret et une messe dont la date serait communiquée ultérieurement ou peut-être pas du tout. C'est ce que j'appelle un deuil expédié à la va-vite. Le cimetière n'était même pas indiqué, mais j'ai su par la suite qu'il avait été enseveli à la Almudena. Vu les circonstances, tout ça me paraît logique dans une affaire qu'on a voulu garder secrète depuis le début.

— L'épouse a donc été mise au courant, déduisit don Alejandro.

— Ou on l'a conseillée, et celui qui l'a fait connaissait les circonstances de la mort de Paco Rivera. Qui sont les deux curés qui ont emporté le corps ?

— Je l'ignore, mais vous devriez être au fait, Méndez, le Trésor public vous paye assez grassement pour ça.

— Exact, une petite baisse de mon salaire suffirait à combler la dette. Quoi qu'il en soit je ne sais rien d'eux.

— On pourrait vérifier, susurra don Alejandro. Ils ont probablement laissé le cadavre quelque part. On ne dépose pas un corps comme un colis de Noël, je suis sûr que pour cela il faut décliner son identité.

— Récapitulons. Deux curés ou deux gugusses habillés en curés ont emporté le mort, après quoi on perd la piste parce que personne n'a relevé l'immatriculation du véhicule. Selon les notes prises par mon chef, on la retrouve quand la femme de Paco Rivera contacte son médecin de famille pour lui annoncer que son mari vient de succomber d'une crise cardiaque. Le toubib rapplique aussi sec et constate le décès. Voilà le travail.

— Il y a cependant deux problèmes que même un abruti dans mon genre est capable de relever, précisa don Alejandro à voix basse.

— Quoi donc ?

— Primo : le médecin a dû remarquer que Rivera était mort depuis un moment et que, par conséquent, sa femme ne lui avait pas dit la vérité.

— Voyons voir… la mort remontait à tout casser à une heure, une heure et demie. Un médecin qui se livre à l'examen superficiel d'un corps est incapable de dater le moment du décès, et quand bien même il s'en serait préoccupé, dans un appartement aussi grand que le leur, Mme Rivera peut très bien déclarer qu'elle ne s'en est pas rendu compte, qu'elle était en train de prendre un bain et de se pomponner pendant que son mari passait l'arme à gauche dans le salon.

— D'accord, d'accord, la bonne foi du médecin est sauve, mais il y a un autre point obscur.

— Approchez-y votre lanterne, don Alejandro, que la lumière soit faite.

— Imaginez ces deux curés dans Madrid avec un cadavre sur les bras, en train d'éviter les feux rouges, les camions garés en double file, les deux cents voitures de police, les putes qui agitent leur rosette et les chochottes qui jouent les rosières. À l'arrière, ils transportent un bonhomme qui a l'air de dormir comme une relique sainte. Comment le sortent-ils de là sans rameuter une commère prête à contacter la télé ?

Méndez toussota :

— J'y ai déjà pensé, j'en ai d'ailleurs parlé au médecin. Croyez-vous qu'il ait signé le certificat de décès au domicile du défunt, Calle Serrano, en plein centre de Madrid ? Sûrement pas. Il a constaté la mort là où se trouvait le corps, à savoir à la campagne, dans une ferme isolée où le Grand Cirque de Moscou pourrait monter son chapiteau sans éveiller l'attention des pékins. Le couple y allait souvent pour surveiller des travaux, et les curetons y ont déchargé leur paquet.

— Ce qui signifie qu'ils connaissaient les usages de la maison.

— À moins qu'ils aient eu une révélation divine, précisa Méndez.

— Cela se pourrait, je ne le conteste pas. Je suis un croyant passif. Dans mon enfance, j'ai fait maigre neuf vendredis de suite, et quand je suis entré au ministère de la Justice, j'ai juré fidélité au régime et à Pie XII, c'est vous dire à quel point je crois aux miracles et à la bonne tenue des comptes de l'État. Mais bon Dieu, vous ne me ferez pas avaler que ces deux enjuponnés n'étaient pas des proches de la famille. Sans compter que la femme a menti : il n'y a pas d'histoire de salon qui tienne puisqu'il était déjà raide quand ils l'ont monté dans l'escalier. Pourquoi a-t-elle agi de la sorte ?

— Pour échapper au scandale, dit Méndez, les yeux dans le vide. C'est une saine coutume bourgeoise. Je suppose que les curés lui ont raconté qu'ils avaient retrouvé Rivera mort dans la rue ou qu'il avait clamsé en chemin, mais pas un mot de Mme Dosantos. Pourquoi ? Parce qu'il suffit de crever loin de chez soi pour que la police ouvre une enquête et ordonne une autopsie. Charcuter les clodos, d'accord, mais pas les huiles, les familles s'y opposent. Dans ce cas, l'attitude de cette femme est exemplaire au point de faire triquer un juge.

L'explication sembla satisfaire don Alejandro, qui aurait bien voulu bander lui aussi si la chose avait été possible.

— Il n'y a donc pas tant de points obscurs que ça, conclut Méndez, le seul mystère de taille dans cette histoire étant de savoir qui sont les deux curaillons et pourquoi, dans une ville bourrée de prêtres-ouvriers ou mariés qui dissimulent leur identité, ils ont choisi de se déguiser en corbeaux. Quels liens les unissent à la femme de Rivera ? Je crains d'avoir accompli ma mission et que cette affaire ne soit plus de mon ressort

— J'en ai bien l'impression.

— Je ne veux pas laisser tomber. Il ne s'est encore rien passé et, avec l'Église, il faut s'attendre à toutes sortes de complications. Allez savoir si par la faute de ses ancêtres, Paco Rivera ne remboursait pas une vieille dette en sesterces au Vatican. Et puis les décès survenus dans les maisons de passe me fascinent, c'est là que s'est écrite une bonne partie de l'histoire d'Espagne.

— Rien n'a été écrit mais tout s'y est déroulé, le corrigea don Alejandro. C'est justement là que je voulais en venir.

— Ah oui ?

— Première chose à faire : aller fouiner du côté de l'évêché.

— Ça sent mauvais.

— Sans doute, mais il faudra y passer. Deuzio : si vous voulez repartir avec le sentiment du devoir accompli — une sensation de plus en plus rare au sein de l'administration —, vous devriez inspecter chez la veuve de Rivera.

— Sûr qu'elle dort au couvent San Isidro et qu'elle a une chambre de vieille avec des statues de la Vierge dans tous les coins, des croix de saint Hermenegildo ornées de pendeloques et des drapeaux carlistes.

— Je compatis, Méndez.

— Elle doit sentir la tisane et les pastilles contre la toux.

— Allez vous faire voir. Comme moi, vous avez juré fidélité à un corps d'État, alors ne venez pas vous plaindre. Quoi qu'il en soit, je vous conseille de prendre un peu de détente. Pourquoi ne montez-vous pas un moment chez doña Lorena ? Il y règne une ambiance gaie et courtoise, de plus les filles ont une conception plutôt simplifiée de l'histoire du pays, qu'elles font débuter le jour où un taureau a arraché le pénis de Joselín de Ubrique. Croyez-moi, Méndez, elles vous stimuleront sans vous embarrasser de problèmes supplémentaires.

— J'imagine.

— Il convient de prendre des roboratifs avant de pénétrer dans le sarcophage d'une vieille bigote.

— Vous la connaissez ?

— Foutre non !

— Bon, c'est d'accord, j'irai la voir en dernier lieu. Si tout va bien, je pourrai rentrer à Barcelone par l'express de nuit et j'échapperai à la fournaise de l'après-midi. Je passerai ensuite chez doña Lorena, pour me remettre de mes émotions.

— Ne tardez pas trop, lui conseilla don Alejandro, elle risque d'être fermée. Ses pupilles sont des personnes très sérieuses. Comme leurs clients, elles ne pratiquent la chose que pendant les heures de bureau.

8
Une question de couilles

Un jour, lorsque cette histoire de riches, de généraux, de journaleux et de putes sera divulguée dans une cassette filmée par le C.E.S.I.D.[1], les spectateurs qui en découvriront les rebondissements se demanderont si on ne les a pas trompés sur la marchandise. Ils ne sauront jamais, par exemple, si Méndez s'est rendu chez doña Lorena à l'incitation de don Alejandro ou sur l'ordre de Fortes. Au moment où ce dernier fit irruption dans le café, Méndez, qui s'apprêtait à monter de lui-même, dut s'aplatir devant Fortes.

— Allez, vite, au pas ! lâcha ce dernier d'un ton mâle et viril d'usage dans toutes les bonnes casernes de la patrie.

Méndez se mit en marche. Ainsi qu'il l'avait imaginé, il pénétra dans une demeure vaste et noble, pour ne pas dire seigneuriale, aux murs couverts de reproductions de Murillo, du Greco, de Vásquez Diaz, sans oublier le Goya le plus vilipendé par les pouvoirs publics. « Pour ce qui est de l'art, nous sommes très patriotiques », disait doña Lo. Il y avait aussi quelques authentiques beaux tapis et un portrait

1. C.E.S.I.D. : service d'espionnage espagnol dirigé par les militaires, mêlé à plusieurs affaires obscures, parmi lesquelles espionner le roi.

du Pape. On aurait pu faire dormir un régiment dans ce logis du vieux Madrid, sans doute l'œuvre d'un cardinal de la Régence qui avait voulu se rapprocher de sa nièce en réunissant deux appartements.

À peine entré, Méndez se demanda pour quelle raison doña Lo ne se faisait pas d'extras en louant son surplus d'espace à un avocat ou à un turfiste, mais il garda l'idée pour lui, craignant qu'on ne l'accuse de pingrerie catalane.

— Quel plaisir de vous revoir, commissaire ! s'exclama doña Lo en embrassant Fortes sur la joue. Vous venez pour les besoins d'une enquête ?

— Non, plutôt une réunion de service.

— Et votre ami ?

— Il m'accompagne pour des raisons d'utilité publique.

Doña Lorena gratifia Méndez d'un air empreint de commisération.

— Je préférerais qu'il ne s'attarde pas trop, nous avons déjà eu un mort cette semaine. Alors, dites-moi ce qui vous amène.

— Rien de spécial. J'ai à m'entretenir longuement et en privé avec mon collègue. Bien qu'il n'y paraisse pas, il fait lui aussi partie du Corps, et vu que les conversations les plus secrètes ont lieu dans les endroits les plus fréquentés, j'ai pensé que vous pourriez me prêter une petite chambre. Ici, je peux aisément passer pour un client et lui pour une potiche. Au café ou au commissariat, les murs ont des oreilles.

— Je ne vous le fais pas dire, commissaire. À notre époque, même les délibérations du Conseil des ministres passent sur Internet. J'habite le dernier lieu sûr de Madrid. Suivez-moi, je vous prie.

Elle les conduisit dans une pièce meublée d'une table ancienne, deux chaises, trois miroirs. Au mur était accroché le tableau d'un torero d'âge indéfinissable, peut-être Joselito au stade terminal ou déjà refroidi. Quelques spots rosés éclairaient confusément une psyché des années vingt devant laquelle un des modèles de Rafael de Peñagos avait dû lacer son corset et ajuster ses bas. Méndez sentit monter en lui une légère érection qui relevait du miracle de Fatima, mais il faut dire que, chez les hommes, le mystère du sexe prend sa source dans les images fugaces de l'enfance : une femme surprise dans une posture incongrue, une jarretière qui claque, une petite culotte oubliée sur une courtepointe, le miroir d'une coiffeuse où l'on a vu la plus jeune de ses cousines se contempler la raie. En avisant le gigantesque lit à deux places qui trônait dans la chambre, Méndez — somme toute une âme candide — ne put réprimer sa crainte de se retrouver seul avec Fortes mais celui-ci, sans accorder la moindre attention au cul antique de son acolyte, carra le sien sur une chaise et alluma un Partagas 8-9-8.

— Le cigare que vous voyez là, murmura-t-il, est l'un des résidus de la civilisation occidentale à l'état sauvage, celle qui fleure bon l'herbe, le rhum, la noix de coco et la chatte de mulâtresse, autrement dit celle qui n'est pas encore passée par la moulinette à hamburgers et n'a subi aucun massage au ketchup. Regardez : ce que je suis en train de fumer est une sorte de pharaon de la dernière dynastie. Quand les Yanquees pourront à nouveau en consommer, planqués sous leur lit à côté d'un flic chargé d'en réguler la fumée, ils nous les piqueront tous, alors les pauvres que nous sommes devront se rabattre sur nos misérables produits nationaux. Enfin, il nous restera toujours les Farias.

Il inhala la fumée, s'en imprégna avant d'ajouter :

— Je sais pourquoi on vous a envoyé à Madrid, Méndez.

— Pour que j'arrête d'emmerder le monde à Barcelone.

— En premier lieu, oui.

— Et aussi pour que j'évite qu'éclate un scandale autour de la mort de M. Rivera.

— En deuxième lieu. J'ignore si on vous a bien expliqué les choses, mais je vais vous mettre les points sur les i : cette sainte demeure où nous sommes à présent est une maison droite et discrète où se pratique une admirable honnêteté à la castillane. On y emploie des jeunes filles de classe moyenne dont le père est huissier au ministère de l'Intérieur, ou alors des demoiselles de province qui ont un oncle sacristain à Ségovie. Elles pratiquent la broderie, surtout le point de croix, et savent encore ordonner les affaires de toilette sur la coiffeuse de leur tante Pepita. Il n'existe plus d'endroits aussi naïfs dans une Espagne pourrie par la drogue, le je-m'en-foutisme, les discos, les bonnes bourres en voiture et la politique de gauche.

— Je partage votre avis, commissaire, acquiesça Méndez en reniflant avec envie la fumée du Partagas.

— Mais justement, avec leurs airs de nonnes effarouchées ou de fonctionnaires affiliées au bureau des Documents nationaux d'identité, les protégées de doña Lo savent affrioler le gratin de ce pays en crise. Songez, Méndez, qu'il y a un gouffre entre tirer son coup avec une gamine qui a trouvé sa vocation en priant pour le repos de l'âme de Paquirri, et s'envoyer un travelo de Recoletos avec une langue tatouée au-dessus du trou de balle. Moi qui connais par cœur notre univers mécanisé, je sais de quoi je parle.

— N'en jetez plus, je rallie votre cause, monsieur Fortes.

— Par conséquent, cette maison est truffée de gens importants et riches qui ont des secrets à défendre ainsi qu'une image politique et bancaire à préserver. Don Paco Rivera était l'un d'entre eux. Comme nous vivons dans un monde de brutes rythmé par les scandales politiques et que tout journal digne de ce nom a son équipe de fouille-merde jusque dans nos chiottes, la Hiérarchie a préféré éviter que cette racaille vienne fourrer son nez dans les affaires de don Paco, paix à son âme. Voilà pourquoi, lorsque vous tirez sur une ficelle, vous risquez de ramener un filet de gros poissons, et qu'en enquêtant sur une partie de baise, vous avez toutes les chances d'exhumer l'hymen d'une fille de cardinal. Doña Lo fréquente toutes sortes de députés — dont une femme, si je ne m'abuse —, des industriels qui sont comme cul et chemise avec la Gerenalitat, des hommes d'affaires membres du Conseil insulaire de Ses Illes et des fabricants de canons des neiges du Vall d'Arán — lieux où Sa Majesté passe ses vacances —, sans oublier bien sûr une foultitude de banquiers spécialisés dans les pots-de-vin. Cela fait trop de données non pas néfastes, mais encombrantes, qui doivent rester sous silence. Il vous faut donc éloigner toute personne susceptible d'agiter les ficelles.

— Mission accomplie, décréta Méndez. Vous qui représentez la Hiérarchie, vous avez pu vous rendre compte que rien n'a été rendu public.

— Raison de plus pour ne pas baisser la garde, regardez ce qui est arrivé à Kennedy, à Dallas. Il s'est fait descendre avant d'avoir pu résoudre dignement le problème de Cuba. Et Clinton ? Pour avoir fléchi les genoux dans le Salon ovale, il ne peut même plus regarder le cul des stagiaires.

Oh, Méndez, je sens que vous avez une question à poser, alors allez-y, je suis tout ouïe quand il s'agit de servir la démocratie.

— Quelque chose me chiffonne : quand on m'a envoyé ici, personne ne savait rien du corps de don Paco, hormis qu'il avait été emporté par deux curés sans doute dépêchés de Rome pour lui donner l'absolution papale. Puis j'arrive à Madrid et on m'annonce que sa veuve l'a trouvé raide mort dans sa maison de campagne.

— Parce que c'est arrivé juste après. Ces deux curés, qu'ils soient des sacristains de Vallejas ou des prélats au service de Sa Sainteté, ont suivi don Paco toute la journée. Quand ils ont découvert son corps, ils l'ont emporté aussitôt et se sont mis d'accord avec la veuve pour monter une parodie de cérémonie en bonne et due forme.

— Mais on ne connaît toujours pas leur identité.

— Exact, et pour être vraiment sincère, Méndez, cela n'empêche pas nos supérieurs de dormir sur leurs deux oreilles. Tant que personne n'y met son grain de sel et que l'affaire reste aux oubliettes, tout ira pour le mieux dans le meilleur des mondes. L'oubli pacifie les peuples et favorise la création de majorités parlementaires solides. En théorie, vous n'avez presque rien à faire. Une fois votre mission de conciliation accomplie, vous pourriez presque regagner Barcelone.

— Je le désire ardemment, monsieur Fortes.

— Pourquoi donc ?

— Une tripotée d'éminents professeurs de la clinique Dexeus me font suivre un traitement contre l'impuissance.

— Je comprends.

— Mon cas est désespéré. Ils m'ont dit que mes derniers gènes virils pouvaient disparaître en un quart d'heure.

— Je crains de ne pas être en mesure de vous autoriser à repartir.

Le visage de Méndez s'assombrit.

— Ah bon ?

— Laisser un impuissant dans un bordel me semble d'une infinie cruauté, pour ne pas dire une mesure nazie à l'égard du personnel, mais je n'ai pas le choix. Cette maison est le seul lieu discret d'un Madrid en passe d'être envahi par une bande de pédés capables de créer la Fédération des anus unis sur Internet. Ne vous fiez à personne en dehors de doña Lo. Si je vous ai fait monter ici, c'est pour vous faire part d'une information confidentielle.

Fortes posa sur la table un petit magnétophone compact de couleur noire, un produit de la haute technologie nippone lustré à la langue par deux ouvrières aux yeux bridés.

— Écoutez, Méndez.

Méndez écouta. Il entendit les deux voix, celle de l'homme, celle de la femme, et aussi le bruit métallique du pistolet qu'on arme, le grincement du lit, le salaud qui décharge sa semence avant d'appuyer sur la détente.

« Montre-moi ton cul. » « Tais-toi, salaud. » « Ton cul, je te dis. » « Agenouille-toi sur le lit et relève bien le cul. » « J'ai toujours été curieux de savoir comment c'était de baiser une morte. »

Méndez blêmit. Malgré une longue expérience accumulée pendant les heures de gloire du Barrio Chino, il resta bouche bée.

Enfin la détonation rententit, assourdie par des remparts de papier de soie, de sombres sphincters (« encore qu'aujourd'hui les filles soient propres », songea Méndez d'un air distrait), des conduits intimes (« plus vaginaux qu'anaux », pensa-t-il, le regard perdu) et surtout un amas de chair rosée, la chair pieuse du quartier des Jerónimos, la chair vertueuse de la Calle Serrano, la chair sinueuse du Retiro, bref, la chair d'une jeune fille de bonne famille.

Rideau.

Méndez referma la bouche et serra la mâchoire.

— Qu'est-ce que c'est que ça ? balbutia-t-il.

Fortes avait également les yeux dans le vague, aussi écartés et immobiles que ceux d'un crapaud.

— Comme vous le voyez, Méndez, il s'agit d'une conversation.

— Comment l'avez-vous enregistrée ?

— Disons par pure coïncidence.

— Je ne crois pas aux coïncidences, commissaire.

— Moi non plus. Les choses arrivent quand elles doivent arriver, sans qu'on puisse les expliquer, sauf qu'elles ont une logique. La maison où cet enregistrement a été fait était truffée de micros jusque dans la cuvette des toilettes, il suffisait d'y lâcher un pet pour que s'élève le son de la flûte et de se taper une branlette sur le lit pour transformer le micro en glace à la vanille.

— Qui les a placés là ?

— Les flics, pardi. Vous avez de ces questions, Méndez.

— Pourquoi ?

— Nous avions un mouchard, et des raisons de croire que l'E.T.A. allait y installer une planque.

— Je comprends.

— Encore heureux.

Fortes tira une petite bouffée sur son pharaon de l'ultime dynastie en prenant l'expression placide de ceux qui pensent que, tout compte fait, les choses vont finir par s'arranger. Méndez huma avec délectation la fumée de l'autre et songea que s'il attrapait le cancer de cette façon-là, au moins il ne le payerait pas de sa poche.

— Alors vous avez disposé ces micros pour piéger l'E.T.A. mais vous avez récolté tout autre chose.

— Oui.

— Où se trouve cette maison ? D'après la bande, dans un quartier où personne ne risquait d'entendre les cris de la fille.

— Dans le haut de la Calle Serrano, près de l'ambassade de France, un coin épatant, classieux, friqué jusqu'à la moelle depuis des générations qui resteront pleines aux as ad vitam aeternam, un quartier où les petites filles viennent au monde avec une boucle en or à l'oreille et les petits garçons, une liasse d'actions du Banco de Castilla enroulée autour du zizi. C'est une tour entourée de son parc qui se loue à un prix astronomique. Les fuites sur l'E.T.A. nous ont paru plausibles parce que l'endroit est idéal : voisinage discret, peu d'allées et venues de gens l'extérieur, végétation dense qui cache la maison, accès direct pour entrer et sortir de la ville par le Paseo de la Castellana et la Calle María de Molina.

— Je vois mal une bande de grands costauds à béret débarquer dans un endroit pareil, une bouteille de *chacoli* sous le bras, objecta Méndez.

— Nous non plus. Il va de soi que ces terroristes auraient pris l'apparence de gens fins et discrets, un faux professeur d'université flanqué de sa femme, d'une bonne ou d'un majordome, par exemple. Toujours est-il que la maison est prête pour leur arrivée, si tant est qu'ils viennent. Pour le moment, c'est ce que nous avons déniché qui nous intéresse.

Méndez darda sur le commissaire son regard froid et nuisible de vieux serpent.

— Qui est le propriétaire de la maison ? murmura-t-il.

— Il y en a eu plusieurs, tous des gens fortunés de la haute bourgeoisie, le genre de famille dont le père lit Ortega y Gasset et s'envoie la bonne pour tuer son ennui. En cherchant bien, on pourrait peut-être encore retrouver sous le lit le corps d'une gouvernante mise enceinte avant la guerre. Mais les temps ont changé et comme il semblerait que plus personne ne puisse aujourd'hui assumer les charges d'un domaine de cette taille, la maison est passée entre les mains d'une agence immobilière qui la vendra à la première occasion.

— Qui y a accès ?

— Ouh, un tas de gens, lâcha Fortes d'un air songeur : en gros tous ceux qui veulent la visiter ou la vendre, d'éventuels locataires ou acheteurs, ou alors des agents immobiliers avec une fleur à la boutonnière et leurs alter ego féminins, une carte de visite glissée dans l'entrejambe.

Méndez gardait les yeux immobiles. Son regard de vieux serpent virait au jaune.

— Dans ce cas, murmura-t-il, l'enculeur ou l'enculeuse peut être n'importe qui.

— Oui, malheureusement, oui.

— Quelles sont vos pistes, commissaire ?

— L'analyse des voix n'a rien donné. Elles ne sont pas répertoriées dans nos archives.

— Et les traces de pas ?

— Des escarpins à talons aiguilles du 42, donc la fille devait être assez grande. Et des chaussures d'homme du 44, à semelles de cuir, de celles qui ne laissent pas d'empreintes particulières. Le type aussi devait être de bonne taille, dans le genre sapeur-pompier en pleine forme, vous voyez ?

— Du jus ?

— Pardon ?

— Il y avait du sperme ? précisa Méndez. Il en a peut-être laissé échapper une goutte sur le couvre-lit.

— Oui, quelques-unes, même. Elles sont en cours d'analyse au labo.

— Du sang en veux-tu en voilà ?

— Qu'est-ce qui vous fait penser ça, Méndez ?

— Quand on maltraite une fille aussi sauvagement, elle a de fortes chances de saigner.

Drapé dans les volutes pharaoniques, Fortes donnait l'impression de vouloir se cacher en dépit de sa longue expérience dans le domaine du crime.

— Vous avez raison. Il y a pas mal de sang, trop sans doute.

— Putain de merde ! jura le vieux serpent comme un charretier.

— Je comprends ce que vous voulez dire, Méndez.

— Le bruit spongieux nous annonce la couleur : le type a enfoncé le canon du pistolet dans l'anus de la fille, puis il a tiré.

Fortes rassembla toutes ses forces de barbouze chevronné pour lâcher faiblement :

— Oui.

— Comment était-il, ce sang ? Pas très propre, j'imagine.

— Non, bien sûr que non. Mêlé de matières fécales.

— C'est donc bien ce que nous pensons.

— Tout à fait, Méndez.

— Et l'A.D.N. ?

— En cours d'analyse.

— Sans être des vedettes, ils doivent déjà avoir les résultats pour la fille, commissaire. Pour le salaud qui l'a butée, c'est une autre histoire, il a trempé sa nouille et il s'est barré.

— Erreur, Méndez.

— Pourquoi ?

— Il a emporté le corps de la fille.

Fortes recracha la fumée. Le vieux serpent se faufila en dessous, la bouche entrouverte, comme pour sonder l'air de sa langue qui regagna presque aussitôt son refuge faute d'avoir pu glaner un peu de cigare.

— Je vois mal comment il aurait fait tout seul.

— S'il a garé sa voiture dans le jardin, personne ne l'a vu. Et puis on l'a peut-être aidé. Sur la bande il a cité deux prénoms : David et Alberto. Ce genre de racaille ne manque pas de larbins.

Méndez ferma les yeux un instant, geste qui relevait de la salubrité publique car son regard faisait mal.

— Donc pas d'empreintes sur le corps ou les habits.

— Non, malheureusement.

— L'A.D.N. nous en dira peut-être plus.

— Il y a une chance sur mille.

— Il a pu laisser des empreintes sur les meubles, les verres, les poignées de portes. Dans les séries télé, même les flics les plus patauds finissent toujours par en découvrir.

— Pas dans ce cas-là, Méndez, je regrette. Après avoir commis son crime répugnant, l'assassin a manifestement agi avec sang-froid, un vrai travail de professionnel, de telle sorte que nous nous retrouvons presque sans indices.

— Mais nous n'avons pas encore terminé. Je ne suis pas un génie mais je sais reconnaître l'odeur de la merde et je suis sûr qu'il y a des traces de pneus.

— Il venait de les changer. D'après nous, ils pourraient correspondre à une 406 et nous avons orienté nos recherches dans ce sens, mais son garagiste a très bien pu monter ces pneus sur une autre voiture pour le dépanner.

Méndez poussa un soupir de découragement.

— Il nous reste une seule piste. La jeune fille a parlé de son père.

— Oui, à l'évidence un homme très puissant avec un caractère de cochon.

— Mais on ne sait rien d'autre.

— Non.

— J'aurais besoin que vous m'informiez davantage, Fortes. Comme vous le dites il doit être important, or la fine fleur de Madrid n'a pas de secret pour vous.

— Vous racontez des conneries. Madrid est une ville pauvre, contrairement à ce que les gens s'imaginent, une ville qui s'alimente de pain de ménage, de vinasse, de tripes d'agneau, de calamar dur comme la pierre et de sardines grillées. Et s'il y a des pauvres, autrement dit mauvaise répartition, c'est parce qu'il y a des riches, cinq mille empaffés occupés à la baiser en long, en large et en travers, alors comment voulez-vous que je les connaisse tous ? Avec Franco c'était autre chose. La Gran Vía étincelait de lumière et ses passants respiraient le bonheur. Les cafés étaient bondés jusqu'à l'aube et au coin de la Calle de Alcalá, un petit restaurant de poissons dont je ne me rappelle plus le nom servait du poulpe tendre comme des lèvres de Galicienne. Puerta del Sol, on astiquait même les bouches d'égout et, au bar Chicote, on croisait des nanas qui avaient de sacrés beaux culs. Voilà ce que j'appelle l'égalité sociale. Ça et rien d'autre.

Méndez préféra ne pas discuter.

— Cinq mille empaffés, ça fait un paquet, souffla-t-il.

— Et davantage si on compte les connards de l'administration, les planqués du Congrès et du Tribunal suprême, des lieux qui pour tout vous avouer commencent à se remplir de nénettes incapables de mouiller autrement qu'en occupant des postes de mecs. On trouve des gros richards partout : dans la construction, la politique, le football, quant à la drogue, n'en parlons pas. De là à dénicher le bataillon auquel appartient le père de cette fille et à savoir s'il y est colonel ou clairon, autant dire roi de la turlute, il y a du boulot et je vous le confie, Méndez.

L'intéressé prit un air alarmé, délaissant sa mine de vieux serpent pour adopter celle d'un jeune lapin, si tant est qu'il eût un jour été jeune.

— Quoi ? s'étrangla-t-il.

— Vous m'avez bien entendu. Cet ignoble assassinat nous a conduits à effectuer toutes sortes de recherches : traces de pneus, analyse de sang, A.D.N. d'une bite, on ne sort pas de la routine mais impossible d'aller plus avant. Officiellement, il ne s'est rien passé dans la maison d'Altos de Serrano et rien n'a été rendu public. Pas question de rameuter la presse. Seul un juge a écouté cet enregistrement sous le sceau du secret de l'instruction. Donc, rien. Aucun corps, aucun crime hormis celui perpétré sur la bande. Pas question par ailleurs de toucher à la maison et de griller nos chances de coffrer les gugusses d'E.T.A.

— Quel rôle dois-je jouer dans l'histoire ?

— Méndez, à Madrid on ne vous connaît pas.

— Très juste, Fortes. Les putes qui m'ont donné le sein sont mortes ou à l'hospice, sauf celles qui ont pu épouser les derniers aviateurs ricains de Torrejón. Reste une députée indépendantiste qui pourrait m'identifier.

— Je sais de qui vous parlez.

— Elle a de jolies jambes.

— Mais elle attente à l'unité de l'Espagne. Écoutez-moi, Méndez, ne tournons pas autour du pot. Ici, quand un policier lève le petit doigt, les journalistes sont au courant parce que nous fréquentons les mêmes bars, nous contractons les mêmes dettes et épousons les mêmes bonnes femmes. Nous ne voulons pas risquer de faire capoter une opération d'envergure à cause d'une indiscrétion. Quel est l'avis de la Hiérarchie sur la question ? Eh bien, elle pense qu'il faut mettre sur le coup un type qui n'habite pas Madrid, tout simplement.

Méndez s'agrippa à la table.

— J'ai déjà assez de travail comme ça, grommela-t-il.

— Au début de notre conversation, nous sommes tombés d'accord pour dire que vous vous étiez débrouillé comme un chef. Mission accomplie, cher ami, et brillamment encore. Maintenant que vous connaissez doña Lo, vous pourrez continuer votre petit bonhomme de chemin tout en veillant à ce que personne ne vienne remuer l'affaire Rivera, mais franchement, ce n'est pas la mort et vous aurez du temps à revendre pour vous occuper de mon enquête. Remuez-vous et vous obtiendrez des résultats qui arracheront des larmes d'émotion à ce qui reste de la Patrie.

— Me remuer ? Mais où ?

— Arrêtez de pleurnicher. Vous êtes en possession de l'enregistrement, Méndez. C'est une excellente copie. Vous aurez les résultats d'analyse d'A.D.N. que je compte vous refiler en douce. La moindre information ou identification vous sera transmise dans les cinq minutes qui suivront. Je serai votre messager et votre serviteur de confiance, mais je ne peux pas me montrer.

— Je supporte mal le climat madrilène, se défendit Méndez en ressassant ses éternels arguments avec des trémolos dans la voix.

— Dites plutôt que vous ne supportez que le climat de certains vieux cinoches de Barcelone démolis pour cause d'insalubrité, alors ne me faites pas pleurer et commencez vos recherches.

— Tout de même, chercher quelqu'un parmi cinq mille empaffés… se lamenta Méndez.

Fortes pointa un doigt sur lui :

— Un seul me suffira.

9

Une question de sang

Méndez déplorait la cruauté de son destin. Il s'était rendu à Madrid pour ne pas y travailler, comme tout honnête fonctionnaire, et se retrouvait avec deux missions sur les bras. Il se demandait comment démasquer l'abject meurtrier qui s'était acharné sur le cul ignoré d'une femme ignorée dans un endroit tout aussi ignoré. Trop de travail pour un homme qui aspirait à servir la Patrie de toute son âme, mais en paix.

Il est des villes qui ne naissent pas, elles s'inventent. Madrid relevait de cette catégorie, pure création de rois catholiques, reines en chaleur et vaillants jouvenceaux, peintres de salon, ministres en crise et journalistes au chômage, sans oublier une ribambelle de retraités de la Fonction publique, les désœuvrés, les titulaires d'une chaire de bar, les banquiers américains, les footballeurs brésiliens et les putains thaïlandaises. Madrid est un amalgame résultant d'un décret royal édicté dans l'étonnement général. Indéchiffrable, elle est sans âme et pourtant elle en a des milliers, issue du brevet d'un monarque puis redessinée par des gens de lettres sur une serviette en papier. Madrid a vu le jour au palais et grandi dans les tavernes, les gargotes, les mansardes, les écuries, les couloirs ministériels, les confessionnaux franquistes et les bals des bordels. Contre une âme sous pli cacheté, les quatre-vingt-dix-neuf autres hantent ses rues, ses petits commerces de quartier et les jupes de leurs vendeuses, les morts des cafés, les boulettes de viande faisandée et les calamars d'outre-mer.

Méndez, comme on le sait, était un homme de l'ancien temps. Il aimait les rues peuplées de petites âmes errant aux carrefours, promptes à se laisser happer par la voix d'un poète ou les ondulations d'une femme. S'il n'avait pas dû travailler, il s'y serait senti aussi à l'aise que dans sa Barcelone malheureusement en pleine réfection. Madrid avait éclos dans un berceau dynastique et Barcelone finirait dans un cercueil olympique.

Méndez, complètement abattu, regagna sa pension après dîner, à une heure où les hôtes étaient déjà bien lancés dans une partie de cartes effrénée. À court d'argent, on avait mis en jeu non pas la vertu de la patronne, car elle n'en avait plus, mais l'honneur du patron. Méndez s'enferma dans sa chambre avec vue vespérale sur la Gran Vía et réécouta la bande que lui avait passée Fortes, prenant garde de ne pas mettre le volume trop fort sous peine d'interrompre aussitôt la partie.

Malgré ses précautions, on vint frapper à sa porte. C'était Bonifaz, un ex-délégué du ministère des Finances qui avait exercé dans une perception du fin fond de la Castille installée dans un ancien couvent de dominicains n'ayant jamais versé le moindre impôt.

— Monsieur Méndez…

— Quoi ?

— Excusez le dérangement, mais je me permets de vous avertir que la patronne n'apprécie pas du tout l'usage du téléphone rose.

— Putain, vous avez l'ouïe fine.

— C'est une constante chez les fonctionnaires des Finances.

— Très bien, j'essaierai de ne pas déranger, mais ceci n'est pas une messagerie érotique.

— Je vois, d'accord… Il s'agit peut-être d'un enregistrement effectué dans une trésorerie municipale, un dialogue entre un chef de service et une contribuable. Enfin, je vous laisse à vos affaires et je retourne à ma partie. Dieu vous garde.

Méndez fit tourner la bande deux fois de suite. Ses yeux se voilèrent, enveloppant le Palacio de la Prensa d'un étrange brouillard tandis qu'il regardait la dernière fournée de spectateurs sortir des cinémas de la Gran Vía. Il n'y comprenait rien et se gardait de tirer des conclusions sur cette histoire dont la seule réalité était le lieu du crime : une belle maison avec jardin dans un quartier chic. Mais il ne l'avait jamais vue et ne pourrait sans doute pas la voir avant longtemps. Quant au reste, néant. Qui étaient donc cette fille, le fumier qui l'avait tuée et le père de la morte ?

Personne n'avait laissé de traces.

L'homme avait cité deux prénoms, Alberto et David, des types que sa victime et lui connaissaient probablement. Aucun nom susceptible de figurer dans les registres de la police. Aucun cadavre à sonder dans le cadre d'une autopsie solitaire. Il fallait attendre l'analyse du sang de la fille et du sperme du salaud, qui ne seraient d'aucune utilité tant qu'on ne les aurait pas retrouvés.

Fortes, bien que commissaire, se voyait souvent affecté à des missions spéciales dont il s'acquittait en solo, et ne se rendait que très rarement à la Préfecture, persuadé qu'ainsi il passait plus inaperçu. Officiellement, il gérait un magasin de bois à Carabanchel. Il n'y allait jamais avant onze heures mais personne ne doutait de sa position de patron. Pour établir leurs contacts, il avait donné à Méndez le numéro de l'entrepôt et celui d'un bar de la Calle Orense, à composer de préférence la nuit. « Surveillez votre langue, faites bien attention », lui avait-il recommandé, car les habitants du quartier ignoraient qu'il œuvrait pour le maintien de la légalité. Quant au café, jadis centre de réunion d'éternels étudiants en première année, du style désespéré qui tire sa crampe tout en gardant son jean, il accueillait désormais des divorcées automnales, des dames de compagnie en mal de gratification à l'heure du thé, des veuves de forte complexion qui, de temps en temps, laissaient entrevoir astucieusement un bout de porte-jarretelles. Ces clientes avaient introduit dans le bar l'air mélancolique d'entre-deux-guerres d'un Madrid qui n'existait plus depuis belle lurette.

Méndez composa le second numéro que lui avait confié le policier le plus clandestin de la capitale et demanda d'une voix sibylline M. Fortes, expert en pins des Flandres et autres précieuses essences tropicales importées du golfe de Guinée. La tenancière lui répondit dans la minute :

— Ah, le flic ?

Rompu aux secrets du monde hispanique, Méndez ne s'étonna pas. Il avait déjà entendu parler d'un journaliste barcelonais, soi-disant un grand professionnel doublé d'un grand homme, qui pendant la Guerre civile faisait partie des services d'espionnage de Franco. Incognito, comme il se doit, il avait tissé sa toile dans le sud de la France pour coffrer les exilés espagnols qu'il trompait avec ingéniosité sans jamais décliner son identité. Les choses se gâtèrent quand il reçut un appel du Haut Commandement à l'hôtel où il résidait avec ses compatriotes et que le réceptionniste parcourut le hall en beuglant : « *L'espion de Franco au téléphone !*[1] » Le bonhomme était paraît-il entré dans la cabine sans que ses amis républicains manifestent la moindre surprise.

En général, Méndez ne se surprenait plus de ce qui pouvait arriver quotidiennement dans cette Espagne du cinquième centenaire de la découverte de l'Amérique. Il se souvenait aussi d'une conversation dans un gymnase de luxe — il n'y était pas allé pour faire des U.V. décapants ni endurer un sauna fatal en décubitus dorsal ou pratiquer quelque exercice mortel, mais avec la ferme intention de filer un suspect — entre deux vieux messieurs à l'allure de banquiers aux tripes modérément surveillées par Montignac. L'un d'eux se plaignait à son compagnon :

« Même ici je n'arrive pas à destresser, je suis déprimé, je n'ai pas la forme.

— Tu as besoin d'un café et d'un petit remontant.

— Mais…

— Il faut aussi que tu baises.

— J'aimerais bien mais je n'arrive pas à bander.

— Choisis-toi une métisse dominicaine de dix-huit ans et tu verras que ça marche. Éloigne-toi de ta femme, vis ta vie.

— Ah oui, et où veux-tu que je la déniche, ta métisse ?

— Je m'en occupe. Retrouve-moi samedi, seul évidemment, sur mon yacht, dans le port d'Agaró, elle t'y attendra. Le capitaine, un type très discret, vous baladera pendant trois quarts d'heure, et là, tu verras.

— Oui, mais…

1. En français dans le texte.

— Quoi encore ? Arrête ton char, je suis ton médecin oui ou non ? »

Pourtant, même parcourir les méandres de sa mémoire ne put faire oublier ses tourments à Méndez, chargé de deux enquêtes simultanées alors qu'il avait l'habitude de n'en mener aucune. Il aurait voulu arpenter Madrid, laisser affluer les souvenirs, s'immerger dans les petites histoires que les concierges se racontent dans les bouis-bouis à *churros*. Il souhaitait courir après le vieux Madrid en marchant dans les pas de la dame qui lavait les chemises d'Eugenio d'Ors[1], dernier poète à avoir calanché sous une table du café Gijón, ou de la dernière pute (sans doute postulait-elle à présent pour entrer à l'Académie des lettres) qui avait soutiré cent pesetas à Menéndez y Pelayo[2]. Méndez n'avait qu'une envie : pénétrer dans les entrailles du vrai Madrid, sans nul doute préférable à la cité d'aujourd'hui qui s'étalait et se stimulait toute seule en commettant d'innombrables injustices. À l'époque tant regrettée du général Franco, on y avait créé des rues somptueuses pour le bien-être des riches, prolongeant avec audace le Paseo de la Castellana au-delà des Nuevos Ministerios, y construisant de jolis immeubles d'où l'on pouvait surveiller sa voiture mal garée sans décaniller de la terrasse ou s'assurer que le tailleur venu se faire payer un frac avait tourné les talons. Dans les cafés devenus des symboles de l'intégration occidentale, on pouvait régler un gin tonic avec l'American Express. Les terrains vagues de Capitán Haya, devant l'ancienne école de journalisme, s'étaient hérissés de gratte-

1. Eugenio d'Ors : penseur catalan conservateur au point de revêtir la chemise bleue des phalangistes.

2. Marcelino Menéndez y Pelayo, (1856-1912) : historien littéraire attaché à l'Espagne traditionaliste et catholique.

ciel abritant des hôtels quatre étoiles, des bars, des banques autorisant des découverts faramineux, des bureaux de statistiques et des putes à foison. La Colonia El Viso regorgeait de chefs d'entreprise dolents qui sanglotaient au bord de leur piscine avant d'aller supporter un déjeuner de travail lourdingue au Zalacaín. La Puerta de Hierro, près de la Moncloa, avait été parsemée de petits pavillons, d'appartements pour couples rabibochés avec des caves idéales pour fuir les créanciers et des fenêtres d'où l'on aurait presque pu voir le gouvernement de la Nation potasser jusqu'au petit matin sur les fonds réservés. « On vivait bien, songea Méndez. Quand je pense à ce qu'ils ont fait de ces quartiers. »

Car, selon ses critères personnels, le niveau de vie avait baissé et Madrid n'était plus du tout pareil. Abandonnée à son sort, la Gran Vía était promise à une mort certaine : la plupart des boutiques avaient fermé et tiré le rideau de fer, seuls demeuraient quelques bars mélancoliques et hôtels une étoile où la dernière femme de chambre sous contrat régulier finissait de tomber en poussière. Selon les heures, le parc du Retiro se transformait en territoire comanche. Plus personne ne dédiait de chansons posthumes à la Puerta de Alcalá. Le bas de la Calle Serrano, autrefois si sélect, agonisait sous les feux éteints de ses sombres vitrines, de ses banques uniquement fréquentées par les portiers venus prendre le frais et de ses sandwicheries gastronomiques.

Méndez, qui ne sentait plus ses pieds, arriva Plaza Mayor, dans le vrai cœur de Madrid. Il ne comprenait pas qu'un couple aussi fortuné que les Rivera n'ait pas songé à déménager du côté de Chamartín, Padre Damián ou Las Rozas. À leur adresse officielle, près d'Alcalá, il avait découvert un bureau, un canapé, un ordinateur et deux chambres vides. Dans les faits, les Rivera habitaient en plein sur la place, un vieil appartement immense dont les précédents occupants, trois siècles auparavant, avaient dû voir brûler les hérétiques du haut de leurs balcons et entendre les cris d'agonie des malheureux qui, bien entendu, ne croyaient pas à la résurrection. Aujourd'hui, seules leur parvenaient les voix des types qui commandaient une bière et du serveur de la Manche ordonnant au cuisinier de lui préparer du boudin frit, une portion de patates au piment et autres spécialités du chef.

Tout collait. Ainsi Rivera avait vécu là en compagnie de sa femme, une dame qui avait dû faire partie de la section féminine de la Phalange, dans un appartement hérité des parents avec une cuisine plus grande que la rôtissoire du jésuite Arenda, un couloir pour marathoniens, un salon meublé de chaises monacales recouvertes de dentelle de Valenciennes, une esquisse de Solana sur laquelle on avait caviardé les jambes des putes et un portrait béni par le Pape. Grand-Croix de l'ordre du Joug et des Flèches, assurément duchesse de la Mota en cours de momification, la sainte épouse de don Paco Rivera était digne de tout cela. Elle officiait dans une chambre à coucher qui avait vu mourir la grand-mère et où le pauvre Paco avait dû s'acquitter du devoir conjugal juste en dessous de l'aigle impérial. Au lieu s'installer dans le quartier huppé de La Moraleja, le couple s'était cloîtré dans ces murs au centre d'une ville qu'ils n'avaient pas vue changer.

Méndez poussa le portail, prêt à expédier les dernières vérifications de son enquête avant de rédiger son rapport et d'oublier cette affaire. Il monta au premier et localisa l'appartement dont au moins quatre balcons donnaient sur la place. Personne ne l'arrêta car le portier qui contrôlait l'entrée était davantage occupé à contrôler le bar d'à côté. Méndez gravit les marches en silence et se retrouva devant une porte imitant celles de l'Escorial et une plaque du Sacré-Cœur qui réjouirent son âme versée dans la tradition.

Il frappa sans recevoir de réponse, fait étrange dans une maison qui aurait dû regorger de domestiques ou disposer d'une simple bonne en robe de pénitente pour accueillir les visiteurs en cas d'absence de la maîtresse parcheminée. Méndez contempla la porte d'un œil méfiant, hésitant à presser la sonnette, tandis que lui parvenaient par intermittence les rumeurs de la place, les multiples voix du peuple jadis avide d'exécutions inquisitoriales et de chevaux, aujourd'hui amateur de buts, de vin de Valdepeñas, de sardines d'Alicante, de jambon et de thon en quantités autrement plus importantes que celles englouties par les fantassins lors de la guerre des Flandres. Méndez eut alors une pensée pour Pablo Muñoz, le meilleur serrurier de Barcelone.

La police avait recours à lui quand elle craignait de découvrir un mort, une fuite de gaz ou une fillette en larmes derrière une porte. Selon une technique dont il gardait le secret, Pablo Muñoz déverrouillait en quelques minutes sans piper mot. Méndez, par ailleurs disciple des plus grands crocheteurs du vieux Barrio Chino, avait appris en sa compagnie cet art noble à présent oublié des jeunes flics. Au terme de quelques manœuvres suaves, il parvint à ouvrir. Guidé par la lueur d'un autre Sacré-Cœur placé sur un autel, il pénétra dans un immense vestibule avec vue sur la place encombré de cruches fleuries et de meubles austères sortis tout droit d'une capitainerie générale. Au mur s'étalait une tapisserie majestueuse portant les armes brodées au fil d'or d'un certain Cataviejo dont devait descendre l'inévitable veuve parcheminée. Les lunes et les canons de marine qu'elle représentait indiquaient que ses illustres ancêtres avaient été corsaires, mais Méndez, fidèle à son mauvais esprit, préféra imaginer une lignée de pirates.

Après avoir refermé la porte du hall avec précaution, il poursuivit son exploration. La lumière ecclésiale de la sainte effigie et le soleil qui entrait par le balcon menaient à un couloir obscur d'une longueur phénoménale, véritable salle de gymnastique pour tout homme de bien se préparant à courser la bonne à la grâce de Dieu, le braquemart en arrêt. De chaque côté, les portes étaient closes. Méndez remarqua d'autres vases remplis de fleurs, une photo historique de Pie XI et les portraits de deux autres aïeux au regard chaviré, à croire que sainte Thérèse leur était apparue pendant la pose.

Au fond du couloir, Méndez distingua une salle à manger solennelle aux vitrines contenant des couverts en argent, des tasses de la manufacture de Sèvres et autres délicatesses du même acabit. Un lustre qui avait l'air en authentique cristal de Bohême pendouillait du plafond. Le dernier balcon en enfilade avait été transformé en confortable mirador donnant sur une ruelle tortueuse du vieux Madrid dont les murs avaient jadis accueilli des hidalgos prêts à mourir, ou plutôt à tuer, au nom de la foi, avant de devenir des lieux de stockage de caisses de Chinchón sec.

Persuadé que la mort de don Paco Rivera n'avait provoqué aucun remous en la demeure, Méndez songea qu'il était temps de partir. Même sans avoir rencontré la veuve, il considérait sa mission accomplie et ne jugeait pas utile d'enfreindre la loi plus longtemps en restant là comme un voleur, d'autant que, s'il s'attardait, la momie en robe de bure risquait de lui sauter dessus et de le violer sur place avec un scapulaire.

Alors qu'il revenait sur ses pas, il eut la curiosité d'ouvrir une des portes, histoire d'en savoir un peu plus. Pons, son chef, lui poserait sûrement des questions pour s'assurer qu'il s'était bien rendu sur les lieux. La lumière qui entrait par la fenêtre lui permit de distinguer un lit en beau bois massif de style Valentí, autrement dit le gage d'une couche faite pour durer toute la vie. La pièce contenait par ailleurs une coiffeuse royale, un baromètre — outil indispensable aux gens richissimes qui ne mettent pas le pied dehors quand il pleut —, une icône argentée, un plateau couvert de fioles de poupées et un tapis en soie indienne chèrement payé par les yeux d'un enfant. Mais il y avait aussi autre chose allongé sur le lit : des jambes longues et fuselées qui avaient l'air du tonnerre, une jupe aux couleurs criardes froissée dans un coin, un pubis couleur de deuil, une petite culotte abandonnée sur la table de chevet, le tout figé dans une immobilité telle que même le ministre de l'Intérieur aurait pu constater un décès.

10

Une question de verres

Les yeux de Méndez se détournèrent des jambes de la femme morte pour se poser sur celles de la femme vivante. Dans ces cas-là on n'a pas toujours la chance de pouvoir choisir.

À l'instant même où il avait découvert le cadavre, la porte qui grinçait dans son dos l'avait obligé à faire volte-face aussi lestement que le lui permettaient ses vertèbres alcoolisées et ses rhumatismes congénitaux. À compter de cette minute, la scène s'était imposée à lui en quatre instantanés comprenant deux paires de cuisses, à savoir la matière première de l'univers.

Les jambes de la morte, étendues sur le lit, étaient longues et pleines, jeunes et droites, sensuelles malgré leur rigidité. Quant aux autres jambes, elles se dirigeaient vers le lit, donc vers lui. Encore plus longues et pleines que celles de la défunte, plus jeunes et plus droites, plus sensuelles, plus charnelles aussi, elles paraissaient conçues pour accueillir la langue d'un petit ami, les caresses d'un mari et les grosses claques d'un client, trois fonctions basiques selon les critères de Méndez, qui avait reçu une éducation de la rue et obéissait à des lois éternelles, élémentaires et directes.

Les deux autres instantanés, outre les jambes, incluaient des visages, l'un livide encadré d'une chevelure noire, l'autre hâlé par le soleil auréolé de blond. Curieusement, les deux femmes avaient une coiffure plus ou moins similaire : des mèches lisses et sévères prises dans un chignon, un peu à la manière des dames de l'époque victorienne. La morte était nue. Âgée d'environ trente-cinq ans, elle avait dû être belle et gracieuse. La femme qui la veillait n'atteignait pas la trentaine. Plus attirante parce que presque nue, elle avait la beauté et l'allant du temps présent, avec toute la réalité que cela impliquait. Sa nuisette laissait entrevoir les plis de son aine — annonciateurs de cellulite et autres substances peu recommandables — et des cuisses capables de rivaliser avec celles de Celia Gámez, Rosita Carvajal, Carmen de Lirio, grandes courtisanes qui auraient mérité qu'on célèbre leur centenaire tout autant que celui des poètes. Mais surtout, Méndez s'émoustilla en apercevant son triangle noir, élégant, d'une finesse qui l'amena à conclure qu'en toute chose on sait reconnaître la classe, car ce pubis-là ne semblait pas taillé aux ciseaux, plutôt modelé à la langue.

Les deux femmes semblaient avoir été tirées de leur sommeil, la première par la mort, la seconde par le bruit involontaire occasionné par Méndez en poussant la porte. En homme de métier, il concentra toute son attention sur le visage qui venait d'entrer, voulant s'assurer qu'il ne trahissait aucune expression de surprise face à la défunte. De nos jours, en Espagne, les neuf académies de police apprennent aux élèves à tapoter des touches d'ordinateur alors que la vieille école dispensait l'étude de la physionomie. Méndez déduisit de son observation que la nouvelle venue avait un air estomaqué doublé d'effroi. Elle recula, s'adossa au mur en haletant, plia une de ses jambes, exhibant les courbes de son cul nul, les ravages qu'y avaient laissés les plaisirs de la bonne table, de la bonne couche, de la langue d'un bon Samaritain, bref autant de choses bénéfiques qu'il faut pour créer une vraie femme, pas une revue de mode. Bien qu'ébahi par cette abondance de chair, Méndez songea aussitôt à étouffer le cri qui montait dans la gorge de la femme.

— Police, ne vous inquiétez pas, lâcha-t-il en lui montrant sa plaque.

— La police, mais ?...

— C'est vrai. Vous pouvez vérifier autant que vous voudrez, aujourd'hui j'ai pris mes papiers, d'habitude je les oublie à la maison. Si vous n'êtes toujours pas convaincue, faites le 091. Mais je crois qu'il faut que nous parlions. Premier point : je m'appelle Méndez.

— Vous êtes vraiment un policier ?

— Pourquoi pas ?

— On ne dirait pas. Vous ressemblez plutôt à un croque-mort.

— Je crains que vous n'en ayez besoin, murmura Méndez, mais vous allez d'abord commencer par vous calmer et me poser la question qui vous brûle les lèvres.

— Je suis calme. Comment êtes-vous entré ici ?

— De façon illégale, je l'avoue, mais je pensais qu'il n'y aurait personne.

— Pourquoi ?...

La femme était sur le point d'exploser. « Mais tu ne le feras pas parce que tu es une dame, songea Méndez. Et parce que ce qui te tourmente, ce n'est pas la présence de la morte, mais de me faire voir ton cul en pâte d'amande et ton con de satin. Maintenant tu vas tourner les talons et t'enfuir en me montrant ton derrière issu de générations de femmes qui ont su prendre la vie du bon côté, un vrai monument national qui rappelle les mots du poète arabe : "La raie de ton cul est un sourire." Tu reviendras enveloppée dans un peignoir et tu retrouveras la sérénité au détriment de ta dignité de femme à poil. Tu te mettras peut-être à beugler en appelant à ton secours les agents spécialisés dans les agressions contre les femmes. »

Méndez se trompait. La blonde ne bougea pas, le privant de la vision de sa face lunaire et de sa taille jeune et encore flexible grâce aux vendredis maigres, mais pas de ses jambes reluquées depuis l'adolescence par une horde de curés et de conseillers municipaux.

— Pourquoi avez-vous fait ça ? demanda-t-elle en terminant sa phrase.

— Juste pour voir où habitait Paco Rivera et m'assurer que tout était en ordre avant de classer l'affaire. Au sens purement administratif du terme, notez bien.

La femme, sans détacher son regard de la morte, releva la dernière phrase.

— Qu'est-ce que vous venez faire dans cette histoire ? balbutia-t-elle.

— Je suis chargé d'éviter les commérages et d'éloigner ce que les étudiants d'aujourd'hui appellent les mass media.

— Ah oui ?

— Je crois que vous ne saisissez pas.

— En effet.

— Un scandale pourrait faire surgir d'autres noms : politiques, banquiers, journalistes, flics de renom… bref, des gens au cul confortablement assuré.

— Maintenant je comprends.

— C'est toujours ça de pris.

Elle soupira, tourna légèrement la tête et posa un œil mauvais sur Méndez.

— Vous savez à qui vous parlez ? susurra-t-elle.

— J'ai déjà entendu ça quelque part.

Elle leva les yeux au ciel.

— Je suis la veuve de Paco Rivera.

*

De multiples pensées assaillirent Méndez, toutes orientées dans les deux mêmes directions. La première amenait son esprit fruste à croire que tout cela était logique et qu'il aurait dû s'en douter dès le départ. La seconde l'inclinait à penser que Paco Rivera était mort et bien mort, et qu'il pouvait toujours aller se faire mettre dans l'au-delà car il avait été un fieffé connard.

Marié à une femme pareille, comment avait-il pu fréquenter l'établissement de Lorena Dosantos ? La mort de don Paco était inexplicable, mais pas autant que sa vie.

— Je ne me serais jamais douté… bredouilla-t-il.

— Comment m'imaginiez-vous ?

— Vieille, avec un cul enveloppé de gélatine au lieu d'être enrobé d'une graisse harmonieuse, une poitrine tombante à force de donner le sein aux carlistes, et aussi, pardonnez mon langage, une femme exercée à caresser le rosaire en pensant à une paire de couilles mais qui s'est fait établir un certificat attestant qu'elle n'a jamais baisé pendant le Carême.

La femme grimaça :

— Vous êtes un salaud, Méndez.

— Juste un vieux policier, madame, qui a supporté beaucoup de carêmes et de carlistes.

— Pourquoi aviez-vous cette image de moi ?

— À cause de l'âge de votre mari, qui ne le faisait certes pas, mais vous savez que les femmes vieillissent plus vite que les hommes. Et puis, vous avez un fils curé, me semble-t-il.

— Je suppose que vous faites allusion aux deux prêtres qui ont emmené le corps. Vous savez tout, Méndez.

— Oui.

— Ils ont agi par charité.

— Je l'espère.

— Ils étaient toujours derrière Paco.

— Ça concorde, en général on ne tombe pas sur le cadavre d'un homme qu'on a connu au hasard d'une promenade.

— Inutile de vous mentir puisque vous essayez de nous aider. Ensuite, nous avons simulé un décès dans notre maison de campagne.

— Une moitié de l'Espagne s'emploie à cacher l'autre moitié, madame, et c'est pourquoi l'histoire de notre pays est encore un tant soit peu présentable.

— Pourtant, vous vous trompez.

— Ah bon ?

— Le curé n'est pas mon fils, mais celui d'un premier lit. Je suis la seconde épouse de don Paco.

Si les pensées de Méndez avaient auparavant rayonné dans deux directions, elles s'égaillaient à présent dans tous les sens. Il lorgna la femme, puis la morte, et songea qu'il y avait quelque chose de surréaliste dans cette chambre à demi éclairée sur une place où les demis filaient bon train. Mais la vie en Espagne foisonne de situations abracadabrantes, jusque dans l'hémicycle du Congrès. Il chercha à en savoir plus.

— Paco Rivera était veuf ? chuchota-t-il.

— Vos supérieurs ne vous ont rien dit à ce sujet ?

— Non.

— La nouvelle a pourtant été publiée dans la presse sentimentale. Contre notre volonté, cela va sans dire.

— Mes chefs ne lisent pas les magazines à l'eau de rose. Leurs épouses le font à leur place.

— Et elles les leur racontent ensuite ?

— Les chefs de la police ne s'intéressent pas aux ragots de leurs bonnes femmes.

— Eh bien, ils ont eu tort.

— Que rapportaient les articles ? bougonna Méndez.

— Que Paco Rivera avait divorcé, donc qu'il n'était pas veuf, et qu'il s'était remarié.

Méndez avala sa salive, se sentant pour la première fois dépassé par la sérénité de cette femme.

— Vous avez de l'aplomb, madame. À aucun moment vous n'avez eu l'air inquiète de me dévoiler vos charmes.

— Libre à vous de croire que j'ai l'habitude de le faire.

— Je ne me permettrais pas, et puis je suis en infraction. Sans vouloir vous embêter, j'aimerais encore vous poser deux petites questions.

— Faites donc.

— Primo : où habite la première femme de don Paco ?

— Chez elle, pardi.

— Deuzio : qui est cette morte ?

Les yeux de Mme Rivera errèrent un moment dans la pièce, comme s'ils refusaient de se poser sur la gisante qu'ils finirent néanmoins par considérer.

— C'est ma bonne, lâcha-t-elle d'une voix tremblante.

— Elle travaillait ici depuis longtemps ?

— Trois mois.

— Vous ne savez pas si elle s'était disputée avec quelqu'un, si elle avait des ennemis, un amoureux ?

— Non.

— Et dans ce grand appartement, vous n'avez rien entendu ?

— Rien de rien, mais je suis sûre qu'elle est morte sans faire de bruit, dit-elle, prête à fondre en larmes et commençant à perdre son assurance.

— Je vais l'examiner, susurra Méndez. Sans la toucher car ça, c'est le travail du médecin légiste. Pour parler franc, je n'y connais pas grand-chose. Dans mon quartier, les femmes meurent toujours pour des raisons évidentes, une torgnole du mari, par exemple. Remettez-vous, madame. Allez boire un verre et passer un peignoir, je suis sûr que vous vous sentirez mieux.

Elle s'exécuta et revint presque aussitôt. Ce fut au tour de Méndez d'être incommodé, car sous le peignoir venait de disparaître l'un des panoramas les plus suggestifs — et exceptionnels — que peut offrir le Madrid des femmes qui brûlent d'un feu ardent sous des airs indifférents. Il avait l'impression de se retrouver dans ces films d'avant-guerre dont les actrices, surtout quand elles étaient un peu rondouillardes, semblaient venir au monde avec un déshabillé sur le dos. Méndez, qui ne pouvait plus jouir que par la vue, se sentait comme les impuissants qui fréquentent les salles pornos et matent les corps et les exploits des autres avant d'aller mourir dans les bras de la Sécurité sociale. Il prit un air mauvais pour demander :

— Vous ne m'avez pas dit votre nom.

— Je m'appelle Marga.

— Et votre domestique ?

— Sonia.

— Elle était très jeune. Très jolie aussi.

— Je ne supporte pas les vieux. J'ai été élevée au milieu des vieux.

Méndez la regarda de travers.

— Paco Rivera n'était pas un jeunot, maugréa-t-il.

— Je ne supporte les vieux que lorsqu'ils me payent, alors quand c'est moi qui débourse je fais mon choix.

— Je ne vais pas vous importuner plus longtemps, je sens que d'ici une minute vous n'allez plus pouvoir me voir en peinture.

— Dans ce cas, abrégez. Vous avez découvert quelque chose ? demanda-t-elle en indiquant la morte.

— Oui. On lui a enfoncé une aiguille dans le bulbe rachidien. Son meurtrier a dû pour cela l'allonger sur le ventre. Vous n'avez pas retrouvé l'arme du crime car elle est restée dans la nuque. Il ne l'a pas ratée, elle n'a pratiquement pas saigné. D'après mes observations, je peux vous proposer deux verdicts de flic de quartier.

— Lesquels ?

— Tout d'abord, la mort a dû être silencieuse et immédiate, puis l'assassin a porté religieusement le corps sur le lit.

— Pourquoi serait-ce un homme ?

— À cause du poids, bien que de nos jours il y ait des femmes capables de vous foutre une branlée avant de vous baiser. Les temps changent.

— Vous êtes décidément un sale type, Méndez.

— Oui, madame. Avec une ancienneté qui se compte en multiples de cinq et qu'on ne me paye pas. Maintenant, dites-moi combien de personnes ont les clés de cette maison.

Marga ne mit pas longtemps à réfléchir :

— Mon mari en possédait un jeu, répondit-elle en tortillant la ceinture de son peignoir, mais je l'ai récupéré dans la poche de sa veste. J'ai moi-même une clé, naturellement, et Sonia aussi.

— Est-ce celle-ci ?

Méndez signala une grosse clé de sûreté trônant sur le petit plateau en argent de la table de nuit. Marga acquiesça.

— Exact. Sonia la posait toujours là.

— Quelqu'un aurait-il eu le temps d'en faire une copie ?

— Vous dites cela parce que la porte n'a pas été forcée ?

— Tout juste.

— Il n'est pas facile de dupliquer ce genre de clé, dit Marga à part soi. Les serruriers exigent une pièce d'identité.

— Une précaution parfois inutile. Procédons par élimination : le concierge a-t-il un double en cas d'urgence ?

— Oui, mais il les garde au coffre.

— Autre précaution inutile.

— Oui, mais aucun des jeux qu'il possède ne porte le nom de son propriétaire et les numéros des appartements ne correspondent pas, de telle sorte que si quelqu'un s'empare de la clé du premier étage, il peut tout aussi bien s'agir de celle du cinquième. Il est le seul à s'y retrouver.

Méndez hocha la tête tout en inscrivant dans sa tête ce renseignement qu'il supputait déjà.

— Vous vous couchez très tôt, remarqua-t-il en regardant sa montre.

— J'aime me lever à l'aube, quant à Sonia, il va de soi qu'elle se calait sur mon rythme.

— J'ai l'impression que le meurtrier connaissait vos habitudes et qu'il a même compté dessus, sans quoi il s'exposait à ne pas la trouver seule.

— Où voulez-vous en venir ?

— Je l'ignore. J'émets des suppositions qui me donneront la migraine dans quelque temps. Dites, vous regardez la télé dans votre chambre ?

— Un petit peu, oui.

— Elle est allumée, là ?

— Oui.

— Cela explique que vous n'ayez rien entendu. Pourtant vous m'avez entendu, moi.

— Peut-être qu'il y a eu un moment d'accalmie. Souvent ils hurlent, surtout pour vous conseiller de boire de l'eau amaigrissante et de passer au laser, et l'instant d'après ils murmurent.

— D'accord.

Elle le fixa.

— J'imagine, fit-elle d'une voix blanche, que je suis votre suspect numéro un.

— Ça se pourrait, déclara Méndez, mais je n'oserais pas vous accuser de quoi que ce soit car j'ai découvert le cadavre de manière illégale. Cela vous laisse une marge de manœuvre, et puis, vu que je suis ici pour limiter le scandale autour de la mort de Paco Rivera, il me semble que cela s'applique aussi à sa veuve. Sûr que si je consulte mes supérieurs, ils me conseilleront d'aller chercher un autre suspect.

Méndez se dirigea vers la table de chevet où paradait le genre de téléphone blanc qui distingue les riches des pauvres dans le cinéma ibérique des années quarante. Il souleva le combiné.

— Moi qui ne suis qu'un chardon, il faut que j'avertisse la fine fleur de la police. Pour plus de discrétion, je ne vais convoquer que le légiste et un commissaire, ensuite, on verra. Vous permettez ?

Méndez contacta Fortes. Encore au travail à cette heure-là, ce dernier reçut l'information par l'intermédiaire de cinq ou six filles employées dans une maison de rendez-vous du quartier. Fortes déversa un chapelet d'injures concernant la mère de Méndez, lequel lui envoya dire que la sainte femme ne les méritait pas, elle qui avait passé sa vie à raccommoder des costumes de picadors et coudre des robes pour les veuves de la Guardia Civil.

Fortes déboula néanmoins dans les vingt minutes qui suivirent : les tavernes regorgeant encore de monde, le trafic était nul. Fortes avait manifestement eu le temps d'aller voir un juge car il était flanqué d'un petit médecin légiste à lunettes, chauve et fourbu, de ceux qui font des heures supplémentaires et emportent les cadavres chez eux.

Après ce qu'il avait vu, Méndez ne s'attendait pas à ce que le bonhomme lui en apprenne plus qu'il n'en savait, mais, contrairement à ses espérances, il éclaira sa lanterne en se lançant tout de go dans des explications hautement expérimentales.

Au premier coup d'œil, il commença par s'exclamer :

— Nom de Dieu, la Mónica !

*

— Je croyais qu'elle s'appelait Sonia, grommela Méndez.

La terrasse panoramique de style brise-lames du grand café-bar-tripot-restaurant Las Españas était encore bondée malgré l'heure avancée. Les clients éclusaient du vin de la vallée de Pas, picoraient des poivrons de Tudela, taquinaient des calamars de Namibie, cherchaient à faire pistonner leurs parents pour entrer dans la police municipale et à savoir si l'argent investi dans les paris était déductible des impôts.

Méndez contempait les grands balcons de l'appartement de feu Paco Rivera, à travers lesquels passait juste un rai de lumière.

— Je croyais qu'elle s'appelait Sonia, répéta-t-il.

Le légiste et lui s'étaient installés en terrasse, sous le regard protecteur du cheval de Philippe III, pour siroter le dernier verre du fonctionnaire appliqué. Le médecin avait demandé à lui parler en privé, hors la maison de la morte, et ils devisaient à présent dans le raffût incroyable qui caractérise la relative solitude espagnole.

— Ne soyez pas surpris, lui dit ce dernier. Les femmes comme Mónica changent souvent de prénom au gré des établissements qu'elles fréquentent, surtout quand les habitués sont postmodernistes. Elles s'appellent tour à tour Vanessa, Christi, Yolanda ou Cleo. Elle, qui était une fille somme toute assez simple, utilisait son vrai prénom : Mónica. Je l'ai rencontrée dans une maison dirigée par une *maîtresse*[1] encore jeune, qui chaussait des hauts talons pour que les clients lui baisent les pieds, et portait une combinaison de latex noire qui la serrait comme une sardine et lui rentrait dans la raie des fesses en soulignant son anus. Excusez ma crudité, mais l'anus n'est rien d'autre pour moi qu'un terme technique qui désigne la dernière porte du conduit digestif, une sorte de sésame pas toujours sain ni prêt à rendre service. Elle se cachait derrière un masque de velours qui mettait son nez et sa grande bouche vicieuse en valeur. Je ne sais pas si vous avez déjà remarqué, Méndez, à

1. En français dans le texte.

quel point les grandes bouches sont suggestives. Beaucoup d'actrices jouent là-dessus. Une bouche pulpeuse donne l'air en bonne santé. Les petits clapets en forme de pignon des stars des années trente ne sont heureusement plus à la mode, j'en sais quelque chose, moi qui suis un expert de l'ancien temps. On aurait cru des noyaux d'olives peinturlurés. Mais revenons à nos moutons. Vous savez, cette *maîtresse* dont je vous parle était une authentique professionnelle, très à la page, allant même jusqu'à faire pipi dans des pots de chambre garnis de cuir pour satisfaire les sybarites. Pardon ? Vous m'offrez un autre verre, Méndez ? Ce n'est pas de refus car il va bientôt être l'heure d'aller retrouver ma femme à la maison, et avec elle l'angoisse du dîner réchauffé et du téléviseur allumé. Dans les mariages parfaits, c'est l'heure de la solitude et du désespoir, fit le légiste en levant les bras au ciel et vers la statue du roi.

Méndez appela le serveur :

— Donnez-nous la même chose.

— Donc, je vous disais que Mónica travaillait dans les diverses couches de cette maîtresse, qui par ailleurs était une vraie femme d'intérieur aimant faire la cuisine à ses heures et se montrer vicieuse dans l'exercice de son art. Avant d'ouvrir, elle regardait des séries télévisées, faisait ses comptes ou bavardait avec les filles, qu'elle conseillait sur les soldes du Corte Inglés. Dès que les clients arrivaient, elle endossait son costume de sadique, et elle l'était sacrément. Elle suspendait ses employées à des crochets spéciaux vissés à des anneaux et elle les insultait devant les habitués : « Si tu te doutais de ce qui t'attend, ma petite… Quelques coups de fouet ne feraient pas de mal à ton gros popotin merdeux. Si tu cries je te mords, salope. » La fille savait que le bon déroulement des séances exigeait qu'elle proteste un peu. Ensuite la *maîtresse* apprenait au client à se servir du fouet, technique délicate qui nécessite une préparation culturelle parce qu'il faut frapper fort, mais pas trop pour ne pas laisser de marques, bien qu'il y ait toujours des salopards amateurs de zébrures. Cette dame, en connaisseuse, se montrait d'une exactitude sans faille, n'excédant jamais les limites de la garantie professionnelle. Les filles lui faisaient confiance.

Accoutumé à goûter la tranquillité en compagnie des morts, le légiste regardait d'un air dépité la place bourrée de monde, la terrasse comble, les verres embués de salive, les tables où paraissait se disputer le championnat de la Liga.

— Merci de m'avoir invité, Méndez. Comme je vous le disais, et même si je ne vous l'ai pas dit, je ne vais pas m'en priver, la *maîtresse* avait beaucoup de mérite. Il n'est pas si facile de faire régner l'enthousiasme et la camaraderie sur un troupeau de jeunes filles devant endurer la souffrance, les coups, l'enculage et l'introduction de membres virils qui les vrillent comme une perceuse. Seule une femme de grande classe peut s'acquitter de cette tâche. Vous, Méndez, vous ne connaissez rien au capitalisme à toute heure, pourtant sa sauvagerie bénéficie de toutes les protections. Je m'explique, car mes termes peuvent surprendre. La pute traditionnelle, celle que vous croisiez dans le bas des Ramblas, Calle de Las Tapias, San Olegario ou Robadors — un quartier mythique qui mériterait que l'Institut d'histoire et le Centre de maladies infectieuses assurent sa conservation —, ne cessait jamais d'être elle-même. À force de fréquenter ses clients, elle finissait par leur parler de ses enfants, de sa belle-mère chargée de leur éducation et de son connard de mari. Elle avait des frontières sexuelles et disait : « Ça, oui, ça, non. » Elle vénérait les bergères et tout un paquet de saints dont dépendaient apparemment les récoltes et les moissons, de sorte que lorsqu'un type la montait dans le lit conjugal ou au bordel, elle ne perdait pas son identité.

Il fut interrompu par les cris de la table voisine, où on venait apparemment de marquer un but.

— La plupart des putes sont encore ainsi, déclara Méndez.

— Oui, mais le capitalisme moderne a réussi à remplacer le mot « vie » par le mot « travail ». Quand nous exerçons notre profession, quelques heures par jour dans notre cas, nous renonçons à la vie et cessons d'exister. Même les psychologues de l'industrie ne bronchent pas car les fruits du progrès portent sur le travail et non sur les vies. Ils nous achètent sans que cela nous affecte car nous sommes d'accord pour nous vendre quelques heures. Dans le cas des femmes dont je vous parle — celui de Sonia ou de Mónica, par exemple —, l'exercice est poussé à l'extrême. Durant une heure ou deux, elles cessent absolument d'exister. Bien sûr, cela remonte à la nuit des temps, Méndez, comme dans ces maisons closes où la patronne exigeait que les filles ravalent honte et dignité lorsqu'elles œuvraient au lit. Ça me rappelle aussi les casernes où le gros colonel et ses sergents prêts à chier dans leur froc à la moindre occasion ordonnaient aux soldats de laisser leurs couilles devant la porte. Notre métier nous donne à manger mais il nous tue. Ces filles s'oubliaient face à des hommes qui eux aussi s'oubliaient ou alors montraient leur vrai visage. Ils les battaient comme ils auraient voulu battre leur mère, les reniflaient parce que dans leur enfance ils n'avaient jamais pu aller voir sous les jupes d'une jeune tante. Étrange monde que celui du sexe, Méndez. Même la scie d'un légiste ne parvient pas à le percer car c'est l'univers le plus authentique et le plus historique qui soit. Ces femmes gagnaient de l'argent rapide, prêtes à bouffer le con de la patronne sur la requête des clients et à gémir avec professionnalisme, donc avec naturel. Puis, une fois débarrassées de leur uniforme, elles partaient danser dans une boîte avec un étudiant, quand elles ne rentraient pas sagement dîner à la maison. Elles redevenaient elles-mêmes. J'en ai connu quelques-unes dans les bas-fonds de Madrid, de Barcelone, de Bilbao et autres villes qui réunissent deux extrémités de ma science : la première liée à la solitude humaine, l'autre au capitalisme.

Méndez poussa un soupir innocent, comme pour chasser l'image du vieux serpent à qui on ne la fait pas.

— Comment les avez-vous connues ? murmura-t-il.

— Putain, mais parce que je suis légiste. J'ignore si je vous ai parlé du client vicelard, et si je ne l'ai pas fait je ne vais pas m'en priver. Figurez-vous que ce client qui voulait marquer son passage sur terre n'avait pas trouvé meilleur support que le cul d'une fille. Il y a des gens qui frappent fort et qui payent pour cela. Parfois, une des employées se rendait compte qu'on avait un peu trop forcé ou que la maîtresse n'avait pas suffisamment contrôlé la séance — une tâche très ardue, disait-elle, comme dans l'art — ou encore que son petit cadeau s'était fait la malle. Elle venait porter plainte, le cul ensanglanté. Pas de l'intérieur, ce qui est très grave, juste des lacérations bénignes. C'est ainsi que j'ai rencontré Mónica. En l'examinant. Je me rappelle qu'elle avait un cul large et vivant comme la Calle de Alcalá et un visage de pierre, dépourvu de traits.

— C'est arrivé une seule fois ?

— Non, deux. À croire qu'elle avait la poisse ou que les vicelards lui couraient après entre deux conseils d'administration.

— Elle était jeune et jolie, opina Méndez. Pourquoi faisait-elle ce travail ?

— Sans doute pour l'argent.

— Elle aurait pu en gagner dans un établissement normal, fréquenté par des clients aimables, qui prennent des nouvelles de la famille, finissent par s'amouracher et demandent la permission avant de tremper leur nouille.

— Méndez, vous êtes un salaud.

— Vous aussi.

— Oui.

— Mais moi, murmura Méndez, on me l'a déjà dit.

— Parfait, lâcha doucement le légiste à lunettes, laissons de côté les qualificatifs et autres noms d'oiseau. Je n'ai peut-être pas été assez clair. Quand je parle d'argent, je veux parler de sommes astronomiques. Ces endroits bien particuliers permettent d'en gagner énormément. Vous savez que le capitalisme contribue au bien-être général.

— Mónica avait-elle réellement besoin d'autant d'argent ?

— Je suppose que oui. Elle avait un fils handicapé qui lui coûtait très cher, jusqu'à ce que Dieu décide de contribuer lui aussi au bien-être général en le faisant mourir.

Le légiste, qui ne croyait plus en rien, pas même aux morts, liquida son verre.

— C'est comme ça, souffla-t-il.

Les yeux perdus dans le vide du ciel madrilène, Méndez éclusa également le sien.

— Nous nous sommes déjà croisés, vous et moi, fit-il en posant son verre sur la table.

— Oui, à Barcelone, quand j'étais détaché au pénal. C'était le bon temps, Méndez. La morgue fourmillait d'histoires, et les rues de super nanas. Il y avait même deux belles légistes : l'une aux yeux incroyablement verts, l'autre fille d'un magistrat, et je dois être un pervers car cela m'excitait. Comment se fait-il que vous vous en souveniez ?

— Parce que nous sommes peut-être des âmes jumelles, ou plutôt des jumeaux dans la perversité, si vous préférez. Toujours est-il que vous m'inspirez confiance, assez pour que je vous pose une question : le sang-froid de Marga, la veuve de Rivera, ne vous a pas semblé extraordinaire ?

— En vérité, si, déclara le légiste. Par déformation professionnelle, les gens de mon espèce regardent tout. De deux choses l'une : ou cette femme a un aplomb phénoménal, ça existe, ou voir un cadavre chez elle ne l'a pas surprise outre mesure. Je penche plutôt pour la première hypothèse. Selon moi, Marga a le cœur sacrément accroché. Ça arrive avec les jolies filles qui épousent des vieux de l'âge de leur père. Quand elles découvrent leur petit moineau ridé, elles rient sous cape et quand la pauvre bestiole parvient à se mettre en branle, elles poussent des cris d'extase pour faire croire aux voisins que c'est la bamboula tous les soirs. Marga est de ces femmes, je suis catégorique sur ce point.

— Eh bien moi, je penche au contraire pour la seconde hypothèse, décréta Méndez comme un seul homme.

— Comment ?

— Pardon ?

Tous deux se retournèrent. Fortes empoigna une chaise en poussant un soupir à fendre l'âme. Un silence qui relevait du miracle s'était abattu sur la terrasse. Les clients de la table voisine goûtaient à l'évidence le calme des prolongations.

— Méndez, vous êtes un salaud, commença Fortes.

— Pourquoi donc ?

— Si vous saviez le mal que j'ai eu à obtenir un rendez-vous dans ce bordel.

— Je n'avais pas le choix, vous avez vu ce qui est arrivé, et comme il s'agissait de la veuve de Rivera, je ne pouvais prendre aucune initiative.

— Vous avez bien fait. Nom de Dieu, je comprends que vous m'ayez appelé, et puis je n'aurais peut-être pas été en forme, même en m'enduisant la queue de sirop d'aspirine.

— Vous avez pu parler à la veuve, commissaire ? Vous n'avez pas été surpris de son assurance ?

— Oui, et je partage votre opinion parce qu'elle s'attendait à quelque chose dans le genre. Elle l'avait déjà entériné, et c'est pour ça qu'elle n'a pas cillé devant vous, Méndez, même si à sa place je me serais mis à crier comme un cochon qu'on égorge. Oui, nous avons parlé et Marga a dû s'étendre sur certains détails.

— Lesquels, par exemple ?

— Que cette fille, Mónica, qui lui servait de bonne, avait été engagée par don Paco Rivera.

Méndez déglutit bruyamment.

— Étrange situation, dit-il.

— Pourquoi ?

— Paco Rivera, je viens de m'en apercevoir, avait une épouse capable de satisfaire n'importe quel homme : jeune, jolie, curviligne et qui en plus de ça était de secondes noces, donc une poulette de première fraîcheur. Et pourtant il est mort dans un bordel, quand bien même s'agit-il d'un bordel traditionnel dont les employées festonnent des robes de saints pendant leur temps libre. Ça peut arriver dans un pays qui vit de l'huile d'olive, du vin, du textile, du tourisme et des cornes. Ce qui me tarabuste, c'est qu'il ait installé Mónica chez lui en lui donnant un emploi. Il devait savoir qu'elle était une pute.

— Qu'elle l'avait été, corrigea le commissaire.

— C'est vrai, acquiesça Méndez d'un air pensif, et cela change tout. Un homme peut facilement pardonner le passé d'une femme. Mais l'épouse ? En général, elle confond passé et présent et ne pardonne ni l'un ni l'autre. Savait-elle que sa nouvelle bonne était une ancienne putain ? Si oui, comment l'a-t-elle supporté ?

— Évidemment qu'elle le savait ! s'exclama Fortes.

— Et comment l'a-t-elle supporté ?

— Elle ne me l'a pas dit.

— Vous n'en avez rien tiré d'autre ?

— Je vous en prie, Méndez. C'était une conversation, pas un interrogatoire.

Le vieux policier souffla.

— Que savait-elle d'autre ? demanda-t-il. Pourquoi une telle maîtrise de soi ?

— Pour une raison évidente, conclut le commissaire le plus secret d'Espagne. Parce qu'elle savait que Mónica allait mourir.

11

Une question de rues

— Je vous ai fait revenir de Madrid, Méndez, déclara Pons, parce que vous n'aviez plus rien à fiche là-bas vu que l'affaire a pris un tournant radicalement différent. Je reconnais que pendant que vous y étiez vous avez bien travaillé, autant dire pas du tout, ce qui nous a évité le scandale. J'avoue aussi que je vous avais envoyé à Madrid car aucune personne connue ne pouvait mettre son nez dans cette affaire. Mais ce triomphe passif ne suffit pas à faire table rase de vos désastres actifs commis par le passé, bref j'aurais aimé vous voir arriver ici avec les menottes, encadré par deux guardias civiles qui vous auraient permis d'aller pisser toutes les quatre heures.

— J'aurais préféré toutes les deux heures, je commence à avoir des problèmes de prostate.

— Malheureusement, vous êtes rentré en avion et en prime vous avez touché des indemnités de déplacement. Enfin, puisque c'est de mon fait que vous êtes ici, je vous dois au moins une explication sur cette affaire.

— Je vous écoute.

— L'intervention logique du tribunal a entraîné l'ouverture d'une enquête officielle pour éviter qu'on pense que cette mort était liée à celle de Paco Rivera, surtout la presse. D'ailleurs, il en est ainsi : cette Mónica a été assassinée alors que don Paco est décédé de mort naturelle. Il y aura donc enquête sur la première affaire mais rien concernant la seconde, qui est complètement à part.

— Mes neurones peuvent encore comprendre ça.

— Dans mon dossier figure le rapport d'autopsie : la mort de Mónica Sandoval Lanzado, âgée de trente ans, occupant des fonctions domestiques et récemment arrêtée pour des raisons de santé, est due aux causes que vous aviez devinées, ce qui a quand même le don de me surprendre : une aiguille aussi longue qu'un stylet enfoncée profondément dans le bulbe rachidien, d'un seul coup. Le meurtrier était d'une force acceptable et connaissait l'anatomie du cerveau pour pouvoir pratiquer une ponction de ce genre, car il y a tellement d'os qu'il est difficile de n'en toucher aucun. Le rapport fait état d'autres éléments évidents : victime agressée de dos, mort instantanée, stature de l'assassin impossible à déterminer puisque le coup a été porté de bas en haut. Ensuite, la femme a été déposée précautionneusement sur le lit.

— Ça peut être important, dit Méndez.

— Je ne le sais pas encore. Autres détails : la victime s'apprêtait à se coucher. Elle était nue et n'avait pas eu le temps de se mettre en pyjama. Le contenu de l'estomac confirme la prise du dernier repas dont nous a parlé Marga, qui nous a donc dit la vérité, enfin... qui n'a pas menti à nos collègues de Madrid. Évidemment, elle a été soumise à un interrogatoire qui se trouve actuellement entre les mains du juge, mais j'ai également été informé.

— Et vous m'informez à mon tour, ne serait-ce que pour m'écarter de l'enquête.

— Ils lui ont posé deux questions cruciales que j'aurais moi aussi pensé à lui soumettre, bien que je doute qu'elles vous soient venues à l'esprit, Méndez.

— Oh, sûrement pas.

— Tout d'abord, on l'a interrogée sur le mystère de la porte. Vous êtes entré par effraction, Méndez, et ce détail pèse dans l'instruction même si le juge a préféré l'oublier, ce qui me convient. Mais comment le meurtrier, ou la meurtrière, s'est-il introduit dans l'appartement, en supposant qu'il ne s'agit pas de Marga ? Vous avez déclaré que la porte n'avait pas été forcée, observation confirmée par les policiers de Madrid. Soit l'assassin était un véritable expert en crochetage, soit il avait un double de la clé. Comment se l'est-il procuré ? À Madrid, on pense qu'il a fait dupliquer celle de la victime.

— Il la connaissait donc.

— Bon sang de bonsoir, Méndez, tous les criminels ont des rapports avec leurs victimes, on apprend ça à la maternelle.

— Du fond de ma stupidité je vous prie de m'excuser. Je voulais parler d'une relation intime.

— Qui existait probablement, sauf que nous ignorons de quel genre de relation il s'agissait. Argent, secret à garder, liens de parenté, partie de jambes en l'air ? Nous n'en savons rien. La veuve de Rivera savait quelque chose, d'où la deuxième question : pourquoi n'a-t-elle marqué aucune expression d'étonnement et de peur ? Parce qu'elle savait que Mónica avait été menacée. En décrochant le combiné d'un des téléphones, elle avait surpris une conversation entre sa bonne et un homme, un homme qui la menaçait. Elle n'a jamais pu savoir de quoi il retournait exactement car elle n'a entendu que quelques mots, mais elle a bien sûr demandé des explications à Mónica.

— Et que lui a-t-elle dit ?

— Elle semblait inquiète mais elle a très bien dissimulé son désarroi en lui parlant d'un ex-fiancé à qui il ne fallait pas accorder trop d'importance. Marga lui a néanmoins conseillé de s'éloigner de Madrid pendant quelque temps. Elle lui a même accordé des jours de congé, ce qui me paraît logique dans une telle situation. Mónica lui a répondu qu'elle y réfléchirait.

— Mais elle n'en a pas eu le temps.

— Non.

— Marga n'a rien pu vérifier par ailleurs ? Se souvenait-elle de cette conversation ?

— Oui. Mónica aurait prononcé le prénom de son interlocuteur, un certain David. Ça ne nous amène pas à grand-chose, vu que c'est un prénom archicommun. Mais c'était David, j'en suis sûr.

Méndez ferma les yeux pour réfléchir un moment. Pons ne vit pas son regard de vieux serpent.

Il se rappela l'enregistrement. Los Altos de Serrano. Une maison dans le quartier le plus huppé de Madrid. Une chambre, un lit. Un cul de femme malmené. Une bouche de femme qui gémit. Et la bande qui défile. Une voix masculine y prononçait les prénoms des deux types qui avaient retenu la femme dans la maison en lui racontant des bobards pour laisser au violeur le temps d'arriver. David et Alberto. Alberto et David. Malgré l'usure de son cerveau et la fuite intersidérale de ses neurones, Méndez se souvenait parfaitement des deux prénoms.

Il rouvrit les yeux.

Le regard du fonctionnaire qui ne gagne pas assez sa vie avait remplacé celui du vieux serpent.

— Alors ? demanda Pons.

— Alors rien.

— Je m'en doutais. Vous êtes le monsieur-rien de la police. Je ne sais pas pourquoi je vous ai donné tous ces renseignements.

— Peut-être pour respecter certaines règles de politesse entre membres d'un même corps.

— Probablement. Maintenant vous en savez suffisamment pour ne pas faire de gaffes. Vous pouvez partir. Vous êtes dessaisi de l'affaire et prié de rester à la disposition des autorités compétentes.

Méndez se leva. Et comme il était en train de devenir un homme bien élevé, il lâcha :

— Merci.

*

« Bon, Méndez, tu es revenu à ta situation naturelle, celle d'un vieux flic qui refuse d'en finir avec le service parce qu'une fois à la retraite, tu crèveras d'ennui dans une pension de la vieille ville en attendant que le soleil se couche dans les patios. Tu es en marge parce que personne n'a confiance en toi et que les chefs savent que les délinquants t'échappent ou que tu ne veux pas leur passer les menottes. Parfois les voyous te font des confidences dans les bars du Barrio Gótico pendant que leur femme ou leur fille s'envoient joyeusement en l'air. Tu es à l'apogée de ta carrière, Méndez, celle dont rêve tout bureaucrate espagnol de bonne constitution : sans travail et à la disposition des autorités compétentes. »

Méndez marcha jusque vers les profondeurs du Raval, la seule terre dangereuse selon lui au point d'être contenue par deux murailles. Les remparts médiévaux de Jaime I, qui descendent jusqu'à la mer en partant du côté gauche des Ramblas, ne furent pas démolis lorque l'on édifia la Ronda de San Antonio et ses bordels, la Ronda de San Pablo et sa prison où se pratiquait le supplice du garrot, et celle d'Atarazanas avec ses cafés, ses joueurs de binto habiles, ses aventurières de quinze ans et ses célèbres pipes à la menthe. Entre les deux murailles palpitait un fossé vite recouvert par les institutions les plus pieuses de la ville : le bar du Liceo, le marché de la Boquería, le théâtre Principal, l'établissement de Mme Petit et le palais de la vice-reine du Pérou. À côté de ces grands monuments ont pullulé du même coup de misérables petites usines, des jardinets contenant à peine une matrone, un chien et un lapin, des pensions n'abritant qu'un poète, un ouvrier et un marin sodomite, des écoles d'esperanto, des bars anarchistes, sans oublier les chambres des putes qui pleuraient devant leurs clients, les galeries où trônait un chat millénaire, les maisons en plastique et tant d'autres lieux qui ont été les décors d'une histoire secrète, l'histoire de la Barcelone noire.

Méndez se rendit donc dans ces terres dévastées par toute une succession de maires. Il regrettait surtout les vieux cafés où l'on servait le *carajillo*[1] légionnaire, le vin rallongé à l'essence de thérébenthine et le ragoût de calamar repenti. Ces gargotes avaient pour la plupart disparu, remplacées par des pizzerias thaïlandaises et des supérettes de dix mètres carrés dont la caissière avait le cul vissé sur des boîtes d'olives et des briques de lait *El Castillo*.

1. *Carajillo* : café largement arrosé de cognac ou d'anis.

Seul un bar avait réchappé au carnage, situé dans la Calle San Pablo, derrière une porte marron ouverte sur une salle meublée de chaises marron qui accueillaient les fesses de clients de la même couleur. Ses miroirs et ses sols étaient historiques : dans les premiers se reflétaient le genre de bouteilles qu'on jette à la mer avant d'arriver à Alhucemas[1] ; quant au second, il était encore jonché des mégots jetés par les soldats franquistes. Méndez s'installa avec précaution, commanda un vermouth maison et repassa dans sa mémoire ses derniers succès professionnels en roulant des yeux exorbités.

Il n'y avait plus rien à vérifier concernant la belle mort de don Paco Rivera. Même l'enlèvement du corps pouvait passer pour un geste d'amour, sinon de répugnance, de son curé de fils. Mieux valait donc le laisser reposer dans l'oubli éternel. Rien non plus du côté de l'inconnue assassinée dans une tour d'Altos de Serrano où il n'avait jamais mis les pieds, d'autant qu'il n'était plus à Madrid et que d'autres s'occupaient de l'affaire. Quant au meurtre de Mónica chez la veuve Rivera, motus et bouche cousue, Méndez : tu n'es plus à Madrid et là aussi d'autres mènent l'enquête à ta place.

En résumé, il avait la paix. « Tranquillité et bonne chère », disait l'expression catalane. Mais il avait encore la liberté de penser, ce qui n'est pas si fréquent dans l'histoire d'Espagne. Le fameux David, meurtrier probable de Mónica, devait aussi avoir été de mèche dans l'assassinat de l'inconnue de la tour. Il ne pouvait s'agir d'une simple coïncidence.

1. Alhucemas : place forte espagnole dans un îlot de la côte marocaine. Zone franche.

Bon, et alors ?

D'autres que lui s'occupaient de l'affaire.

Tout bien réfléchi, la mort de Mónica ne répondait à aucun mobile apparent. Que cherchait le tueur ? Quel lien existait-il entre le crime d'Altos de Serrano et une jeune prostituée qui ne connaissait sans doute pas cet endroit et avait en outre changé de vie ?

Méndez trempa les lèvres dans son verre et s'étonna de la baisse du taux de mortalité dans le pays. Soudain il tourna la tête. Quelqu'un s'était assis près de lui et une voix féminine lui lança :

— Salut, Méndez.

*

La mémoire lui revint en pleine poire, sous la forme de la lumière crue d'un soleil prêt à exploser avant d'aller s'éteindre sur les toits. La chambre, exiguë, se composait d'un lit si fatigué qu'il aurait dû être remboursé par la Sécurité sociale, une petite table, un vase avec un bouquet, une fenêtre par laquelle entrait le soleil violent et un miroir pour contempler les manœuvres pratiquées sur le lit. Il pouvait encore y voir le reflet des jambes de la femme gainées de bas fantaisie et chaussées de talons hauts, son pubis noir luisant de sueur, son ventre diaphane qui tremblait de peur. Et au fond, dans l'embrasure de la fenêtre, un homme nu, petite raclure encore chaude aux veines gonflées, la queue tressaillante encore en fête, le prépuce éclairé par les rayons du soleil. Méndez se rappelait sa voix d'autrefois, une voix qui avait braillé :

— Par terre, enfoiré ! Les mains derrière la tête ou je me fais un plaisir de te raser les couilles !

Méndez reconnaissait que par le passé il n'adoptait pas toujours un langage très châtié. Il n'était pas un flic scientifique. Dans la rue, il avait appris qu'un juron bien placé incriminant une mère permettait souvent d'économiser une balle, sans compter que cela ne revenait jamais aux oreilles de la mère en question.

Ensuite étaient entrés en brandissant leur plaque les deux policiers qui avaient monté avec lui cette brillante opération.

— Écrase-lui les roupettes !

— Le pistolet sur la tempe ! Sur la tempe, bon Dieu !

Méndez sirota une lampée de ce vermouth fait à la force du poignet après distillation d'une marée noire.

Et ce soleil ! Un soleil d'août qui lambinait sur les toits, carbonisait les géraniums, calcinait les crânes chauves et parvenait même à cramer les poils des putes hâtives.

— Tu as bien fait de l'arrêter, Méndez, murmura la femme assise à ses côtés.

— C'était le meilleur moment, je dirais presque le seul et unique moment. Un type qui bande ne va jamais s'imaginer que le chemin de la baise peut le conduire en prison.

— Qu'est-il devenu ?

— Robles ? C'était un voleur plein d'imagination, je ne sais pas si tu étais au courant. Il aurait pu ouvrir un coffre-fort avec une vieille carte à jouer et a passé pas mal de temps à faucher des sacs à main dans les trois grands centres commerciaux de la ville : l'Ateneo, le Molino et le Palacio de la Música. Il a mené une carrière respectable jusqu'au jour où il a eu la mauvaise idée de faire un braquage dans une banque. Il a fallu le mettre au violon.

— Tu avais une voix de stentor, à l'époque, et tu savais manier un flingue.

— J'avais du mérite, figure-toi. Mon colt de 1912, il n'avait pas fonctionné correctement depuis le dernier siège de Sébastopol. On m'a dit un jour qu'il avait été barboté dans un musée d'artillerie navale. Mais, pour en revenir à Robles, il n'a écopé que d'un an ou deux, le coup classique : bonne conduite, conditionnelle et par ici la sortie. Entretemps je suis devenu le parrain de son fils.

— Quoi ?

— Il me l'a fait promettre en pleurant du fond de son cachot. Alors je suis allé à l'église un samedi après-midi avec une grosse bonne femme, un curé gastronome et un bébé gueulard. J'ai fait ce que j'ai pu et après je les ai invités à dîner dans un restaurant des Ramblas.

En souvenir du bon vieux temps, Méndez avala une gorgée du vermouth maison, peut-être la dernière de sa vie. Puis il regarda la femme qui venait d'entrer, sa robe noire, les racines sombres de ses cheveux teints, ses jambes veinées de bleu, ses yeux cerclés de lunettes où brillait encore le dernier rayon de soleil de la vieille ville.

— Tu portais des bas adorables, dit-il, en plein mois d'août.

— Ça lui plaisait. Il aimait aussi que la lumière entre dans la pièce, le lit près de la fenêtre et le miroir. C'est bizarre, au départ c'est moi qui lui ai appris à me regarder dedans, comme s'il avait eu deux femmes en même temps.

— Je ne t'ai jamais comprise, Julia.

— Pourquoi ? Il y a une culture du sexe, tu sais.

— Justement, c'est ce qui m'étonnait. Quand je t'ai connue dans cette maison de rendez-vous, j'étais encore jeune, capable de monter quatre à quatre tous les escaliers du Barrio Chino pour y baiser tout ce qui bougeait, même les cardinaux siciliens. Je n'avais pas besoin d'attendre que les cloches de la cathédrale carillonnent des gloria pour avoir la gaule. Le jour où on l'a fait, je me rappelle ta fenêtre lumineuse, mais c'était en hiver et il n'y avait aucun miroir. Je ne sais plus si tu avais mis des fleurs dans le vase. En tout cas, tu portais également des bas.

— Cette fois, c'est parce qu'il faisait froid, lâcha Julia d'un air pensif.

— Je ne t'avais pas dit que j'étais un flic miteux que les chats coursaient dans la rue.

— Ça, non.

— Tu t'en es aperçue le lendemain. Je devais escorter un gros ponte le temps d'une manifestation culturelle, et je sentais le poulet à plein nez, même si j'avais oublié mon pistolet à la maison. Je me souviens d'être resté dans la bibliothèque, d'où j'avais une vue plongeante sur les deux salles, les drapeaux d'anniversaire, les tables couvertes de petits fours et les portes que les serveurs poussaient du bout du cul. Deux gonzesses, des bibliothécaires, formaient un barrage humain à la con parce que personne n'avait l'intention d'ouvrir le moindre bouquin. Manque de pot, tu étais l'une des deux.

Julia leva les yeux au ciel. Chaque automne et chaque homme de sa vie y avaient laissé une ride minuscule.

— C'est vrai. J'étais bibliothécaire. Et ce jour-là, comme tous les autres jours d'ailleurs, personne ne s'est approché à moins de dix mètres des livres.

— Tu gagnais bien ta vie.

— Oui.

— Alors pourquoi allais-tu au bordel ?

— Pour une raison très simple. Il me fallait plus d'argent.

— Pour en faire quoi ? T'acheter des robes ? Payer un appartement, une voiture neuve, un bijou que tu avais vu dans un film, au ciné Fémina ?

— Tu as de ces idées, Méndez !

— Pourquoi tu dis ça ?

— D'abord, ce cinéma n'existe plus.

— Ça ne change rien. Le Talia, le Condal, l'Español, le Nuevo, le Roxy, l'Avenida, le Mahon, le Cataluña, le Vergara, le Rondas… Barcelone est pleine de cinoches qui n'existent plus.

— Ce n'est pas ce que je voulais dire, Méndez.

— Mais tu l'as dit quand même. Ça ne change rien. De toute manière, je ne suis qu'un vieux croulant et je n'ai pas le droit de te poser des questions.

— Je vais quand même te répondre. Ça n'a plus d'importance maintenant. Parmi les hommes qui m'ont allongée près de la fenêtre — je choisissais toujours cette chambre parce que ça me consolait de voir s'achever la journée en m'achevant moi-même —, aucun n'a jamais su le pourquoi de ma présence dans cette maison ni celle du chat, qui restait sous le lit jusqu'à ce que le matelas arrête de grincer. Je crois qu'il était dressé pour espionner les gens et aller moucharder ensuite dans les jupes de sa maîtresse.

— Et l'autre réponse ? Pourquoi une femme comme toi, déjà plus toute jeune, de celles qui conservent leur livre de première communion, fréquentait-elle cet établissement ? Tu avais un salaire.

Julia, au travers des baies du café décrépit, fixait un point indéterminé où il se passait néanmoins des choses : une octogénaire mendiait pour assurer la subsistance de ses parents, un pépé matait le cul des flâneuses et haussait un sourcil faute de ne rien pouvoir soulever d'autre, une balayeuse municipale poursuivait de son outil de travail un chien merdeux tout en pestant contre la droite, un Oriental fraîchement arrivé faisait des enquêtes entre deux portes crasseuses et en profitait pour proposer ses services en tant que majordome philippin.

Julia avait le regard perdu dans le vide, qui est tout ce qui reste à ceux qui en ont trop vu dans leur vie.

— À cause de mon mari, souffla-t-elle.

— Ton mari ?

— Il était malade. Pas physiquement… C'était un homme fort qui exerçait deux métiers et s'occupait de moi tous les samedis soir, après le film. Mais il n'avait plus sa tête. Tu ne peux pas savoir le mal que j'ai eu à retenir le nom de sa maladie. Il a eu l'Alzheimer à quarante ans, il paraît que ça arrive. Je devais lui donner la becquée et payer une fortune pour qu'on le suive en clinique.

Méndez ferma un instant les yeux. Au fil des années, on fait non seulement le vide autour de soi, mais en dedans aussi.

— Tu es admirable, Julia.

— Pourquoi ? Parce que j'ai soigné quelqu'un qui m'a aimée ?

— Oui, et parce que sans pleurer tu as appris que la tendresse peut s'oublier, que tout l'amour, toutes les larmes, tous les vers et les boléros, qui pour certains remplacent la musique religieuse, dépendent uniquement d'un nerf situé entre deux petits os. C'est difficile de ne pas s'apitoyer, pas sur son mari, mais sur l'amour qu'on n'a jamais eu.

— Oh, mais j'en ai eu, de l'amour, Méndez.

— C'est la deuxième raison pour laquelle je t'admire. Tu ne semblais pas t'acquitter d'un devoir. Tu étais pleine d'entrain au lit.

— J'ai peut-être fini par aimer le sexe pour ne pas crever d'ennui. Ne le dis à personne, Méndez, mais je crois que je suis arrivée au stade ultime de l'ennui. J'ai les yeux dans le vague.

*

Elle se força à rire. Le soleil de la chambre d'autrefois était devenu pouilleux, comme affamé. Ses rayons effleurèrent les années passées et se posèrent sur les veines bleues des jambes de Julia. Méndez lui commanda un remontant et replongea les lèvres dans la marée noire.

— Qu'est-ce que tu fais maintenant ? murmura-t-il.

— J'ai une petite retraite et une petite pension de veuve. Ça suffirait à me faire vivre, mais ma fille me coûte cher. Et toi, Méndez ?

— Depuis des années je me prépare à être mis à la porte du ministère de l'Intérieur, mais dès que ça se précise on change de ministre. Si celui-ci dure encore trois mois, je crois que je serai bon.

— Alors tu continues les enquêtes.

— Évidemment. Beaucoup de dames riches perdent leur chien et beaucoup d'hommes fortunés perdent leur argent. Moi je m'occupe surtout des premières, je laisse les seconds aux vrais professionnels.

— Ne perds pas le moral. Vu le mal qu'on a aujourd'hui à dégoter du travail, retrouver les chiens égarés des bonnes familles risque de devenir une discipline universitaire.

Elle pouffa. Par miracle elle avait conservé des restes de sa gaieté d'antan.

— Je cours après des fantômes, avoua Méndez. Mais des fantômes de la haute : une fille assassinée dans une maison luxueuse de Madrid, une bonne trucidée dans un appartement de la Plaza Mayor tout aussi luxueux — une domestique bien sous tous rapports, figure-toi, ex-fellatrice d'ambassade — et un prénom entendu sur une bande enregistrée à la sauvette, un certain David, un salopard de souteneur qui aime les bains de sang virginal. Si je l'attrape, c'est dans la pisse de guardia civil qu'il se baignera.

— Tu es toujours en forme, à ce que je vois.

— Le problème, c'est qu'il y a un sacré paquet de types qui s'appellent David. Quant aux souteneurs, ils sont légion.

— C'est vrai. Moi j'en connais au moins deux.

— Ouais. Ce n'est pas franchement une piste du tonnerre de Dieu, maugréa Méndez.

— Mais je peux quand même te donner leur adresse, ça ne mange pas de pain d'aller faire une visite de routine.

— Je perdrais une centaine d'heures pour gagner une minute, gémit le vieux policier. Ils habitent Madrid ?

— Non, Barcelone, sans ça je ne les connaîtrais pas.

— Alors ils ne me feront pas avancer d'un iota.

— Je n'ai jamais dit qu'ils pourraient te convenir, je t'en parle juste parce que c'est venu dans la conversation. Mais j'aimerais malgré tout me venger de l'un d'eux, bien que de l'eau ait coulé sous les ponts. Un jour, il a voulu que je lui donne un pourcentage et il m'a fichu une raclée parce que j'ai refusé. Remarque, l'autre n'était pas mieux, il m'a demandé les tarifs de ma fille.

Méndez ferma à nouveau les yeux.

— En voilà du joli monde, dis-moi.

— Oui.

— Je peux toujours faire une visite de routine, ne serait-ce que pour accomplir une des missions dont la Constitution charge tout bon fonctionnaire espagnol.

— Laquelle ?

— Celle de faire chier son monde, fit Méndez en tirant de sa poche un carnet minuscule d'aspect tellement austère qu'on se demandait s'il ne s'agissait pas d'un cadeau d'un bigot de la banque Ambrosiano.

— Je vais noter leur adresse. Je t'écoute.

12
Une question de prénoms

Vu que ce n'était pas à proprement parler une piste de folie, Méndez la suivit sans le moindre enthousiasme. Mais il n'avait rien d'autre à faire car tout le monde doutait de lui, y compris les services d'Interpol. Et puis le commissariat moderne de la Calle Nueva l'ennuyait prodigieusement. Propres, métalliques, les locaux flambant neufs empestaient le détergent et ne comprenaient plus un seul couloir sombre où pratiquer le harcèlement sexuel. Méndez y passait le strict minimum d'heures exigibles, bien qu'à dire vrai personne n'eût requis sa présence en ces lieux. Il déplorait encore la destruction du vieux commissariat du quartier, regrettait son portail noirâtre, ses cafards sans âge et son balcon du haut duquel on faisait son service en surveillant les matrones qui faisaient leurs courses et les délinquantes en âge de mériter.

Il lui était donc loisible consacrer du temps à des pistes ne menant nulle part. Le premier maquereau prénommé David habitait dans le coin, un quartier voué à la destruction massive. La mairie, décidée à en finir avec le Barrio Chino, dynamitait des maisons datant de la guerre de Cuba, opérait des percées pour édifier ensuite des appartements avec bidets et balcons de poupées. Arrivé dans la rue biblique du premier David, Méndez découvrit un terrain vague et les murs nus de ce qui avait dû être une maison. Maculés de ketchup, les carrelages blancs de la cuisine faisaient plus vrais que nature, de même que les plinthes de la salle à manger et leurs empreintes de chaises. À côté, une fenêtre intacte étalait au grand jour ses souvenirs scotchés. Méndez monta jusqu'au cinquième étage et gagna l'appartement du salopard en question, juste en dessous des combles, probablement un ancien pigeonnier ou un repaire de mouettes. Le connard vint lui ouvrir en T-shirt, lui montra ses papiers (la grande trouvaille de Méndez consistant à feindre une enquête sur les immigrants illégaux), lui jura ses grands dieux qu'il ne profitait plus des femmes, sauf de la sienne, lui parla de la belle époque où quatre filles (dont sa sœur) travaillaient sous ses ordres, et de ses échecs actuels car la marchandise n'était plus ce qu'elle était et que toutes ses anciennes nanas étaient désormais employées au Corte Inglés. Il lui fit par ailleurs remarquer à quel point ses chats coûtaient cher et se multipliaient à une vitesse incroyable, ce dont Méndez ne s'étonna guère en apercevant deux félins collés l'un derrière l'autre sur le lit du bonhomme. Enfin il lui conta par le menu ses misères non remboursées par la Sécurité sociale alors que celle-ci couvrait les dépenses des homosexuels, fondit en larmes et supplia Méndez de lui prêter de l'argent.

Le vieux policier alla se remettre de ses émotions dans un bar du quartier où on lui servit un marc galicien de toute confiance aux dires du patron, lequel lui garantit que c'était l'ex-mari de sa femme qui en assurait la livraison directe.

Si l'approche du premier suspect avait été un beau fiasco, il en fut de même avec le second. Ce David-là, qui s'était informé du prix de la fille de Julia, vivait près de La Pedrera et du Paseo de Gracia dans une opulence interdisant à Méndez de lui demander s'il était immigré clandestin. Le vieux policier décida de porter son enquête sur la bonne, une jeunette de Catalayud qui n'avait pas l'air d'une sans-papiers et ressemblait trait pour trait à une autre Julia rescapée du passé. Méndez comprit aussitôt qu'elle avait cantonné David aux corvées de vaisselle, balayage et descente de poubelle sans jamais se fendre d'une partie de baise, de telle sorte que le pauvre garçon était devenu un employé illégal en sa propre demeure. Tirant la langue et traînant la patte, le malheureux implora Méndez de le libérer de la fille, qui tout bien réfléchi avait quelque chose de clandestin et ne lui avait laissé qu'une maigre somme de pesetas sur son compte en banque qui serait bientôt converti en euros. Méndez resta de glace et l'envoya se faire voir ailleurs en lui assenant une tape sur l'épaule. Comme chacun sait, les vieux flics chauves, mal embouchés, pleins de rancœur et qui plus est traditionnels dans l'âme, sont des gens intraitables.

Méndez se glissa dans un autre bar histoire de reprendre des forces et d'assurer la suite de sa brillante mission. Où allait-il aller à présent ? Suivrait-il d'autres pistes aussi prometteuses que celles de Julia ? Il regagna la Calle Nueva la queue entre les jambes, s'installa derrière son bureau, qui trônait entre deux cabinets d'aisance, et s'occupa un moment à regretter les fenêtres d'antan, les rues pécheresses, les lits et les femmes perdues.

En homme inlassablement habitué à servir la Nation, il fut prompt à se ressaisir. Il appela le commissaire Fortes à Madrid pour savoir s'il avait du nouveau sur le crime d'Altos de Serrano. « Une piste est une piste, pensa-t-il, quand bien même elle provient d'un supérieur. » Fortes lui répondit de mauvaise grâce qu'on lui avait retiré l'enquête ainsi que celle de la bonne des Rivera, et se borna à lui révéler le seul rapport officiel de rigueur dans ces cas-là, à savoir bonsoir, portez-vous bien. Il ordonna à Méndez de ne plus se mêler de rien et de se consacrer davantage à une des activités favorites du pays : l'oubli éternel.

Ce passe-temps cadrait mal avec le caractère de Méndez, qui se souvenait de toutes les rues, tous les arbres, tous les cafés, tous les gens et en particulier toutes les femmes rondouillardes de Barcelone. Il préféra donc aller rechercher dans les fichiers tous les David ayant des antécédents pénaux, liés d'une manière ou d'une autre à la vie madrilène.

Dans l'immense échantillonnage du braquage, de l'embrouille, du coup de piston, du vol avec escalade, de la grosse escroquerie immobilière en passant par la branlette dans l'ascenseur, seuls trois noms retinrent son attention, tous fichés pour délit sexuel. Il élimina les deux premiers dont les forfaits remontaient à des lustres et garda la fiche du troisième, un certain David Bujarra[1], joli petit patronyme, pensa Méndez, qui dans sa tendre jeunesse avait pu constater que tous les types répondant au nom d'Azaña[2] ou de Lister[3] étaient systématiquement classés suspects. L'oiseau avait été écroué pour détournement de mineure, viol et traite des Blanches. Sa spécialité consistait à acheter les filles, à les soumettre puis à les revendre à des bars d'entraîneuses. Méndez en conclut que ce genre de gugusse devait souvent se rendre à Madrid et même voyager dans

1. Analogie avec *bujarrón* : pédéraste.
2. Manuel Azaña fut le dernier président de la IIe République espagnole.
3. Enrique Lister : général de l'Armée populaire, ancien ouvrier célèbre pour son courage et sa dureté. Membre du Parti communiste, il est également devenu général en Union soviétique.

toute l'Espagne. Et puis, d'après la photo, il semblait assez jeune et beau pour avoir pu séduire Mónica.

Il y avait juste un problème : toutes les adresses mentionnées dans la fiche étaient celles de pensions, d'hôtels et de cantines, hormis trois lignes qui menaient à un appartement des beaux quartiers de Barcelone. Méndez y alla et apprit l'on le louait à présent à la journée quand ce n'était pas à l'heure. Rien n'y manquait : baignoire ronde, miroirs, lit tournant, réfrigérateur débordant de boissons offertes par la maison et tout un jeu de vibromasseurs dont les tailles effrayèrent le vieux policier.

La propriétaire lui affirma ne se rappeler aucun David faisant partie de sa clientèle de députés. Après avoir dévisagé Méndez sous toutes les coutures, elle finit par lui proposer les services d'une ancienne employée des pompes funèbres sur le chemin du repentir.

Autant dire qu'une fois de plus, la piste s'avérait stérile. Photocopie de la fiche en main, Méndez regagna son foyer, sur le Paralelo, près de la Puerta de Santa Madrona. Le quartier avait tellement péréclité que même le bar-pension de la Calle Nueva où il avait longtemps vécu venait de fermer. À présent presque tout le secteur avait été rasé pour laisser la place à de petits nids de deux pièces, des parkings et un immeuble entier de logements sociaux que les voisins, songeant à la prison Modelo, avaient surnommé la Cinquième Galerie. Le nouvel appartement de Méndez se composait d'une chambre et d'un salon couverts de livres avec vue sur le port, le Montjüic, les trois cheminées de l'antique centrale électrique et les femmes en goguette.

Il appela Amores, le journaliste le plus fauché de Barcelone. Il avait pensé contacter Carlos Bey[1], nettement moins

1. Voir *Histoire de Dieu à un coin de rue*, 1993, chez le même éditeur.

démuni, mais celui-ci n'avait peut-être pas accès aux informations dont il avait besoin. Amores, en revanche, était l'homme de la situation.

— Putain, Méndez ! s'exclama-t-il en décrochant.

— Putain, Amores !

— Je suis content de vous entendre.

— Tout le plaisir est pour moi.

— Ça fait un bail qu'on ne s'est pas vus, heureusement pour moi, car depuis je n'ai découvert aucun cadavre et ma femme ne m'a pas surpris en train d'en besogner une autre.

— Tu n'en as sans doute pas eu l'occasion.

— C'est un peu vrai.

— Que deviens-tu, Amores ? Qu'est-ce que tu fais dans ce journal ?

— Secrétaire du directeur.

— La vache, ça alors !

— Eh oui, avec le C.V. que j'ai…

— Et de quoi tu t'occupes exactement ?

— Des tâches délicates. À vingt-deux heures, je commence à trier les épreuves pour que le directeur les relise. Lui s'en va à minuit mais moi je dois rester jusqu'à trois heures.

— Pourquoi ?

— Parce que quand sa femme appelle à ce moment-là, je dois lui dire que son mari vient juste de partir.

— Pardieu, dure mission que la tienne, Amores.

— Vous trouvez ?

— Et si jamais tu fais une boulette ?

— Comment pouvez-vous dire une chose pareille ? Ai-je jamais gaffé ?

— Non.

— En tout cas j'ai enfin obtenu un emploi digne de mon ancienneté et de mon expérience. Promettez-moi une chose, Méndez : jurez-moi que vous n'avez rien bidouillé pour m'envoyer en préventive.

— Pourquoi ferais-je une saloperie pareille ?

— Je ne sais pas, moi. On commence toujours par me coller en préventive et on vérifie pourquoi ensuite.

— Tu n'as rien à craindre, Amores. Cette fois-ci tout va bien. J'ai juste un service à te demander, si tu peux fouiner dans les archives du journal. Je vais te donner le nom d'un sale con : David Bujarra, et les dates de ses condamnations. Note.

Méndez lut sa fiche et Amores nota. C'était une opération à haut risque, car Amores pouvait s'emmêler les pédales et attribuer le passif de Bujarra au chef du gouvernement. Mais Méndez, comme tout homme solitaire en marge du service, ne disposait pas de meilleur indicateur.

— Voilà, c'est fait, Méndez, maintenant dites-moi ce que vous voulez.

— Des photocopies de tout ce qui s'est publié à l'époque et qui ne figure pas dans les dossiers de la police.

— Parfait, Méndez. David Pugilat, je vais chercher.

— Non, David Bujarra.

— Un Bujarra qui aime le pugilat.

— Plus ou moins, fit Méndez, dont la gorge commençait à s'assécher curieusement.

— Je le savais.

— Parfait, Amores, alors au travail et que le Très-Haut nous protège tous les deux. Je t'appellerai ce soir.

— À trois heures ?

— Non, je n'aimerais pas que tu me confondes avec la femme du directeur.

Méndez raccrocha religieusement et reçut dans la seconde qui suivit un coup de téléphone de Julia, la femme du bar marron aux lunettes couleur du temps et aux bas scintillants de soleil. Méndez lui avait laissé sa nouvelle adresse en quittant le bar.

— Quelle surprise, Julia !

— Je t'ai déjà appelé mais il n'y avait personne.

— Je consultais des fiches au commissariat, on me laisse encore le faire. Qu'est-ce que tu as à me dire ?

— Deux choses. D'abord, est-ce que tu as eu l'occasion de massacrer les deux types dont je t'ai parlé ?

— Tu es très charitable, Julia.

— Autant que les curés, et je crois moi aussi à l'enfer.

— Si tu les avais vus, tu ne chercherais plus à te venger.

— Ils sont dans la merde ?

— Jusqu'au cou.

— Bon, dans ce cas je m'estime heureuse. Deuxième chose : je me suis souvenue d'un autre David mais je ne le connais pas personnellement. Une amie m'a parlé de lui, une collègue, enfin une ancienne collègue puisque j'ai arrêté. Elle y pense aussi parce qu'elle n'en peut plus. Elle est plus jeune que moi.

— Comment s'appelle-t-elle ?

— Lola.

— Et qu'est-ce qui lui arrive ?

— Elle n'a pas eu trop de chance dans la vie. Sa mère l'a vendue.

— Quoi ?

— Ne me dis pas que tu tombes des nues, Méndez.

— Eh bien, non… je vois ce que tu veux dire.

— Il y a une terre où tu as vécu, Méndez, la Barcelone de la famine et de la canicule. Tu te souviens sûrement du

Paralelo planté de quatre arbres rachitiques grillés par le soleil et des chariots de glaces qui ne contenaient aucune glace, juste des glaçons traversés d'un bâton, faits avec de l'eau croupie, de celle qui te filait la syphilis quand il t'en tombait une goutte sur le minou. Le marchand y ajoutait un peu d'essence de menthe et voilà le travail. Tu te rappelles aussi les grands cafés où les gens venaient s'asseoir pour attendre la fin d'un jour pourri, les balcons du quartier aux persiennes éventrées où se perchaient les femmes et les enfants en pleurs pour voir se lever un soir pourri sur une vie pourrie ?

— Oui, j'ai connu cela. Je venais juste d'entrer dans la police.

— Et les appartements miteux du Barrio Chino ? Un escalier raide qui menait au « salon », quatre chaises, quatre cuillers, quatre filles et parfois un ventilateur. Entre elles les filles ne parlaient jamais des hommes, mais de la bouffe, et entre deux clients, elles échangeaient des formules magiques pour faire du café au lait sans café et de la *tortilla* de patates sans patates. Parfois des gars de la campagne venaient nous voir. Ils mangeaient à leur faim, ils nous écrasaient de tout leur poids et vas-y que je t'enfile, un peu de courage, ma cocotte. Le soleil envahissait la pièce jusque dans ses moindres recoins et brillait dans les yeux de la pauvre femme étendue sur le lit. La chaleur tuait même les moineaux du Paralelo. Un jour, tu as précisé que seuls les oisillons étaient touchés.

— Les petits imprudents. S'ils avaient été plus malins ils se seraient abrités sur un balcon ou sous les jupes des filles.

— Évidemment que tu te souviens de tout. Tiens, la petite grosse qui était derrière le guichet, au Talia… les clients voulaient tous la tripoter, même à travers les vitres.

« Donne-moi deux places d'orchestre, il y a trop de monde au balcon », lui disaient-ils. Mais dans la Barcelone des premières années du franquisme, les gens crevaient de faim, sauf les vedettes du Cómico, qui avaient toujours la fesse dodue parce que les richards les invitaient au restaurant pendant que leurs femmes égrenaient le rosaire. Tu vois, Méndez, les rupins assurent la perennité de l'espèce. Je ne sais pas si je t'ai déjà parlé de la mère Tomasa et de ses quatre filles nées pour la gloire.

— Non, jamais.

— Je vais te raconter son histoire parce qu'elle a un rapport avec celle de Lola. Tomasa, une veuve dans la cinquantaine, arrive d'un petit village près de Málaga où il n'y a rien : un petit maître, son cheval, un guardia civil, un monument en hommage à un torero mort en dégringolant dans les escaliers et un notable à queue longue. Comme tous les gens du Sud, elle descend à la gare de Francia, où se trimbalent aujourd'hui des hôtesses en minijupe, mais qui à l'époque était bondée de jeunes mères sans une goutte de lait flanquées de cinq enfants. Bon, la mère Tomasa n'a pas le sou et dépense les derniers pour acheter quatre petits pains à ses filles. Ensuite elles descendent le Paseo de Colón jusqu'au port del Morrot, le cimetière de Montjüic, la rivière Llobregat. On lui a dit qu'on embauchait à Gavá, village qui regorge aujourd'hui de retraités ventrus, et qui dans le temps voyait passer des tas d'ouvriers aux mains calleuses. On lui a dit que Gavá se trouvait là où le soleil se couche, alors avec ses quatre filles et ses valises, elle court après le soleil sur vingt-cinq kilomètres.

— Tu es en train de me raconter l'histoire d'une opposante au régime, grogna Méndez.

— Tout à fait.

— Et qu'est-ce qu'elle a à voir avec Lola ?

— Lola est l'une de ses filles, la plus âgée. Elle ne croit en rien et ne sait rien, sauf qu'il faut manger tous les jours et qu'au village le notable à queue longue voulait déjà la tringler. Sa mère fait des ménages dans les usines mais elle n'est plus très jeune et ne gagne pas assez pour quatre, ou plutôt pour cinq parce qu'elle aussi a des kilos à regagner. Lola travaille avec elle mais ça ne suffit pas. Un jour, un monsieur très croyant lui propose de prendre en charge son aînée, de faire son éducation et de l'envoyer dans un bon lycée. En plus de ça, il offre un joli paquet d'argent à la mère Tomasa. Cela s'appelle vendre sa fille, ne me dis pas le contraire.

— Je suis d'accord, reconnut Méndez, le regard perdu.

— Je peux aussi te parler de l'éducation de Lola et de ses brillantes études.

— Vas-y.

— Le monsieur très croyant a en effet subvenu à ses besoins. Il lui a préparé de bons petits plats, lui a acheté de jolies robes sous lesquelles il passait la main. Il lui a appris à se servir d'un bidet, commodité que seules connaissaient les fillettes de la Section féminine et les dames monarchistes bien nées. Elle a fréquenté une institution où on lui a enseigné la religion, les bonnes manières, la couture, la liste des péchés capitaux et l'art de la table. On ne peut pas dire qu'il n'a pas tenu ses promesses, il s'est occupé de lui donner une éducation correcte et des formes rondelettes de jeune demoiselle tout à fait comme il faut. Au lit non plus il ne l'a jamais trompée. Il a commencé à la sauter chaque dimanche dès qu'elle a eu douze ans, un âge où l'on pouvait accuser le bigot de s'être adonné au stupre, mais pas d'avoir commis un viol. Lola se rappelle parfaitement le lit étroit surmonté d'un crucifix, le phonographe sur lequel elle écoutait les tubes d'antan, comme *Bésame mucho*, *Los últimos de Filipinas* et *Qué lindas playas tiene Mallorca*, le jour déclinant derrière la fenêtre et le type au-dessus d'elle qui faisait « Ah, ah, ah ! ». Je te jure, Méndez — mais je prêche un convaincu car tu le sais déjà, c'est bien pour ça que tu ne crois plus en rien —, que pas mal d'histoires de petites filles se résument à de sombres dimanches dans la Barcelone des crève-la-faim. Mon Dieu, j'en deviens presque lyrique. Je suis une ancienne putain cultivée. Le monsieur finissait parfois son affaire avant même de l'avoir pénétrée, ému par les jambes potelées de Lola et le porte-jarretelles spécial fillette qu'une vieille corsetière avait dû lui coudre sur mesure. Voilà. Tu veux d'autres précisions sur les promesses qu'il a tenues ?

— Oui, continue.

— Il avait juré à Lola qu'il lui trouverait un beau parti parce que sa jeunesse avait un prix. C'était un vrai gentleman, de ceux qui pensent à caser leurs petites amies dans une maison riche et tant que faire se peut vertueuse. Ça me rappelle un autre magnat qui mariait ses maîtresses successives à ses secrétaires successifs… Enfin, le pisse-froid fertilisateur de petites filles, bien qu'il n'ait pas fertilisé Lola, lui fit épouser un de ses associés dès qu'il sentit que sa dernière heure approchait, l'heure de se repentir des dimanches après-midi en regrettant de ne pas avoir pris ses jeudis, car une fois vieux on prend conscience qu'on n'a pas assez vécu. Lola avait dix-huit ans, un corps sculptural, de grandes aptitudes pour les langues, un visage de pierre et un regard de glace. J'ai vu ses photos, Méndez. Tu veux que je te parle de cet album où la mère Tomasa fait la moisson à Málaga, sous un soleil de plomb ? Il se termine sur un cliché de Lola en train de boire un cocktail à Rigat, sous un parasol rayé.

— Non merci, les photos me filent le bourdon, je me suis débarrassé de tous mes albums de famille.

— Comme tu voudras, mais puisque tu dois être parfaitement informé, je vais quand même te dire un mot du mari, associé au monsieur très pieux au travail et au lit. Lassée d'entendre une seconde fois la partition des sempiternels « Ah, ah, ah ! », Lola a pris des amants. Elle n'avait plus aucune illusion, même au lit. Entre-temps elle avait eu une fille, Carlota, surnommée Carol. Le mari, au courant de ses infidélités, s'est séparé d'elle et de son enfant. Il a néanmoins toujours versé une pension pour l'éducation de sa petite fille, qui a grandi aujourd'hui, bien qu'elle soit restée une gamine enveloppée d'une lumière irréelle dans la mémoire de son père. Cet homme, don Pedro Mayor, qui avait l'habitude d'appeler un chat un chat et s'exprimait à la manière des prêtres du XVIIe siècle, lui aurait dit avant de partir : « Je te donne cet argent pour que ma fille soit élevée décemment et n'aille jamais sucer ce qu'elle ne doit pas sucer. »

Au bout du fil, Méndez songea que lui aussi parlait comme un prêtre du XVIIe.

— Elle vit encore ? demanda-t-il.

— Oui.

— Et elle suce ?

— Non.

— Je m'en réjouis.

— Lola veille au grain.

— C'est très bien, tout ça.

— Tu t'impatientes mais l'histoire est presque finie, Méndez, et je dois tout te raconter parce que pour enquêter il faut que tu sois au courant. Après sa séparation, Lola a décidé de profiter de la vie. Après tout, elle avait l'habitude d'aller au spectacle du Liceo avant qu'il brûle et de rendre visite à l'évêque Modrego avant qu'il meure. Tu me comprends, je suppose : elle a mené la belle vie avec ce qu'on lui donnait pour faire vivre la gamine.

— Mais elle s'en occupait ?

— Oui.

— Elle a été une bonne mère ?

— Oui, Méndez.

— Alors louée soit la gloire du Seigneur.

— Ce n'est pas aussi idyllique que tu le crois. La vie est pleine de recoins où l'on te tend la main pour recevoir une aumône. Il n'y a jamais assez d'argent, et puis Lola n'est pas docteur en sciences de l'information ni en sciences politiques. Elle est juste passée maître dans l'art du lit, un titre qui rapporte, dommage qu'il ne soit reconnu par aucune de nos foutues universités.

— C'est ce que je dis toujours, déclara Méndez. Il faut orienter les jeunes, créer une entente entre l'Université et les entreprises.

— Va te faire voir, Méndez.

— J'y suis déjà allé plus souvent qu'à mon tour.

— Eh bien, retournes-y et revenons à nos moutons. Je suis ton amie, alors écoute-moi. Lola a été une prostituée de luxe. Encore aujourd'hui, malgré son âge, elle a de la classe. Tu me comprends, Méndez. Il y a des hommes, oh pas toi bien entendu, qui préfèrent les fellations faites par la bouche d'une grande dame avec laquelle ils ont pu auparavant discuter d'Egon Schiele en écoutant du Debussy, dans un appartement de Pedralbes. Tu te demandes comment je connais ces noms si populaires ? N'oublie jamais qu'avant de tailler des pipes j'étais bibliothécaire. Lola arrivait à gagner sa vie correctement mais à présent ses vieux clients se font rares ou succombent pendant l'acte, et c'est là que David entre en scène.

— Quel David ?

— Celui dont je me suis souvenue pour te rendre service, Méndez. C'est un salaud, un gigolo qui a roulé sa bosse à Madrid, Valence, Barcelone, Bilbao et dans des tas d'autres coins où on brasse de l'argent. Il a le profil de l'homme que tu recherches. Lola l'a connu en tant que client. Il l'a sautée deux ou trois fois en la payant rubis sur l'ongle et ensuite…

— Ensuite ?

— Il s'est rendu compte que Lola vivait mal. Elle prétend encore être ce qu'elle était mais elle a vieilli et aurait bien besoin de petits extras. David a très vite compris qu'avec ses relations, elle pourrait être une vendeuse de drogue hors pair. Car cette ordure de mec est aussi trafiquant, oui monsieur. Il se trouve aussi qu'un jour, il est tombé sur un portrait de la fille de Lola.

— Carol ?

— Oui. Je ne l'ai jamais vue autrement qu'en photo et c'est une sacrée belle fille. Lola a des photos d'elle enfant, une petite fille mignonne et coquine dans son uniforme d'école. Ce n'est évidemment par sur celles-ci que David a craqué, mais sur des clichés plus récents qui représentent une femme à tomber par terre, de celles qui gagneraient des millions si on les mettait dans le circuit de la baise.

— Résumons ce que je commence à comprendre avant que tu m'envoies me faire voir ailleurs. Ton troisième David propose un gros marché à Lola : elle l'aide à vendre de la drogue dans la haute et en plus elle se fait payer par ses clients, mais en contrepartie elle case sa fille sur le marché et si celle-ci peut se joindre à leurs petits jeux en même temps que sa mère, c'est encore mieux car il y a des gens pourris par l'argent qui adorent le gaspiller pour attraper la syphilis.

— Méndez, va te faire voir.

— J'ai deviné, pas vrai ?

— Oui.

— Et que lui a dit Lola ?

— Qu'elle coucherait avec lui tant qu'il voudrait sans jamais toucher à la drogue parce qu'elle était une pute, soit, mais une pute honnête. Quant à sa fille, pas question de poser la main sur elle. C'est une jeune fille tout ce qu'il y a de bien et en plus son père est riche comme Crésus et lui verse une pension. Elle ne sait pas à quel point sa mère se démène pour gagner sa vie, elle croit qu'elle passe ses journées à la messe. Elle lui a répondu que, de toute manière, sa fille était à Paris, qu'elle étudiait à la Sorbonne. Pour finir, elle l'a fichu à la porte en le traitant de porc.

— Et après ?

— Il n'a pas voulu partir.

— J'imagine la suite.

— Si tu sais sentir la merde de loin, tu peux imaginer les pires des saloperies.

— David la menace, murmura-t-il. Il lui fout une raclée et la viole pour la blesser à mort. Puis il met la pression : « Tu m'as dit où elle vivait, je peux envoyer des amis là-bas et foutre votre vie en l'air. Ou tu me dis oui dans moins d'une semaine, ou tu peux faire une croix sur elle et te jeter par la fenêtre. »

Un silence s'éleva au bout du fil, rompu quelques secondes plus tard par l'acquiescement de Julia.

— Quand cela s'est-il passé ?

— Il y a trois jours.

— La semaine ne s'est donc pas encore écoulée.

— Et alors ? Qu'est-ce que ça change ?

— Qui t'a raconté tout ça ?

— Lola. Elle est désespérée.

— Tu lui as dit d'aller au commissariat ?

— Oh, Méndez, on dirait un curé dans un confessionnal. Tu sais très bien que la vraie police n'est d'aucun secours dans ce genre d'affaires. Je lui ai conseillé de faire revenir sa fille de Paris et d'engager un gorille pour assurer sa protection, mais je doute qu'elle ait assez d'argent pour le faire. Et puis j'ai pensé que ce fameux David pourrait être ton homme, alors j'ai décroché mon téléphone pour t'appeler.

— Tu m'as rendu un sacré service, Julia.

— Maintenant, à moi de t'en demander un.

— Lequel ?

— Je te donne l'adresse de Lola, tu vérifies où habite le fameux David, ça ne devrait pas être trop difficile, et tu le boucles pour une raison ou pour une autre, pour avoir coulé le *Titanic*, par exemple. On a vu pire, mais comme il va résister, tu vas lui couper les couilles, les malaxer et en y ajoutant du sel tu pourras peut-être les faire passer pour un nouveau produit diététique.

— Julia, je suis un flic démocrate, protesta Méndez.

— Et une teigne aussi.

— J'ignore pourquoi on me fait une réputation que je ne mérite pas, mais je reconnais que les boutiques ont besoin de nouveaux produits diététiques. Donne-moi l'adresse de Lola.

La grande dame habitait, dans la partie haute de Sarriá, un attique ouvert aux quatre vents composé de deux grandes chambres, un salon, une salle de bains tapissée de miroirs. Elle avait également l'air conditionné et une place de parking.

— Tu crois qu'elle voudra me recevoir ?

— Je ne lui ai pas parlé de toi, mais elle ne verra pas d'inconvénient à te laisser entrer chez elle.

— Après je t'inviterai à une bouffe diététique, fit Méndez avant de raccrocher.

Dehors le soleil cognait sur le Paralelo à l'agonie. De sa fenêtre, Méndez voyait les trois cheminées, les trottoirs immémoriaux, les façades des anciens théâtres égayées de néons, avec à l'affiche les noms des vedettes et des choristes nées pour triompher, les yeux remplis d'illusions et le cul gonflé d'espoir. « Toi, Méndez, songea le vieux policier, tu poses sur le monde un regard décadent et impie. Avant, tu décelais le mensonge de l'existence, à présent tu ne considères plus dans la rue que les fantômes bien réels qui portent des prénoms de femmes. Ils t'habitent et tu leur dis adieu tous les jours. Tu regardes les passants, tu calcules leur âge en te demandant de combien de morceaux ils sont faits. Comme les poètes de quartier, tu finiras par ramasser les débris des autres sur cette terre sacrée. »

Il relut l'adresse de Lola, résolu à s'y rendre même s'il craignait les effets néfastes de l'air pur et du soleil sur sa peau. Enfin, il pourrait toujours faire un bout du trajet sous la protection bienfaisante des tunnels du métro.

Il s'apprêtait à descendre les escaliers lorsqu'il entendit la voix d'Amores :

— Dieu vous garde, monsieur Méndez.

Alors le vieux policier comprit, comme à chaque fois qu'il croisait Amores, que Dieu allait leur envoyer un cadavre.

— Maintenant, après tant de mésaventures et d'incompréhension, je mène une existence paisible et respectable, déclara Amores après que Méndez lui eut demandé comment il se portait, consacrée à classer les épreuves et à raconter des pipeaux à la femme du directeur. Ne croyez pas que ce soit simple, Méndez, car abuser les femmes, surtout celles qui ont pris de mauvaises habitudes, est un art délicat vieux comme le monde. Je n'ai plus besoin de taxer les amis puisque je gagne le minimum vital, alors autant vous dire que je traverse une heureuse passe. Pourtant, si à présent je fais confiance à la vie et à ses misères, je ne crois plus du tout aux miracles de la nature. Rien n'est vrai. Le soleil a perdu son caractère sacré et la première chose à faire avant de sortir de chez toi, c'est de t'enduire de crème protectrice. Avec les femmes, c'est pareil, avant elles étaient faites de rêves cousus de fils de soie ; aujourd'hui il faut enfiler un bout de plastoc pour se protéger d'elles. Je regrette les vieilles choses bien naturelles, Méndez : les paellas au bord de la mer, les bonnes bourres à la va comme je te pousse et les journalistes avec un minimum de *delirium tremens*. Je ne me sens plus de ce monde. Méndez, je veux savoir où on va avant qu'on atteigne le prochain pâté de maisons et qu'une grosse bouffée toxique me mette sur le carreau.

— Nous allons à Pedralbes.

— Nom d'une pipe !

— Qu'est-ce qu'il y a ?

— Vous n'y survivrez pas.

— Sans doute pas si tu essaies de m'aider, Amores. Qu'est-ce que tu fiches ici ?

— Justement, je suis venu vous aider. Nous sommes amis, n'est-ce pas ? Vous m'avez demandé un service et je me suis exécuté dare-dare. Je me suis aperçu que ce David Bujarra n'était pas votre homme pour la bonne et simple raison qu'il est mort après avoir pris une petite cure de jouvence : un camion l'a écrabouillé alors qu'il réclamait de l'argent aux passants pour lutter contre le sida.

— Merci, Amores, mais je suis sur la piste d'un autre David, il semblerait qu'il y en ait beaucoup.

— Heureusement que vous ne recherchez pas un Manolo, vous ne seriez pas sorti de l'auberge.

— Il n'est pas nécessaire que tu m'accompagnes. Tu m'as déjà rendu un fier service et je t'apprécie énormément, mais chacun à sa place.

— Je suis à ma place, monsieur Méndez. Au pied du canon. Vous faites un travail difficile à ce que je vois. Moi-même, le prénom de David me pose un problème biblique, qui sait si tout cela ne va pas se terminer dans un kibboutz ou par une intifada quelque part dans un coin reculé de Pedralbes ? Non, vous avez besoin de l'œil exercé d'un journaliste. Allons, faites-moi confiance et à la grâce de Dieu.

— À la grâce de Dieu, répéta Méndez tout en se lamentant d'avoir perdu la foi.

Dieu voulut qu'ils atterrissent au dernier étage d'un immeuble de Pedralbes avec deux grandes chambres, un grand salon, une grande terrasse, l'air conditionné et un grand parking. Grande dame que cette Lola adepte du divorce, des langues et des lits. Un peu flétrie, mais avec de beaux restes de beauté marginale qu'on pouvait encore goûter, moyennant finance, sous un dais ou un écusson héraldique, à moins de préférer rester debout sur le comptoir d'une bijouterie de luxe.

Méndez savait qu'on ne s'offre pas seulement une femme mais qu'on se paye son fantôme.

Amores, qui avait de l'amour-propre, voulut se présenter lui-même :

— Je suis l'assistant de M. Méndez.

L'entretien ne fut pas long mais délicat et bourré de sous-entendus. Méndez précisa que sa mission n'avait rien d'officiel et était par là même authentique. Julia lui avait expliqué l'histoire en partie, et comme Méndez recherchait un homme prénommé David, il était fort possible que leurs bonnes étoiles aient décidé de se rejoindre. Méndez lui demanda l'adresse du David en question, en l'échange de quoi il lui assurerait un brillant service d'ordre pour le bien de tous, excepté peut-être celui de David, qui s'en tirerait avec quelques douleurs occipitales, une gêne au niveau des reins et sans doute de l'anus. Cela arrivait dans les meilleures familles. Après avoir réglé les détails pratiques, Méndez se présenta comme un policier modérément rallié à la Constitution et plutôt partisan de la vieille école.

La conversation s'était déroulée dans le grand salon couvert de kilims, tapissé de tentures de soie, rempli de meubles massifs qui contrastaient avec les voiles en bave de nonne qui flottaient aux fenêtres. Méndez contempla la grande terrasse qui dominait tout Barcelone.

— Avec les jumelles de mon ex-mari, je peux lire le nom des bateaux amarrés dans le port, lui dit Lola.

Le vieux policier s'attarda devant le portrait de Carol, béant d'admiration, guère surpris de l'intérêt que lui avait porté un type comme David, habitué à marchander des peaux de pêche, des bouches de plantes carnivores et des lèvres vaginales aussi suaves et fragiles que des vers à soie.

« Dis donc, Méndez, songea-t-il. Tu es un vrai poète depuis que tu es impuissant, il faut avouer qu'on a tendance à couvrir la femme de belles paroles quand on ne peut pas l'honorer autrement. Tu penses que Carol est pleine de douceur alors qu'en d'autres temps tu l'aurais regardée d'un œil concupiscent, crevant d'envie de mordiller ses jambes, d'écraser son ventre, d'écarter ses fesses et de ne faire qu'une bouchée de sa langue. Allons, Méndez, c'est bien normal après tout, Carol est une superbe gonzesse. »

— Très jolie, votre fille, lâcha-t-il hypocritement.

— C'est ce que tout le monde me dit.

— Où habite-t-elle ?

— À Paris, dans le Quartier latin.

— Elle doit vous coûter très cher, tous ces commerçants, ces gardiens de voitures, ces gendarmes et ces prostituées qui parlent latin. J'ai du mal à m'imaginer…

Dame Lola lui lança un regard en biais.

— C'est onéreux, certes, mais le père de Carol a toujours financé ses études.

— Vous ne lui avez pas conseillé de changer d'adresse ?

— Non, pas encore, pour ne pas l'inquiéter, mais en toute discrétion j'ai chargé un agent immobilier de lui chercher un autre appartement. Je lui ai dit que c'était urgent.

— Vous devriez aussi l'inscrire dans une autre université, parce qu'il la retrouvera facilement à la Sorbonne.

— C'est déjà plus délicat, mais j'y songerai.

Méndez soupira en arpentant le grand salon, les mains dans le dos.

— Si je m'occupe de son cas, vous n'aurez même pas besoin, madame. Donnez-moi l'adresse de ce bienheureux.

— Et si vous échouez, Méndez ? S'il se rend compte que je suis derrière tout cela, ça ne risque pas de tourner au vinaigre ?

— Avec mon aide, M. Méndez ne peut que réussir, avança Amores, éternel looser.

— Ne vous faites pas de souci et donnez-moi cette adresse, madame.

— Il habite rue Entenza.

— Avant ou après la Modelo ?

— Bien après. À hauteur d'Infanta Carlota.

— Il fut un temps où c'était un bon lieu pour la fauche.

— Les temps changent, Méndez.

— À qui le dites-vous ! Donnez-moi l'adresse exacte et indiquez-moi ses horaires si vous les connaissez et le genre d'arme qu'il utilise s'il vous est arrivé d'en voir une entre ses mains.

— Il a un revolver à canon court, mais excessivement large, avec une crosse en bois et un petit cercle doré sur le côté droit, au niveau de la marque. Il me l'a montré, une fois.

— C'est vague comme description.

— Attendez... Il m'a expliqué qu'il était très pratique car on pouvait y mettre deux sortes de balles.

Méndez ferma un moment les yeux et passa en revue toutes les misères enregistrées dans sa mémoire, toutes les machines à fabriquer des morts et les pièces d'artillerie navale qu'il avait pu manier au cours de sa longue existence.

— Deux types de balles, ça pourrait être un .357 Astra Police, qui admet des balles de .38 Spécial. Ce n'est pas un « bull-dog » mais il a un canon court. Enfin, peu importe, je ferai en sorte qu'il se le carre au cul. Je peux vous laisser mon numéro de téléphone, madame ? Et voici celui du commissariat d'Atarazanas, au cas où je serais par hasard en train de travailler. Ne m'appelez que si David pointe le nez par ici. Inutile de vous dire de garder un silence absolu sur cette histoire. N'en parlez surtout pas à votre fille.

Dame Lola ne semblait pas trop convaincue. Était-ce l'allure de Méndez qui lui faisait penser à un policier spécialement sélectionné dans la poursuite de meurtriers d'une époque reculée ? Elle se leva, agitant devant le vieux policier ses charmes désuets — pondération de gouvernante anglaise dominant un cul de maître flamand et des mamelons à la Simonetta Vespucci.

— Je ne sais pas si je fais bien de m'en remettre à vous, protesta-t-elle.

Mais Méndez était déjà dehors. Il est des espèces protégées de reptiles qui se glissent sous les portes. Méndez serpenta dans les parkings, entre les containers et les pervenches de zone bleue, sous un soleil qui ne se décidait pas à mourir. Seigneur, donne-moi un peu d'ombre et une femme dodue à l'abri, bien que je doute que ça existe encore puisque de nos jours même les guichetières du métro ont disparu. J'en ai connu une qui me laissait la lui mettre juste avant de fermer, à l'heure incertaine du dernier wagon. Aujourd'hui il me faudrait introduire mon engin sacré dans la fente d'une machine. Au terme de son laborieux parcours, Méndez avait décroché une victoire (localiser l'adresse exacte de David pour constater qu'il pouvait forcer la serrure), subi une défaite (il n'était pas parvenu à se débarrasser d'Amores) et fixé le début de son raid à trois heures du matin, à l'instar des flics démocrates qui se vantent d'avoir suivi les cours du F.B.I. quand c'est Franco qui leur a enseigné l'art de la descente nocturne. Il passa devant des appartements de location où des couples n'avaient pas encore fini de picoler, batifoler tout en écoutant el Loquillo[1], baisouiller et calculer ce que ça leur coûterait de se marier

1. El Loquillo : littéralement le « petit fou », chanteur pop espagnol.

devant Dieu. « Nous aurions dû venir plus tard », songea Méndez. Chez David il régnait un silence sépulcral, un peu comme dans le cimetière de Zamora[1], un silence administratif des plus absolus, de telle sorte que Méndez se félicita d'avoir bien calculé. Il fit sauter le verrou avec suavité, craignant de réveiller quelqu'un, et pénétra dans un vestibule violemment éclairé, trébucha contre un portemanteau, distingua un mur nu, un portrait du Dioni[2], un tapis valencien et une longue traînée rougeâtre.

Méndez, qui n'avait lu aucun manuel du F.B.I., s'exclama :

— Nom de Dieu !

1. Le cimetière de Zamora est tristement célèbre à cause des multiples exécutions que les franquistes y ont pratiquées. Il est devenu pour cette raison l'archétype du lieu silencieux.

2. El Dioni : vigile espagnol auteur d'un braquage célèbre dont on n'a jamais retrouvé le butin. Après sa libération, il s'est consacré de manière sporadique à la chanson.

13

Une question de mauvais poil

En vérité, il n'avait jamais vu une chose pareille.

Le flic hispanique, surtout quand il est traditionnel, n'a coutume de voir du sang, et rarement en quantités astronomiques, que dans les crimes passionnels, les vengeances familiales et la finale de la Coupe du monde. La première pièce en était maculée jusque dans les moindres recoins. Les murs, les fauteuils, les bouteilles d'alcool, la chaîne hi-fi, le tapis étaient éclaboussés de sang. Il y en avait même au plafond. Si le corps humain en contient cinq litres, ils étaient tous là, formant un océan de mort, mais il n'en restait bien évidemment plus une goutte dans le cadavre.

Méndez l'examina pendant qu'Amores, en reporter audacieux au parcours triomphal qu'il était, dégobillait en silence. Le corps dénudé était comme le reste barbouillé de rouge, sans quoi la lividité de la peau aurait tranché sur le décor ambiant. Méndez lui accorda un regard froid dépourvu d'émotion. L'homme devait avoir la quarantaine, bien qu'il fût malaisé de lui donner un âge en de telles circonstances. Son visage portait les marques d'une agonie inénarrable. On avait dû lui enfoncer pour le moins deux mouchoirs dans la bouche mais, secoué par les spasmes du désespoir, il en avait probablement avalé un, ainsi qu'en témoignait la grosseur au niveau de son cou, révélatrice d'une fin épouvantable.

Méndez ne pouvait s'approcher davantage sans risquer de marcher dans la mare de sang, et c'était tant mieux car, en dépit de sa longue expérience, il se sentait pris de nausées.

Amores s'approcha de lui en pleurnichant.

— Partons, Méndez.

— Tu avais déjà vu ça ?

— Non.

— Moi non plus.

En observant de plus près, Méndez prit conscience de l'horreur de la situation : à l'évidence, la victime avait été surprise car il n'y avait aucune trace de lutte et personne n'avait chamboulé les meubles et les objets. Après l'avoir immobilisée, on lui avait fourré deux mouchoirs dans le bec pour la réduire au silence, au risque de l'étouffer. Hélas pour lui, le malheureux avait connu un plus triste sort. On l'avait déshabillé, d'ailleurs ses vêtements traînaient encore dans un coin et, bien qu'imbibés de sang, on voyait qu'ils étaient luxueux quoique relativement tape-à-l'œil. Méndez se tourna vers un Amores vacillant qui tentait malgré tout de se ressaisir pour aller à la pêche au scoop.

— Je vais téléphoner, bredouilla-t-il.

— Mon cul.

— C'est le crime le plus effrayant qu'on ait commis ces dernières années, Méndez.

— Je suis d'accord, mais tu ne peux rien révéler maintenant. Et puis, à cette heure-ci, inutile d'espérer qu'au journal on te libère un espace pour un article.

— Re… regardez, Méndez.

— Je vois. On lui a coupé la bite.

— C'est par là qu'il a perdu son sang. Ça a dû être un cauchemar.

— Tout ce sang ne provient pas seulement de cette blessure, Amores. Il y a autre chose.

— Quoi ?

— Tu vois cette perceuse dont la mèche est ensanglantée ?

— Oui, j'ai la même à la maison.

— Eh bien, on lui a foré le cul avec. J'ai lu beaucoup de choses sur les empaleurs du Moyen Âge, mais c'est de la gnognote à côté de ceux-là.

Amores se rapprocha du mort et vit qu'il avait bel et bien été empalé. Appuyé contre le chambranle de la porte, il se mit à vomir tant et plus tout en regrettant amèrement le journal, la femme du directeur et ses angoisses de reporter des chiens écrasés.

— Méndez, gémit-il.

Méndez posa sur lui le regard glacé et distant d'une machine. Il fit quelques pas autour de la mare de sang et pensa à voix haute :

— Primo, si la porte n'a pas été forcée, c'est que la victime est allée elle-même ouvrir à ses meurtriers, qui devaient être au moins deux. Et s'il n'y a aucune trace de lutte, c'est qu'il a nagé en pleine confiance jusqu'au bout, donc il les connaissait.

— Et l'heure ? parvint à articuler Amores.

— C'est le second point. D'après l'aspect du cadavre et de son sang, les réjouissances ont dû avoir lieu vers minuit, raison de plus pour croire que la victime faisait confiance à ses meurtriers parce qu'on n'ouvre pas sa porte à un inconnu à cette heure-là.

— Mais enfin, Méndez… lâcha Amores.

— Quoi ?

— Couper le zob d'un type… lui plonger dans le corps un bout de ferraille qui tourne à toute allure… le sang n'a pas seulement coulé à flots mais giclé jusqu'au plafond… les assassins ont dû sortir avec de la sauce tomate partout. Je me demande comment ils ont fait pour traverser le boulevard, sauf si…

Amores recula en frissonnant.

— … sauf s'ils sont encore ici.

— J'aimerais bien, comme ça je pourrais leur faire une interview exclusive. N'aie pas peur, je suis sûr qu'ils ont gardé tout leur calme. Ils ont déshabillé leur victime et se sont mis à poil eux aussi. Ils ont mis leurs vêtements dehors, y compris leurs chaussures, avant d'ouvrir le bal. Évidemment, ils devaient en avoir jusque dans les trous de nez, si ce n'est pas le trou de balle.

Sans cesser de parler, Méndez s'était rendu dans la salle de bains, et ce qu'il y découvrit le conforta dans son idée.

— Ensuite ils ont pris une douche de la tête aux pieds, se sont astiqués de fond en comble avec les bains moussants à la bave de tortue et les shampooings au sperme de fourmi de l'autre m'as-tu-vu, qui d'après ce que je vois en a une belle collection. Les mecs sont passés au lavage aux frais de la princesse, puis ils se sont rhabillés et ni vu ni connu.

Amores, planté dans l'embrasure de la porte, regardait d'un air hébété la baignoire où il restait encore quelques gouttelettes rouges.

— Et la perceuse ? murmura-t-il. Elle appartenait aussi à la victime ?

— J'en suis sûr et certain, je parie qu'ils ont fichu les placards sens dessus dessous pour la dénicher. Tout le monde a des appareils domestiques, et les assassins le savaient bien. Ce sont les pires instruments de torture qui soient, cher Amores. Ils coupent, entrent dans la chair, raclent, triturent, pulvérisent et finissent par transformer un membre viril digne de ce nom en véritable soufflé à la bite. Ils savaient qu'ils trouveraient quelque chose même s'ils n'ont pas forcément songé à une perceuse. Ce n'est qu'en la voyant qu'ils se sont dit que c'était l'engin idéal.

— Mais… pourquoi ce carnage ?

— Une vengeance, déclara Méndez sans même se donner la peine de le regarder.

— Aussi horrible ?

— Je parie que ce mort s'appelle David et je dirais même plus : je parie que c'est le David que je recherche, celui qui est sur la bande.

— Où avez-vous entendu ça, Méndez ?

— Dans un bordel de Madrid.

— Ah ? Un bordel centraliste…

— Je sais que tu ne baises que dans les claques autonomistes, Amores, avec des putes de langue catalane.

— Vous parlez à double sens, Méndez, je suppose.

Amores paraissait terrifié, manifestement persuadé qu'on allait l'accuser de ce crime. Mendez continua d'arpenter la pièce en réfléchissant à voix haute :

— Ce David, en compagnie d'un certain Alberto, a attiré une femme dans un piège mortel, une maison de Madrid truffée de micros, ce qu'il ignorait, je suppose. Cette femme qui n'est plus de ce monde avait semble-t-il un père très puissant, donc en mesure de la venger. Et je crois que c'est ce qu'il a fait.

— Cette femme a dû connaître une mort atroce…

— Oui.

— Et qui tue par l'épée meurt par l'épée.

— Je dirais même que qui tue par le cul meurt par le cul, pour employer une expression digne de notre patrimoine national, rectifia poliment Méndez.

Il se livra ensuite à une enquête de routine tout en sachant très bien ce qu'il allait trouver : tous les documents et papiers officiels étaient au nom de David Mellado, sans aucun doute la victime. Pour une question de principe, Méndez vérifia dans l'annuaire que ce nom correspondait bien au numéro que lui avait donné Lola.

— Au moins je connais son identité, maugréa-t-il, et je sais que c'est le gus que je recherche.

— C'est déjà ça, Méndez. Je suppose que ça vous ouvrira d'autres pistes.

— Non, malheureusement la piste se termine ici. J'espère seulement que les meurtriers ont laissé des empreintes.

— Vous croyez ?

— Non, mais je suis dans l'obligation de le croire. Les experts vont inspecter la perceuse et la baignoire à la loupe. Un bon professionnel ne laisse jamais de traces mais je suis en droit d'imaginer qu'un père vengeur n'en est pas un et que, lorsqu'il tue, il ne pense pas.

— J'aimerais que vous ayez raison, Méndez.

— C'est juste une hypothèse. Il faudrait savoir depuis quand David Mellado habitait ici, sûr qu'il était locataire et pas depuis longtemps, parce que ce type bougeait d'une ville à l'autre. Je vais demander à Lola de l'identifier, elle le connaissait bien puisqu'il faisait partie de ses clients et qu'il la menaçait.

— Un sale coup…

— Pas tant que ça. Elle avait plus d'une raison de vouloir sa mort. Elle boira peut-être une coupe de champagne à sa santé.

— Ce qui ferait d'elle une suspecte de premier plan.

— Peut-être, mais ce n'est pas elle. Je témoignerai en sa faveur.

— Et maintenant, qu'allez-vous faire, Méndez ?

— Il ne me reste plus qu'à avertir la Hiérarchie et qu'elle agisse comme bon lui semble. La pilule est un peu trop dure à avaler pour moi tout seul.

— On vous accusera d'infraction, Méndez.

La main du vieux policier, qui s'apprêtait à saisir le combiné du téléphone, s'immobilisa.

— Tu te trompes, Amores, c'est toi qu'on accusera.

14

Une question de bon sang

Méndez avait toujours été mal vu de ses supérieurs, mal payé, saqué dans les grandes largeurs. Trois réalités qui n'entraînaient qu'une seule conclusion : une pauvreté à relativiser car, s'il gagnait peu, il était néanmoins économe. Toute sa vie il avait mangé dans des gargotes, des bars sur le point de fermer et autres bouis-bouis étroitement surveillés par les services d'hygiène, ce qui revient à dire que sans le savoir il avait ingurgité toute sa vie durant des reliefs municipaux et les restes de bouffe des hôpitaux publics. De deux choses l'une : quand on suit un tel régime, soit on passe l'arme à gauche, soit on fait des économies.

Méndez avait passé son existence dans les remises des tavernes, les vestiaires des bordels ou, dans le meilleur des cas, les arrière-boutiques des librairies, d'honnêtes commerçants qui ne lui faisaient presque jamais payer de loyer, considérant que par pur plaisir il empilait les bouteilles ou époussetait les œuvres complètes de l'illustre Marcelino Menéndez y Pelayo. Comme cette solution de couchage entre amis dans la vieille ville ne lui coûtait guère plus de dix paquets de cigarettes par mois, il avait pu au bout du compte amasser un petit pécule en vue de son mariage.

Mais il n'avait pas convolé et baisait donc assez peu. Enfin, s'il faisait le calcul, il en déduisait que la plupart des couples sous contrat baisaient encore moins que lui. Lorsqu'il se décidait à lâcher la bête corrompue qui sommeillait en lui, Méndez n'avait pas besoin de payer. Il s'adonnait aux plaisirs de la chair après de longues périodes de récupération et fréquentait des prostituées à la retraite ou des dames d'âge mûr, certaines de bonne famille, lesquelles avant d'aller à l'hospice voulaient revivre l'émotion forte d'un dernier coup sauvage, ce qui revenait à laisser toutes les lumières allumées et à pousser des cris enthousiastes chaque fois que l'un des deux partenaires parvenait à se hisser sur le lit.

Par conséquent, malgré son apparent dénuement, Méndez avait mis de côté un bas de laine qui allait lui permettre de prendre l'avion jusqu'à Madrid, encore émoustillé par le souvenir d'une hôtesse de l'air qui l'avait entraîné jadis dans les toilettes d'un moyen-courrier après la projection d'*Emmanuelle*.

Dans le cadre de son enquête, il dut auparavant remplir quelques formalités auprès des services de police de Barcelone, à commencer par éviter qu'on ne l'aligne pour effraction. « Pourquoi êtes-vous entré illégalement dans cet appartement ? lui demanda Pons. — Je voulais lui casser la gueule pour protéger une femme qu'il avait menacée, répondit Méndez. — Toujours à défendre des putes, maugréa Pons d'un air distrait. Je passe l'éponge pour cette fois mais ne croyez pas qu'on va vous confier l'enquête parce que vous avez découvert le corps. Oubliez tout, fichez-nous la paix et allez vous faire voir ailleurs. »

Être mis au rancart comporte parfois des avantages. Ainsi, Méndez se livra à des recherches en solitaire tout en s'informant de l'avancement de celles de ses collègues. Il apprit que les assassins, qui n'avaient pas laissé d'empreintes, n'étaient sans doute pas des pros mais pas des abrutis non plus. Par ailleurs les voisins n'avaient rien entendu, trop occupés qu'ils étaient à regarder la télé, faire la vaisselle, jouer leur paie du mois aux cartes ou sniffer quelque saloperie dans les toilettes. Selon la police, l'immeuble abritait surtout des gens de passage, donc des suspects qui changeaient de domicile comme de chemise : voyageurs de commerce qui se tournaient le soir vers d'éternelles étudiantes toujours plongées dans le même livre, syndicalistes, banquiers en fuite et curés défroqués. Bref, l'adresse était dûment fichée parce qu'il pouvait s'y passer tout et n'importe quoi.

Il n'y avait ni fibres de tissu, ni cheveux, ni traces de salive oubliées sur un verre, à croire que David Mellado avait été buté par des fantômes. La police avait découvert qu'il avait vécu dans plusieurs villes, finissait toujours par repasser par Barcelone et se consacrait à moindre échelle à la traite des Blanches. D'après un rapport, il avait gagné beaucoup d'argent, les femmes étant très demandées dans les saunas, les bars d'entraîneuses et les relais routiers relativement borgnes. Il s'était cependant retiré du milieu sans que son train de vie en souffre, ce qui laissait supposer qu'il approvisionnait son compte en banque en écoulant de la drogue.

« Conclusion logique à en juger par la tronche du type », songeait Méndez en fourrageant dans les papiers de ses acolytes pour retrouver la trace de la victime dans une autre ville d'Espagne. Mais il ne découvrit rien de plus que les virées à Madrid qu'il soupçonnait déjà. Rien non plus ne rapprochait ce crime de l'horrible assassinat d'Altos de Serrano.

Il n'avançait pas d'un pouce et courait même le risque de voir le meurtre de David Mellado classé comme règlement de comptes entre trafiquants de drogue, ce qui équivalait peu ou prou à remiser l'affaire aux oubliettes. Le commissaire Fortes, vieux tigre solitaire, en savait peut-être plus.

Méndez prit donc l'avion pour Madrid en espérant que les hôtesses s'amuseraient à lui rejouer *Emmanuelle*, mais celles-ci se bornèrent à lui proposer les premiers secours. Par souci d'économie, il se rendit jusqu'à la Bibliothèque nationale en bus, descendit la Gran Vía et poussa la porte de la pension où il avait logé quelques semaines plut tôt. Il apprit qu'un des clients était mort et qu'une autre habituée avait engagé un Cubain délaissé par une artiste célèbre pour des besoins orgastiques ou peut-être à des fins de procréation.

Après s'être installé dans cette normalité toute espagnole, Méndez alla trouver le commissaire, qui le salua avec effusion :

— Qu'est-ce que vous foutez là ? Qui a eu la mauvaise idée de vous envoyer glandouiller à Madrid ?

— Personne.

— Vous êtes venu de votre plein gré ?

— Parfaitement, monsieur.

— Vous vous êtes payé le voyage ?

— Tout juste, et sans réduction.

— Merde alors. Et le service ?

— J'ai pris quelques jours de vacances mais j'aurais pu disparaître sans rien dire qu'on ne se serait aperçu de rien.

Fortes consulta sa montre, à croire qu'un travail urgent l'attendait dans sa planque de Carabanchel.

— Bon, quoi d'autre ? demanda le commissaire d'une voix impatiente.

— David Mellado, l'un des types qui ont attiré la jeune fille dans la maison d'Altos de Serrano, a été retrouvé mort.

— Je le sais déjà par les collègues de Barcelone. De la belle ouvrage, apparemment.

— Oui, Fortes, de l'artisanat maison fait avec les instruments du bord.

— On m'a raconté qu'il s'agissait d'une vengeance sacrément bien ourdie.

— Du sur mesure.

— Et la presse ? Je n'ai rien lu de spécial là-dessus ces jours-ci.

— Quand les journalistes ont enfin eu le droit de voir le théâtre du crime, on avait déjà emporté le cadavre. Les experts étaient passés par là et avaient tout nettoyé ou presque. Comme il y a secret d'instruction, aucun journaleux n'est au courant de rien et croit qu'il s'agit d'un crime banal.

— Pour le moment, Méndez, pour le moment. Mais ça ne va pas durer. Il y a toujours un gratte-papier pour fouiner et dénicher un mouchard à la langue bien pendue.

— Le pire, c'est que j'étais sur les lieux avec un journaliste plutôt bavard, mais il avait trop peur de se faire accuser pour ouvrir son clapet. Quant au corps, il est au frigo. On a lancé des convocations pour l'identifier mais personne n'est venu.

— On verra bien. On a retrouvé des membres de sa famille ?

— Sa mère.

— Et alors ?

— Elle est à l'hospice, amnésique depuis deux ans.

Fortes serra les poings.

— Merde, souffla-t-il.

— Je sais ce que vous allez me demander et je vais vous répondre : personne n'a réclamé le corps.

— Zéro pointé sur toute la ligne. Il n'y a plus qu'à attendre, Méndez. Vous savez que dans la police il faut savoir s'armer de patience, alors démerdez-vous.

— Je m'y entraîne, mais j'ai été dessaisi de l'enquête. Je fourre mon nez là où je peux mais je n'ai pas le droit de remuer le moindre papelard.

— On est à égalité. Je ne m'occupe plus du viol de cette fille, bien que la tour reste toujours sous surveillance au cas où les zozos de l'E.T.A. se décideraient.

— Ils ne se décident pas ?

— Pas pour le moment. Il va falloir attendre. Comme je viens de vous le dire, la patience est une règle d'or dans la police.

— Démerdez-vous.

— C'est ce que je fais, grogna Fortes en tirant une tronche de citron pourri.

— On vous a chargé de l'affaire de l'E.T.A. ?

— Oui. J'ai été affecté aux Renseignements, je suis embringué jusqu'au cou dans la lutte antiterroriste, c'est pour ça qu'on m'a retiré l'affaire d'Altos de Serrano, un meurtre qui n'était absolument pas prévu au programme. Prions pour l'âme de cette pauvre jeune fille et pour son cul virginal.

— Vous êtes un gros salaud, Fortes.

— Dans le genre vous n'êtes pas mal non plus, Méndez.

— Je sais.

— Pour votre information, c'est la Brigade des Homicides qui mène l'enquête. Prenez contact avec eux si jamais vous avez du nouveau.

— J'y songeais, fit Méndez en calant d'un air pensif sa joue dans sa main. Mais, ne serait-ce que par loyauté, je me suis dit que je devais d'abord vous en toucher un mot. Et puis que voulez-vous que je leur dise, aux gars des Homicides ? Qu'on a savamment torturé un des types mêlés à cette histoire ?

— C'est à eux de le vérifier, murmura Fortes, de relier les éléments entre eux comme vous-même l'avez fait. Avec un peu de bol, les jeunots de la brigade finiront peut-être par y arriver avant la retraite.

Méndez dodelina de la tête.

— Ma parole, mais vous dormez, Méndez !

— Pas du tout, commissaire. J'étais juste en train de faire le point. Alors vous n'avez pas découvert l'identité de la fille qu'on a butée Calle Altos de Serrano ?

— Non.

— Vous avez dû faire des analyses, je suppose. Son cul était un vrai puits de sang.

— Évidemment. Nous connaissons son groupe sanguin, son A.D.N. et ses maladies. Elle avait l'hépatite C. Et les matières fécales indiquaient même ce qu'elle avait bouffé juste avant, mais rien de plus.

Méndez releva le menton.

— L'hépatite C ? balbutia-t-il. Cela signifie qu'elle était suivie médicalement. C'est une piste.

— Vous pensez qu'on n'en a pas tenu compte aux Homicides ? Ces couillons se sont payé un travail de titan en espérant sans doute être augmentés. Ils ont passé tous les centres de la Sécu au peigne fin, cas par cas, ils ont contacté toutes les filles encore en vie atteintes de cette maladie, puis ils ont vérifié le certificat de décès de celles qui avaient calanché. Autant dire qu'ils ont fait un nombre incroyable d'heures sup qu'on ne leur payera jamais avant d'aller retrouver leur femme qui leur tirait la gueule.

Méndez hocha la tête.

— Les filles à papa se font soigner dans des cliniques privées.

— Ouais, alors il est difficile d'effectuer des recherches.

— Ils ont essayé ?

— On a vissé un des agents derrière un téléphone pour qu'il appelle les spécialistes. Un boulot pépère qui le promènera peut-être dans les quartiers de Chinchón et de Móstoles… qui sait s'il n'atterrira pas à Séville ? Impossible, je vous dis. Il n'y a plus qu'à dresser l'oreille et s'en remettre au hasard, qui résout à la longue plus de la moitié des cas.

Fortes regarda à nouveau sa montre.

— J'ai un travail urgent, maugréa-t-il.

— À Carabanchel ?

— Tout ce que je peux vous dire, Méndez, c'est que si je tarde trop la fille qui m'attend va finir par avoir ses règles. Maintenant, allez donc empoisonner la vie de votre mère si ça vous chante.

Méndez songea qu'il n'avait plus personne à empoisonner, mais il ne parvenait pas à oublier les trois derniers crimes auxquels il avait été confronté : deux particulièrement répugnants et un relativement humain, si tant est qu'un assassinat puisse l'être.

Comme il avait du temps devant lui, il décida d'aller voir la veuve Rivera, qui avec un peu de chance l'accueillerait à nouveau en déshabillé. Si les maladies vénériennes s'étaient attrapées par le regard, le vieux policier aurait déjà atteint le stade de la rigidité mortuaire. Auparavant il téléphona à un de ses amis de Barcelone, lequel lui promit de l'informer du déroulement de l'enquête sur le meurtre de David Mellado, qui n'en était pour le moment qu'à ses balbutiements routiniers. Méndez raccrocha et se mit en quête d'un bar rescapé de la République où il y eût encore des chapelles politiques et autres salons en voie d'extinction, le style de café où l'on bute contre le corps d'un poète attablé à un guéridon dans l'attente qu'une bonne âme vienne régler sa note.

Dans cette catégorie il ne restait guère que le Gijón. À cette heure-là on y croisait surtout des acteurs de feuilletons télévisés à la recherche d'un rôle et une poignée de femmes mariées qui devisaient sur la cherté des logements. À défaut de mieux, Méndez but avec onction une bière glacée en réprimant son envie de la faire bénir par le serveur, puis il s'achemina vers la Plaza Mayor.

Une nouvelle bonne lui ouvrit. Sévère, vêtue comme pour aller à la procession de la Vierge de Tordesilla, elle était mûre pour décrocher l'aide sociale aux personnes âgées. Quant à la petite veuve Rivera, malgré son air de sainte-nitouche, elle n'était ni austère ni vieille et inspirait à Méndez toutes sortes de pensées lubriques. Du vestibule où on lui avait dit d'attendre, il l'aperçut dans l'entrebâillement d'une porte, assise sur une chaise, sa jupe noire remontée à la limite de l'indécence, perchée sur des hauts talons, les jambes gainées de bas fumée retenus par un porte-jarretelles qui masquait à peine une bande de chair ferme, tendue, débordante, sur le point d'exploser sous le rayon de soleil qui la zébrait. « Nom de Dieu ! se dit Méndez, qui savait que cette expression, loin d'être vaine, renferme tout l'intellect du peuple. Mais son attention fut aussitôt détournée par l'homme qui sortait de la pièce. Il avait la tonsure, portait la soutane, une bague au doigt et trimballait avec lui tout le saint sacrement du Seigneur. C'était un homme jeune apparemment en mesure de fertiliser une file entière de pénitentes.

— *Ave Maria Purissima*, souffla-t-il.

*

Méndez fouilla au plus profond de sa mémoire pour savoir ce qu'il fallait répondre dans ces cas-là, terrible problème pour un vieux flicard que de devoir remonter aux temps du *Laus Deo* et du *Christus vincit*. Mais il sortit victorieux de l'épreuve :

— Conçue sans le moindre péché, lâcha-t-il.

Il se leva tout de go en signe de respect ou pour le moins de courtoisie. Ses maigres connaissances ecclésiastiques l'avaient amené à la conclusion que l'ensoutané était un évêque, et jeune avec ça, ce qui n'a rien d'étonnant à une époque où la jeunesse triomphe dans les domaines les plus divers. Le religieux lui lança un regard en biais :

— La domestique vient de nous dire que vous souhaitiez parler à Mme Rivera.

— Oui, si elle n'y voit pas d'inconvénient et si vous en avez terminé avec elle, fit Méndez d'un ton railleur.

— Bien sûr. Entrez, je vous prie, répondit l'évêque sans relever l'ironie.

Méndez n'eut pas à se donner cette peine car la petite veuve venait de sortir. Elle avait rabattu sa jupe sur ses jarretelles et le soleil ne jouait plus avec ses bas, mais sa tenue évoquait toujours la pénitente, la perverse eucharistique qui fait son affaire en cachette en observant religieusement le silence. Méndez, qui comme on le sait s'intéressait à toutes les corruptions du pays, avait autrefois éprouvé des bouffées de désir pour les femmes des processions, leurs robes noires, leurs bas tirés sur des chairs palpitantes. Il aimait les visages pâlichons, les lèvres rouges, les mantilles sombres. En homme impur qu'il était, il les imaginait pendant l'acte et se disait qu'elles devaient garder leur peigne et entonner le *Dies Irae*.

— Quelle surprise, monsieur Méndez ! s'exclama la veuve en le voyant.

Elle ne cillait pas, ayant sans doute oublié que le vieux policier l'avait surprise le pubis à l'air.

— Je passais vous dire un petit bonjour, madame. Et m'assurer que personne ne vous importunait.

— Tout va bien. Je ne sais pas si vous connaissez mon fils.

— Votre fils ?

— Oui, enfin... mon beau-fils, le fils de Paco et de sa première femme. Un jeune homme qui est déjà évêque...

— Admirable, madame. De mon temps, il y avait beaucoup de curés et la concurrence était rude, sans quoi j'aurais pu suivre ma véritable vocation et devenir pape, le pape Méndez. J'adore les évêques d'aujourd'hui, ils sont si résignés, si adaptés au monde actuel... enfin, je crois que je vous dérange.

— Non, non... mon fils allait partir. Il ne vient pas souvent mais sait que j'apprécie ses visites. Vous voulez encore me poser des questions ?

— Non, madame, je venais juste vérifier que tout allait bien, que vous n'aviez pas été menacée depuis la dernière fois. Une simple visite de routine.

— Il ne s'est rien passé, mais je suppose que l'enquête suit son cours. Vous avez du nouveau ?

— À Barcelone, on a assassiné un homme qui pourrait être le meurtrier de votre employée, mais je n'en suis pas sûr… Bien. Je ne veux pas vous embêter davantage. Si vous me le permettez je passerai vous voir chaque fois que je serai à Madrid.

Cette conversation amène aurait pu durer davantage si l'évêque n'y avait mis un terme :

— J'aurais plaisir à bavarder avec vous, monsieur Méndez, proposa-t-il sèchement.

— Quand vous voudrez, monsieur…

— Jorge Rivera.

— Je suis à votre disposition.

— Pourquoi ne venez-vous pas avec moi ? On m'a laissé garer ma voiture tout près d'ici. Je vous promets de ne pas vous importuner ni de vous parler de charité chrétienne.

Ils sortirent tous deux après avoir pris congé de la veuve. La Plaza Mayor commençait à se remplir de buveurs, de Japonais armés d'appareils photo et de vendeurs ambulants qui poussaient leur gueulante sous la statue du roi. Les Japonais pointèrent leurs viseurs sur l'évêque, ce qui donnait une petite idée de l'importance accordée à la soutane dans l'Espagne catholique contemporaine. Méndez songea à l'époque souveraine où ceux qui ne la revêtaient pas étaient brûlés vifs.

L'évêque possédait une petite voiture qui correspondait probablement au signalement de celle qui avait transporté le corps de feu Paco Rivera. Garé sur un emplacement interdit, le véhicule béni des dieux n'était sanctionné d'aucune amende. Ils tournèrent dans la Calle Mayor, qui avait perdu toute sa grandeur depuis qu'on n'y pratiquait plus d'autodafés.

— Alors, c'est vous qui avez découvert cet horrible crime chez ma belle-mère ?

— Oui. Vous la voyez souvent ?

— Pas trop, non.

— Pourquoi ?

— Excusez-moi, mais c'est mon problème.

— Vous n'aimez pas la façon dont elle s'habille ?

L'évêque ne répondit pas, ses mains se crispèrent sur le volant. Méndez comprit qu'il avait frappé juste. Religieux de son état, Jorge Rivera préférait les femmes de Dieu à celles des hommes. Savoir que sa belle-mère portait bas et jarretelles au vu de tous et avec la bénédiction du soleil le troublait. Il voyait l'instrument du péché dans la soie qui gainait les jambes éclatantes de la veuve et s'arrêtaient en haut de ses cuisses sanglées de courroies menant tout droit au triangle du mal. Qui sait, peut-être lui rappelait-elle ses premiers péchés de jeune séminariste, sa première branlette abondante qui avait fait trembler tous les saints ? Méndez était persuadé que leur relation était fondée sur une pointe de désir mêlée d'admiration et de haine. La veuve avait certainement repéré cela, songea le vieux policier avec sa perversité habituelle, et elle croisait d'autant plus volontiers les jambes devant le jeune aspirant à la papauté, remontant sa jupe pour lui montrer une bande de chair blanche. Regarde, en te donnant le jour ta mère a fait bayer ton père aux corneilles. Moi j'ai été son amante.

— Donc, vous n'appréciez pas ses tenues, murmura Méndez.

— Disons que Marga n'accorde pas beaucoup d'importance à l'humilité chrétienne.

— Vous avez dû beaucoup souffrir.

— Pourquoi ?

— D'abord du divorce de votre père et puis de son second mariage avec une femme pour qui l'humilité chrétienne ne compte pas.

L'évêque serrait toujours nerveusement le volant tandis qu'ils atteignaient la Carrera de San Jerónimo.

— Je vous répète que ça me regarde, monsieur Méndez, et tout compte fait cela ne me paraît pas si grave. Je ne sais pas si on vous l'a déjà dit, mais la souffrance est enrichissante et l'herbe pousse sous la neige.

— Opus.

— Non.

— Je regrette, monsieur l'évêque, mais ou j'ai très peu lu, ou tous les bouquins religieux se ressemblent. De quoi vouliez-vous me parler ? Laissez-moi deviner : vous croyez que j'ai enquêté sur la mort de votre père, et dans vos yeux qui peuvent discerner la cité de Dieu — une ville construite sur les ruines d'un Madrid débarrassé de ses putes et de ses élus locaux —, je crois voir poindre une larme. En saurais-je plus sur cette affaire que ce qu'on a raconté ?

— Rien n'a été raconté.

— Non, parce que je m'en suis occupé, maugréa Méndez. Il valait mieux. Personne n'a rien su de sa mort chez doña Lorena Dosantos, ni de l'enlèvement du corps place Santa Ana et enfin de son transport clandestin dans la maison de campagne, où vous avez orchestré le décès officiel avec la protection de votre sainte mère l'Église. Vous n'avez aucune crainte à avoir, personne ne va vous inculper, si tel était votre souci. J'aimerais tout de même vous poser une question dont je connais déjà la réponse : vous avez beaucoup souffert, n'est-ce pas ?

— Disons que oui.

— Vous suiviez votre père assez régulièrement ?

— Oui.

— Vous désapprouviez la vie qu'il menait, pas vrai ?

— Je dirais que oui.

— Ce qui signifie, lâcha Méndez d'une voix douce, que vous ressentiez à la fois de l'amour et de la haine envers lui.

— Qu'est-ce que ça peut vous faire ?

— Ça peut me faire que j'ai dû intervenir dans ce décès, bien que de manière très discrète, fit Méndez sans ciller. Permettez-moi de supposer que vous avez tout organisé par pure compassion et que vous vous êtes débrouillé pour que son décès soit respectable.

— Oui.

— Mais si je retire la compassion il ne vous reste plus que la haine.

Ils arrivèrent devant la gare d'Atocha, au bout du Paseo del Prado. L'évêque conduisait sans but précis et semblait quelque peu désorienté. La gare conservait sa vieille façade XIXe mais à l'intérieur, l'empire du train en bois, la valise en carton, le casse-croûte, la parente qu'on vient chercher, les pets et les callosités avaient été remplacés par des jardinets pour banquiers. Le Paseo aussi avait changé, pensa Méndez, mais ses bars populaires tenaient encore la route avec leurs sols jonchés de carapaces de gambas, leurs boulettes d'archiprêtres, leurs calamars d'un autre âge et leurs côtelettes d'agneau pascal. Il prit une longue inspiration en songeant à la terre promise car ces rues lui rappelaient sa Barcelone.

L'évêque s'arrêta près d'un passage clouté et le regarda fixement :

— Je vous remercie pour tout ce que vous avez fait. Aucun bruit n'a circulé sur la mort de mon père.

— Vous avez honte de lui.

— Vous vous trompez. Je n'ai jamais eu peur que son comportement nuise à ma carrière.

— Ce n'est pas ce que je voulais dire.

— Ah, vous voulez parler d'une honte morale, la plus humaine qui soit ? Dans ce cas, oui, pourquoi le cacher ? Il me laisse des souvenirs détestables et, si je pouvais, je changerais de nom. Il a détruit beaucoup de choses, à commencer par ma mère.

— Une dame qui l'attendait patiemment à la maison, je présume.

— Qu'avez-vous contre cela ?

— Rien, bien au contraire, je suis de ceux qui croient que les femmes au foyer sont les garantes de la stabilité.

— Ma mère est une bonne chrétienne : prudente, loyale, chaste et juste. Elle m'a toujours élevé dans la crainte de Dieu.

— Dans la crainte ou dans l'amour de Dieu ? risqua Méndez.

— Allons bon ! Vous êtes un moraliste ?

— Non, non, absolument pas. Je suis un homme pervers et lubrique.

— J'admire ma mère, je l'aime, ce qui ne me fait pas oublier ses défauts, son souci de briller en société, de porter de belles toilettes dans les réceptions et de tenir au jour le jour la liste des gens à inviter ou de ceux qui lui doivent un dîner. Ne nous y trompons pas : la vie du vieux Madrid a toujours été ainsi et ne changera pas, et c'est tant mieux. Ma famille appartient à une classe sociale aisée, ma mère l'a très bien compris, d'autant qu'elle est partie de rien.

— Votre père n'a pas toujours été riche ?

— Oh que non ! s'exclama le jeune évêque en ricanant. Après avoir connu quarante ans de stabilité sous Franco, ce pays a vu croître et décroître nombre de fortunes. Mon père s'est ruiné mais il faut avouer qu'il a toujours été un grand travailleur. Il s'est refait.

— Et il a rencontré votre mère quand il touchait le fond.

— Oui.

— Une femme modeste, sensée, travailleuse et simple, qui s'est enrichie en même temps que son mari.

— Fort juste.

— Monsieur l'évêque, je ne sais pas si votre père avait tellement changé. Il venait peut-être d'une grande famille et avait une fortune considérable, mais tout le monde garde de lui l'image d'un blagueur aimable et facilement abordable. À vous écouter, votre mère s'intéressait davantage aux mondanités et faisait partie d'un Madrid qui aime l'immobilisme.

— Vous dites ça d'un ton ironique qui me dérange un peu, monsieur Méndez.

— Pas du tout, j'essaie de définir les vertus de chacun.

— Sachez que, pour ce qui est de ma mère, les vertus priment largement sur le reste. Elle a une maison impeccable et des domestiques qui restent à leur place. Elle dit une messe par jour car, en fin de compte, dialoguer avec Dieu ne prend pas tellement de temps. C'est une femme décente, en tout cas elle ne m'a jamais laissé le moindre doute là-dessus. Par ailleurs, elle a toujours observé un respect absolu envers mon père. Elle a eu une conduite irréprochable.

— Je n'en dirais pas autant de votre père, fit Méndez, le regard dans le vague.

L'évêque sourit avec amertume.

— Certes non… Pourquoi vous mentirais-je puisque vous êtes le premier à connaître les circonstances de sa mort ? Il est mort comme il avait vécu, entouré de filles de joie, dans des draps qui n'étaient pas les siens et sans aucun doute dans une posture ignoble. Je ne devrais pas parler ainsi, ce n'est pas très chrétien ni respectueux, mais parfois la vérité est préférable à la honte. Évidemment, ma mère n'est pas une idiote et elle n'a pas tardé à découvrir le pot aux roses.

— Comment a-t-elle réagi ?

— Elle m'a demandé conseil.

— Toutes les mères n'ont pas la chance d'avoir un évêque sous la main. Merveilleuse idée.

Jorge Rivera n'apprécia pas le ton adopté par Méndez.

— Descendez ! hurla-t-il pour se raviser aussitôt. Excusez-moi, je n'ai pas toujours une attitude très charitable. Vous pouvez rester mais cessez vos commentaires narquois. À l'époque, je n'étais pas encore évêque et ne songeais même pas à le devenir. Vous savez, Méndez, la hiérarchie morale n'a rien à voir avec celle des bas quartiers que vous fréquentez, à ce qu'on m'a dit. Ma mère est donc venue me trouver, les larmes aux yeux, et je lui ai recommandé la plus haute des vertus, à savoir la patience. Je suis sérieux : pour moi la patience est le ciment de la cohésion sociale. J'ai calculé que dix pour cent des couples de plus de cinq ans restent ensemble pour l'argent, vingt pour cent pour le sexe — ce qui est une véritable prouesse à en juger par les confessions qu'on me fait. Quant aux soixante-dix pour cent restants, ils survivent grâce à la sainte patience qui finit par s'imposer en sage coutume du foyer. Mais ma mère ne m'a pas écouté.

— Et qu'a-t-elle fait ?

— Elle a demandé le divorce, qui malheureusement existait déjà. Voyez-vous, je pense que la société aurait dû s'en passer. Elle a flanqué mon père à la porte et exigé une pension confortable ainsi que la moitié de leurs biens.

— C'est autrement plus rentable que la sainte patience, conclut Méndez.

— Taisez-vous et abstenez-vous de tout commentaire. Je reconnais que ma mère n'a pas été lésée, mais elle n'a pas suivi mes conseils. Les négociations d'un divorce, qu'on pratique à tout-va aujourd'hui, ne sont pas très chrétiennes, et quand elle est venue à moi les larmes aux yeux, c'est avec une infinie tristesse que je l'ai suppliée de renoncer à ce projet.

— Vous n'en avez pas parlé avec votre père ?

— Je lui ai juste demandé si ce que ma mère disait était vrai.

— Que vous a-t-il répondu ?

— Il n'a même pas cherché à nier. À partir de ce jour-là, j'ai rompu tout contact avec lui. Après j'ai regretté, j'ai pensé que j'avais agi comme un mauvais prêtre, une fois que le mal était fait. Mon père n'a pas cherché à renouer avec moi et j'aurais dû comprendre qu'il avait honte, j'aurais dû aller vers lui. J'ai manqué à mon devoir mais je ne m'en rendais pas compte à l'époque, je croyais qu'il me suffisait de calquer ma conduite sur celle de ma mère, qui se comportait en véritable sainte.

— Qu'avez-vous fait ?

— Je surveillais mon père, et lorsque j'ai eu quelque influence en tant qu'évêque, je limitais les dégâts et l'empêchais de se rendre encore plus ridicule. Je suis sûr que comme la plupart des maris espagnols vous ne vous êtes jamais dit que le péché est pire quand il se double de ridicule. Voilà la tâche que je m'étais imposée en suivant le conseil charitable de ma mère.

— Vous vous en êtes très bien acquitté, murmura le vieux flic, jusqu'au bout.

— J'avoue que ma belle-mère m'y a aidé.

— Et malgré tout vous n'éprouvez guère de sympathie pour elle, vous allez la voir par simple politesse.

Les mains de l'évêque s'agrippèrent à nouveau sur le volant.

— Il ne s'agit pas de politesse mais de moralité. Elle vient d'un autre univers dont elle n'est pas encore sortie, il n'y a qu'à voir sa manière de s'asseoir n'importe comment devant les hommes.

— Elle ne vous considère peut-être pas comme tel.

— Ah bon ? Alors que suis-je d'après vous ?

— Un évêque.

— Assez de sottises, Méndez. Que je sois plus homme qu'évêque n'est pas le fond du problème, une chose est sûre et Marga devrait en avoir conscience, c'est que je suis son fils.

— Je comprends.

— Merci de m'avoir accompagné et pardonnez mon indélicatesse.

— Je n'ai pas été très délicat non plus. Je tiens ma culture des quartiers ouvriers, vous savez, le genre de coins où, avant de mourir, les gens émettent le vœu d'aller mettre une patate à leur patron ou de cramer une église. C'est à moi de vous remercier. Vous m'avez éclairé sur pas mal de sujets.

Une lueur d'inquiétude brilla dans les yeux de Jorge Rivera.

— J'espère que vous n'allez pas le faire figurer dans votre enquête.

— En aucun cas. J'avoue que je suis venu à Madrid pour effectuer des recherches, mais elles n'ont pas abouti. Je ne comptais pas vous interroger, pas plus que votre belle-mère.

— Il s'est tout de même produit un crime chez elle.

— Oui, mais l'affaire est déjà classée. Nous savons qui a tué la bonne, un certain David Mellado, qu'on ne peut plus arrêter parce qu'on l'a assassiné sauvagement après s'être livré sur lui à une espèce de rituel du sang probablement mérité. Avant de mourir, Mónica avait dit à votre belle-mère qu'elle avait peur. D'ailleurs je ne sais pas si je dois l'appeler Mónica ou Sonia car, comme beaucoup de femmes qui vivent de leur corps, elle utilisait aussi bien son nom de baptême que son nom de scène, mais ça revient au même. Elle savait qu'elle était en danger de mort.

— Elle avait peur de David Mellado, je suppose.

— Oui.

— C'est ce qu'elle a confié à ma belle-mère ?

— Exact. Vous croyez que Marga a menti ?

— Non. À défaut d'autres qualités, Marga dit toujours la vérité, mais c'est étrange…

— Quoi ?

— Au cours d'une de mes visites chez Marga — j'y suis allé souvent dernièrement à cause de l'enterrement —, j'ai trouvé que Sonia avait l'air très préoccupée, alors je lui ai demandé ce qui n'allait pas.

— Et elle vous a dit qu'elle avait peur d'un homme ?

— Non. D'une femme.

15

Une question de compagnie

Si les paroles de la sainte mère l'Église méritent qu'on s'en souvienne, alors Méndez était à son grand étonnement un sacré bon chrétien car il ne cessait de ressasser la dernière phrase de l'évêque.

Qui pouvait être cette femme que Mónica craignait tant ? Il était clair que David Mellado l'avait menacée et qu'il avait été son petit ami ou un de ses anciens clients. Méndez était quasiment convaincu que cet homme l'avait supprimée et que c'était lui que Marga avait eu au téléphone. Et puis aucune femme n'aurait eu la force de transporter le corps de la bonne sur le lit, songeait Méndez, toujours prompt à défendre la vigueur oubliée du mâle ibérique.

Bref, cette affaire qui lui semblait limpide se compliquait, et puisque retrouver la mystérieuse inconnue dans un Madrid qui ne lui était guère familier relevait du domaine de l'impossible, Méndez décida purement et simplement de ne plus s'en occuper et de rentrer dare-dare à Barcelone. Mais auparavant il se devait d'aller rendre visite à son ami don Alejandro Díaz de Quiroga Manglano y Mesa, le parangon des fonctionnaires d'Espagne et des multiples classes de travailleurs passifs.

Il le rencontra sur la route des poubelles. À l'évidence sa recette avait été déplorable car don Alejandro trimballait sous son bras un *ABC* vieux de deux semaines. Ils prirent un café au comptoir. Derrière le zinc, le patron était en train de classer un permis pour poser un store, un certificat de dératisation et un avis d'imposition.

— La concurrence est rude jusque dans ma branche, lui confia don Alejandro. Avant, les gens cherchaient de l'or en Californie, maintenant ils fouinent dans les cartons de la Gran Vía. N'allez surtout pas croire que dans la mendicité on respecte la décrépitude des vieux, bien au contraire : la rue est envahie de jeunes et d'étrangers probablement organisés en mafias. Même la municipalité nous met des bâtons dans les roues avec ces bunkers illégaux qui avalent toutes les bouteilles en verre. Mais bon, je n'ai pas à me plaindre. Et vous, Méndez que faites-vous dans la capitale du royaume ? Vous êtes envoyé par les forces de l'ordre ?

— Non, non, je suis venu à mes frais.

— Vous faites faire des économies au Trésor public ? Après, les gars du ministère des Finances viennent jouer les fiers-à-bras dans les rues en se vantant d'avoir un budget positif.

— J'enquête ou tout au moins je fais semblant, expliqua Méndez, il y a des pistes que je ne peux trouver qu'à Madrid, et puis je n'ai rien à faire à Barcelone. Avant je poursuivais des cambrioleurs boiteux, je recherchais les chats que les duchesses oubliaient dans les salons de thé ou des chiens policiers égarés par les employés du ministère de l'Intérieur, mais maintenant on ne me refile même plus ce genre d'affaire. On m'a flanqué dans le bureau le plus pourri du commissariat et à chaque fois que je lui en parle, le chef me dit que tout le monde se méfie de moi, de la préfecture de police jusque dans l'Ateneo et dans les hospices pour vieux. Vu qu'on ne me confiera plus jamais d'enquête, j'ai décidé de travailler à mon compte pour donner un sens à ma vie.

— Un sens à votre vie ? Pourquoi ne pas vous contenter de compter les jours avant la fin du mois ?

— Je pourrais, mais cet art délicat justifie déjà l'existence de millions d'Espagnols.

— Vous pourriez aussi acheter tous les journaux sportifs et occuper votre temps en vous demandant qui sera le vainqueur de l'Euro.

— Une occupation géniale mais ardue, approuva Méndez.

— Et si vous vous consacriez au sexe en collectionnant les conquêtes féminines ?

— Au sexe ? gémit Méndez, quel sexe ?

— Alors cultivez sa mémoire. Le souvenir du sexe perdu est l'une des constantes historiques du pays.

— C'est vrai, se lamenta Méndez, et les autorités devraient le respecter davantage. Souvent, à la télé, on demande aux gens de se rappeler leur toute première fois sans jamais les interroger sur la dernière.

— Vous êtes vous aussi un peu flagada à ce niveau-là, Méndez ?

— Le récit détaillé de mes derniers exploits doit figurer dans les archives historiques de la Couronne d'Espagne, bien que certains gratte-papiers m'aient certifié l'avoir parcouru dans les Chroniques des Indes.

Méndez marqua une pause pour se remémorer le passé et but une lampée de café avant de reprendre la discussion :

— Dites-moi, don Alex, vous êtes l'homme de confiance des pupilles de Lorena Dosantos, n'est-ce pas ?

— J'ai cette chance. J'ai la décence de ne pas faire payer mes services, mais elles m'invitent au café et m'offrent des petits-déjeuners avec boissons et pâtisseries variées. Vous avez déjà goûté aux *churros* de Madrid ? C'est le genre de petite collation qui aide les fonctionnaires désœuvrés à passer un semestre heureux.

— Parle-t-on encore de don Paco Rivera chez doña Lorena ?

— De moins en moins, il faut dire qu'il y a de nouvelles recrues. Vous savez, les filles qui travaillent au lit ont la bougeotte. Certaines se marient, d'autres deviennent députées ou acceptent la protection d'un monsieur bien sous tous rapports qui ne les baise que le week-end. Ces derniers temps, beaucoup de filles sont parties et ont été remplacées. Bien entendu, les anciennes se souviennent de don Paco avec une tendresse infinie.

— Il y a quelque chose que je ne comprends pas, lança Méndez d'un air songeur. Don Paco avait une femme très séduisante, quel besoin avait-il donc d'aller dans une maison close ?

— Laissez-moi réfléchir… fit don Alejandro en levant légèrement le bras comme pour compulser des archives personnelles. D'après ce qu'on m'a dit, don Paco n'était pas du tout heureux avec sa première femme.

— Ils ont traversé tous deux des temps très difficiles. Il semblerait que don Paco en ait soufffert.

— C'est vrai et ils s'en sont sortis, mais sa femme a changé par la suite. Grâce à mon expérience de petit fonctionnaire qui voit le monde derrière un guichet, j'ai appris qu'il est très difficile qu'un couple survive à une crise économique grave et à l'angoisse qu'elle engendre, mais qu'il est tout aussi malaisé de connaître l'abondance et l'ennui qui s'installe. Je dirais même que les difficultés financières unissent les couples et alimentent leurs projets, tandis que l'argent divise et n'engendre que chicaneries. Je crois que les problèmes entre don Paco et sa femme ont commencé après qu'ils eurent remboursé leurs dettes. Ils ont alors eu le loisir de contempler le déclin du jour dans leur salon en se regardant en chiens de faïence. Quand on a des soucis on ne voit plus la tête de l'autre, on est tourné vers l'avenir, mais quand tout va bien et qu'on se retrouve face à face, ça tourne au vinaigre.

— C'est plus ou moins ce que m'a expliqué leur fils, dit Méndez. L'ennui matrimonial est l'un des fléaux du pays. Il faudrait édicter une loi pour l'éradiquer, ou plutôt dix-sept lois, une pour chaque province, car je suis sûr qu'on ne vit pas le même ennui à Burgos qu'en Catalogne.

Don Alejandro, pas centraliste pour un sou, hocha la tête.

— Vous avez raison, monsieur Méndez, je crois que don Paco s'est éloigné de sa femme parce qu'il ne supportait plus l'ennui madrilène. Moi, toute modestie mise à part, j'ai beaucoup réfléchi entre mes piles de dossiers. En tant que fonctionnaire, je ne pouvais pas me permettre d'analyser les grandes crises nationales, alors je me suis contenté des crises domestiques et de leurs origines. Vous savez, monsieur Méndez, pour deux jeunes mariés il est très facile d'avoir un projet de vie commun : quitter le domicile des parents, trouver un appartement, le meubler, feuilleter des brochures d'agences de voyages, planifier des parties de jambes en l'air, autant de choses qui donnent un sens à leur existence et leur font croire qu'ils sont faits l'un pour l'autre. Mais au fil des ans la relation s'étiole comme sous l'effet d'un goutte-à-goutte qui finit par faire déborder le vase. Peu à peu leurs projets diffèrent et finissent par les gêner mutuellement. Au bout du compte, ils deviennent deux étrangers qui se retrouvent chaque soir, se scrutent, se chamaillent et vont chercher refuge ailleurs. De ce côté-là, la culture occidentale a tout prévu : on fuit dans le travail, on joue aux dominos, on papote avec ses amis ou on s'intéresse au championnat national de la Liga. On se trompe en croyant qu'il n'y a qu'un seul univers dans une maison. Il y en a deux, sans compter celui des enfants, qui sortent du moule tôt ou tard.

Don Alex, homme pétri dans les salles de cafés madrilènes, théâtres de l'histoire de pays, poursuivit son raisonnement :

— Assis derrière mon guichet, j'ai pu sonder les ambitions des hommes et les culs de leurs femmes. Laissez-moi vous dire que ces derniers ne trompent personne et font partie du patrimoine national. Je n'en dirais pas autant des ambitions masculines. Mais revenons à nos moutons. Il y deux solutions pour qu'un couple dure et continue de se prendre par la main. Il peut par exemple faire de nouveaux projets : s'acheter un nouvel appartement ou rénover son mobilier, mais ce n'est pas toujours possible.

— Et l'autre solution ?

Don Alex hocha doucement la tête :

— Cela peut sembler terrible, monsieur Méndez, de se laisser porter par le courant et d'oublier son ego, mais l'une des clés du bonheur est peut-être là, tout comme la prospérité d'un pays atteint son apogée lorsqu'il n'a pas d'histoire. Pardonnez ces digressions de fonctionnaire qui entre deux dossiers cherche à gagner son année sabbatique, et poursuivons : don Paco était un penseur. Il avait même commencé à écrire deux livres qu'il n'a jamais terminés. Sa femme, en revanche, aimait briller en société, alors pour échapper à la solitude, don Paco s'est mis à fréquenter les maisons closes.

Méndez, pour qui le sexe était désormais une chimère et n'avait donc aucun mal à emprunter les chemins de la vertu, murmura :

— Ça arrive plus souvent qu'on ne le pense. Les bordels ne sont pas remplis de bites raides, mais peuplés de solitude. Tout de même, don Paco a choisi la solution de facilité.

— D'après ce que m'ont dit les filles, il n'y allait pas pour tirer sa crampe, ou très occasionnellement. Il voulait bavarder, avoir de la compagnie, ce qui n'a rien d'extraordinaire quand on connaît doña Lorena et son établissement, deux institutions culturelles aussi nobles que le Casón del Buen Retiro. Don Paco s'est vite rendu compte que les filles n'étaient pas là par hasard mais que chacune avait une histoire.

— Ça je le sais moi aussi, fit Méndez. Pourquoi croyez-vous que je connaisse les bas-fonds de ma ville ? Mais don Paco était un homme d'affaires, pas un vieux flic comme moi. Dites-moi comment il en est arrivé là.

— En voyant pleurer un homme, dit don Alex.

*

Don Alejandro termina son café avant de s'expliquer :

— Don Paco avait remarqué que la plupart des filles ne se réfugiaient pas dans le grand centre social de doña Lorena par plaisir, mais par nécessité. Soit la vie ne leur avait rien offert d'autre, soit elles avaient laissé passer leur chance. Don Paco savait qu'entre ces quatre murs il découvrirait l'Espagne des pauvres et ça lui a donné à réfléchir.

Bien sûr, il y avait aussi des femmes qui étaient devenues prostituées par haine.

— Par haine ?

— Oui. La femme trompée, par exemple. Si son mari lui a fait des cornes en silence, elle se venge en grande pompe, avec n'importe qui, et plus il y a de clients, mieux c'est. Après elle va le raconter au mari et se vante en plus d'avoir gagné de l'argent. Sans qu'on s'en doute, beaucoup d'Espagnols se sont retrouvés comme des couillons, à fixer la porte en attendant le retour de leur épouse.

— Dans mon quartier, on m'a toujours répété qu'à bon chat bon rat, murmura Méndez.

— Don Paco Rivera a connu tout cela et bien d'autres choses encore, comme des filles à papa qui voulaient tenter des expériences ou se rebeller contre leur famille. Vous savez, Méndez, les hommes sont si compliqués que personne ne peut véritablement écrire leur histoire. Il y a aussi des filles qui se sont mises au lit en croyant exercer un métier comme un autre, persuadées qu'elles pourraient se retirer avec dignité. En cherchant un remède à sa solitude, don Paco a trouvé un univers bien plus riche qu'il ne l'aurait imaginé, et puis, une fois en confiance, la pute espagnole devient un vrai moulin à paroles. Mais comme je viens de vous le dire, ce qui l'a vraiment impressionné, c'est de voir un homme pleurer.

— Racontez-moi ça.

— Don Paco a connu une femme divorcée qui passait sa vie entre le salon de doña Lorena, ses miroirs et ses lits. Il était certain que le mari était un pauvre type, d'ailleurs les filles le lui ont confirmé : sa femme l'avait laissé tomber parce qu'elle le méprisait. Elle s'acquittait de sa tâche avec un grand naturel, rendant ainsi honneur aux arts antiques les plus respectables. Elle avait paraît-il une vulve large et élastique conçue à sens unique, c'est-à-dire pour recevoir sans concevoir. J'insiste sur cette grande évolution sociale, Méndez, car jusqu'à une époque récente, les femmes étaient programmées pour la conception — ce qui ne laisse pas d'être une sainte activité —, et non pour accueillir des verges. Cette femme avait également une bouche puissante, aspirante, fluante et refluante selon le mouvement des marées, pleine de ressources cachées, et aussi un anus multifonctionnel, honnête et travailleur, comme ces petites étoiles qui ne brillent pas et qu'on distingue à peine mais dont les astronomes disent qu'elles ont la plus grande force magnétique de l'univers. À en croire les connaisseurs, il étincelait dans les miroirs dès qu'elle se mettait à quatre pattes. Vous conviendrez donc qu'on ne pouvait guère trouver mieux chez une femme de bonne conduite.

Don Alex, qui pendant ses heures de service avait dû relater toute l'histoire du pays, enchaîna après avoir marqué une courte pause :

— Son mari l'a malgré tout suppliée de revenir, même en sachant que ses amis avaient essayé son vagin unidirectionnel, sa bouche à marées haute et basse et son anus fabuleux. Il faut reconnaître que cette dame ne s'arrêtait pas aux considérations sociales et ne faisait aucune distinction parmi ses clients, se bornant ainsi que le recommandent nos meilleurs banquiers à bien gérer ses comptes. Jusqu'au jour où le mari, dans un acte de bravoure qui n'était en fait qu'un geste de lâcheté, s'est présenté chez doña Lorena muni de toutes ses économies de l'année, le regard vide et les mains tremblantes. Les salons des maisons closes sont peuplés de silences et d'après-midi qui s'éteignent sans que Madrid s'en aperçoive. Il a choisi son épouse, qui n'a pas cillé. Elle aussi avait le regard vide, mais ses mains ne tremblaient pas. « Monsieur règle tout de suite et me dira ce qu'il veut une fois dans la chambre », lui a-t-elle lancé d'une voix blanche. Las de se cogner la tête contre les murs de sa maison déserte, le type a alors brisé tous les codes de l'honneur qu'on lui avait enseignés dans son enfance. Debout face au miroir, il a donné ses ordres : « Maintenant, sale putain, tu vas me tailler une pipe avec ta grosse bouche de suceuse et si tu le fais bien, je te donnerai un pourboire. » Elle n'a pas bronché : « Pas de problème, vous avez payé pour ça. Vous vous appelez Alberto ? C'est un joli nom. Vous préférez que je reste ici, devant la glace ? Dites-moi quand vous voudrez que je commence. » L'homme a vu s'agiter la longue chevelure noire qu'il avait caressée tant de fois, il a senti la langue habile sur sa verge et, quand il s'est mis à bander, il s'est retiré d'un coup sec, s'est heurté la tête contre le miroir et a fondu en larmes en silence. Don Paco était vraiment impressionné. Comme je vous l'ai dit tout à l'heure, c'était un homme observateur, réfléchi et sans aucun doute élevé à l'ancienne. Il me semble que chez doña Lorena et dans les autres maisons closes, le mieux est de ne penser à rien, mais ce n'était pas le genre de don Paco, qui a pris conscience que l'histoire du pays la plus profonde, à savoir la distillation secrète de toutes les histoires du monde, se trouvait dans les lits. Je crois — et les filles m'ont dit au café qu'elles pensaient la même chose — que pendant des années il a été hanté par le visage impassible de la tailleuse de plumes et les larmes de celui qui n'était plus pour elle qu'un client, tout comme il a été choqué de voir la tête horrifiée de l'homme d'affaires tombant sur sa fille. En somme, don Paco a capté la douleur humaine et les mystères qui se reflétaient dans les miroirs. Je crois qu'il était le seul à réfléchir dans un endroit où personne ne le fait. C'est probablement à ce moment-là qu'il a commencé à aider quelques filles, surtout une certaine Lola, qui avait gardé son vrai nom à la scène comme à la ville. Lola a travaillé un temps chez doña Lorena et entre deux députés ou conseillers bancaires — une race qu'on n'a jamais vue verser la moindre larme —, elle s'est liée d'amitié avec don Paco et lui a raconté sa vie. Bref, tout ce que je sais, c'est qu'il lui a donné de l'argent pour sa fille, en pension à Paris.

Méndez releva la tête et dans ses yeux brilla la lueur furtive du vieux serpent.

— Cette fille ne s'appellerait pas Carol, par hasard ?

— Je l'ignore, ce sont les employées de doña Lorena qui m'ont raconté cette histoire devant des cafés et des peppermints, pendant qu'elles brodaient des chasubles pour le Saint-Siège.

— Doña Lorena se souvient-elle de Lola ?

— Je pense que oui.

— Il est possible que je la connaisse. Le monde du lit paraît grand mais il est minuscule : une couche vous renvoie toujours à une autre. L'histoire de Lola appartient elle aussi à l'Espagne profonde. On m'a dit qu'elle était la fille d'une certaine Tomasa, qui dans les années de famine aurait parcouru à pied les vingt-cinq kilomètres qui séparent Barcelone de Gavá, sa marmaille pendue à ses jupes. Lola a fait fortune en épousant Pedro Mayor, dont elle a divorcé, puis elle s'est enrichie en se prostituant. C'est à cette époque qu'elle a dû faire la connaissance de Paco Rivera. Il doit s'agir de la même car sa fille étudie également à Paris.

— Est-elle liée à vos affaires ?

— Oui, à une série de crimes, bien que ni elle ni sa fille n'en soient coupables.

— Tout cela est bien dommage, Méndez.

— Pourquoi donc ?

— Parce que vous allez devoir quitter Madrid.

— C'est probable. Ça vous attriste ?

— Oui, qui va m'offrir mon petit café quand vous serez parti ? se plaignit don Alex. En attendant, je vais demander l'addition.

16

Une question de chance

Fort de l'intuition qui caractérise le fonctionnaire espagnol depuis le règne d'Isabelle II, don Alex avait raison de croire qu'il allait être privé de son petit café. Méndez, convaincu qu'il n'avait plus rien à faire à Madrid, regagna Barcelone, son refuge proche d'Atarazanas et des trois cheminées du Paralelo, les vieux cafés qui furent un jour les plus grands d'Europe — l'Español, le Rosales, le Sevilla — et qui avaient disparu ou ne comptaient plus que quelques tables pour la célébration des banquets en l'honneur de retraités qui travailleraient jusqu'à la fin de leurs jours ou l'enterrement de vies de garçons qui demeureraient d'éternels célibataires.

Méndez pensait qu'on allait lui confier une mission et ce fut en effet le cas. Ses supérieurs lui flanquèrent un grand coup de pied aux fesses en l'introduisant dans un groupe de répression de la délinquance internationale dont les membres, déguisés en touristes espagnols, étaient envoyés à Londres, à Berlin ou au Kosovo. Méndez ne fut quant à lui envoyé nulle part mais collé devant un ordinateur afin de contrôler les soldes bancaires de la Banesto. Lorsqu'on s'aperçut qu'il n'était pas fichu d'allumer un écran, on le destina à une tâche aussi peu maîtrisable que la vérification des notes de frais du personnel. Une guardia civil alerte qui n'oubliait pas de numéroter les papiers et d'y apposer son cachet finit par absorber la plus grande partie de son travail. Zélée, elle avait un cul majestueux, énorme et anti-réglementaire, que le pantalon d'uniforme avait peine à contenir. Elle ne pouvait décemment pas faire son service dans la rue au risque de se voir escortée par une procession de malfrats aussi longue que celle des pénitents du vendredi saint.

Méndez eut donc une plage de temps libre qu'il employa à rendre visite à Pedro Mayor, l'ex-époux de Lola. Il comptait lui poser quelques questions au sujet de Carol. Même si celle-ci ne courait plus aucun danger après l'horrible meurtre de David, Méndez souhaitait néanmoins boucler la boucle en rencontrant son père.

Le Paseo de Gracia avait perdu son cachet seigneurial de grande artère où les bourgeoises disposaient chaque matin des fleurs fraîches sur leurs balcons, où les chats se postaient pour inspecter les écritures des clercs de notaires. En ce temps-là, les vraies grandes familles du quartier ne passaient jamais à table sans y avoir été invitées par leur majordome. À présent le Paseo de Gracia était truffé de snacks, de cafétérias mixtes où l'on pouvait prendre son petit-déjeuner au lance-pierre tout en s'achetant un nouveau maillot de bain ou un magazine répertoriant les mises en cloque expéditives du mois. Pour limiter ces fléaux modernes, on avait restauré quelques nobles bâtiments en faisant appel aux étudiants en Architecture. À La Pedrera, on donnait des conférences payantes sur l'art hindou, ce qui équivalait peu ou prou à rendre à la zone son snobisme d'antan.

Pedro Mayor habitait au coin de la rue Mallorca, dans un immeuble récent qui abritait les familles les plus riches du pays. Le concierge vérifia par interphone interposé s'il pouvait se permettre de faire monter Méndez.

M. Mayor s'était absenté, mais Méndez repéra aussitôt quelques signes distinctifs du bonhomme, comme la photo d'une fillette dans un cadre d'argent qu'il avait déjà vue chez Lola, ou la présence d'une jouvencelle d'une vingtaine d'années qui déclara être la secrétaire particulière de M. Mayor, de formation apparemment très académique (« Eh bien, je trouve que c'est plutôt gonflé de nous envoyer la police aussi tôt, il n'est même pas onze heures ! »). Pour compenser son langage châtié, elle portait une minijupe de grand couturier qui mettait en valeur des cuisses de premier choix. Elle devait sans doute avoir accès aux dossiers confidentiels de son patron et Méndez fut pleinement rassuré de ce respect des règles de la symétrie : Mayor rendait ainsi la monnaie de sa pièce à Lola, qui avait fait de lui la bête à cornes du Paseo de Gracia la plus photographiée par les touristes.

Méndez déclina le motif de sa visite, à savoir que Carol courait un grand danger à Paris à cause d'un malfrat d'envergure internationale.

— Je ne suis pas au courant, fit la secrétaire, et ça n'a rien d'étonnant parce que c'est sa mère, la Lola, qui s'occupe de son éducation. Non seulement elle a ruiné M. Mayor, mais en plus elle lui fait du mal. Ah, on peut dire qu'elle lui en a pris, des sous, avec sa greluche de fille.

— J'en déduis que vous ne la voyez pas non plus, lâcha Méndez d'une voix douce.

— Oui, une drôle de morveuse, celle-là, dit la secrétaire. Sa mère ne la montre pas mais elle sait passer à la caisse.

Et comme l'Infante Carol fait de longues études, M. Mayor doit lui donner de l'argent pour ses besoins quotidiens, ses livres, ses séjours à l'étrangers et des tas d'autres fanfreluches. C'est une des clauses du divorce. Mais les études d'une fille à papa, ça traîne en longueur. Ah, inspecteur, dans le temps les filles arrêtaient leurs études quand elles avaient leurs règles ou qu'elles perdaient leur virginité, mais maintenant ça dure jusqu'à la ménopause. Carol compte faire raquer son père jusqu'à ce qu'elle ait trente-cinq ans. Vous dites que quelqu'un veut la tuer ? C'est vrai ?

Méndez inspira profondément et admira par la fenêtre la lumière tarifée à prix d'or du Paseo de Gracia.

— Il envoie directement son argent à Carol ?

— Il lui fait des virements à l'étranger, sur des comptes à son nom et à celui de sa mère.

— Et il n'a jamais cherché à se désengager ?

— Comment ? En lui faisant un procès ?

— C'est le système le plus courant et paraît-il le plus civilisé. Avant, on résolvait les conflits de famille à coups de trique.

— Pour M. Mayor, il est plus civil de payer que d'aller au tribunal. Les gens de la bonne société ont oublié son malheureux mariage avec Lola. Un jugement ne ferait que leur rafraîchir la mémoire, et puis ce serait compter sans les ragots : on raconterait qu'il ne veut pas subvenir aux besoins de sa fille, qu'il l'empêche de devenir une Catalane normalisée donc bilingue, et c'est peu dire dans le cas de l'Infante Carol, qui doit au moins être pentalingue à l'heure qu'il est. La Lola ne se priverait pas d'une déclaration bien sentie, elle l'accuserait d'être un gros richard incapable de verser un centime pour la culture de sa fille, le fruit de ses entrailles entretenu par le commerce de son corps.

Satisfaite de ses explications, la secrétaire en minijupe s'empressa d'ajouter :

— Parce que vous savez, monsieur l'inspecteur, il y a des femmes qui ne lésinent pas sur les termes.

— Dans le cas de Lola c'est possible.

— Moi, ce que j'en dis…

— Si je comprends bien, la fille a eu plus de chance que la mère.

— Un vrai coq en pâte.

— Elle n'a pas appelé son père récemment pour lui dire qu'elle était en danger ?

— Pourquoi voulez-vous qu'elle l'appelle ? Ils ne se sont jamais parlé, jamais vus autrement qu'en photo. De temps en temps la Lola se fend d'une photo ou envoie un diplôme de licence en échange d'un chèque. Je suppose que c'est pour justifier ses frais ou se donner de l'importance, histoire de lui montrer à quel point Carol est bien élevée. J'ai gardé quatre ou cinq diplômes, vous voulez les voir ?

— Non merci, ça ne sera pas nécessaire.

— Tant mieux. N'allez pas croire qu'elle a fait Architecture ou Polytechnique, pas du tout. Elle a décroché un diplôme de Sociologie des masses à la faculté de Nanterre, je me demande bien ce que ça signifie. Remarquez, passe encore pour Nanterre et la sociologie, mais il faudra m'expliquer ce que les masses viennent faire là-dedans. Elle en a aussi un de l'université de Bruxelles, où elle a suivi un cours de Techniques de l'image, sans doute pour apprendre à se servir d'un photomaton. Pour tout dire, elle perd son temps et elle se la coule douce avec ses grands airs d'intellectuelle. Bientôt elle va nous monter une O. N. G. pour les mères célibataires du Béloutchistan. Je suis sûre qu'elle passe ses journées à fumer dans les cafés et les salons littéraires en s'imaginant être différente et novatrice, mais elle se fout le doigt dans l'œil. Un de ces jours, elle va ramener un diplôme de Corée !

— Toutes les bonnes choses ont une fin, risqua Méndez pour calmer les élans de la secrétaire.

— Allons bon, elle a de la ressource, n'oubliez pas que sa mère est quand même…

— Une pute ?

— C'est vous qui le dites, mais c'est vrai : Carol est une fille de pute.

— M. Mayor ne s'est jamais remarié ?

— Avec qui ?

— Je n'en sais rien… une femme, je suppose, quoique aujourd'hui, l'idée du couple a tellement évolué qu'il aurait pu aussi bien épouser un balayeur avec tout ce qu'il faut là où il faut.

— Laissez-moi vous dire qu'ici, la seule qui ait tout ce qu'il faut, c'est moi.

— Et à défaut d'une nouvelle épouse pour M. Mayor, c'est vous qui contrôlez les dépenses de sa fille.

— Je ne les contrôle pas vraiment, mais en tant que secrétaire j'ai accès à pas mal de dossiers et je donne parfois mon avis. Enfin, ça n'a pas beaucoup d'importance.

Méndez se leva. Tout ce qu'il venait d'entendre correspondait à ce que lui avait dit Lola.

— Vous avez raison, d'ailleurs je ne suis pas venu ici pour vous poser des questions personnelles mais vous avertir du danger que courait Carol. Comme tout semble en ordre, je ne vais pas vous déranger davantage. Il se dirigea vers la porte puis se ravisa :

— Vous voyez Lola ? demanda-t-il.

— Moi ? Bien sûr que non ! Je suis une femme de goût.

— Et M. Mayor ?

— Jamais de la vie. Une des clauses du divorce stipulait qu'elle ne l'embêterait plus. Ils ne se parlent que par l'intermédiaire des banques.

— Ça semble logique. Pourquoi se fatiguer ? L'un paye et l'autre encaisse, les banquiers comprennent ce langage. Désolé de vous importuner avec ça, c'était une simple question de routine.

— Ne vous inquiétez pas, ça m'a sans doute fait du bien de me défouler un peu. Pour être franche, je trouve que la police apporte un peu de piment à la vie, mais vous, vous n'avez pas l'air d'un policier.

— Ah bon ? De quoi ai-je donc l'air ?

— D'un fonctionnaire des cimetières, vous savez ? Ceux qui relancent les gens qui n'ont pas payé leurs caveaux. Ne vous fâchez pas, ajouta-t-elle aussitôt, en bonne professionnelle qui finit toujours par se remettre à sa place.

— Je ne me fâche jamais quand on me dit la vérité, soupira Méndez. Enfin, j'espère que cette histoire va bientôt se terminer, sans soubresauts. Ah, encore une petite question…

— Oui ?

— Carol ne vient jamais à Barcelone ?

— Elle n'a pas besoin, sa mère va la voir à Paris, à Londres ou là où elle se trouve.

— Mais, sauf erreur de ma part, Carol est bien née ici, et quand bien même elle ne voudrait pas croiser son père, ce serait logique qu'elle ait envie de revoir sa ville, qui a tellement changé ces derniers temps.

— La Lola se débrouille parfaitement pour couper les ponts entre Carol et M. Mayor, c'est sa manière de se venger. Oui, Barcelone a changé, et l'Infante Carol est venue visiter sa ville, mais c'est du pareil au même parce que nous avons été avertis de son passage trop tard.

— Ah bon ?

— Elle était déjà partie. Une fois la Lola a appelé M. Mayor histoire de le faire tourner en bourrique : « Autant que tu le saches, hier ta fille était là mais elle n'a pas souhaité de voir, voilà, bien fait pour ta pomme. »

— Et que lui a-t-il répondu ?

— Qu'elle pouvait se carrer sa fille au cul.

— Eh bien, on dirait que pour lui, c'est une affaire réglée.

— Encore heureux, parce que sinon la Lola aurait pu lui faire beaucoup de mal, mais c'est de l'histoire ancienne. Comme je lui ai dit : avec les années, tout s'efface, il faut envoyer les mauvais souvenirs au diable et laisser passer du temps. Et puis, autant l'avouer, le lit fait des miracles.

— C'est vrai, approuva Méndez, le lit est une bonne thérapie.

— Il n'y a pas mieux.

— Vous êtes une femme très sincère.

— Un peu moins qu'avant. Quand je travaillais dans une entreprise de transports, je parlais bien comme il faut, mais tout a changé depuis que je suis des cours de droit par correspondance. Bon, vous n'aviez pas une question à poser ? reprit-elle en employant le ton des femmes qui se savent intégrées socialement.

— J'aimerais savoir, si toutefois vous vous en souvenez et si ça ne vous dérange pas, où Carol a logé quand elle a visité la Barcelone postmoderne et postolympique.

— Pas ici en tout cas.

— J'imagine, mais où ?

La secrétaire prit un air résigné et fila dans un bureau contigu à la salle d'attente, sans doute celui où monsieur travaillait d'arrache-pied pendant ses nuits blanches, si tant est qu'il en eût encore. Elle revint avec un gros agenda sous le bras qu'elle commença à feuilleter avec une mine appliquée de bonne secrétaire qui s'acharne à la tâche quand elle n'est pas à l'horizontale.

— Voilà l'adresse, murmura-t-elle. La Lola la lui a donnée pour le faire saliver une fois que Carol avait quitté Barcelone. « Prends ça dans la tronche, pauvre type, comme tu le vois elle était tout près et n'avait aucune envie d'aller te cirer les bottes. » C'est une pension au 165 de la Calle Cabanyes.

Méndez savait qu'il ne l'oublierait pas mais nota cependant l'adresse.

— C'est la rue où est né le chanteur Joan Manuel Serrat, fit-il.

— Tout le monde sait ça, même les nonnes les plus coupées du monde.

— Un endroit très modeste, je connais bien le quartier.

— Et la pension l'est aussi. Avec le fric qu'elle a, je pense qu'elle est allée dans ce taudis pour montrer à son père qu'elle était économe. Enfin, tout ça, c'est du passé. Au revoir, monsieur.

Méndez s'apprêtait à partir lorsqu'il s'aperçut que quelque chose avait changé dans la pièce ou dans l'air, car rien n'avait bougé. Dans le salon du gros ponte qui a fait ses choux gras pendant l'entre-deux-guerres et attend la prochaine crise sans ciller, espérant que tous la subiront sauf lui, les meubles massifs et solennels étaient toujours à leur place. « On se croirait dans le catalogue d'*Hurtado* », songea Méndez, à qui il arrivait parfois d'ouvrir une revue. La grande fenêtre qui donnait sur le Paseo de Gracia dispensait une lumière mi-notariale, mi-bancaire de grande qualité.

Dans l'entrebâillement de la porte du bureau, il découvrit un vestibule contenant une grande console, véritable antiquité de l'entre-deux-guerres carliste, un fauteuil élisabéthain, une lampe de Murano et un cadre dans lequel on avait glissé le diplôme d'une quelconque école de commerce. Sur la console trônait l'objet qui avait inquiété Méndez : une tête en bois sculpté qui l'avait frappé sans qu'il s'en doute, non pas pour son côté artistique, mais plutôt parce que même dans les quartiers qu'il fréquentait il n'avait jamais vu de buste aussi tourmenté, aussi sauvage, aussi horriblement mal fait. Cette tête suffisait à elle seule à briser l'harmonie des locaux.

— Très original comme sculpture, maugréa Méndez sans desserrer les dents, et très étrange. Que signifie-t-elle ?

— Ça ? Je n'en sais rien.

— Elle peut avoir beaucoup de valeur ou pas du tout, estima Méndez. Ce qui est sûr, c'est que vous l'avez mise en évidence.

— Oh, ce n'est pas moi. J'ai demandé cent fois à M. Mayor de s'en débarrasser, mais il me répond qu'avec ce qu'elle lui a coûté, bien qu'il ne l'ait pas payée, il préfère la garder.

— Il ne l'a pas payée ?

La secrétaire eut une moue de dégoût.

— Non, parce que en plus de ses études, l'Infante Carol s'est toquée d'art et croyez-moi, les factures de son professeur étaient drôlement salées, à croire qu'il se prenait pour Rodin. Si encore il lui avait enseigné les techniques classiques, celles qui te permettent de te faire embaucher chez un ébéniste si tu n'es pas doué, mais non, ils ont pratiqué la postmodernité, l'art spontané du XXIe siècle, celui qui se travaille avec des outils de bricolage achetés au supermarché. Vous savez pourquoi cette tête est bizarre ? Parce que

Carol l'a faite à la perceuse : on glisse une mèche, on appuie sur un bouton et en avant les trous ! Quelle merde ! Il paraît qu'elle en était très fière. D'après sa mère, c'est la reine de la chignole. Quand elle a son outil en main, elle est capable de castrer une mouche en plein vol.

17

Une question de voyages

Celui qui a eu un jour le courage d'aller se dégourdir les jambes en haut de la Calle Poeta Cabanyes, dans le Poble Sec, sait qu'il n'y a que des escaliers et que le quartier est impraticable en voiture. L'endroit est néanmoins très photographié, sans doute pour que les pantouflards puissent l'apprécier sans bouger de chez eux. Cette rue apparaît même dans un film sur la mort du président de la Generalitat, Lluis Companys, où elle est présentée comme un haut lieu de réunion des activistes catalans qui gravissaient la montagne dans l'espoir d'y prendre d'assaut le château du Montjuïc. Le problème, songeait Méndez, c'est qu'il ne restait plus un seul activiste, que personne ne se souvenait du président Companys et encore moins du poète Cabanyes.

Le vieux policier fit l'effort de monter les escaliers et contempla la rue qui descendait jusqu'au Paralelo, bordée de pâtisseries pour petites filles obèses, de bijouteries aux patronnes émancipées, de boulangeries républicaines et d'échoppes de barbiers où le maire de la zone venait déjà se faire raser dans les années vingt. Le fantôme de Joan Manuel Serrat hantait toujours les lieux, tout comme l'esprit d'Antonio Sabrás, modeste médecin des pauvres qui avait sauvé pas mal de cas désespérés. Méndez s'autorisa quelques haltes dans des bars et but dans des verres historiques où un ou deux fusillés avaient trempé leurs lèvres. Du haut de leurs balcons, faute d'avoir pu chanter la luxure, les poètes du quartier louaient la pauvreté sous le soleil déclinant.

Méndez se rappelait le temps où la montagne était parsemée de petits potagers et de chemins qui serpentaient jusqu'au terrain de foot du Poble Sec. À l'époque, il avait connu un ou deux succès retentissants, notamment lorsque la Hiérarchie l'avait envoyé dans les baraquements contestataires de Can Valero pour y attraper des voleurs qui à eux tous n'avaient que cent pesetas en poche.

Avec ses maisons restaurées et ses cafés où les capitalistes amoureux du progrès venaient prendre l'apéritif, la rue s'était embourgeoisée, mais au pied de la colline, la petite pension pour représentants d'entreprises en faillite et parents de voisins qui se rendaient à Barcelone pour enterrer leurs proches existait toujours.

Carol avait logé là, sans doute pour démontrer à son père qu'il ne lui donnait pas assez d'argent. La pension comprenait une petite salle à manger décorée d'un pot de fleurs et d'un gros couteau à viande, un hall d'entrée où paradait le portrait de Pablo Iglesias, un portemanteau coiffé d'un bonnet de douche et deux chambres qui s'ouvraient sur la rue et son histoire.

— Oui, Carol Mayor est bien venue ici, confirma la taulière, une jolie fille qui faisait plutôt grise mine. Je lui ai conseillé d'aller manger des paellas au Siete Puertas, à l'Oliveta ou à la Casa Remigio, mais elle ne m'a pas écoutée. Que voulez-vous ? Les filles ne sont plus comme avant : elles veulent pouvoir s'habiller trois tailles en dessous même si ça doit les mener au cercueil, après il faut les transfuser à chaque fois qu'elles ont leurs règles. Elle n'a rien mangé, rien bu et n'a fait monter aucun homme dans sa chambre, à croire que cette fille-là refuse de donner du plaisir à son corps.

— Elle devait être dans une mauvaise passe, conclut Méndez, traverser une période de cafard qui lui a fait perdre l'appétit. D'après les photos, elle avait l'air d'avoir tout ce qu'il faut là où il faut. Mais les photos peuvent être trompeuses. Donnez-moi plus de détails.

La patronne lui décrivit la même jeune fille que celle que Méndez avait vue chez Lola, quoique plus maigrichonne.

— Elle n'a reçu aucune visite ?

— Personne, elle ne venait que pour dormir. Quand je lui ai demandé si elle avait de la famille à Barcelone, elle m'a répondu que sa mère y habitait. Je me suis étonnée qu'elle ne loge pas chez elle.

— Et que vous a-t-elle répondu ?

— Rien, alors je me suis dit qu'elles étaient sûrement fâchées.

Méndez songea que tout cela était logique car Lola devait avoir peur que sa fille ne découvre son véritable métier.

— Vous êtes là pour quoi, au juste ? l'interrogea la taulière en le regardant fixement.

— Pour rien, je voulais juste m'assurer que Carol était venue à Barcelone. Simple routine.

Sur le chemin du retour, Méndez songea néanmoins que sa visite n'avait rien de routinier. Il ne pouvait oublier la terrible perforation anale de David Mellado, le trou savant et sadique qui avait causé la mort d'un homme qui, après avoir mal digéré le marquis de Sade et Pierre Louÿs, rêvait de s'adonner à toutes sortes de cochonneries avec Carol.

Méndez avait beau se dire qu'il s'en fichait, que ce n'était pas son travail, il n'arrivait pas à se détacher de l'affaire. Les histoires de la rue le touchaient en plein cœur et il se fixait encore sur des détails qui importaient peu aux policiers d'aujourd'hui, tels que la peur dans les yeux d'un enfant ou l'amertume sur les lèvres d'une femme. Il pouvait deviner la tête des morts sur les portails et déceler les objets modernes et détonnants. À défaut de se rabattre sur des faits plus concrets comme une épouse en rogne, toute cette histoire l'obsédait. Il aurait voulu aller chercher refuge à une table du café Chicago, un endroit fréquenté par de petits employés qui payaient leurs consommations en début de mois, mais celui-ci avait disparu. À sa place s'élevait une caisse d'épargne qui, au lieu de servir de l'anis Machaquito aux clients, leur proposait des livrets à deux pour cent.

Sur le Paralelo, où trônaient autrefois tous les culs d'Europe, il ne restait guère que quelques bars épars avec une chaise par-ci et une table par-là. Faute de trouver la paix, Méndez dénicha un peu de confort dans une brasserie dont les bocks d'une propreté douteuse avaient pendant des années porté le sceau du rouge à lèvres des vedettes du quartier et arboraient à présent les coulées de bave des retraités. D'heure en heure, mètre carré par mètre carré, l'avenue se mourait à petit feu. Pour la sauver, Méndez était persuadé que quelqu'un devait sortir de sa tombe et la réinventer. Il tourna la tête et fut surpris de constater qu'il connaissait l'homme qui venait de pénétrer dans la salle, lequel aurait pu sans rougir la bénir *urbi et orbi*.

— Quelle surprise de vous voir ici, monseigneur !

— Pourquoi ?

— Je croyais que vous habitiez Madrid.

— Vous vous trompez, Méndez. J'appartiens à l'Église catholique, apostolique et romaine, et le mot apostolique signifie « universel ». J'ai du travail à Barcelone, à Badajoz ou à Séville. Avec l'aide de Caritas, nous allons agrandir une cantine pour les pauvres tout près d'ici.

— C'est toujours une consolation de savoir qu'on va pouvoir manger à l'œil à deux pas de chez soi, soupira Méndez. Je suis ravi de vous voir en civil et non pas habillé en évêque, monseigneur. Jusqu'à ce que les Brigades de Navarre les ramènent, les curés en soutane avaient disparu du quartier, chassés à coups de pierres et de fusils.

Le fils de don Paco Rivera haussa les épaules. Sûr qu'il avait oublié les Brigades de Navarre et le général Solchaga. Il regarda Méndez et son bock de bière avec une certaine appréhension.

— Je vous ai vu en passant. Comme l'apostolat est encore de mise dans ces quartiers, rien d'étonnant à ce que je m'y trouve de temps à autre. Vous m'avez l'air préoccupé, j'espère au moins que c'est une sainte préoccupation.

— Je n'en ai jamais eu, avoua Méndez. Au contraire, mon métier m'a toujours obligé à avoir des soucis d'ordre plutôt pestilentiel. Vous savez à quoi j'étais en train de penser lorsque vous êtes arrivé ? À une foule de choses sans queue ni tête, monseigneur, lesquelles constituent à mes yeux le nerf de toute enquête criminelle. Je tiens à vous préciser que votre père n'y est nullement mêlé.

— Vous faites bien de me le dire.

— Pourtant cela vous concerne, vous et votre belle-mère, car cela a trait à la mort de sa domestique, Sonia-Mónica, assassinée selon toute vraisemblance par David Mellado, un voyou de sinistre mémoire. Je ne devrais plus penser à une affaire qui va être classée, mais il se trouve qu'avant de mourir Sonia-Mónica a dit à votre belle-mère qu'elle avait peur d'une femme.

— Et alors ?

— Alors David Mellado a été sauvagement assassiné à la perceuse. Si selon la légende le premier comte Dracula empalait ses victimes, David Mellado a connu le même sort dans sa version moderne, une version enseignée aux Arts et Métiers.

— Les femmes n'amènent que des complications, fit l'évêque en se signant.

— C'est vrai, mais reconnaissez que la vie sans elles doit être aussi ennuyeuse qu'un livre de comptes. La femme dont je vous parle habite Paris, c'est la fille d'une dame qui a longtemps exercé la prostitution de haut vol et en vit peut-être encore. Don Paco Rivera la connaissait.

— Si notre conversation doit en arriver là, je crois que je vais m'en aller.

— Ne vous inquiétez pas, il n'y a rien de ce que vous imaginez. Don Paco était un homme compliqué, pas seulement un cintre à jupons comme vous vous plaisez à le croire. Je doute qu'il ait rencontré cette femme dans un lit, encore que… mais je pense plutôt qu'il l'a croisée dans un salon de maison close.

— C'est du pareil au même.

— Pas du tout. Près d'ici, à l'époque glorieuse de L'Emilia[1], quand l'ouvrier avait la trique après avoir touché la paye du samedi, on n'organisait pas des concours de baise, mais de poésie. Certains types ont passé leur vie à

1. L'Emilia : probablement le bordel le plus populaire de Barcelone. Se tient désormais en ses lieu et place l'hôtel Gaudí.

parler de femmes qu'ils ne se sont jamais envoyées. Dans les bordels c'est pareil, il y a des heures creuses, des temps de réflexion et de silence pendant lesquels on laisse planer les âmes, même celles en érection. Excusez-moi, je suis un homme vulgaire qui finira probablement ses jours dans un bouge rwandais, mais la femme dont je vous parle, monseigneur, semble manier la perceuse comme une reine et je me suis juré d'aller la voir.

— À Paris ?

— Oui.

— À vos frais ?

— Tout juste.

— Vous avez de l'argent ?

— Non, mais mon loyer n'est pas très élevé et je vis pour l'essentiel des restes de la Sécurité sociale.

— Inutile de le préciser, votre aspect l'atteste.

— J'ai toujours eu ce problème. Il y a des années, à l'âge d'or de l'Empire, quand on m'envoyait arrêter des rouges, j'étais aussi mal habillé qu'un opposant au régime. Notez bien que j'en ai quand même capturé deux ou trois qui se sont laissé prendre parce que c'étaient mes amis.

— Ah, ça me rappelle le bon vieux temps, s'attendrit l'évêque. Plá et Daniel, Segura, Arriba et Castro, Modrego, le docteur Morcillo… ceux-là étaient des serviteurs de Dieu tout à fait comme il faut. Enfin, bref, vous allez à Paris avec les sous que le peuple a gagnés à la sueur de son front. Que comptez-vous faire dans cette ville hérétique ? Pécher ?

— Bien sûr, si j'ai de la chance et si je peux, mais je me suis assigné deux autres tâches.

— Lesquelles ?

— Faire la connaissance de Carol et vous prouver que votre père était plus digne que vous ne le croyez.

— Je ne vois pas ce qu'il vient faire là-dedans. D'abord vous ne l'avez jamais rencontré et puis il n'a jamais été digne.

— Je l'ai connu à travers ce qu'on m'en a dit, ce qui est courant chez les juges et les policiers.

— Autant dire qu'ils ne connaissent personne.

— Ça se tient aussi.

— Faites ce qui vous chante à Paris, Méndez, mais je pense que vous perdez votre temps.

Sur ce, il se leva et sortit sans régler la note. Il n'avait rien bu, ce qui peut se comprendre dans la mesure où les bars du Paralelo ne servent pas d'eau bénite. Méndez éclusa sa bière d'un air songeur, paya l'addition et s'éloigna à petits pas dans la grande avenue en passe de devenir une salle des pas perdus. Il voulut admirer le théâtre d'Alady et de Carmen de Lirio, dont les jambes avaient fait rêver nombre de gouverneurs avertis et d'étudiants puceaux, mais il avait été démoli et remplacé par un bloc de logements où l'ancien public pouvait toujours essayer d'aller batifoler avec des mères de famille, ce qui ne favorisait guère la gaudriole. Un peu plus bas se trouvait El Molino et sa porte close. Méndez se souvenait de ses loges où l'on sabrait le champagne tout en faisant sauter le bouton des filles. C'en était donc fini des intrigues secrètes, des girls avec un cul à tout casser et des tantouzes à la recherche du temps perdu. Bientôt il ne resterait de tout cela qu'un tas de gravats et de poutres qui libéreraient peut-être, pour le bonheur des archéologues, les petites gouttes blanches d'une extase révolue. Mais, dans tout Barcelone, Méndez était probablement le seul à se livrer à de telles pensées.

*

Quand on se fait vieux et qu'on n'a plus beaucoup de temps à passer ici-bas, on risque tout pour pouvoir vivre sa vie. Méndez n'était jamais sorti de ses sombres quartiers de crainte qu'un bol d'air ne lui endommage les poumons. Ses plus longues excursions, qu'il ne pratiquait jamais sans une visite médicale préalable, consistaient à se rendre jusqu'à la Diagonal et sur le Paseo de Gracia. Jusqu'au jour où il était allé en Égypte et qu'il ne lui était rien arrivé si l'on excepte la quasi-momification de ses parties génitales. À compter de ce moment, il décida de s'armer d'audace et s'aventura un peu partout. Des sources de la préfecture de police ont juré l'avoir vu se promener sur la colline du Tibidabo et à Vallvidrera. À en croire les ragots, il aurait même été surpris en train de finir les restes d'une paella sur une terrasse de la Via Olímpica. À présent il allait visiter Paris, une cité dont il ne reviendrait pas, disaient les collègues de son âge.

Méndez ne connaissait ni Paris ni les lignes de chemin de fer qui la relient à Barcelone par le biais de trains rigoureusement nocturnes. Comble du luxe, il s'acheta un billet single et découvrit la couchette la plus prometteuse de sa vie. Dommage qu'il n'y eût pas de femme à sa disposition pour passer la nuit à chanter les couplets de la Bella Dorita. Méndez ne ferma pas un œil. Pendant tout le trajet, il regarda défiler les villages français, leurs clochers illuminés, leurs petits pavillons bourgeois, leurs maisons en pierre de taille où les femmes s'apprêtaient probablement à commettre un péché mortel. Dans sa jeunesse, selon la plus parfaite sainteté espagnole, on lui avait appris que tous les péchés mortels viennent de France et que la seule solution pour éviter la corruption était de poster un bataillon de guardias civiles à la frontière. Il arriva recru de fatigue mais émerveillé dans la gare d'Austerlitz, lieu sans doute très dangereux puisque pendant quarante ans les réfugiés politiques espagnols étaient passés par là.

Paris est une belle et vieille ville pleine de mansardes où attraper les bonnes au dépourvu, alors qu'en Espagne seuls les chats s'ébattent sous les combles. N'ayant pour tout jugement que ce qu'il en avait vu, Méndez estimait que la France était un pays riche et bourgeois et que la famille y revêtait une autre réalité que le noyau d'entraide qu'elle était devenue en Espagne. Sa perspective visuelle lui dictait par ailleurs que Paris à lui seul ne résumait pas la France, pays de provinces, de demeures ancestrales, de monuments aux morts de la Grande Guerre, de petits commerces, de vins de la terre et de nièces de curé, bref, autant de valeurs qui assurent la stabilité d'une nation.

Méndez s'installa dans un hôtel du Quartier latin proche du boulevard Saint-Germain, un immeuble si ancien qu'Henri IV avait dû y engrosser quelques servantes à titre gracieux. Il eut de la chance : on le conduisit dans une mansarde dont les lucarnes, maculées de fientes de pigeons envoyés par Rome en secret, donnaient sur les tours de Notre-Dame. Un escalier en colimaçon, dernier ouvrage des Templiers avant de passer au bûcher, menait à la réception, guère plus grande qu'un guichet de métro, et à la salle à manger où somnolaient deux Japonais. La rue était paisible et sombre. Entre autres vénérables commerces, Méndez y remarqua une boutique de flûtes, une librairie d'occasion et un magasin d'antiquités spécialisé dans les soldats de plomb.

Méndez s'était installé là parce qu'il aimait être au cœur des villes, et bien que Paris en eût plusieurs, celui-ci se trouvait tout près de l'adresse qui lui avait laissée la patronne de la pension de la Calle Cabanyes.

Paris est cher, aussi Méndez ne devait-il pas s'y attarder. La logique aurait voulu qu'il se rende au plus vite rue Gay-Lussac, où Carol était censée habiter, mais auparavant il voulait partir en repérage. Le vieux policier pensait que toutes les métropoles ont une âme et que si on ne se donne pas la peine de la connaître, on n'accède jamais aux mystères de la cité. D'instinct il savait qu'il trouverait une partie de cette âme dans des coins plutôt oubliés et sordides, tels que les catacombes et le cimetière du Père-Lachaise. Quant au Lido, à Maxim's, à Pigalle et à la place du Tertre, que les touristes pouvaient visiter en groupes en s'adressant aux agences de voyage, ils ne méritaient pas son attention.

L'entrée des catacombes se situait à côté d'une bouche de métro. Méndez avait lu un jour quelque part, sans doute dans un livre acheté au marché aux puces de San Antonio un dimanche matin vasouillard, que non loin de là on avait retrouvé lors d'une fouille des centaines de crânes de chats. Étaient-ce des matous prolétaires trucidés et jetés aux poubelles ou bien des capitalistes guillotinés sous la Révolution ? Au terme d'une longue investigation, un historien avait découvert qu'à une époque pavée de bonnes intentions se tenait au même endroit un restaurant spécialisé dans la viande de lapin. Tout en s'enfonçant dans les catacombes angoissantes et en humant l'air que les morts avaient déjà respiré, Méndez médita longuement sur les mystères des grandes villes. Quand la cité s'était étalée au point d'engloutir les cimetières, les ossements des Parisiens passés à trépas à la grâce de Dieu (mais rien de plus) avaient été rassemblés et transportés dans les catacombes, puis classés par quartiers. Paris, ou plutôt ses entrailles, lui rendait de cette façon un hommage éternel, tandis qu'à Barcelone on s'était contenté de construire des places sur les anciens sépulcres. Là où désormais poussaient des arbres bien pratiques pour se conter fleurette, reposaient les âmes des marchands de la vieille ville, les artistes de la vente au détail et leurs saintes épouses, martyrs de centaines de tromperies orchestrées sous l'œil bienveillant de la grand-mère. Il y avait aussi leurs employés, martyrs du comptoir et du balai, les pauvres putes des maisons franches, les marins des Amériques, les sergents de la Ciutadela, les anars de l'esperanto et de la bombe, les martyrs de la Barcelone libre de 1714, de mauvais Espagnols qui avaient vu les phalangistes au bras levé défiler sur leurs tombes en entonnant l'hymne à la paix.

Même dans le plus profond recueillement, Méndez, qui au fond ne croyait en rien, ne put s'empêcher d'avoir des pensées malsaines en passant devant l'ossuaire de la Bastille. Parmi tous ceux qui étaient entassés là, morts pour le roi ou pour la liberté des droits de l'homme, il devait bien se trouver un commerçant de Reus qui, sans s'en apercevoir, s'était vu embringué dans le carnage révolutionnaire avant d'avoir conclu une vente. Au Père-Lachaise, Méndez fut à nouveau désabusé. Le Tout-Paris y gisait : les poètes, les musiciens, les grandes dames qui les avaient nourris dans leurs salons — aujourd'hui remplacées par la télévision —, les prostituées du Palais-Royal et leurs clients cardinaux, les paroissiennes à la virginité intacte conservée dans le formol, les clients opulents du Grand Vefour, les maréchaux de France, les protecteurs des filles de l'Opéra qui savaient danser pendant la journée et gémir au lit la nuit venue. *Sic transit gloria mundi.* Tel un copain silencieux sauf lorsqu'il ne l'est pas, le cimetière gardait les secrets de leurs vices, leurs trésors, leurs cornes et leurs dettes. Méndez, qui n'était guère porté au respect des morts, vit s'envoler ce qui restait de sa maigre piété en s'arrêtant devant la tombe du général Hugo, militaire napoléonien bardé de médailles et de cicatrices, drapé d'honneurs après avoir remporté cent batailles. Sur le monument funéraire, une petite pancarte à l'attention des touristes indiquait que son homonyme Victor Hugo était enterré au Panthéon.

À l'avenir, Méndez pourrait dire qu'il connaissait le ventre de Paris comme il connaissait celui de Barcelone. Il poursuivit son chemin du côté de la rue du Temple et contempla des boutiques dans lesquelles on pouvait encore trouver des bouteilles de vin datant de Mathusalem et le corps emmuré d'une vendeuse dont le cul avait fait vibrer Bismarck. Il vit aussi des cafés d'une étroitesse absolue où la mise en place de deux guéridons, deux paires de fesses, un verre et la note tenait du miracle. Méndez renonça aux recommandations des guides touristiques pour se glisser dans le Paris des rues sans destin, des péniches de la Seine, des restaurants libanais, turcs, grecs, chypriotes, somalis et berbères qui regorgeaient de délicatesses et de cochonneries. Il y avait dans cette ville de quoi contenter les jeunes mariés, les banquiers de la République, les sodomites et les matrones affamées après l'extase. Comme nulle part ailleurs, tout le monde y trouvait son compte. Un de ses amis qui avait squatté ses proches jusqu'à finir dans la niche du chien y aurait probablement vécu heureux. Selon Méndez, cette ville était l'une des deux ou trois plus belles capitales de la planète.

Le vieux policier n'oubliait pas qu'il séjournait là pour démontrer que le fonctionnaire espagnol peut être parfois utile, aussi s'empressa-t-il d'aller travailler après sa visite. Il se rendit donc rue Gay-Lussac, dernier domicile connu de l'Infante Carol. Il gravit un escalier tortueux, si exigu que les grosses dames devaient l'emprunter de profil et les cercueils sortir par la fenêtre. À sa grande surprise, une femme âgée vint lui ouvrir. Comme toutes les retraitées de France, elle portait une robe désuète qui rappelait les bals populaires et un petit chapeau qui aurait pu lui servir de bonnet de nuit. En Française type, elle avait un accent espagnol à couper au couteau.

— Qu'est cé qué bous faites ici ? Ye n'ai rien à donner, allez, allez ! lâcha-t-elle en guise de bienvenue.

— Je parie que vous êtes galicienne, répondit Méndez.

— Comment le savez-vous ?

— J'ai vu des Galiciens dans toutes les villes du monde, enfin, j'aurais pu en voir si j'avais voyagé.

— Qui êtes-vous ?

— Ricardo Méndez. Je suis policier.

— Policier ?

— Oui, mais repenti.

— Et qu'est-ce que vous faites ici ?

— Rien de mal. Je suis venu voir Carol Mayor, je suppose qu'elle a toujours la nationalité espagnole.

— Elle n'est pas là mais vous pouvez entrer.

L'appartement, un deux-pièces, était modeste. Aussi incroyable que cela puisse paraître, l'Infante Carol était bien décidée à faire comprendre à son père qu'il ne lui donnait pas assez d'argent pour vivre. Il y avait aux murs un papier peint qui datait de l'époque de Thiers, des rideaux jaunis aux fenêtres et de la moquette à strates préhistoriques. Les meubles étaient vieux, probablement achetés aux puces, ce que Méndez appréciait car on lui avait dit qu'on y trouvait des objets d'époques vénérables où les maris trompés n'avaient qu'une seule corne.

— Vous êtes la gouvernante de Carol ? demanda poliment Méndez.

— Non. Je suis Olga Tavares, veuve d'un colonel républicain.

— De quoi vivez-vous, ici ?

— Qu'est-ce que ça peut vous faire ?

— Madame, ceci n'est pas un interrogatoire, juste une conversation. Libre à vous de me répondre ou non. Je n'ai aucun pouvoir en France, d'ailleurs je ne crois pas en avoir non plus en Espagne.

— Excusez-moi mais j'en ai marre, vous savez. J'en ai vu des vertes et des pas mûres. Avant, quand on traversait la frontière, on échappait à la police espagnole et on était libre. Maintenant, avec ce fichu Marché commun, les flics se donnent la main, ils mouchardent et on ne peut jamais être tranquille. Un mot de trop sur Franco à Salamanque et on vous arrête à Narbonne.

— Peu de gens pestent contre Franco aujourd'hui. Il est mort depuis si longtemps qu'on commence même à en dire du bien. Comment s'appelait votre mari, madame ?

— Balaguer.

— Il a été arrêté à Madrid, fit Méndez, qui avait une mémoire d'éléphant.

— Ça alors ! Pas par vous, j'espère ? Vous n'êtes tout de même pas venu pour cela ?

— Je n'ai jamais exercé à Madrid, et puis les prisonniers m'ont toujours miraculeusement échappé.

— Mon mari, le colonel Balaguer, a toujours été un homme loyal. Il était simple soldat et a aidé à défendre le pont de Tolède. À Brunete, on l'a nommé capitaine, puis commandant lors du passage de l'Èbre. Il était déjà colonel quand il a lutté contre les traîtres de Casado[1] avec d'autres communistes, dans la Banque d'Espagne. J'ignore comment il a réussi à échapper aux fascistes. Il s'est réfugié en France, est entré dans la Résistance et s'est enfui d'un camp de concentration. Il a dû tuer pas mal de Boches, même s'il n'en parlait jamais. Les Français ont respecté son grade militaire, mais ensuite ils l'ont taxé de coco et l'ont mis sous les verrous. D'après moi, les gendarmes de l'époque devaient marcher avec Franco.

— Je respecte beaucoup la France, qui a eu plus à se défendre de ses amis que de ses ennemis, c'est du moins ce que j'ai lu dans les livres que les prisonniers me prêtaient. Un colonel républicain ? Aujourd'hui il aurait plus de quatre-vingt-dix-ans.

— Nous avions une grande différence d'âge. Je suis venue ici dans les années soixante, quand la population espagnole s'est divisée en dix.

— Comment ça, en dix ?

— Dix pour cent par ci, dix pour cent par là : certains sont allés en Allemagne, d'autres en France, en prison, d'autres encore ont surveillé les prisons, servi les touristes sur la côte ou se sont prostitués à côté d'un couvent. Dix pour cent se sont lancés dans la politique barcelonaise contre Madrid, dix dans la politique madrilène contre Barcelone, dix ont trimé comme des bœufs pendant que leurs voisins s'envoyaient en l'air en Fiat 600.

1. Casado : colonel républicain qui s'est soulevé pour livrer Madrid aux franquistes à la fin de la guerre.

— Tant d'efforts conjugués ont fortifié l'Espagne. C'était une belle époque.

— Oui, en attendant, moi je suis venue ici pour briquer les escaliers sans connaître un mot de français, mais j'ai fait trois choses : ouvrir un livret à la Caisse d'épargne, trouver un centre galicien où manger le dimanche et m'acheter un mètre de couturière pour que les quéquettes françaises ne m'approchent pas de plus de cinquante centimètres. J'ai pu ainsi garder mon argent, ma santé et conserver ma vertu. J'avais déjà mis pas mal de sous de côté quand j'ai rencontré le colonel, vous savez comment ?

— Non, dites…

— On m'a flanqué une raclée dans le Quartier latin, en mai 68, quand les étudiants cochonnaient tout au nom de la liberté. Moi qui suis galicienne, tout ce que je sais, c'est que la liberté commence toujours par de la saleté dans les rues. Moi, pauvre petite femme qui n'a jamais connu la liberté, j'étais en train de descendre la poubelle quand les C.R.S. me sont tombés dessus. Eux qui n'arrivaient pas à tabasser les étudiants, ils m'ont collé une trempe, à moi, une ouvrière. Ils devaient croire que je transportais un missile russe dans mon sac-poubelle. Mais le colonel s'est planté devant eux et même s'il n'était plus tout jeune, il les a stoppés net. Il leur a dit : « Je suis un communiste espagnol et je ne laisserai jamais quelqu'un battre une ouvrière au travail. » Le flic lui a conseillé d'aller s'occuper des ouvriers dans son pays et mon mari lui a répondu qu'il se fichait des ouvriers mais qu'il défendrait toujours leurs femmes. Ils se sont battus et je vous jure que je n'avais jamais vu un homme aussi résistant. Les Espagnols d'aujourd'hui sont très différents. À l'époque, ils mangeaient de la pierre, moissonnaient le blé et auraient pu engrosser une truie. Voilà ce que me racontait le colonel quand on se promenait, le dimanche, sur les bords de Seine, sans dépenser un centime. Ils l'ont tabassé jusqu'à ce qu'il saigne mais il est resté digne, il s'est même mis au garde-à-vous devant l'officier qui l'a arrêté. Moi on m'a laissée tranquille. Après, j'ai su dans quelle prison il était, alors j'ai mis deux ou trois bricoles dans un panier et je suis allée le voir en lui disant : « Me voilà. »

— Ce sont les milliers de femmes qui ont su rester à leur place qui ont fait l'histoire de notre pays, murmura Méndez.

— Après tout ce tintouin ils m'ont fichée et j'ai été renvoyée. J'ai dû passer la nuit dans un foyer. Le drame des bonnes, c'est qu'elles n'ont pas de chez-soi. Le surlendemain, il m'attendait devant la porte. Il m'a regardée et a simplement dit : « Me voilà. »

— Et vous vous êtes mariés ?

— Oui, j'ai retrouvé un emploi. C'était facile, les Françaises adoraient avoir des petites mains galiciennes chez elles, mais elles tenaient leur mari à distance.

— Et le colonel, que faisait-il ?

— Il touchait une pension. Les Français ont toujours été corrects de ce point de vue-là.

— Ça allait bien pour vous, question finances.

— Ouh là, que non ! Mon livret d'épargne a terminé au Secours populaire. Dès qu'un camarade avait une tuile, mon mari venait à la rescousse. Il en connaissait un rayon pour ce qui était de la guerre et il a fallu que je lui oppose un plan de paix, car avant de défendre un drapeau, une Galicienne doit donner à manger à son enfant. Il a fini par comprendre.

— Vous avez eu des enfants ?

Olga Tavares détourna la tête, les yeux rivés sur la fenêtre qui donnait sur la cour. Dans la petite pièce l'air chargé d'années était devenu oppressant.

— Oui, une petite fille.

— Où est-elle ?

Olga Tavares se leva et fit signe à Méndez de la suivre.

Dans le métro de Paris se concentre toute la misère des pays développés. Un mendiant passait dans les wagons en hurlant : « Il y a tellement de riches et les seuls qui donnent, c'est les Africains… » Un autre, cul-de-jatte, marchait miraculeusement sur ses moignons tandis qu'un jeune homme encore imberbe entonnait du Charles Trenet. Sur le fauteuil d'en face, une étudiante assise n'importe comment montrait ses cuisses à Méndez, épouvanté de ne rien ressentir.

Olga l'entraîna au cimetière de Pantin et s'arrêta devant une petite tombe ornée du portrait émaillé d'une jolie fillette d'à peine trois ans.

— Ma fille est ici, lâcha-t-elle, le regard vide.

— Et le colonel ?

— Il a voulu être enterré en Espagne.

Ils marchèrent le long des allées silencieuses, baignées d'une lumière dorée.

— Il commençait à m'aimer quand elle est morte, murmura Olga dans un filet de voix. Elle était toute ma vie.

Elle lui expliqua tout dans un café du quartier tenu par une vieille dame et son chat, et peuplé de vieux qui avaient dû voter les congés payés. « Après la mort du colonel et de ma fille, je suis restée seule au monde », déclara Olga. « Seule avec la ville pour compagne, songea Méndez, un rectangle de lumière grise dans une chambre pleine de portraits figés, pourtant ça fait longtemps. »

— Et vous n'avez pas pu oublier.

— Non.

— Pourquoi n'êtes-vous pas retournée en Galice ?

— Je ne voulais pas abandonner la tombe de ma fille.

Méndez la comprenait. Après tout, les murs sur lesquels l'enfant gribouille deviennent sa patrie, alors pourquoi pas le cimetière de Pantin ?

— Ma fille venait de mourir quand j'ai connu Carol, susurra Olga.

Méndez posa un œil indifférent sur les fesses d'une cliente pensionnée et accorda un regard distrait — encore heureux — au cul du serveur. En revanche, il était tout ouïe.

— Quel âge avait-elle ?

— Trois ans.

— Je commence à comprendre pas mal de choses. Comment l'avez-vous rencontrée ?

— Ses parents étaient riches et sont venus passer quelque temps à Paris. Lui s'appelait Pedro Mayor, elle, Lola.

— Je connais Lola, et lui aussi en quelque sorte.

— Ils avaient amené leur fille, qu'ils ne pouvaient pas laisser seule à cet âge-là. Pedro Mayor a loué un magnifique appartement. On aurait presque pu toucher la tour Eiffel en ouvrant la fenêtre. Ils sont passés par une agence pour qui j'avais travaillé et m'ont engagée pour garder la petite.

— Je comprends tout.

— Alors vous savez que je me suis occupée de Carol comme de ma propre fille.

— Oui.

— Vous avez des enfants ?

— Non, je suis une sorte de monstre, je n'ai que des livres, murmura Méndez.

— Mais vous pouvez vous imaginer à quel point j'ai aimé Carol.

— Oui, inutile de me l'expliquer, le problème, c'est que ça ne pouvait pas durer.

— Bien sûr que non. Les parents ont passé deux mois ici, à visiter les environs, les églises, les musées, les pinacothèques, ils sont allés dans les meilleurs restaurants. M. Mayor était un homme cultivé, il m'a appris à parler comme il faut. Remarquez, le colonel, qui parlait la langue des classiques, avait déjà commencé le travail. Mme Lola était plus écervelée. Enfin, tout ce que je peux dire, c'est que j'ai été heureuse. Quand ils sont partis, j'ai eu l'impression de perdre ma fille pour la deuxième fois.

— Comment se fait-il que vous habitiez chez elle maintenant ?

— Toutes les histoires ont une logique. J'ai arrêté de travailler, je gagnais assez d'argent avec ma pension de veuve. De temps en temps, pas très souvent, je donnais un coup de main à des Espagnoles. J'avais mon propre appartement et mes souvenirs près du cimetière de Pantin.

— Je comprends.

— Les années ont passé. J'étais encore jeune mais seule. Je passais mes journées au cimetière. Les quelques amis espagnols que j'avais ne comprenaient pas. « Au lieu de jouer les bigotes tu devrais aller t'amuser », me disaient-ils. D'autres étaient plus crus : « Arrête de prier et va baiser. » Mais on est comme on est, que voulez-vous que je vous dise ? Ma vie s'est écoulée très vite même si je me suis ennuyée, coincée entre quatre murs. Un jour, je suis tombée sur Mme Lola, j'ai eu une sacrée veine mais bon, c'est un peu normal qu'en habitant Paris, on croise les gens qui y sont. Elle a fait semblant de ne pas me reconnaître. Vous savez à quel point les riches peuvent être chichiteux parfois. Mais quelque chose me disait qu'elle avait perdu sa fortune et gagné en arrogance. Il y a beaucoup de façons de marcher dans la rue, l'une d'entre elles consiste à penser qu'il y a des hommes parmi les passants. J'étais tellement émue que j'ai failli lui sauter au cou. Évidemment, je lui ai demandé des nouvelles de Carol et elle m'a tout expliqué.

— Que vous a-t-elle expliqué ?

— Elle m'a dit qu'elle n'avait pas eu de chance, qu'elle avait divorcé mais qu'elle s'était débrouillée pour garder la fillette. Normal, ils se sont séparés juste après leur séjour à Paris. Elle était encore petite. M. Mayor lui donnait très peu pour vivre mais il couvrait les dépenses de sa fille, qui a eu une éducation parfaite et faisait des études à Paris.

— Je suppose que vous deviez avoir une envie folle de la voir.

— Ça, oui, mais je sentais que Lola n'allait pas me faciliter les choses. Elle ne voulait pas avoir affaire à moi, une ancienne servante qui risquait d'infecter sa fille, mais j'ai tellement insisté qu'elle a fini par me la montrer. Vous n'allez peut-être pas me croire mais après toutes ces années je l'ai reconnue immédiatement !

— Elle avait quel âge ?

— Seize ou dix-sept, je ne sais plus trop.

— Et elle, elle se souvenait de vous ?

— Comment voulez-vous ? Elle était trop jeune, encore que, tout bien réfléchi, ça aurait été logique…

— Quelle impression vous a-t-elle donnée ?

— Elle n'était pas ce qu'on pourrait appeler une jeune fille saine.

Méndez se rappela aussitôt la description de la patronne de la pension. Tout concordait.

— Pourquoi ?

— Elle était maigrelette, pâlichonne. C'est bizarre parce qu'elle mangeait à sa faim, mais il y a des filles qui sont faiblardes à la naissance et d'autres qui souffrent à force de voir leurs parents se détester. Comme elle avait l'air patraque, je me suis dit que je pouvais arranger ça. Si seulement Mme Lola me l'avait laissée, j'aurais pu faire des miracles, une bonne Galicienne comme moi…

— Elle n'a pas voulu ?

— Vous pensez bien que non ! Elle m'a envoyée bouler comme une malpropre. « Vous et ma fille, vous n'êtes pas du même monde. Vous l'avez vue, non ? Vous devriez être contente sans chercher à aller plus loin. » Elle ne m'a pas donné l'adresse de Carol mais je n'ai pas baissé les bras. À force de travailler avec les agences de placement, on finit aussi par connaître celles qui louent des appartements.

— C'était ici, rue Gay-Lussac ?

— Non, près de la place de Clichy. Oh, c'était un logement modeste. Carol parlait mieux le français que l'espagnol mais on arrivait à se comprendre. Au début j'ai dû lui paraître pesante, et puis quand elle a vu que je faisais le ménage, la cuisine, et que parfois je payais les courses, elle a fini par accepter ma présence comme celle d'une mère. Elle voyait bien que je l'aimais plus que la sienne. J'allais souvent lui rendre visite, jusqu'à ce qu'elle aille étudier à l'étranger.

— Ça concorde avec ce qu'on m'a dit, déclara Méndez.

— Que vous a-t-on raconté ?

— Rien de spécial ni de méchant. De quoi vivait-elle ?

— Avec l'argent que son père lui envoyait, comme je viens de vous le dire.

— C'était sûrement un radin parce que Carol n'allait pas dans des endroits très reluisants.

— C'est vrai, mais je crois qu'elle s'en fichait. Elle a des goûts simples, contrairement à sa mère. En revanche, elle dépensait beaucoup pour ses cours. Les études sont si chères.

— Très juste. Et d'après ce que je sais d'elle, elle a suivi plusieurs cursus. C'est une érudite mais je doute que sa culture lui donne à manger. Vous avez vécu avec elle ?

— En quelque sorte. Je tenais la maison mais je n'habitais pas avec elle, en fait je ne partageais pas son intimité. Quand on dort côte à côte sur le même matelas, on devient des gens de la même condition sociale. J'aurais adoré parce que Carol est ma fille, mais elle a toujours été distante, je suppose que c'est Lola qui le lui a demandé : « Ma petite fille, si tu veux être une vraie Européenne, tu n'as rien à faire avec cette bonniche de Galice. »

— Mais maintenant vous habitez ici, n'est-ce pas ?

— Non, je viens juste faire le ménage. Je ne gagne pas un sou mais au moins je vois Carol. Quand je peux parce que en ce moment elle suit des cours en Allemagne.

— C'est fantastique. On a vraiment changé d'époque. Avant, les filles commençaient à travailler à quatorze ans, à présent elles étudient jusqu'à quarante si elles ont la chance d'être entretenues. On vit de ses parents jusqu'à ce qu'on puisse vivre de ses enfants. Il y en a quand même qui ont du bol.

— Oui, c'est aussi ce que je crois. Moi à douze ans je lessivais déjà les sols, mais les temps ont évolué.

— Vous ne savez pas si Carol est allée à Barcelone dernièrement ? fit Méndez en songeant à l'horrible fin de David.

— Non, lâcha Olga, ça fait longtemps qu'elle n'y est pas allée.

— Dites-moi, Carol n'a pas de petit ami, pas d'amant ? Vous ne savez pas si elle tire son coup de temps à autre ? À son âge, ce serait normal.

— Non, ça ne va pas trop fort en ce moment.

— Pourquoi ?

— Je ne sais pas mais elle a une sale mine alors qu'elle pourrait tout à fait s'arranger. Elle est belle, la coquine, très belle. Quand je le lui dis, elle me répond que je n'y comprends rien, que je me prends pour ce que je ne suis pas. Nous, les vraies Galiciennes, nous estimons que pour être jolie une fille doit être nourrie au lait de vache ou même de taureau. Aujourd'hui les jeunes filles ont l'air décharné, elles ne boivent que de l'eau et s'alimentent de vapeur de chou-fleur. Avant, quand elle était plus dodue, les hommes se retournaient sur son passage. Maintenant les femmes ne doivent plus être enrobées de chair mais d'air, et ça ne me plaît pas du tout.

— Il y a autre chose qui vous dérange en dehors du fait que vous ne la trouvez pas en bonne santé ?

— Non, je ne sais pas. Comment expliquer ce qu'on ignore ? Mais d'après moi soit elle a de mauvaises fréquentations, soit elle consomme des produits qui la détruisent.

Méndez hocha la tête.

— Vous ne lui posez jamais de questions ?

— Bien sûr que si mais je la vois trop peu et quand je la vois elle fait comme toutes les filles, elle m'envoie sur les roses. Bon, ce n'est pas tout, mais je parle, je parle et vous ne m'avez toujours pas dit pourquoi vous vouliez la voir.

— Simple problème de résidence, mentit Méndez. Ça fait tellement longtemps qu'elle a quitté l'Espagne que ses papiers ne sont plus en règle. Les contrôles sont plus stricts qu'avant, mais il n'y a rien de grave, seulement beaucoup de jeunes Espagnols qui habitent en France se font enrôler par l'E.T.A.

Olga Tavares partit d'un rire franc et clair sans doute hérité des années de famine passées à manier la pioche, la pelle et la serpillière, les années de sa jeunesse où elle n'avait qu'une seule heure de libre par semaine, à se serrer la ceinture mais à pouffer de rire comme jamais.

— Alors ça, ça m'étonnerait ! poursuivit-elle en regardant Méndez. Elle se fiche déjà de l'Espagne comme d'une guigne, qu'est-ce que vous voulez qu'elle aille fabriquer au Pays Basque ? Et puis elle n'a pas d'amis au-delà des Pyrénées : ni à Madrid, ni à Barcelone, ni à Valence et encore moins à Saint-Jacques-de-Compostelle ! Enfin non, je me trompe, une fois elle m'a présenté un type de Madrid, le genre de fils à papa qui ne risque pas de faire carrière dans la politique. Très bien habillé, billets de première classe. Quand il m'a dit où il habitait, j'en suis restée comme deux ronds de flan. Il avait une maison comme il y en reste peu dans Madrid, à Altos de Serrano, avec un jardin où coulait une source naturelle et où les oiseaux avaient dû manger dans la main de la duchesse d'Alba.

18

Une question de papiers

Il n'y a pas de hasards, songeait Méndez, en vieux renard de la police qu'il était. Si la femme est à celui qui la travaille (ou pas), le hasard est à celui qui va le chercher, compare les faits et passe des heures à parler aux gens. Méndez était convaincu que sans son voyage à Paris et sa patience avec Olga Tavares, il n'aurait jamais fait le rapprochement entre Carol et la maison isolée d'Altos de Serrano.

Il faut dire qu'il nageait dans le flou. Quand il avait demandé à Olga Tavares qu'elle lui donne davantage de précisions sur le jeune homme qui, à l'en croire, buvait exclusivement du Vega Sicilia et ne mangeait que du jambon *pata negra*, les faits s'étaient encore embrouillés davantage. La Galicienne n'avait croisé le pommadin qu'une seule fois et celui-ci n'avait rien laissé : aucun numéro de téléphone griffonné sur un bout de papier, aucune note de restaurant, aucune carte d'hôtel. Apparemment, l'Infante Carol et l'inconnu s'étaient vus superficiellement l'espace de quelques jours.

Méndez décida cependant de suivre cette piste, ce qu'aucun de ses collègues — qui avaient certes plus de pain sur la planche que lui — n'aurait fait. Vu qu'il ne pouvait se rendre en Allemagne pour y rencontrer Carol, car Olga ne connaissait ni son adresse ni l'université qu'elle fréquentait, il occupa sa dernière journée à Paris à visiter le Louvre. Devant l'impossibilité de tout voir de l'immense musée, il se contenta de flâner dans la galerie commerciale, puis remonta la rue Lepic jusqu'à Montmartre, où un artiste lui proposa ses services en lui jurant que le dessin ne serait pas ressemblant. Il alla ensuite dîner à la Tour d'Argent et contempla Notre-Dame d'un air si distrait que le canard qu'il avait dans l'assiette aurait pu prendre son envol sans qu'il s'en aperçoive. Après s'être garni la panse, il se promena près de la place de la Bastille, où l'Ancien Régime avait été terrassé par des citoyens libres qui savouraient leurs premières érections républicaines.

Pour connaître Paris il ne faut pas se contenter d'une visite mais y passer sa vie. Madrid est plus ouvert : quelques gueuletons à la Cava Baja et deux ou trois démarches ministérielles suffisent à en faire le tour. Pourtant son vrai visage, celui de ses habitants enfermés dans leurs appartements, ne se découvrait pas aussi facilement. Méndez regagna la capitale et prit une chambre dans la pension de la Gran Vía où, aux dernières nouvelles et à l'en croire sans s'en rendre compte, le patron venait d'engrosser une touriste finlandaise. Le vieux policier se plongea dans les Registres de la propriété et se livra à un travail très bête dans l'espoir de découvrir à qui appartenait la maison d'Altos de Serrano. La police n'ignorait pas qu'on l'avait confiée à une agence immobilière dont les employés avaient été au cas où placés sous surveillance, aussi Méndez passa-t-il du Registre de la propriété à celui de la Chambre de commerce. Il passa en revue une bonne douzaine de livres et demanda secours à don Alejandro Díaz de Quiroga

Manglano y Mesa, expert en papelards, faux frais de fonctionnaires mâles et faux pas de fonctionnaires femelles. Comme toujours, don Alejandro fut d'une assistance exceptionnelle.

Si quelqu'un, même membre du Tribunal suprême, a déjà compris quoi que ce soit à l'enchevêtrement de sociétés telles que la Filesa et la Banesto, ou bien s'il a été avocat à la banque Ambrosiano, il pourra se faire une idée de ce que signifiaient ce genre de recherches pour Méndez. Au bout du compte, grâce aux indications de don Alex, qui connaissait comme personne les changements de noms (et de lits) de tous les Grands d'Espagne, il arriva à la conclusion que le petit palais avait toujours appartenu à un seul et même lignage, les Gomara, descendants d'un amoureux des Indes parti faire fortune à Cuba à peine un siècle plus tôt. Après la dictature plutôt mollasse de Primo de Rivera et pour échapper à la banqueroute de la République, l'Indien avait commencé à planquer ses propriétés derrière un réseau de sociétés mises au nom de ses enfants, de ses maîtresses, des amants de celles-ci, de ses concierges et même — pensait Méndez — de quelque larbin d'un claque de la rue Fuencarral. Ces sociétés libertaires dont les profits servaient en apparence à financer la Révolution française n'avaient aux yeux du peuple rien de suspect. Jamais elles ne furent confisquées, pas même pendant la Guerre civile, durant laquelle les Gomara avaient installé dans la maison d'Altos de Serrano un centre de transfusion sanguine, la *Resistencia Asturiana*. Par la suite, deux investisseurs découvrirent que les raisons sociales et les associés changeaient : nonnes, archevêques, généraux en place et phalangistes au parcours honnête qui n'avaient pas encore retourné leur veste s'y succédaient à des postes divers. À présent, l'affaire s'appelait la *Gran Patria* et avait pour objectif d'organiser des conférences et d'élaborer des rapports historiques sur la possible union entre l'Espagne et le Portugal. Personne n'embêtait les Gomara, famille de plus en plus réduite à la tête de diverses compagnies chapeautées par une unité fédératrice dissoute chaque année, puis recréée sous un autre nom. Sans le savoir-faire et le flair de don Alejandro, Méndez n'aurait jamais pu remonter le fil de tous ces embrouillaminis liés à la demeure qui l'intéressait.

Après la démocratie d'Adolfo Suárez, l'inquiétude de Tejero[1], la réforme fiscale, les déficits d'Abril Martorell[2], sans oublier les nombreuses confiscations de Felipe González, l'art des sociétés interposées aurait été digne de figurer au musée du Prado. Don Alejandro en resta bouche bée : cinq entreprises possédaient la maison en question, toutes dépourvues de but lucratif mais pas de hautes qualités morales puisqu'elles répondaient aux noms évocateurs de *Resurgimiento Nacional* ou *España Filantrópica*. Elles aidaient les veuves de marins engloutis par les eaux, répartissaient des tickets-repas dans des endroits où jamais personne ne s'était sustenté, organisaient des colloques dont les thèmes — la natalité indienne ou le sida en Afrique — ne passionnaient guère le pays.

Quant aux sociétés de services qui dépendaient des maisons mères, elles étaient elles ausssi au nombre de cinq — deux d'entre elles domiciliées dans un paradis fiscal.

1. Tejero : commandant de la Guardia Civil qui a séquestré en février 1981 les députés à la Chambre dans l'espoir vain de faire une sorte de coup d'État néo-franquiste.

2. Fernando Abril Martorell : ministre de l'Économie du premier gouvernement d'Adolfo Suárez.

Méndez ne pouvait s'empêcher d'admirer ce micmac aussi ingénieux qu'ancien qui avait trompé tous les gouvernants depuis l'époque de Largo Caballero[1]. Il venait d'apprendre une vérité que la police d'aujourd'hui commençait à peine à considérer, à savoir que la véritable criminalité, savamment pratiquée à échelle européenne, s'exerçait moins sur les personnes physiques et réelles que sur des fantômes purement juridiques. Quand un être en chair et en os te gêne, il est assez ennuyeux de t'en débarrasser : il donne des coups de pied, gueule, est lourd à trimballer et fout du sang partout. En revanche, quand une personne morale devient embarrassante, tu vas chez le notaire, tu fumes un Montecristo et tu la flingues en un après-midi.

Après avoir fait ce constat, Méndez s'aperçut que dans ce labyrinthe il existait une porte de sortie : tout au long du siècle qui venait de s'écouler, l'un des plus agités de l'histoire espagnole, le lignage des Gomara avait perduré. Leur flopée d'entreprises patriotiques faisaient intervenir les industriels, les spéculateurs, les banquiers, les rentiers. Ce joli monde négociait les grands appartements de Madrid et les terres de Badajoz, tronquait les marchés publics, rédigeait de brillants traités sociaux à grand renfort de dîners organisés au Zalacaín, de messes pontificales, de bijoux offerts en secret à une jolie belle-sœur un peu troublée par les cris poussés par sa nièce le jour où l'oncle qui l'a vue naître décide de l'enculer.

L'histoire secrète de l'Espagne était écrite dans ces papiers moisis que le bon goût redoutait de voir paraître au grand jour. Méndez remarqua cependant qu'au fil du

1. Francisco Largo Caballero : président du Parti socialiste durant la Guerre civile ; chef du gouvernement et ministre de la Guerre sous la République. Il jouissait d'une grande estime dans les classes populaires.

temps la grande famille Gomara comptait de moins en moins de membres. Les mariages se raréfiaient parce que les dames Gomara devenaient exigeantes et n'acceptaient pas n'importe qui dans leur couche. Quant aux Gomara mâles, ils s'assagissaient, entretenaient des maîtresses jusqu'à soixante-dix ans, convolaient avec l'une d'entre elles une fois passé l'âge de la bandaison et mouraient sans avoir procréé. D'autres renonçaient aux femmes pour faire de l'argent car les pesetas, bien que les petites gens l'ignorent, peuvent provoquer des orgasmes qui durent une nuit entière. Certains, enfin, illustres pédés, n'avaient pas laissé d'héritiers pour des raisons évidentes, bien qu'aujourd'hui le législateur astucieux ait résolu le problème de la descendance des adeptes de l'amour anal.

En fouinant dans les registres, Méndez — qui selon sa bonne habitude pensait toujours à mal — se rendit compte que l'extinction de l'espèce ne menaçait pas seulement les Gomara biologiques mais aussi les Gomara capitalistes. Comme le disait à juste titre Victor Hugo, il ne suffit pas d'être maudit pour connaître le succès. Au contraire, sur le long terme, l'honnêteté finit par primer. Or les Gomara avaient réalisé une série d'opérations véreuses qui avaient mal tourné. Cela allait des négociations avortées et des escroqueries entre associés en passant par de piètres investissements. Certaines épouses, sachant que leur mari ne pouvait les dénoncer, s'étaient également fait la malle avec l'argent et un masseur cubain sous le bras. Le désastre avait pris de telles proportions que, dans les années quatre-vingt, la maison d'Altos de Serrano, seul bien immuable du patrimoine familial, avait été hypothéquée. Le propriétaire actuel avait levé l'hypothèque. Comme par hasard, le bonhomme, financier de son état, s'appelait Orestes Gomara et dirigeait une société de gestion. Il possédait des parts importantes dans de nombreuses banques du pays. Orestes Gomara était veuf et n'avait qu'une seule fille, Virginia, surnommée Virgin.

Arrivé à ce point, couvert de poussière d'archives et envahi de morpions qui nichaient dans les registres, Méndez avait des sueurs froides. Il fallait qu'il sorte. Il alla respirer l'air pur avec don Alex à la terrasse d'un café qui donnait sur le Campo del Moro.

— Maintenant nous tenons le véritable propriétaire de la maison, murmura don Alex.

— Oui. Pour le moment il est coincé parce qu'il sait qu'elle est truffée de micros et sous surveillance.

— Il ne s'en doutait peut-être pas au début, mais à présent il est forcément au courant. Il va devoir attendre que la police s'en aille ou qu'un supposé commando de l'E.T.A. la loue.

— C'est un banquier.

— Un homme puissant, comme le disait la fille sur l'enregistrement.

— Oui, il se pourrait que la jeune morte soit sa fille.

— Nous avons son nom et son prénom.

— Nous devons vérifier deux choses, fit Méndez. Tout d'abord s'assurer que personne ne l'a vue ces derniers temps et savoir si elle a eu l'hépatite C.

— Un détail fondamental.

— Tout juste. Deuzio, si c'est bien elle qui est morte, pourquoi son père n'est-il pas allé le déclarer à la police ?

— Il a peut-être ses raisons.

— Vous croyez ?

— On lui a peut-être remis la bande, ce qui paraît logique, et il a identifié la voix de l'assassin de sa fille.

— Et celle de ses complices.
— David et Alberto.
— Ils n'ont pas participé au crime mais se sont occupés des préparatifs de la fête.
— On ne sait rien d'Alberto.
— Mais tout de David.
— Une authentique enflure qui a fini avec une perceuse dans le cul et du sang plein la bouche. Une sacrée vengeance.
— Ce qui pourrait expliquer l'attitude du père.
— Il ne veut pas mettre la police sur le coup mais régler ses comptes tout seul, il en a les moyens.
— Et il est aussi aigri qu'un yaourt oublié au fond d'un couvent.
— Quoi qu'il en soit, nous sommes enfin sur une piste.
— Il faut continuer à travailler.
— Avant, j'aimerais bien enlever toute cette poussière.
— Et les morpions.
Ils n'eurent aucun mal à s'en débarrasser. Quand on ne leur paye pas de frais de déplacement, les morpions des registres officiels retournent sur leurs étagères.

*

À compter de ce moment, Méndez connaissait la marche à suivre, qui consistait à aller fouiner dans les endroits fréquentés par Virginia Gomara. Madrid est une grande capitale et les lieux à la mode un jour ne le sont peut-être plus le lendemain, mais ils passent tous par l'axe principal de l'Avenida de la Castellana. À Barcelone, les rues changent mais les circonstances demeurent : pour retrouver la trace d'une fille à papa, nul n'a besoin de ratisser large.

Primo, il faut vérifier son adresse dans le meilleur des best-sellers, à savoir l'annuaire téléphonique. Deuzio : contacter les argus de la presse et passer en revue toutes les fêtes et événements mondains auxquels l'adolescente a pu assister. Tertio : débusquer les amis journalistes qui travaillent à la rubrique société et ne ratent jamais une occasion de se faire offrir un café.

Méndez n'eut aucune peine à trouver l'adresse de Virginia. Elle habitait avec son père dans un somptueux appartement de Recoletos, tout près du palais présidentiel. Elle avait ouvert des comptes dans de grandes agences de voyages, partait souvent en croisière, toujours accompagnée d'Orestes Gomara, ce qui signifiait qu'elle était une bonne fille ou en tout cas une fille soumise. Elle allait à toutes les parties de chasse en Estrémadure, aux fêtes taurines et aux bals d'ambassades. Enfin on ne lui connaissait pas de petit ami ni de tocade amoureuse. À l'évidence, elle n'était pas de celles qui s'égarent et se payent de solennelles parties de jambes en l'air dans les salons élisabéthains, ni même de rapides petits coups dans l'ascenseur.

Les sphères où Virginia évoluait étaient donc faciles à trouver. Tandis que don Alex téléphonait d'une voix servile à quelques particules du pays, Méndez visita les ambassades, s'installa dans les salles d'attente de luxueuses agences de voyages — où on lui proposa à plusieurs reprises de lui organiser un circuit spécial sur la tombe de Toutankhamon —, se glissa dans des salons de thé huppés et rendit visite à des toreros en crise qui, après s'être tapé toutes les chanteuses et danseuses folkloriques d'Espagne, trempaient à présent leur nouille dans un taureau empaillé.

Le bilan de ces démarches actives confirma ses soupçons : personne n'avait croisé Virginia Gomara depuis des semaines. Elle n'avait pas levé de lièvre, ni répondu aux invitations et encore moins assisté à la lente agonie d'un taureau sous un soleil déclinant en fin d'après-midi. Le majordome de son père répondait invariablement que Virgin faisait le tour du monde en bateau, ce qui est la moindre des choses pour une fille bien élevée. Méndez se rappela un illustre amateur de croisières, fidèle client de la *Costa Cruciere* et de la *Cunard* et ancien habitué des services d'Ybarra, qui faisait tous les ans le tour du monde. Quand il revenait au port de départ, il se demandait invariablement à quoi il occuperait les neuf mois qui lui restaient avant de repartir.

Quoi qu'il en soit, les agences de voyages n'avaient vendu aucun billet à Virginia Gomara ces temps derniers, ce qui conforta Méndez dans l'idée que la jeune fille s'était bel et bien évaporée. Au terme de ses recherches, le vieux policier retrouva don Alex dans un café des puces, face à la pension La Florita, où ils purent deviser à leur aise. Il ne leur restait plus qu'à savoir si Virginia Gomara avait eu ou non l'hépatite C. Considérant qu'aucun médecin ne leur fournirait la réponse, Méndez comptait sur l'aide active des agences de presse. L'une d'elles lui dénicha une petite coupure qui disait que Mlle Gomara se reposait dans une charmante station balnéaire du Vichy catalan et qu'elle allait probablement y rester quelque temps. Méndez en conclut que pour qu'une fille dans la fleur de l'âge s'enterre dans un endroit pareil, c'est que son docteur lui a conseillé la convalescence, d'où l'hépatite C. Plutôt que d'aller se renseigner sur place, il se rendit dans plusieurs cliniques de luxe madrilènes, arguant que Virginia Gomara n'avait pas touché ses derniers remboursements de la Sécurité sociale. À Puerta de Hierro, une secrétaire l'informa que sa cliente distinguée avait été admise pour une hépatite.

Tout était clair comme de l'eau de roche. La femme horriblement assassinée était Virginia Gomara et son père, le puissant Orestes, cherchait à la venger. Méndez avait à présent le choix entre deux possiblités. La première était d'aller bien sagement avertir ses supérieurs ; l'autre, moins fair-play, consistait à poursuivre tout seul une enquête qui commençait à lui coûter cher. Sans aucune hésitation, il opta pour la seconde solution mais, comme tout fonctionnaire intègre qui a un problème sur la conscience, il décida de sauver les apparences en prévenant le commissaire Fortes.

— Qu'est-ce que vous foutez à Madrid ? On ne vous a pas encore viré ? s'étonna ce dernier avant que le vieux policier matois ne lui expose les faits. Vous dites que Gomara a commis un délit ? Lequel ? Vous avez frappé à la mauvaise porte, Méndez. Je n'ai pas envie de me compliquer la vie avec des fraudes fiscales ou du blanchiment d'argent, sans compter que ces trucs-là sont difficiles à prouver. Vous avez déjà mis le nez dans un bilan comptable ou un audit ? Bête comme vous l'êtes, vous n'y comprendrez rien, les premiers chiffres vous donneront le tournis et tout ce que vous arriverez à faire, c'est de vous mettre les gros pontes du pays à dos. Dans le meilleur des cas, vous finirez dans une taule de province. Oubliez ça. Quant à moi, tout ce qui m'intéresse, c'est de toucher ma paye en fin de mois et de continuer à baiser incognito la femme de mon voisin.

Méndez s'attendait à ce type de réponse. Il avait sa conscience pour lui mais ignorait encore comment aborder cette nouvelle affaire. Pour commettre un meurtre aussi abominable, Gomara avait dû engager des tueurs à gages de premier ordre, lesquels supprimeraient Méndez si jamais il devenait gênant. La chose n'irait pas plus loin car les autorités ne s'enquiquineraient pas à enquêter sur la mort d'un agent dont elles estimaient qu'il avait déjà un pied dans la tombe. La préfecture de police se fendrait peut-être d'un faire-part de décès et d'un toast entre agents qui toucheraient sans doute une prime pour oublier les dangers du métier.

L'intervention directe était périlleuse et l'indirecte, inutile, car Méndez ne parviendrait jamais à démontrer que Gomara avait agi par vengeance. Au pire, il parviendrait tout juste à faire comprendre à ses collègues que l'inefficacité des forces de l'ordre contraignait les particuliers à ordonner leur propre justice. Et même en supposant que son opération se solde par un succès, les criminels seraient relâchés deux ans plus tard.

Méndez trancha donc pour la solution la plus risquée, qu'il avait en fait adoptée dès le départ. Il comprenait l'attitude de Gomara et pouvait lui parler non pas d'égal à égal, mais en tout cas d'homme à homme. Résolu à décrocher un rendez-vous avec le grand ponte, il en toucha un mot à don Alex.

— Vous savez qu'il ne vit pas à Madrid ? lui demanda celui-ci.

— Mais sa banque est ici et son domicile fiscal aussi.

— Bien sûr, la banque marche toute seule et il a tout à fait le droit de s'absenter de chez lui. Gomara a des affaires partout en Espagne, notamment une agence immobilière à Barcelone, où il vit à présent. Pourquoi ? Parce que c'est une ville qui bouge, même si en théorie elle est coincée entre deux fleuves, la mer, la montagne et les nénés de ses ancestrales filles de joie.

— À qui le dites-vous, don Alex, moi-même je m'y perds. Barcelone devait être formidable au temps des remparts, avec toutes ses maisons cantonnées à l'intérieur. Les gardiens se connaissaient entre eux, les commerçants affichaient les mêmes prix et les ouvriers baisaient chaque samedi la même pute.

— Aujourd'hui les rues sont tracées au compas et on construit des immeubles jusque dans les cimetières. Le monde est fou, Méndez.

— Alors Gomara fait des affaires là-bas ?

— Exact, sur les rives du Besós, qui tient plus du déversoir que du fleuve. On dit aussi qu'il travaille beaucoup dans l'Ensanche. Il achète des maisons, écarte les voisins, les dynamite ou les restaure pour en faire des appartements ou des bureaux qui coûtent la peau des fesses.

— Si je comprends bien, il faut que je retourne là-bas.

— Vous allez me manquer, Méndez. Quand vous partez, j'ai la sensation que c'est le pays tout entier qui s'effondre.

*

— Déjà rentré ? On ne vous a donc pas flanqué à la porte ? fit le commissaire Pons, réservant à Méndez le même accueil glacial que Fortes à Madrid.

Revenu en justicier zélé dans sa terre promise, Méndez gagna son bureau à côté des toilettes pour constater qu'il n'avait toujours pas de travail et que la fliquesse fessue avait eu une promotion. Aux frais de la princesse, il passa sa journée pendu au téléphone pour obtenir des renseignements sur les activités d'Orestes Gomara à Barcelone.

— Il a investi dans de grands projets immobiliers au Pueblo Nuevo et à La Sagrera, un quartier laissé à l'abandon à cause de la nouvelle ligne de chemin de fer, lui dit son informateur. Mais sa poule aux œufs d'or est dans l'Ensanche. Il y rachète pour une bouchée de pain des maisons que les propriétaires n'ont pas les moyens de restaurer et les détruit avec la bénédiction des autorités car le quartier a pas mal perdu de sa splendeur.

Méndez connaissait bien cette zone autrefois huppée, conçue par l'urbaniste Ildefons Cerdá le long du Paseo de Gracia. Par contraste avec les rues de la vieille ville, les voies y étaient larges, arborées, dégagées. En outre chaque pâté de maisons devait comprendre un jardin, mais les promoteurs avaient jugé cette perte d'espace inutile et fait construire dessus. Pour gagner encore plus de superficie habitable, ils avaient invoqué auprès du maire d'imparables raisons médicales : dans des rues si amples, le vent de la montagne s'engouffrerait en permanence et les passants risquaient d'y contractrer des pneumonies en faisant leur promenade.

Trop riche, trop lumineux, l'Ensanche n'avait jamais été le territoire de prédilection de Méndez. Et si les rues n'étaient somme toute pas particulièrement venteuses, l'air pur présentait un réel danger pour le vieux policier habitué aux effluves fétides du Barrio Chino. Pourtant ce secteur n'avait pas de secret pour lui. Suivant l'instinct des pauvres qui ont un don pour déceler la misère tandis que les riches l'ignorent et doutent de son existence, Méndez savait que ce quartier abritait l'indigence la plus crasse, celle qui reste secrète. Des veuves d'avocats qui avaient dû abandonner le cabinet familial dans un cercueil y vivotaient d'une pension ridicule versée par leur ancienne école, un pécule que même un immigré africain aurait refusé de toucher. Les veuves des médecins qui avaient soigné dans le temps la moitié du district y suivaient un régime des plus sains, à base de yaourts et de verres d'eau, que leurs maris auraient probablement approuvé. Pour ne rien laisser paraître, elles se sapaient comme des reines pour sortir dans la rue et ne se joignaient jamais aux manifestants qui réclamaient de l'aide ou de nouveaux logements. Du reste, Méndez n'avait souvenir d'aucune manifestation de ce genre dans le quartier depuis l'époque de la Transition, dont feu les maris de la plupart des veuves étaient ressortis contusionnés, à demi estropiés, voire frappés d'impuissance.

Un homme comme Orestes Gomara pouvait-il y faire des affaires ? Assurément. Il suffisait d'avoir du bagou pour exploiter au mieux l'angoisse des vieux. « Je vous achète votre appartement, vous y logez jusqu'à votre mort en touchant une petite rente qui vous sera versée très vite. Et vous, madame, que faites-vous dans une maison aussi humide et aussi grande ? Il y a des fuites d'eau jusque sur votre oreiller. Si vous me le vendez, je vous offre une chambre dans un hospice de luxe où la radio ne diffuse que des poèmes de Salvador Espriu et où les petits oiseaux vous réveilleront tous les matins. »

Logique que Gomara se fixe pour un temps dans une ville qui serait encore hantée par l'esprit olympique en l'an 3000. Il devait avoir des bureaux sur la Gran Vía de les Corts Catalanes, tout près de la rue Bailén, entre la statue du docteur Robert, mauvais payeur passé à la postérité, et l'hôtel Ritz, où chacun réglait sa note rubis sur l'ongle. Méndez se souciait moins des bureaux que du domicile du bonhomme, situé Calle de Sarriá, tout près du vieux Campo del Espanyol, où pendant les nuits venteuses virevoltaient encore les cendres de nombreux supporters de foot catalans victimes d'un infarctus alors qu'ils acclamaient des buts.

Méndez ignorait ce qu'il allait raconter à ce danger public qu'était Orestes Gomara. Il croyait dur comme fer que les enquêtes ne relèvent pas de la science et de ses modèles fermés, mais de la vie et de ses mésaventures. Dans la vie, il faut tout vérifier car tout peut arriver. Méndez savait qu'il retirerait quelque chose de cette conversation, que le banquier sortirait peut-être de ses gonds et lui montrerait son talon d'Achille. Méndez émit de nombreuses hypothèses tandis qu'il arpentait les rues Bruc, Lauria et Girona, vieille terre d'avocats qui trompaient leurs épouses avec l'Aranzadi[1], et de passants qui empruntaient le même chemin depuis quarante ans, persuadés que l'année suivante ils gagneraient leur vie. Le quartier abritait encore des commerçants du textile qui cachaient dans l'armoire le cadavre d'un employé, et sous le métier à tisser un lit et une petite amie. C'était aussi le territoire des notaires las de signer des actes, qui un beau jour constataient qu'ils n'avaient pas vécu et regardaient par la fenêtre en rêvant d'enregistrer la vente d'un souvenir. Même s'il ne s'y sentait pas chez lui, Méndez aimait ces rues qui conservaient un peu de leur charme bourgeois, le semblant de classe de ceux qui ont toujours payé comptant. Dans une Barcelone qu'on démolissait pour créer davantage de logements et faire de la place aux postes de télévision, Méndez se réjouissait que l'Ensanche perdure.

Décidé à surprendre Gomara à son domicile, Méndez prit le bus jusqu'à la partie haute de la ville, lequel, bondé de jeunes filles à la poitrine détonnante, passait par la cité universitaire. Méndez regarda les donzelles en constatant avec horreur qu'elles le laissaient de glace.

1. Aranzadi : abrégé de législation espagnole très utilisé par les avocats.

Il descendit en face du Hilton, prêt à rebrousser chemin et à faire une marche pour mettre de l'ordre dans ses pensées. Les trottoirs de la Diagonal étaient calmes, juste peuplés de quelques cyclistes qui s'entraînaient avant de faire le tour de la Plaza Catalunya, de pigeons voyageurs échappés de l'État-Major de Croatie et de joggers épuisés qui auraient pu laver leur T-shirt avec leur langue pendante. Méndez avançait sereinement le long des boutiques lorsqu'il aperçut Amores. Le visage défait, les yeux désorbités et les mains tremblantes, le journaliste courut vers lui en gémissant et lui tomba dans les bras.

*

Quelques heures plus tôt, Amores n'était pas dans cet état. Assis dans la salle des archives du journal, il prenait des notes sur une crapule qui avait volé toute sa fortune à une veuve contre le versement d'une pension. Bien que les femmes aient parfois l'imagination fertile, la veuve ne s'était pas douté que le gus l'empoisonnerait le mois suivant, se ferait délivrer un certificat de décès naturel et pousserait le souci d'économie jusqu'à la faire enterrer dans la fosse commune après avoir soutiré un pourcentage au croque-mort pour lui garantir l'affaire. Le combinard avait été démasqué par un ancien petit ami de la veuve, qui avait resurgi à Barcelone, un bouquet de fleurs et un titre de propriété à la main, fermement décidé à l'épouser. Amores s'était aussitôt dit qu'il tenait là un bon roman. Il regretta juste de ne pas savoir écrire et d'avoir connu ses plus grands succès dans les pages nécrologiques.

Toutes sortes de choses atterrissent aux archives, et ce même après-midi Amores était tombé sur une annonce de la rubrique « Relaxation » qui disait : « Jeune universitaire non professionnelle de Pedralbes cherche à nouer relation ou contacts avec homme sérieux et solvable. » Sérieux mais guère solvable, Amores se décida néanmoins à composer le numéro indiqué en s'en excusant presque. Habitué à tromper son épouse qu'il croyait fidèle avec des femmes explosives des bas quartiers promptes à s'échanger clients et petites culottes, il se sentait proche de l'éjaculation rien qu'à imaginer l'adolescente de Pedralbes, ses jambes bronzées par des heures de tennis, ses petits seins fermes de laboratoire, ses fesses de bébé parfumées à la lavande, quoiqu'un peu effarouché à l'idée de se faire surprendre par un père en pleine ascension politique.

Les tarifs de l'étudiante étaient exorbitants mais Amores pourrait s'en tirer en contractant un emprunt à la banque. Il posa des heures de congé qui lui furent accordées au soulagement général, puis se dirigea quelque part près de Pedralbes, car la gamine lui avait dit qu'elle ne fautait jamais dans son quartier. C'était une fille assez grande et potelée aux traits plutôt campagnards. Elle portait des talons plats, des socquettes et un livre sous le bras. L'Amores penseur voulut s'informer du titre pour savoir s'il l'avait au moins lu, mais l'Amores fornicateur était si excité qu'il se prit à l'imaginer en recteur d'université fraîchement nommé dans un amphithéâtre, revêtu d'une toge sous laquelle se dressaient les pointes de ses seins. Le prix à payer pour tringler à Pedralbes un aussi beau spécimen se justifiait. L'Amores déflorateur, puisque le futur recteur était sans aucun doute vierge, demanda à la fille s'il pouvait procéder à l'insémination in situ, c'est-à-dire dans une chambre du coin spécialement apprêtée pour l'occasion, mais elle lui rétorqua qu'elle préférait préserver les apparences parce qu'elle était une fille de la haute évoluant dans les beaux quartiers, et que par conséquent ils se rendraient séparément jusqu'à l'endroit où sa vertu féminine serait profanée. Dieu seul savait ce qui arriverait si son père ou un membre d'un quelconque cercle d'administration bancaire leur tombait dessus. Déjà bien emballé, disposé à avaler n'importe quelle couleuvre et à escalader au besoin la façade de l'Université des sciences, Amores trouva merveilleux que la jeune fille lui signale un immeuble tout proche, facile d'accès, où il devrait se présenter cinq minutes plus tard, appuyer sur l'interphone, monter les escaliers jusqu'au deuxième étage et pousser la sixième porte, derrière laquelle elle l'attendrait avant de lui ouvrir son cœur et ses cuisses. Amores suivit les indications à la lettre. À défaut d'être bon amant, il serait bon payeur et obéissant.

Pourtant lorsque sur la Diagonal il croisa le vieux policier risque-tout et mal nourri qu'était Méndez, Amores n'avait plus du tout envie de se jeter dans les bras d'une femme, mais sous les roues d'un autobus. Heureux de cette rencontre providentielle, il vacilla entre les feux et se dirigea vers Méndez en poussant de grands cris.

19

Une question de jupons

Épouvanté, Méndez réprima à son tour le désir de se précipiter sous le premier bus venu et tenta de calmer l'archiviste.

— Qu'est-ce qui vous arrive ? balbutia-t-il.

— Oh, Méndez, c'est affreux !

— Quoi ?

Amores reprit sa respiration, se blottit contre les fragiles épaules du policier, attirant sur eux l'attention de conducteurs pris dans les embouteillages, d'enfants et de quelques chiens de banquiers cherchant à lever la patte sur ces deux hommes plantés comme des piquets dans une ville pleine d'activité.

— Méndez, j'ai trouvé un cadavre.

— Ma parole, Amores, le jour où vous mourrez c'est vous qui allez découvrir votre propre corps.

— Il faut me croire. Ce n'est quand même pas ma faute si je porte la poisse.

— Et encore moins celle des autres. Vous êtes une infection publique et la malchance est contagieuse.

— C'est vrai, tout le monde le sait. Il suffit de fréquenter un pauvre pour le devenir soi-même et d'aller avec une femme abusée pour finir violé. Vraiment je le regrette, Méndez, car je vous apprécie beaucoup. Avant j'avais peur de vous, surtout quand je vous croisais dans votre commissariat sinistre, mais maintenant je m'aperçois que vous avez toujours été un ami.

— Arrêtez de blablater, Amores, et venez-en au fait.

— J'avais rendez-vous avec une femme.

— Étonnant.

— Et ça s'est mal passé.

— Tout aussi étonnant.

— Il faut me croire, Méndez, je vous parle sérieusement. J'avais répondu à une petite annonce pour rencontrer une vraie universitaire aux yeux épuisés par l'étude. Elle portait des socquettes et avait apporté un livre.

— Merde alors, ne me dites pas que vous avez dû vous tringler un bouquin.

— Même pas. Nous avions convenu de nous retrouver ici. Comme elle est très discrète, elle m'a demandé de sonner à la porte de cet immeuble. Tout était simple comme bonjour.

— Oui, en effet. Alors quel est le problème ?

— Elle m'a ouvert.

— Eh bien le tour était joué, n'est-ce pas ? Ne me dites pas que vous vous êtes trompé et que vous avez sauté la concierge !

— Écoutez-moi, Méndez, je vous en prie. Je ne me suis pas trompé, sauf quand j'ai frappé à la porte. En arrivant au deuxième étage, impossible de me rappeler le numéro de la chambre.

— Ça ne me surprend pas de vous, Amores.

— Je pensais qu'elle laisserait la porte entrouverte.

— Et vous êtes entré comme un brave. Elle était à poil mais elle avait gardé ses chaussettes blanches.

— Ne vous moquez pas, Méndez. C'était un moment important. Après un rendez-vous galant on peut être vide et déçu, mais on y va gonflé d'espoir. Comment sera-t-elle ? Est-ce qu'elle saura remuer de la hanche en cadence et tailler les pipes ? A-t-elle déjà retiré ses vêtements ? Donc j'avançais dans ce couloir plein de portes qui ne s'ouvraient apparemment que sur d'horribles bureaux. Vous savez comme moi, Méndez, que beaucoup de jeunes filles décentes font la chose à côté d'un ordinateur. Je me suis dirigé vers la seule porte entrebâillée en me disant qu'elle était à l'intérieur, que c'était l'affaire de quelques secondes. Je suis entré et là j'ai été pris aux tripes jusque dans mon slip, j'avais l'impression qu'une abeille s'y était glissée et je n'arrivais même pas à crier.

— Ouais, le coup de la piqûre d'abeille au fond du slip, c'est terrible, fit Méndez, soudain compatissant. Et qu'est-ce que vous avez vu ?

Amores semblait sur le point de lâcher le cri qui lui nouait la gorge.

— Suivez-moi, Méndez, gémit-il.

*

Amores appuya sur l'interphone au risque de se tromper, mais ce ne fut pas le cas. La voix stridente de la fille promise à une magnifique carrière de recteur résonna dans l'appareil :

— Il était temps, ducon !

Il y eut comme un bourdonnement puis la porte s'ouvrit. Perspicace, Méndez en déduisit qu'Amores avait enfin réussi à retrouver la jeunette décente qui combinait l'amour et les ordinateurs. Il s'était sans doute trompé cinq minutes trop tôt, et avait découvert le cadavre tandis que sa conquête tripotait nerveusement ses socquettes. Ils aperçurent l'universitaire dans l'encoignure d'une porte au fond du couloir, entièrement vêtue et visiblement indignée.

— Sale connard, je n'en prends jamais deux à la fois ! rugit-elle en brandissant son livre. Je suis quelqu'un de correct, moi ! Vous auriez pu me le dire avant, j'aurais appelé une amie, ajouta-t-elle en reculant.

Voyant qu'Amores restait pétrifié, Méndez avança d'un pas et lui montra sa plaque.

— Police, petite, n'aie pas peur, nous n'avons rien contre toi. Reste dans ta piaule, ferme à double tour et ne sors surtout pas avant qu'on t'en donne la permission.

La fille s'exécuta.

— Où est-ce, Amores ? demanda Méndez en se tournant vers l'archiviste.

— Ici…

C'était juste à côté, une porte fermée qui ne laissait rien entrevoir mais derrière laquelle on avait la désagréable sensation que quelqu'un attendait. Un silence dense et absolu régnait de ce côté-là du couloir, personne ne s'était inquiété du bruit, signe que l'immeuble abritait des bureaux ou des gens qui ne sortaient jamais, pas même sur l'instance d'un évêque.

Méndez poussa la porte. En vieux policier averti, il observa la chambre dans ses moindres recoins afin de s'assurer qu'elle était déserte. Ils avaient pénétré dans un petit appartement, sans doute d'anciens locaux à usage professionnel avec hall de réception, salle d'attente, bureau qui n'avait plus servi depuis des lustres, et toilettes. Méndez repéra deux miroirs, une coiffeuse ovale, un divan, un bar, une pile de magazines pornos et une chaîne stéréo qui diffusait une mélodie des années quarante, mais rien d'autre, aucun rideau susceptible de dissimuler une tierce personne. Méndez dégaina néanmoins son colt de 1912, une pièce digne du capitaine du cuirassé *Missouri*.

— Suivez-moi, Amores, et refermez derrière vous.

— Il est là-bas, bredouilla Amores en levant un bras tremblotant.

Il disait vrai. Le mort, trente ans maximum, était un homme jeune ou qui l'avait été, du style athlète de pacotille, dragueur de discothèque et gigolo à la manque qui se faisait payer avant d'ouvrir sa braguette, bref, un authentique enfoiré qui avait passé tous les brevets du genre.

Méndez avait l'estomac bien accroché. Il avait vu des corps carbonisés, décapités, pendus ou perforés au niveau de l'anus. Rien ne pouvait lui ôter l'appétit, pas même des boudins de Burgos périmés d'une semaine, mais ce qu'il découvrit cette fois lui coupa le souffle. Il entendit Amores s'écrouler dans son dos. L'audacieux reporter n'avait pas supporté la reprise du spectacle. Les deux traînées de sang du visage indiquait qu'on avait frappé l'homme avec un objet très dur, probablement une crosse de revolver qui lui avait fait perdre connaissance, mais l'expression d'horreur indicible qu'il affichait encore prouvait que le ou les assassins avaient attendu qu'il revienne à lui pour lui infliger son châtiment. Une corde à linge lui entravait les bras et les pieds. Surmontant son dégoût, Méndez examina les nœuds solides et fermes, comme ceux des marins. Le mort portait encore sa veste et une cravate criarde qui ressemblait à une publicité pour des vacances à Miami, mais on lui avait retiré ses chaussettes et baissé son pantalon, laissant à découvert le travail de boucher auquel on s'était livré sur son entrejambe.

L'homme n'avait pas pu crier car on lui avait fourré au moins deux mouchoirs dans la bouche avant de la scotcher d'un papier adhésif noir. Il aurait pourtant eu toutes les raisons du monde de le faire, ainsi que l'attestait le chalumeau posé à côté de lui, un appareil de marque courante acheté dans une droguerie quelconque qui avait servi à brûler son pénis au point de le réduire à un trou, un abîme d'où affleuraient les os de ses hanches.

Méndez, qui s'était agenouillé pour regarder de plus près, sentit qu'il avait peine à se relever.

— Nom de Dieu, murmura-t-il.

Amores était en train de vomir.

— S'il vous plaît, allons-nous-en, pleurnicha-t-il.

— Vous pouvez partir. Vous avez fermé la porte ?

— Oui.

— Alors attendez-moi dans l'autre pièce et arrangez-vous pour que personne n'entre. Je vais user mes dernières forces pour l'examiner.

Amores resta planté là, trop anéanti pour bouger, mais son cerveau continuait visiblement de fonctionner car Méndez l'entendit marmonner :

— Regardez s'il a ses papiers, je crois savoir de qui il s'agit.

— Pardon ?

— Vous m'avez déjà parlé de cette affaire. L'autre mort s'appelait David Mellado, n'est-ce pas ?

— En effet.

— Alors les deux crimes sont sûrement liés.

Méndez l'avait également supposé. Avec une habileté de pickpocket, il glissa deux doigts dans les poches du veston et constata que l'assassin ne s'était pas donné la peine de les vider, à croire qu'il se fichait qu'on identifie la victime ou que c'était précisément ce qu'il désirait. Méndez extirpa une importante somme d'argent, un préservatif, une invitation à passer dans un pub et le portrait d'une petite fille nue qui regardait l'objectif par-dessus son épaule et posait de grands yeux pleins d'angoisse sur le photographe. Elle n'avait pas douze ans et faisait partie des souvenirs pourris ressassés dans l'esprit pervers du sadique qui gisait à présent sur le sol et inspira à Méndez une de ses réflexions typiques empreintes de charité :

— Il est mort, le salopard, et c'est tant mieux pour sa gueule.

Le document le plus important, d'ailleurs le seul, était un permis de conduire au nom d'Alberto Parra, un jeune homme autrement plus souriant que celui qui grimaçait par terre.

Méndez n'était pas surpris. Il se souvenait parfaitement des deux prénoms de la bande enregistrée dans la maison d'Altos de Serrano. Feu David Mellado avait été travaillé à la perceuse et Alberto Parra au chalumeau.

— Qu'ils reposent en paix, lâcha Méndez, soucieux d'employer à bon escient les formules de charité chrétienne.

*

— Je ne peux pas en supporter davantage, balbutia Amores. Je crois que j'ai rendu tout mon déjeuner.

— Ça ne va vraiment pas, Amores ?

— J'ai moi aussi l'impression qu'on m'a brûlé le zizi.

— Très bien, nous allons passer dans l'autre pièce. Je veux réfléchir un moment et faire le point.

— S'il vous plaît, aidez-moi à me relever, Méndez.

Tous deux se glissèrent dans l'entrée silencieuse. L'étage entier paraissait inhabité alors qu'en temps normal les voix et les bruits de pas devaient y résonner. Seul le trafic de la Diagonal, autrefois dernier refuge des oiseaux, leur parvenait, avec ses moteurs ronflants, ses accélérations abusives et ses crissements de pneus.

— Cette avenue est le dernier bastion des putes, fit remarquer Méndez. Après, la ville se termine.

— Je suis d'accord avec vous. Comme mon étudiante ingénue, j'imagine que beaucoup de pucelles de la ville doivent donner rendez-vous ici à leurs clients. Les bureaux ne sont que des écrans.

— Ce qui me permet d'avancer une première hypothèse : Alberto Parra a été attiré ici par une femme dont il n'avait aucune raison de se méfier.

— C'est curieux, on se méfie du maire, du ministre de l'Intérieur, des banques, mais jamais des putes.

— Il est probable, poursuivit Méndez, pensant à voix haute, que quelqu'un les ait suivis pour tuer Parra, auquel cas la femme n'a été qu'un instrument destiné à l'entraîner dans cet appartement, autrement dit dans sa tombe. Mais peut-être aussi que la femme était l'un des assassins. Ils ne l'auraient pas engagée comme simple appât de peur qu'elle en apprenne trop, ou alors ils ont dû la payer très cher, et encore, cela n'empêchait pas sa langue de se délier tôt ou tard. À moins qu'ils l'aient flinguée ailleurs qu'ici. Enfin…

Comme mû par un ressort mais sans se départir de sa nonchalance habituelle, Méndez se précipita dans la salle de bains, qu'il n'avait pas passée en revue. Il n'y découvrit rien d'intéressant, hormis une atmosphère de douches prises à la va-vite, de serviettes anonymes, de sperme au fond du lavabo, de frustration, de désespoir, de solitude un moment partagée.

— Pas d'autre cadavre, fit Méndez en revenant dans l'autre pièce. Comme je l'imaginais, ceci est l'œuvre de pros qui ne tuent que les gens nécessaires. Je suis sûr qu'Alberto Parra a été amené ici par une femme qui a participé à la torture et au meurtre. Elle a dû ouvrir la porte à l'assassin, mais d'après moi, ils étaient deux.

— Cette femme peut être une piste. Si c'est une habituée du quartier, il nous sera facile de la retrouver, déduisit Amores, qui demeurait entre autres choses un ancien reporter de faits divers. Elle devait louer cet appartement. C'est du tout cuit, vous n'aurez aucun mal à la coffrer.

Méndez haussa un sourcil.

— Vous êtes vif d'esprit, Amores, murmura-t-il.

— Oui, mais plus entre les cuisses. Je resterai fidèle à ma femme jusqu'à ma mort.

— Vous avez raison. Localiser cette nénette est trop facile pour la police et trop risqué pour les assassins. À l'heure qu'il est, elle doit reposer six pieds sous terre.

Amores ferma un instant les yeux, comme pour réciter une prière à la mémoire de toutes les femmes cocues de la ville.

— Pourquoi n'ont-ils pas emmené Alberto Parra dans une maison abandonnée de la région ? Ils n'auraient pas eu de témoins ni de complications et auraient pu lui enfoncer leur chalumeau jusque dans la gorge.

— Non, Amores, fit Méndez en hochant la tête. Alberto Parra était un vieux renard forcément au courant de l'horrible mort de David Mellado. Il ne se serait jamais laissé entraîner, de gré ou de force, dans un lieu inconnu. En revanche, il avait confiance en certaines personnes. Je suis persuadé qu'il allait souvent dans cet immeuble pour s'envoyer des mineures. Quelque chose me dit qu'il aimait les toutes petites culottes, les langues qui n'ont léché que des glaces et les seins fluets comme des pignons. Il s'est laissé embobiner par une promesse dans ce goût-là, faite par une femme dont on ne va pas tarder à retrouver le corps, mais au lieu d'une fillette au cul tendre, il s'est trouvé nez à nez avec deux guss au cul en béton.

— Vous êtes dégueulasse, Méndez.

— Il ne se passe pas une semaine sans qu'on me le dise.

— Il est difficile d'oublier la langue de son quartier, n'est-ce pas ?

— Je n'en ai pas du tout envie.

Méndez fit cinq ou six pas dans la pièce, un exercice qu'il estimait plus que suffisant pour garder la forme, puis enchaîna :

— Il s'agit d'un travail professionnel réalisé avec beaucoup de sang-froid, et je doute que les gars des Homicides dégottent le moindre indice. Je vais quand même les avertir, vu que je n'ai aucune piste pour mener l'enquête.

— Allez-vous interroger l'étudiante avec qui j'avais rendez-vous ?

— Vous l'avez bien regardée, Amores, cette vierge du rectorat ? Elle a au moins trente balais. Bien sûr, je vais lui parler, elle peut nous apprendre quelque chose.

Méndez sortit dans le couloir et se dirigea vers la chambre du dernier amour éternel d'Amores en montrant sa plaque pour que la donzelle évite de le confondre avec un médecin légiste. L'amoureuse en question était assise au fond d'une pièce identique à celle de l'appartement d'à côté. Elle écartait les jambes, laissant voir une petite culotte de collégienne, seul vestige enfantin d'une époque révolue car son visage évoquait plutôt le passage de nombreux clients libidineux. Dans ses petits yeux gris et froids la machine à calculer s'était quelque peu déchargée. Âgée d'environ trente-cinq ans, elle devait avoir un appartement à Pedralbes payé avec de l'argent gagné à la sauvette, une voiture achetée à crédit et un petit copain qui était en réalité un maquereau. Quant à ses parents, originaires de Talavera de la Reina, ils profitaient de leur retraite pour se rendre chaque jour à la messe.

— Tu travailles tout le temps ici ? marmonna Méndez.

— Oui, et alors ? Je fais un métier plus honnête que le vôtre.

— Je ne dis pas le contraire. Le zozo qui est avec moi était ton premier client de la journée ?

— Non, le deuxième.

— Tu lui as dit que tu étais pucelle ?

— Plus ou moins.

Elle lança un regard insolent à Méndez avant d'ajouter :

— Ce n'est qu'un demi-mensonge car je suis très étroite.

— Ah bon.

— Vu votre âge, même avec un tournevis vous ne pourriez pas me la mettre.

— Tu es très moderne, dis donc.

— Et alors ? Ça vous dérange ?

— Pas du tout.

— Vous tirez une de ces tronches, apparemment je ne vous plais pas.

— Tu sais, je suis très vieux jeu. Il n'y a que les nièces de curé et les nonnes cloîtrées qui me fassent bander et tout ce qui m'intéresse en toi, c'est ta langue, enfin… celle qui te sert à parler. Pendant que tu travaillais, tu n'aurais pas vu passer des types que tu ne connaissais pas ?

— Ici il n'y a que des gens de passage, au cas où vous ne le sauriez pas. Bien sûr j'ai quelques habitués mais en général je reçois des cochons qui rêvent de se faire une gamine, te disent qu'ils vont te défoncer avec leur grosse queue et quand tu la déballes, tu t'aperçois qu'elle pourrait tenir dans une boîte de pastilles contre la toux. Parfois je crie pour qu'ils y croient, je suis une experte.

— Et moi qui croyais tout savoir, souffla Méndez.

— Vous en êtes loin.

— C'est vrai, je ne suis plus dans le coup. De mon temps les femmes ne parlaient jamais de taille, mais de leurs adorables enfants et de leur brute de mari. Tout ça c'est fini. Tu n'as donc croisé personne de bizarre, deux types seuls, par exemple ?

— Non.

— Tu es sûre ?

— Certaine, et arrêtez de m'asticoter parce que moi, tout ce que je cherche, c'est la paix, m'offrir quelques massages et une liposuccion l'année prochaine pour continuer à travailler. Si vous me faites des complications, je dirai que vous avez essayé de me pervertir.

— Ça, même Henry Miller n'y arriverait pas.

— Qui ?

— Personne.

— C'est bien ce que je pensais. Les flic inventent toujours des noms de suspects pour effrayer les honnêtes gens. En tout cas, si vous m'embêtez, je dirai que vous m'avez collé votre plaque sous le nez et que vous avez voulu le faire gratos, au toupet.

— Au toupet je ne serais même pas capable de me farcir un pigeon boiteux. Et puis au fond je me fous de la conversation édifiante que nous avons en ce moment. J'avais juste besoin d'une preuve pour écrouer quelqu'un que je connais bien parce que aujourd'hui, si tu ne peux rien prouver, tu ne vas nulle part. Avant, dans les commissariats, c'était plus simple : à la troisième trempe tu avais tes aveux, mais peu importe, je sais parfaitement où je vais.

— Super, vous savez où aller. Et moi ?

— Dans la rue.

— Vous n'allez pas m'inculper ?

— Non.

— Okay, flic. En fin de compte vous n'êtes pas si mauvais.

Elle gagna la porte. Méndez la retint avant qu'elle puisse l'ouvrir.

— Il vaut mieux que tu disparaisses pendant une petite semaine. Surtout, pas un mot de ce qui s'est passé.

— Évidemment. Il ne manquerait plus que je fasse fuir la clientèle.

— Sûr que non. Ah, autre chose…

— Quoi donc ?

— Tiens-moi au courant de tes résultats aux examens.

— Pas de problème, vous serez le premier informé.

Méndez haussa les épaules et ressortit dans le couloir, déçu car il n'avait rassemblé aucune preuve. Au moins il savait ce qui lui restait à faire et n'avait pas l'intention de perdre son temps.

Encore nauséeux, Amores était plus au bord de la crise de nerfs que les femmes d'Almodóvar.

— Méndez, sortez-moi d'ici, pleurnicha-t-il en se réfugiant dans le giron du policier.

— Tu as deux options, Amores.

— Je sais. Me défenestrer ou tout raconter à ma femme et lui offrir un fusil chargé.

— Non. Soit tu retournes au journal, tu dis que tu as découvert un cadavre et tu décroches un scoop d'enfer.

— Pas question. Qui sait si mon directeur ou mon administrateur n'est pas un habitué ? Croyez-moi, Méndez, la vie des dirigeants est toujours insondable.

— Alors, il te reste la seconde option : tu te barres et tu la boucles. Moi je vais appeler le commissariat et me débrouiller avec eux, mais avant cela, j'ai quelqu'un à voir.

— Qui ?

— La personne à qui j'allais rendre visite quand je t'ai croisé.

— Marché conclu. Je choisis la seconde option et j'espère bien ne plus jamais tomber sur un macchabée.

— Dans ce cas arrête de courir après les gonzesses et coince-toi la bite entre deux portes de placard.

— Vous parlez d'or, Méndez, fit l'archiviste, qui sortit derrière lui en traînant la savate.

Méndez le regarda avec appréhension et regretta de lui avoir donné ce conseil qu'Amores suivrait peut-être à la lettre. Le placard aurait du mal à s'en remettre.

20
Une question de prestige

L'immeuble était super-chouette. Construit par un grand architecte dans une rue paisible, peu de voisins, parking sous surveillance, concierge vingt-quatre heures sur vingt-quatre, jardin tenu par des paysagistes, arbres plantés par le maire de la ville pendant les Jeux olympiques. Un velum coiffait la double porte d'entrée, comme dans les grands hôtels de New York. Méndez évalua aussitôt les appartements, dont le premier prix devait se monter à cent vingt petits millions de pesetas. Y habitaient des patrons de multinationales, des banquiers récemment fusionnés, des fils à papa et des jeunes mariées qui demandaient une Porsche à leur époux chaque fois qu'elles faisaient l'amour.

Le pays était prospère.

Planté devant l'immeuble, Méndez s'accorda quelques minutes de réflexion avant d'y pénétrer, songeant que Gomara vivait là, qu'il était le principal suspect dans une affaire de meurtres et avait au moins deux tueurs à gages à sa solde, autant de facteurs qui le défavorisaient parce qu'il ne pouvait avancer aucune preuve contre le banquier. Le vieux policier ne pouvait compter que sur un éventel énervement du grand ponte, mais si ce dernier se contentait de l'écouter en affichant un sourire ironique, Méndez n'obtiendrait aucun renseignement.

Et puis il ne savait pas grand-chose, juste que Gomara avait vengé sa fille. Tout le reste demeurait mystérieux, comme par exemple le lien qui existait entre l'Infante Carol, le jeune homme élégant qui lui avait rendu visite à Paris et le banquier. Dans cette histoire, la seule constante était la maison d'Altos de Serrano, un bagage trop léger pour formuler une accusation.

Il avait cependant envie de tenter le coup.

Il présenta sa plaque à un concierge grincheux en arguant qu'il souhaitait voir M. Gomara pour obtenir les détails d'une escroquerie dont sa banque avait été victime. À l'étage, il lui fallut la sortir à nouveau devant une charmante jeune fille qui, en échange, lui montra un décolleté prometteur. La petite bonne lui apprit que son patron était parti déjeuner au Via Véneto.

Le restaurant était l'épicentre des endroits où l'on brassait de l'argent. Il réunissait la plupart des vertus décadentes — classe, discrétion, commodité, silence — et sur ses tables on avait coutume de partager des bénéfices, des postes élevés, des roupillons ministériels, des bilans télévisés et peut-être aussi les faveurs d'une ou deux femmes mariées. C'était un monde étranger à la vinasse, l'eau-de-vie d'anis en carafe et les croquettes de guardia civil auxquelles était habitué Méndez, qui eut au moins la satisfaction de se dire que personne n'y briguait le cul des flics célibataires.

Il demanda une petite table, s'installa et contempla d'un air ébahi le défilé des plats : caviar de la mer Caspienne, langoustes du golfe de Gascogne, calamars parlant euskara et côtelettes d'agneau né avant terme, le tout accompagné de Vega Sicilia, Petrus et Brunello mis en fût par Jean XXIII lorsqu'il était encore un patriarche vénitien. Méndez regretta ses grosses miches paysannes, ses côtes de bœuf à la retraite et son vin en pichet.

Monge, le patron de l'établissement, vint l'accueillir en personne selon sa vieille habitude. Il comprit sur-le-champ que cet hôte étrange avait un petit budget et lui proposa élégamment un menu dans ses cordes : velouté de fruits de mer et fricassée de cèpes arrosés d'un Raymat de Lérida qui aurait pu venir à pied. Méndez, pourtant peu enclin à lire les revues économiques et politiques, reconnut plusieurs figures importantes de la ville. Quel plaisir devait éprouver le caviar à voyager non pas par Internet, mais sur la langue d'une mairesse ! Le vieux policier était quant à lui ravi car on l'avait placé à côté de Gomara.

Ce dernier, qui déjeunait lui aussi en solitaire, dévisagea Méndez sans la moindre gêne, sans doute averti par son service d'ordre de sa présence dans ce temple du soufflé. Il promena un regard méprisant sur le costume élimé de Méndez, ses poches trouées où il glissait toujours un livre, ses chaussures au rabais et sa tête de fonctionnaire avide d'une promotion. Tout en l'observant, il sirotait avec morgue son verre de Château-Lafite, comme pour liquider d'un trait toute la misère humaine et les faibles avancements en grade de Méndez.

Méndez le contemplait également, conscient que c'était la première fois qu'il se trouvait en face d'un assassin de haut vol. Orestes Gomara avait la cinquantaine bien sonnée, le plus bel âge pour couvrir les femmes de billets et de concentré de liqueurs séminales. Bien qu'empâté, chose inévitable quand on fait de grands repas d'affaires, il était néanmoins fort et musclé, chose recommandable lorsqu'on fréquente les saunas et les gymnases. Il portait un costume de marque semblable à ceux confectionnés autrefois par les tailleurs du Paseo de Gracia, et venait de déguster un plat d'anguilles miraculeuses pêchées une à une dans le delta de l'Èbre au son d'une valse triste.

Aucun des deux hommes ne chercha à dissimuler. Méndez était venu voir Gomara, lequel savait très bien pourquoi et acceptait le défi avec une remarquable maîtrise de soi mâtinée d'une pointe de dédain. Tous deux mangèrent sans se quitter des yeux. Gomara prit davantage de temps que Méndez car il commanda un café et un armagnac et se fit allumer un Partagás 8-9-8 avant de gagner la sortie.

— Ça vous dérange ? demanda-t-il à Méndez une fois dehors.

— Quoi donc ?

— Le tabac dans la voiture.

Conduite par le voiturier du restaurant, une Mercedes 5000 d'un noir éclatant de veuve de fraîche date venait de s'arrêter devant eux. Méndez s'enfonça dans des sièges si suaves qu'ils paraissaient cousus d'hymens et admira le volant garni de fourrure de mulâtresse, honteux de ses mauvaises pensées de flic fauché et de raté du littoral.

— Je peux fumer moi aussi ? demanda-t-il à Gomara en souriant.

— Qu'est-ce que vous fumez ?

— Des cigarillos d'Andorre.

— Impossible, après il faudra que je change toute la climatisation.

— Dans ce cas je m'abstiendrai. Où m'emmenez-vous ?

— Chez moi. Vous ne vouliez pas me voir ?

— Je suis étonné qu'on vous ait déjà prévenu.

— On m'avertit dès que quelqu'un m'approche à moins de dix milles nautiques, même quand ce sont des ministres ou d'autres personnes à la conduite douteuse. Et puis vous êtes passé à la maison, ma bonne m'a aussitôt contacté avec le portable.

— Celle aux beaux seins, lâcha effrontément Méndez.

— Je ne l'ai pas engagée pour ça. Bon, vous montez ou vous préférez aller boire un café dans votre quartier et prendre le risque de mourir sur les Ramblas ?

— Je monte.

Le gardien de l'immeuble gara la voiture. Méndez fut introduit dans un appartement décoré de vitrines débordant d'argenterie, et de toiles de maîtres par deux domestiques à la poitrine engageante. Le vieux policier était de plus en plus admiratif non pas de la richesse, mais de l'audace de Gomara. Sans se faire prier, il s'assit dans un Chesterfield aussi douillet que la peau d'une députée.

— Ici vous pouvez fumer, lui lança Gomara.

— Non merci, je préfère respirer votre havane. J'ai toujours rêvé d'être un fumeur passif de 8-9-8.

— Comme il vous plaira. Alors vous vous appelez Méndez ?

— On ne peut rien vous cacher.

— Ce n'est pas si difficile. Vous travaillez dans un commissariat de la partie basse de la ville et votre bureau est près des waters. On vous confie des enquêtes délicates, comme poursuivre des racketteurs d'autobus, contrôler les culs des homos et compter les pétards qui se vendent au coin de la rue.

— Dans le temps, oui, quand j'avais carte blanche pour patrouiller dans le quartier et arrêter des pédés dans les pissotières souterraines, mais elles n'existent plus aujourd'hui, et les pédés sont mes meilleurs amis. Il y a bien longtemps qu'on ne me donne plus rien à faire, monsieur Gomara, rien de rien. Je suis désemparé, je passe ma préretraite à traîner la rue.

— Moi, je pourrais vous confier un travail.

— Lequel ?

— Je vous donne cinq millions et vous m'oubliez.

— Non.

— Sept.

— Non.

— Vous êtes pauvre et vous mourrez pauvre, Méndez. Le monde appartient à ceux qui savent saisir leur chance.

— Je ne suis pas très dépensier et j'ai très mauvais goût. Ce que j'ai me suffit.

— Pourquoi me poursuivez-vous ?

— Parce que je vous soupçonne.

— De quoi ?

— Ici commence le travail de la police, qui la plupart du temps fait des ronds dans l'eau. Quoi qu'il en soit, j'avoue que cette enquête est la plus étrange que j'aie jamais eue.

— Pourquoi donc ? Dites… vous sentez bien la fumée de mon havane ?

— Parfaitement.

— Je devrais vous la faire payer. Alors ? Pourquoi cette enquête est-elle si étrange ?

— Pour diverses raisons. Primo, je n'ai jamais connu de criminel qui ne cherche pas à fuir ; deuzio, je n'ai jamais connu de criminel aussi méprisant et aussi riche que vous.

Orestes Gomara ne cilla pas. Si la franchise de Méndez l'avait choqué, il se gardait bien de le montrer. Il tira sur son havane et contempla distraitement les volutes de fumée.

— Moi ? Un criminel ? se contenta-t-il de murmurer après un silence.

— Je vais commencer par le commencement. J'imagine que vos deux petites bonnes aux tétons en bouton de rose ne vont pas faire irruption dans la pièce, qu'il n'y a ici aucun micro et c'est tant mieux pour vous. Quant à moi, je n'en ai pas sur moi, ce n'est pas dans mes habitudes, mais vous pouvez toujours me fouiller.

— Ce n'est pas nécessaire. Notre conversation ne sera pas enregistrée. Poursuivez.

— J'aimerais vous parler de votre jolie maison d'Altos de Serrano, à Madrid. Elle est au nom d'une multitude de sociétés si anciennes que lorsqu'on s'y intéresse on a l'impression de compulser les archives du Vatican, pourtant toutes se rapportent à vous.

— Exact.

— Cette maison a servi a pas mal de choses au cours de sa belle existence, mais dernièrement elle était à louer.

— Elle l'est toujours.

— La police espère que les prochains locataires seront des membres de l'E.T.A. et, tant qu'elle nourrira cet espoir, elle maintiendra sa surveillance. Je serais prêt à parier tout ce que j'ai dans mon froc que vous n'étiez pas au courant.

— Absolument pas. Vu le montant du loyer, j'ai tout remis entre les mains d'une agence dont je ne me soucie guère. Je ne m'amuse pas non plus à contrôler les noms, forcément faux dans le cas que vous me décrivez, des éventuels locataires, bien que la police doive s'en charger.

— La police vous a dit quelque chose ?

— Pourquoi le ferait-elle ?

— Quoi qu'il en soit, les flics ont truffé la maison de micros très bien cachés afin de pouvoir capter n'importe quelle conversation. Vous l'ignoriez ?

— Oui.

— La maison était vide et les micros en alerte dans l'attente de nouveau locataires.

— Et alors ?

— Vous êtes sûr que vous ne saviez rien ? Remarquez, une écoute illégale de plus ou de moins, qu'est-ce que ça peut vous faire ?

— Je vais être sincère, Méndez. Si je vous ai invité chez moi, c'est que je compte vous dire la vérité.

— Vous me trouvez donc aussi insignifiant que ça ?

— Tout à fait.

— Votre mépris va jusque-là ?

— Oui.

Méndez ne parut pas s'en offusquer.

— J'ai toujours entendu dire, se contenta-t-il de murmurer, qu'un sou est un sou, et que beaucoup de sous rendent puissant, comme c'est votre cas. Quand on en a des brassées, ça doit être le panard.

— Exact, Méndez. Moi j'évolue au cœur du panard, c'est pourquoi je peux m'offrir le luxe de vous ignorer quand je ne vous vois pas et de vous mépriser quand je vous vois. Ça vous va ?

Gomara déposa son cigare dans un cendrier de Sèvres. Méndez avait souvent entendu dire qu'un excellent havane doit mourir en se consumant avec dignité.

— J'arrive à sentir votre mépris jusque dans la fumée que vous me crachez au visage, mais au moins ne me mentez pas.

— D'accord. C'est très simple. Le jour où on m'a proposé un locataire solvable, bien que nous n'ayons pas encore signé le contrat, mes techniciens sont venus inspecter la maison. Je pensais faire faire un acte notarié spécifiant qu'elle était en parfait état. C'est là qu'on a découvert le premier micro, puis tous les autres, un travail d'enfant.

— Vous saviez que c'était la police qui les avait placés ?

— Bien sûr.

— Et vous n'avez rien dit ?

— Pourquoi ? Ils en voulaient peut-être au locataire précédent, j'ignorais quand on les avait installés. Le plus probable, c'est que la police ait eu des comptes à rendre à mon futur locataire, mais peu importe dans la mesure où j'étais averti. J'aurais pu leur faire dire n'importe quoi et balancer le tout à la centrale de police. Vous venez de dire que l'argent rend puissant, Méndez. L'information aussi, vous en conviendrez. Évidemment, vous qui n'avez ni l'un ni l'autre, vous êtes un inutile.

— Vous avez écouté ce qui se disait sur les bandes ?

— Oui, ça m'est arrivé. Des informations idiotes : des commentaires des employés de l'agence, des femmes de ménage ou d'hypothétiques locataires... De temps en temps il y avait un truc marrant. J'ai par exemple appris que le gardien s'était envoyé la moitié de l'Espagne et sa femme, l'autre moitié.

— J'ai toujours dit que c'était un pays pourri.

Gomara alluma un autre cigare.

— Ça vous dérange ?

— Oh que non. La dernière fois que je me suis payé un havane, j'ai dû demander une avance sur mon salaire. Qui d'autre connaissait l'existence des micros ?

Pour la première fois Gomara parut hésiter, puis il finit par répondre :

— Ma fille. Je ne lui ai jamais rien caché.

— Fille unique ?

— Oui.

— Virginia, je veux dire… Virgin ?

Seul un observateur comme Méndez pouvait remarquer le léger tremblement de la main qui tenait le havane.

— Je m'incline, lâcha le banquier en se forçant à rire. Vous avez vérifié beaucoup de choses.

— Virgin a-t-elle eu l'hépatite C il y a longtemps ?

— Là vraiment, je vous tire mon chapeau, Méndez.

— Votre fille avait-elle de mauvaises fréquentations ?

— Que voulez-vous dire ?

— Vous le savez très bien.

— Non, juste normales pour son âge. Les jeunes filles modernes voient beaucoup de monde, mais rien d'extraordinaire dans son cas. Virgin ne m'a jamais posé de problèmes, hormis un qui peut se régler avec le temps : elle ne voulait pas prendre ma succession à la tête d'une banque, même en se sachant ma seule héritière. C'est le genre de complication qui peut arriver à n'importe qui, un propriétaire de restaurant ou un patron de filature. Ah, les enfants ne sont pas toujours faits à notre image. Mais, pour répondre à votre question, je vous dirai qu'elle n'avait pas de mauvaises fréquentations. Bien sûr, et même s'il ne va pas le lui raconter, un père a tendance à se méfier de tous les gars qui veulent coucher avec sa fille.

— Excusez la brutalité de ma question, mais Virgin voulait-elle coucher avec beaucoup de gars ?

La main de Gomara trembla de façon plus évidente.

— Vous êtes un sale type, Méndez.

— Oui.

— Un salaud.

— Ça, j'ai même un diplôme.

— Je vais néanmoins vous répondre. En effet, Virgin était très désirée. Vous voyez, j'emploie le passé parce que j'imagine que vous connaissez toute l'histoire, que vous savez qu'elle est morte. Je m'incline, monsieur l'inspecteur, mais c'est le seul honneur que je vous rends, car pour le reste vous êtes un enculé. Ma fille n'était pas seulement belle, elle était élégante, douce, cultivée, timide, et en plus elle était riche, alors évidemment, la plupart des hommes, même ceux entrés dans les ordres, avaient envie d'elle. N'importe quel mec s'excite à l'idée d'un si bon parti.

Méndez observa un moment de silence. Quelque chose lui faisait penser que Gomara était comme lui un homme de condition modeste.

— Continuez, susurra-t-il enfin.

— Un jour ma fille a disparu, fit Gomara dans un filet de voix.

— Et vous l'avez cherchée partout, y compris dans la maison d'Altos de Serrano où vous avez découvert des traînées de sang. Puis vous avez entendu l'enregistrement.

— Oui.

Gomara parlait d'un ton morne, absent. Sa voix se diluait dans la fumée du havane, où comme chacun sait le temps se délite.

— Je vous prie de me répondre franchement, dit Méndez. Êtes-vous arrivé avant la police ?

— Je crois que oui. Les flics sont routiniers et fainéants. Quand la conversation est remontée jusqu'à eux, les hommes qui étaient de garde ne l'ont pas écoutée dans la minute, ce qui m'a permis d'être au courant avant eux.

— Et vous n'avez touché à rien.

— Non.

— Vous aviez déjà monté votre plan en marge de la loi.

— Je ne crois pas à la loi.

— C'est logique, vous êtes banquier. Remarquez, moi qui suis policier je n'y crois pas non plus. Je suppose qu'en écoutant les bandes vous avez su exactement ce qui était arrivé à votre fille.

— Ça ne pouvait pas être plus clair.

— Et vous n'avez pas porté plainte.

— Pourquoi l'aurais-je fait ? Il m'était relativement facile d'attraper les meurtriers puisque je connaissais leur nom. Qu'est-ce que ça aurait changé ? S'ils avaient été écroués — n'oubliez pas que la police ne disposait pas d'autres preuves que leurs voix, qui plus est enregistrées illégalement —, ils auraient obtenu une permission spéciale au bout de trois ans et seraient passés me voir un dimanche pour me dire à quel point ils avaient apprécié le... le dos de Virgin. Et cinq ou six ans plus tard, ils auraient été libres, un diplôme en poche. La loi, mon cher Méndez, c'est du bricolage, une vraie fumisterie. J'ai donc décidé de ne pas porter plainte, j'avais déjà tout prévu.

— Expliquez-vous.

— Avant toute chose je comptais récupérer le corps de ma fille.

— Ça vous a coûté cher ?

— Très. Plus j'exigeais de discrétion et plus la note augmentait, mais je m'en fichais.

— Le problème c'est que vous avez échoué.

— Oui. Je n'ai retrouvé aucune trace, ce qui au fond semble logique. Il suffit d'ensevelir un corps au pied d'un arbre pour qu'on ne le découvre pas à moins de le déraciner dans le cadre de travaux d'urbanisme, comme cela arrive fréquemment. Mais cela n'a fait qu'accroître ma haine. J'étais furieux, prêt à exploser comme un tube de mercure au milieu du désert.

— Évidemment, vous avez su tout de suite qui avait tué Virgin.

Gomara lâcha son havane et se dépêcha de le récupérer sur le tapis.

— Bien sûr, même si son nom n'était pas mentionné sur la bande. J'ai reconnu la voix de Leo Patricio, le chef de mon service d'ordre, comme si je l'avais eu en face de moi.

— Ce type avait-il passé du temps en compagnie de Virgin ?

— Je savais qu'elle lui plaisait et qu'il la regardait avec envie, mais ça me semblait normal, tous les hommes la regardaient ainsi. Celui-ci mangeait dans ma main et portait une muselière si serrée que je ne pensais pas qu'il pourrait l'enlever.

— Il y avait aussi les deux autres.

— David Mellado et Alberto Parra ne sont pas intervenus directement. Ils ont juste attiré Virgin dans la maison. Mais vous avez fait votre enquête et vous devez tout savoir sur eux.

— Disons que je suis entré en contact circonstanciel avec certaines de leurs parties intimes… l'anus taraudé de David et les œufs passés au gril d'Alberto Parra.

— Vous serez d'accord pour convenir avec moi qu'il s'agissait de deux belles réalisations, murmura Gomara, une lueur d'allégresse dans les yeux.

— Parfaites. Mais vous n'avez pas pu vous y prendre seul.

— Non. J'ai simplement aidé et assisté à la torture. Je suis un expert, vous savez ? Un dilettante qui s'y connaît. Je me suis intéressé à la psychologie pour dominer les autres dans le commerce et j'ai d'ailleurs suivi deux cours très complets sur le sujet. Dans un livre étranger j'ai repéré des photos sur les expressions du visage. La luxure y était illustrée par un homme ravi et anxieux en dessous duquel on pouvait deviner une femme. La soif, par le cliché d'un soldat en train de perdre son sang au bord d'un fleuve. La douleur et la peur étaient tout à fait passionnantes car l'auteur avait déniché des images d'anciens supplices chinois. Pourquoi les cheveux d'un homme se dressent-ils sur sa tête ? Parce que l'homme en question regarde avec horreur son bourreau manier la scie sur ses genoux. Pourquoi les yeux sortent-ils des orbites ? Parce qu'on oblige le Chinois pendu par les pieds à mettre la tête dans une cage ronde, une sorte de vieux panier à salade où s'agite un rat affamé. Toute modestie mise à part, j'étais un expert en la matière. Vous avez vu comme j'ai soigné les détails ? En revanche, j'ai utilisé les ressources du monde moderne en achetant des outils qu'on peut trouver n'importe où.

Méndez ravala sa salive, oubliant la fumée que Gomara continuait à lui souffler dans la figure.

— Il y avait combien d'hommes avec vous ? demanda-t-il.

— Au risque de vous étonner, un seul, un phénomène spécialement engagé pour l'occasion, du reste il est encore sous contrat.

— Comment s'appelle-t-il ?

— Allez vous faire foutre, Méndez.

— Je ne m'attendais pas à ce que vous me le disiez. Et quel outil réservez-vous à Leo Patricio ?

— J'ai loué une scierie.

— À chaîne continue ?

— Oui.

— Le corps passe au milieu et se fait tronçonner comme un arbre ?

— Exact, répondit Gomara d'un ton calme.

— Mais vous ignorez où il est.

— C'est tout ce qui me reste à découvrir.

— Ses complices vous ont appris quelque chose avant de mourir ?

— Ils ne savaient rien et je pense qu'ils ne m'ont pas menti. Dans ce genre de circonstance on dit la vérité, pourtant c'étaient des vrais durs à cuire, les meilleurs agents qu'un honnête homme puisse employer pour développer ses activités commerciales sans embêtements. Mais ils ignoraient tout de Leo et de l'horrible mort de ma fille. Ils se sont contentés de l'entraîner dans la maison sans savoir ce qui allait suivre.

— Alors pourquoi se sont-ils cachés ?

— Leo leur a dit que j'étais en colère sans leur en expliquer les raisons. Il leur a conseillé de disparaître un moment. Il les a peut-être avertis de ce qui s'était passé, alors ils ont pris peur et ont pensé gagner la Floride à la nage. Toujours est-il qu'ils ne m'ont pas été d'une grande utilité, et puis de toute manière, ajouta-t-il à voix basse, je n'ai pas eu la possibilité de leur arracher de longs discours parce qu'il y avait des voisins et que si j'avais enlevé leurs bâillons ils se seraient mis à crier.

— Ils travaillaient tous les deux avec Leo ?

— Oui. C'étaient de bons éléments.

— Plutôt des bons à rien, des porcs, des empaffés.

— Je ne me mêle jamais de la vie privée de mes employés, mais je suppose que ce n'étaient pas des enfants de chœur. J'avais besoin de chiens de garde, Méndez. Tout ce que je leur demandais, c'était de savoir mordre.

— Leo Patricio est encore pire ?

— Oui.

— Décrivez-le-moi.

— La trentaine, un athlète aux traits rudes dont les femmes sont folles parce qu'elles ont mauvais goût ou qu'elles se mettent tellement à ressembler aux hommes qu'elles recherchent la nouveauté. Enfin cela ne m'intéresse guère, je me suis toujours douté qu'il s'était envoyé certaines de mes meilleures clientes sous prétexte de les escorter pendant leurs transports de fonds, mais une chose est sûre, c'est que je n'avais pas du tout envie qu'il fasse la même chose avec ma fille.

Méndez ferma à demi ses yeux petits et durs, des yeux de vieux serpent.

— Il se l'est quand même faite, dit-il d'une voix ténue.

— Taisez-vous, Méndez, ou je vous flanque dehors.

— Inutile de vous vexer, nous pensons tous les deux à la même chose et c'est logique : seule cette terrible pensée peut excuser un anus perforé et un pubis roussi au chalumeau. Et un de ces jours Leo Patricio sera retrouvé découpé en deux, dans un endroit où le sang aura giclé jusqu'au plafond. Tel est votre projet, n'est-ce pas ?

— Qu'espérez-vous ? demanda posément Gomara. Ça me coûte assez cher, vous savez.

— On vous chopera, Gomara.

— Pourquoi ?

— Réfléchissez un peu : un corps tronçonné, un type qui a loué une scierie désaffectée, ce n'est pas sorcier.

— Réfléchissez vous aussi, Méndez : la scierie a été louée par une société étrangère par le biais d'Internet. Le paiement s'est fait avec de l'argent électronique, impossible de retrouver ma piste.

Méndez posa un regard admiratif sur la pièce où ils devisaient. Il contempla l'argenterie, les tapis, les meubles de prix. Seuls les tétons des bonnes manquaient au programme.

— Vous avez un bel appartement, susurra-t-il.

— Normal. Je fais des affaires à Barcelone et j'ai besoin de renvoyer une image d'homme solvable, qui est par ailleurs tout à fait en accord avec la réalité.

— Je me trompe si je vous dis que vous vivez ici parce que vous redoutez de ne pas supporter les souvenirs de votre maison madrilène ?

— Non.

— Vous vous rendez compte que vous m'avez fait des aveux, Gomara ?

— Oui.

— Vous savez que je peux vous dénoncer ?

— Ne soyez pas candide, Méndez ! s'exclama le banquier en éclatant de rire. J'en sais suffisamment sur vous pour être certain que vous n'avez pas de micro, bien que je compte m'en assurer avant que vous partiez. Vous êtes un flic minable que personne n'écoutera, tandis que moi, je suis un banquier d'envergure internationale. Je suis un homme de prestige, Méndez, mettez-vous ça là où ça entre. Les juges, les policiers haut placés et les politiques, qui entre nous soit dit ne font ce travail que pour s'enrichir, me doivent des faveurs. Mais je suis également un homme qui a du nez, et je sais que vous ne ferez pas un geste pour sauver ce qui reste de la courte vie de Leo Patricio. Tout au plus vous lirez son autopsie et que direz-vous ? Allez, rafraîchissez-moi la mémoire.

— Qu'il est mort et que c'est tant mieux pour sa gueule, maugréa le vieux serpent.

— Vous voyez ? Vous aussi vous connaissez la vie, Méndez. Elle est indissociable de la mort. La vie produit toujours un excédent biologique qu'il faut éliminer. La vie a beaucoup d'ordures qu'on doit nettoyer. Arrêtons de pleurer sur les poubelles, c'est trop bête. Si elles contiennent un corps scié en deux, il n'y qu'à danser dessus, même s'il s'agit de celui d'un enfant.

— Vous ne croyez en rien, Gomara.

— Non.

— Vous êtes un salopard.

— Et alors ? Je ne m'en porte pas plus mal. D'après ce que je vous ai raconté sur les Chinois, vous aurez compris que je suis un amoureux des vieilles photos, eh bien, une fois, j'ai vu une photo de classe avec des enfants très mignons.

— Ah oui ?

— Un de ces charmants bambins s'appelait Adolf Hitler.

Il tira une longue bouffée sur son Partagás, perdu dans ses pensées.

— Vous aurez compris que je me fiche de ce qui se passe dans le petit monde. Seuls m'intéressent les privilèges des grands hommes. Maintenant vous pouvez songer à partir parce que je crois que vous savez tout. Vous vous êtes même lassé d'être le fumeur passif de la plus grande réussite cubaine obtenue grâce à la sueur du peuple. Vous avez d'autres questions à me poser ?

— Oui, fit Méndez en se redressant dans son fauteuil, ça ne vous embête pas ?

— Pas du tout. Ma politesse mais aussi mon mépris me permettent de continuer à vous écouter.

— Quelles sont vos autres activités, Gomara ? Un banquier normal n'engage pas des gardes du corps sanguinaires.

— Savez-vous ce qu'est un banquier normal, Méndez ?

— Non.

— Alors taisez-vous.

— Quelqu'un qui connaissait la maison d'Altos de Serrano, plus précisément un jeune homme, s'est-il rendu à Paris pour une raison ou pour une autre ?

— Pour voir qui ?

— Une certaine Carol Mayor, la fille d'un homme riche, séparé de sa femme, qui s'appelle Pedro Mayor.

— Je n'ai aucune idée de qui peuvent être ces personnes, dit Gomara en haussant les épaules. Je n'ai jamais entendu parler d'elles.

Méndez avait l'impression que le banquier disait vrai.

— Par simple curiosité, Gomara... vous comptez vraiment mettre la main sur Leo Patricio ? Ça m'étonnerait qu'il vous fasse confiance, et si vous croyez qu'il va se laisser abuser par votre tueur, votre phénomène de cirque, vous vous mettez le doigt dans l'œil. Il ne tombera pas dans le panneau.

— Oui, vous avez sans doute raison, Méndez, j'y ai déjà pensé, je vais peut-être me servir de quelqu'un d'autre pour l'attirer là où je veux.

— Une femme ?

— Aucun homme ne peut leur résister, elles flattent notre amour-propre, mais pourquoi cette question ?

— Parce que c'est en suivant une femme qu'Alberto Parra est arrivé dans cet appartement rempli de miroirs où l'attendaient les équarrisseurs.

Sans laisser transparaître aucune émotion, Gomara haussa les épaules.

— C'est possible, murmura-t-il.

— Cette femme va mourir, n'est-ce pas ?

— C'est possible.

Méndez plissa les yeux. Tout en fixant Gomara, le vieux reptile émit une sorte de sifflement.

— Gomara, vous avez creusé votre propre tombe.

— Moi ? Et pourquoi donc ?

— Je peux comprendre et même excuser certaines choses mais pas d'autres, qui me mettent hors de moi et me remuent jusque dans les couilles.

— Vous n'en avez pas.

Méndez encaissa l'insulte dans un battement de cils parce que au fond il savait que c'était vrai.

— Quand on retrouvera le corps de cette femme, je vous jure que j'irai vous chercher.

— Et que pensez-vous me faire ? Rien, Méndez, absolument rien. Aucun de vos supérieurs ne vous croira, aucun juge ne recevra votre plainte, à moins que vous n'ayez des preuves et ce n'est pas le cas. Vous pourrez faire monter la sauce en orchestrant un scandale dans la presse car je suis une proie voyante et appétissante, mais si un seul journaliste parle, je l'attaquerai pour diffamation et je coulerai son canard. Avec vous je n'aurai pas de problème, vous êtes déjà fini.

Il posa son havane dans le cendrier pour le laisser mourir dignement, puis reprit :

— Avouez que vous n'avez jamais rencontré quelqu'un avec d'aussi grandes capacités dépréciatives que moi.

— Ce qui est sûr, c'est que je n'ai jamais parlé ainsi avec un criminel, Gomara.

— Et cela vous porte à croire que j'ai peut-être commis une imprudence.

— Une imprudence purement logique. Faire tant d'études de psychologie sans pouvoir être capable d'anayser vos propres réactions... vous êtes fier de votre vengeance, vous croyez que cela va ressusciter votre fille et vous éprouvez le besoin d'en parler à un tiers.

Gomara sembla réfléchir. Il hocha la tête, tordit la bouche en grimaçant et marmonna :

— Oui... c'est curieux mais vous avez certainement raison.

— Votre orgueil est tellement démesuré que vous crachez sur le danger. Vous vous prenez pour le centre du monde.

— Vous vous trompez, Méndez. J'ai bien plus d'humilité que ça.

— Tous ceux qui se croient sortis de la cuisse de Jupiter tiennent ce discours pour se justifier. Il leur suffit de serrer la main du concierge et ils s'imaginent qu'ils sont modestes. Bien sûr, c'est également une façon d'organiser leur propre défense, ajouta-t-il.

— Vous dites peut-être vrai, Méndez, mais pour ce qui me concerne j'ai créé un empire.

— Pour quoi, Gomara ? Vous l'avez d'abord fondé pour croire en vous, en qui d'autre ?

— Je l'ai fait pour ma fille, murmura le banquier après un silence.

Méndez se tut. L'air de la pièce avait changé, même la fumée des havanes s'était aigrie.

— Je regrette, Gomara, il n'y a pas d'empire plus horrible que celui qu'on ne crée pour personne.

Le vieux policier se leva.

— Vous voulez me fouiller ? demanda-t-il.

— Ce n'est pas la peine. La porte d'entrée contient un dispositif plus sensible que dans les aéroports, sauf qu'il est dépourvu d'alarme. Il envoie une sorte de radiographie des objets dans une pièce spéciale où les gardiens se relaient. Il est normal que je m'inquiète de ma sécurité, Méndez.

— Dans ce cas votre homme de confiance a sûrement détecté l'énorme pistolet que j'ai sur moi. Mes collègues disent qu'il s'agit d'une pièce d'artillerie navale.

— J'étais sûr que vous seriez armé, mais je m'en fiche. Vous n'êtes pas venu pour me tuer ni pour voler mon argenterie. La seule chose qui compte, c'est que vous n'ayez pas de micro sur vous, sans quoi on m'aurait averti.

— C'est moi qui donne les avertissements, Gomara, et je peux vous dire que dès que le corps de cette femme apparaîtra, vous aurez un pied dans la tombe.

— Je vous inviterai à mon enterrement.

— Vous aimez les défis, pas vrai ?

— Toute ma vie a été un défi.

Méndez gagna la porte. L'appartement devait toujours être sous surveillance car sans que personne lui ait ordonné quoi que ce soit, une des bonnes se précipita vers lui.

Il faisait froid dans la partie haute de la ville. L'air glacial provenait des jardins aristocratiques de la Bonanova, des lycées huppés et de l'entrejambe transie de leurs religieuses. Méndez chercha un bar de retraités comme il y en avait dans son quartier pour y boire un cognac, mais tout était fermé. Dans la zone chic de Barcelone, les gens prennent leur retraite chez eux.

21

Une question de voiture

Le grand-père aussi prenait sa retraite chez lui parce que cela faisait presque deux ans qu'il était en arrêt maladie. Les trois jeunes en avaient leur claque de l'entendre râler et de le voir faire le pied de grue devant la porte des W.-C., pestant contre les salauds de la Sécu qui n'avaient pas été fichus de soigner sa prostate. La grand-mère n'en pouvait plus. Il ne se passait pas une journée sans qu'elle souhaite au moins deux fois sa mort. Le pépé souriait d'un air mauvais et essayait de tripoter les fesses de sa petite-fille.

— Un de ces quatre je vais le balancer par la fenêtre, grogna l'un des jeunes.

— Ah oui ? Et sa pension, alors ?

— C'est ce qui le sauve.

Les trois copains, rassemblés chez l'un d'entre eux, quelque part près du Besós, avaient cependant d'autres projets que d'en finir avec le vieillard. Après avoir passé la nuit dans l'une des deux pièces du logement à regarder des films pornos, ils bandaient plus fort que le cheval de Spartacus, selon leurs propres termes. Ils se dirigèrent vers la cuisine pour dire à la mémé qu'ils sortaient, mais se gardèrent d'y entrer tellement ça puait. Dans la cage d'escalier l'odeur pestilentielle leur rappela qu'à l'étage du dessous les tuyaux d'évacuation des toilettes avaient éclaté une dizaine de jours auparavant, répandant d'abjects jus urbains sur les murs. Le Botas, devenu expert en la matière, pouvait deviner ce qu'avaient mangé le vigile du deuxième, la veuve du quatrième et surtout la blonde du septième, une sacrée belle fille.

— Un de ces jours je vais me la faire, dit le Peter.

— Déconne pas, on touche pas aux nanas du quartier.

Ils marchèrent dans la rue où trônaient les poubelles éventrées et les bancs publics démantibulés dans la nuit. Un vent fort balayait tout, sauf les fumées de l'incinérateur. Une fillette faisait pipi dans les parterres clairsemés de fleurs. Sur l'enseigne noirâtre du bar le plus proche, on pouvait à peine déchiffrer : « La Manolita. Tapas de confiance ».

— Putain de misère, maugréa le Tifa.

— Eh ben moi j'ai une idée, lança le Peter, qui avait encore la trique.

— Quoi ?

— Une bourgeoise.

— Ah ouais, acquiesça le Botas. Comme celle du film. Putain, elle était sapée. Elle avait des bijoux jusque dans le trou de balle.

Mais pour faire une incursion dans les quartiers chic, il leur fallait quelque chose, par exemple une super-bagnole, sauf que des belles caisses, il n'y en a pas dans le Besós. On n'y trouve que des Seat Ibiza de troisième main payées à crédit. Bien sûr on peut y voir des Mercedes, des BMW et même une Jaguar, mais pas question d'y toucher car elles appartiennent aux trafiquants et tout le monde les connaît. Les trois garçons avaient besoin d'une voiture pas trop voyante mais correcte, assez banale pour ne pas attirer l'attention des flics et leur permettre de s'approcher d'une femme bien habillée dans une rue chicos.

— Y nous faut une bagnole de blaireau, conclut le Peter.

Ils eurent de la chance.

— C'est not' jour de veine, lança le Botas lorsqu'il aperçut la Renault impeccable, mais plus toute jeune, garée n'importe comment sur le seul terrain vague de la zone où l'on n'avait pas encore bâti de maison de protection officielle.

Et pour leur plus grand bonheur, songea le Peter, son connard de proprio avait oublié de la fermer. C'était un cas typique de voiture volée où un couple du quartier — la Mari Pili et le Tomás, par exemple — s'était fait un trip d'amour à la Palm Beach, pourtant personne apparemment n'avait connecté les fils de contact.

— Y s' sont envoyés en l'air sans fermer à clé, ou alors y z'ont forcé les serrures.

— On dirait pas, dit le Botas. Et pis qu'est-ce que ça change ?

— Eh regarde, y a une trace de sang sur la banquette arrière.

— Y z'ont dû se taper une vierge.

— Mais non, ducon, y a pus de vierges par ici.

— Alors y z'ont enculé un mec.

— Ça s'pourrait.

— Bon, magnez-vous l'cul au lieu d'dire des conneries, gronda le Peter. On s'gèle le gland ici. Toi, Botas, t'as qu'à faire le guet pendant que j'fais démarrer.

Le moteur rugit et les garçons s'engouffrèrent dans la voiture, le Peter au volant, les deux autres à l'arrière pour soutenir la fille. Ils se dirigèrent vers le Nudo de la Trinidad et prirent le périphérique pour gagner la partie haute de la ville, qui comme chacun sait regorge de nénettes élégantes, mignonnes et riches.

Ils étaient décidément dans leur jour de chance. Avant d'arriver au Nudo, il aperçurent dans une petite rue tranquille et déserte une jeune femme qui pressait le bouton d'un interphone. Les trois garçons s'excitèrent.

— Celle-là !

— On voit ses pointes de seins sous son pull.

— Et quel cul !

— Comme celle du film.

— Celle qui s'faisait baiser.

— Ouais mais celle-là, en plus, elle va crier.

Ils firent crisser les pneus comme au cinéma et montèrent sur le trottoir. Croyant qu'on allait l'écraser, la femme hurla. Les portes arrière s'ouvrirent, elle poussa le portail mais il était verrouillé. Elle allait crier à nouveau lorsqu'une main de brute l'empoigna par les cheveux et la tira violemment tandis qu'une autre main se glissait sous sa jupe et lui soulevait les jambes. Prise comme un ballot, elle eut une sorte de spasme et de renvoi quand on la jeta sur la banquette arrière.

— Beurk, elle est dégueulasse !

— Vas-y, Peter !

La voiture démarra si brusquement que le pare-chocs heurta le mur de l'immeuble avant de se détacher. Le moteur ronfla et la fille eut l'impression que sa tête explosait.

— Elle a un porte-jarretelles ! précisa le Botas.

— Comme celle du film, marmonna le Peter en grillant un feu et en accélérant à fond.

— Putain... parvint à murmurer le Tifa.

Au cinéma, les nanas portent des jarretelles et des bas, alors que dans leur quartier les filles se trimballaient avec des petites culottes marron et des collants pourris.

— Merde alors, cette meuf est super, y faut la faire durer, gueula le Peter derrière son volant.

— Ouais, faut en profiter.

— Faut lui faire mal.

— Faut qu'elle crie, la salope.

— Putain… répéta le Tifa.

À l'arrière, la femme se contorsionnait, soutenue par les bras et les jambes, sans défense, les yeux désorbités, un filet de salive rougie au coin des lèvres. Le Botas écarta sa culotte et glissa un doigt entre ses jambes.

— Elle est sèche.

— Tu veux pt'ête qu'elle décharge ?

— Ça va venir, t'inquiète pas.

— Pour ça y nous faut un coin peinard.

— Moncada, suggéra le Peter, comme la dernière fois.

— Putain, balbutia le Tifa.

— On peut pas continuer comme ça, elle va casser une vitre avec ses pattes.

— Faut bien que le coffre serve à quelque chose.

— Ben oui, c'est vrai, ça ! Peter, arrête-toi là, sous l'autoroute, personne ne voit. Là ! Tourne à droite, merde ! On la fout dans le coffre et qu'elle aille se faire mettre !

Dans un crissement de pneus encore plus hallucinant que le précédent, la voiture pila devant des buissons, juste en dessous de la grande voie en béton synonyme de progrès qu'était l'autoroute, sur un chemin de terre bordé de pylônes, tout près d'une ville sans nom. La femme poussa un hurlement de terreur assourdi par le bruit d'un camion, et deux voitures qui transportaient des couples heureux faillirent passer par-dessus la rambarde.

— Putain, dit le Tifa.

Les deux garçons assis à l'arrière jaillirent de la voiture en tirant la jeune femme par les cheveux pour l'empêcher de se débattre. Au cas où, le Botas la bâillonna. Le Tifa continuait à se dire que c'était vraiment leur jour de chance.

— Le coffre est ouvert, pas besoin de le forcer !

— Génial !

— Allez, foutez-la dedans !

Le Tifa souleva la porte du coffre et découvrit une femme nue qui devait être là depuis quelques jours car sa peau avait pris une teinte cireuse. Son sang séché répandait des effluves pourris jusque par le pot d'échappement. Sa gorge sectionnée était horrible à voir et ses yeux grands ouverts semblaient encore vivants. Le Tifa n'eut même pas la force de rabattre la porte.

— Oh putain, lâcha-t-il.

22

Une question de couteau

— Putain, murmura le chef de Méndez.

Il marcha à l'autre bout du bureau et s'immobilisa devant la fenêtre qui donnait sur une cour intérieure, le patio des voisins, un arbre disséqué et un chien qui le fertilisait en urinant dessus. Il alluma une cigarette de contrebande achetée dans une bouche de métro.

— Méndez.

— À vos ordres, monsieur, dit Méndez en une brillante repartie.

— Aussi incroyable que ça puisse vous sembler, je vais vous confier une mission.

— C'est bien le mot : incroyable.

— Il s'agit de la femme que les petits salopards ont retrouvée morte, l'autre jour. Ils en avaient une autre avec eux, qu'ils comptaient violer dans un terrain vague de Moncada, mais ils ont eu tellement la trouille qu'ils l'ont relâchée aussi sec. C'est elle qui a porté plainte, heureusement pour elle.

— Et qu'est-il advenu des trois salopards ?

— Rien. Correctionnelle. Ils rentrent à la maison quand ils veulent. Vous connaissez la chanson, Méndez : la Generalitat est intervenue avec sa politique de protection des mineurs. Enfin, au moins ils sont rentrés bien amochés. Ce n'est plus comme dans le bon vieux temps, mais c'est déjà ça de pris.

— Que s'est-il passé ?

— Le fiancé de la nana au joli cul est guardia civil.

— Ah...

— Il les a massacrés. Le grand-père d'un des garçons a porté plainte.

— Et alors ?

— On l'a mis sous les verrous, il baisait sa petite-fille.

— Quelle saloperie, ces cités, murmura Méndez.

— C'est là que vous entrez en scène, Méndez, si toutefois vous êtes encore en mesure d'entrer quelque part. Nous connaissons toute l'histoire de la fille retrouvée dans le coffre de la voiture : trente-cinq ans, pas très attirante et déjà sur le retour, deux enfants, divorcée, pute dans le quartier du Nou Camp. Les jours de chance, elle levait un bon client et l'emmenait dans un meublé assez luxueux près de Pedralbes, dans l'immeuble où on a découvert le type qui avait à la place du pubis un trou assez grand pour contenir un annuaire.

Méndez ferma les yeux. Pas de doute qu'il connaissait l'endroit.

— C'est moi qui l'ai trouvé, dit-il d'une voix douce.

— Justement. Je vous ai inscrit dans le groupe qui enquête sur l'affaire, mais c'est moi qui vous donnerai les directives. Je pense que les deux meurtres sont liés.

Évidemment, songea Méndez en détournant le regard. La femme avait attiré Alberto dans la chambre où attendaient les deux perforateurs pour creuser leur puits de pétrole. Son corps devait apparaître tôt ou tard parce qu'elle en savait trop.

— Tu as creusé ta tombe, Gomara, murmura Méndez.

— Que dites-vous ?

— Rien. Je parlais tout seul.

— Eh bien c'est mauvais signe, vous devriez consulter.

— D'accord, monsieur.

— Sachant tous ces détails sur la femme, on a refilé les petits cons à la Generalitat pour qu'elle les engraisse. Puis on a mis le mari en garde à vue, au cas où, mais il est innocent, il était trop occupé à mettre une autre nana en cloque pour avoir fait le coup. Nous avons interrogé les maquereaux du secteur mais elle était affranchie, alors on est allés voir ses amies, mais elle n'en avait pas. On a fini par se rabattre sur ses habitués et figurez-vous que cette bonne femme n'avait pas de clients réguliers. Elle ne baisait qu'avec des gens de passage.

— Glorieuse investigation, fit Méndez.

— Le légiste nous a fourni une seule information importante. Femme égorgée, poursuivit le chef en lisant le rapport, la blessure est si profonde qu'elle a brisé les cervicales. Auteur du crime : homme très fort, d'environ 1,75 mètre, qui l'a attaquée de dos — je ne vous lis que ce qui est capital —, gaucher. Arme du crime : une koumya.

— C'est une arme arabe.

— On la trouve partout mais ce que vous dites est vrai. Ce sont les Arabes qui s'en servent le mieux. Nous ne l'avons pas retrouvée mais tout concorde. Quant à la femme, elle a été tuée à l'extérieur puis transportée dans le coffre de la voiture.

— À qui appartient-elle ?

— À un commerçant de Las Corts qui doit vraiment avoir la poisse parce qu'on la lui a volée deux fois de suite : la première pour commettre un meurtre et la deuxième, un viol. Ce qui est bizarre, c'est que le premier voleur n'a pas connecté les fils pour la faire démarrer.

— Ce qui implique qu'il avait de fausses clés. On est tombé sur un pro.

— Oui, et c'est là que vous intervenez. Il n'est pas nécessaire d'être très malin pour attirer une pute de seconde zone. Il suffit de lui montrer quelques billets et d'avoir un véhicule, encore qu'on ne l'ait pas tuée là sans quoi la voiture aurait été pleine de sang. Il n'y avait qu'une petite tache sur le siège arrière. D'après moi, Méndez, on l'a butée par-derrière, quand elle est descendue. Ensuite l'assassin l'a mise dans le coffre. Vous l'avez vu ? On dirait la bataille de Trafalgar. Le sang a dû se répandre jusque par terre. Vous savez ce que ça signifie ?

— Non.

— Notre pute, qui s'appelle Encarna, faisait le trottoir près du Nou Camp. Un habitué lui a proposé de lui faire faire un tour en voiture en échange d'un service. C'est forcément un habitué, sans quoi elle ne serait jamais montée dans sa bagnole et serait restée près de ses copines. Ils sont allés dans un endroit choisi par le client, un lieu désert. Pourquoi l'a-t-elle laissé choisir ? Parce qu'elle le connaissait. Vous devez tenir compte de ce premier point, Méndez.

— Second point : il l'a butée dans la rue ? Il devait y avoir plus de sang que dans une arène.

— Oui, rue Caballero, un lieu très aristocratique et calme, surtout après deux heures du matin. On y a découvert une mare de sang et deux chiffons complètement rouges avec lesquels l'assassin a nettoyé la voiture.

— Lui aussi a dû passer chez le teinturier.

— Pas forcément. Le corps de la victime a fait écran quand il l'a égorgée. Enfin, cela explique au moins la tache sur la banquette arrière. Je ne peux pas vous donner plus de renseignements, Méndez. Comme vous le savez, le crime parfait n'est jamais scientifique mais commis par un inconnu, dans une rue déserte, au garrot.

— Un meurtre celtibérien, lança Méndez.

— Avec ce que je viens de vous dire, débrouillez-vous pour mettre la main sur cet Arabe, si toutefois c'est un Arabe. Vous avez une petite idée sur la question ?

— Vous pensez que c'est un Arabe, plutôt un Maghrébin, qui vit dans les bas quartiers de Barcelone, murmura Méndez, qui disposait de très peu d'éléments. Et comme je connais les bas quartiers de Barcelone, vous avez décidé que je m'en occuperais.

— Plus ou moins.

— Je crois que c'est un gars qui n'a pas de problèmes d'argent et ne vit pas à l'hôtel.

— Pourquoi ?

— Parce qu'il n'aurait jamais pu rentrer dans un hôtel avec des habits tachés de sang.

— C'est vrai. Il a dû les laver chez lui.

— Secundo, il a de l'argent. Il paye son loyer, s'offre une pute de temps en temps, même pas chère, et circule en voiture.

— Fort juste.

— Il vole des voitures en vrai professionnel, il doit les refourguer à un réseau spécialisé dans les grandes marques, qui change les plaques avant de les sortir du pays.

— J'y ai également pensé, fit le chef. J'ai envoyé deux hommes enquêter dans le secteur pour savoir si ces dames avaient remarqué un type qui venait les voir dans une voiture différente à chaque fois. Les putes sont très observatrices.

— Il n'a pas dû se faire repérer, fit Méndez en hochant la tête. Quand il se montrait, il devait emprunter une voiture qui n'était pas trop tape-à-l'œil. Les belles bagnoles, il les gardait pour le travail et les introduisait directement dans le circuit, parce que le travail, c'est le travail. Tu ne chies pas là où tu manges, et tu ne mets pas ta bite dans ta marmite.

— Vous resterez à jamais un flic de la zone, Méndez.

— Avec un grand savoir populaire.

— Bon, arrêtez et poursuivons.

— Je résume : probablement arabe, propriétaire ou locataire d'un appartement, voiture potable, train de vie agréable bien que nous ne sachions pas tout sur ses activités, amateur d'ambiances nocturnes et de putes. Voilà le tableau.

— Eh bien cet homme est à vous. Coffrez-le, Méndez.

— C'est comme si c'était fait.

Méndez quitta le bureau en songeant qu'il savait parfaitement qui avait commandité ce crime mais que, sans preuves, autant pisser dans un violon que d'aller trouver Gomara. Il fit craquer les jointures de ses doigts en se disant que l'Arabe, si toutefois c'en était un, pouvait constituer une preuve suffisante à condition de le coincer vivant. Il débuta ses recherches nocturnes en interrogeant les membres du plus important réseau de voitures volées de la ville, à savoir les femmes diplômées de l'École officielle de langues. Ces dames lui répondirent qu'elles voyaient toutes sortes de véhicules volés, qu'elles fréquentaient toutes sortes de clients et de salopards qui lâchaient tous les mêmes jurons lorsqu'ils déchargeaient. Elles ajoutèrent qu'il était temps que la police s'occupe de les ficher mais qu'elles n'avaient aucune intention de jouer les délatrices. Méndez fut donc proprement envoyé sur les roses.

Même la mort tragique de l'Encarna ne les encouragea pas à parler. Elles crevaient de trouille à l'idée d'aller faire voir leurs bouilles au commissariat, puis de retourner montrer leur minou dans la rue au risque de se retrouver égorgées par un criminel qu'elles avaient dénoncé mais qui était resté en liberté. Elles dirent donc à Méndez d'aller se faire foutre, ce qui était déjà en partie fait vu son aspect minable. Seule l'une d'entre elles insinua que l'Encarna voyait parfois un Algérien qui la payait bien, mais dont elle cherchait se débarrasser parce qu'il était très violent et vicieux. La taille de l'homme correspondait au signalement mais la fille ignorait s'il était armé.

S'agissait-il de l'oiseau qui avait persuadé l'Encarna d'attirer Parra dans son mouroir ? Sûrement pas, conclut Méndez. L'homme en question devait avoir plus de prestance, de force de conviction. Il avait dû dire à la prostituée qu'il comptait faire une blague à quelqu'un et lui avait versé une jolie somme pour ce travail. L'Algérien n'était qu'un simple exécutant qu'on ne tarderait pas à retrouver mort au cas où il parlerait.

Après avoir consulté les docteurs ès langues, Méndez alla interroger les femmes de son quartier, qui pour la plupart étaient d'ailleurs les mêmes.

— Des Algériens ici ? lui lança la Nati, un monobloc de deux mètres d'envergure, sauf du côté des seins, où elle mesurait deux mètres et demi. Y en a pas dans le secteur. Y a pas mal de Marocains qui peuvent pas piffer les autres tellement ils sont violents. Les Algériens font bande à part. Allez chercher ailleurs, Méndez.

— Moi, je crois que j'en connais un, intervint le mari de la Nati, le Johnny, un homme d'environ cinquante centimètres, sauf du côté des attributs masculins, où le ruban métreur en indiquait huit. Il fauche et dit qu'il vit comme un roi.

— Toi, tu la fermes, lui conseilla la Nati.

— Où habite-t-il ? demanda Méndez.

— Dans le coin de…

— Johnny !

— Il a un appartement ?

— Je crois que…

— Johnny, va te faire enculer, le coupa sa femme.

C'était déjà fait depuis longtemps.

*

Il était difficile d'évoluer dans le labyrinthe de rues en reconstruction, d'immeubles en réfection et de cabinets en pleine désinfection du quartier qu'affectionnait Méndez. Pourtant il connaissait le terrain. Les immigrants en règle s'y planquaient de peur qu'on les prenne pour des clandestins. Quant à ces derniers, à force de se faire courser sur les terrasses, dans les greniers et les pigeonniers, ils en étaient arrivés à renier l'existence de leur père, même s'ils supposaient qu'il s'appelait Mohammed. Méndez avança très peu dans cette direction, bien qu'il ait su dès le départ qu'il lui faudrait s'armer de patience. Il consulta sans rien dénicher les fiches de Maghrébins bagarreurs, extorqueurs de fonds et voleurs de voitures. Les Arabes hantaient les sous-sols de la ville en se faisant remarquer le moins possible.

Certains jeunots s'occupaient de satisfaire le cul de femmes désabusées. Ils firent tous à Méndez la déclaration suivante : « Vous ne pouvez pas savoir comme elles sont terribles. Elles se font tirer trois fois avant de vous payer. » L'un d'eux le mit cependant sur une piste :

— Je vais parler, monsieur Méndez, mais d'abord je veux que la patronne de la supérette me donne l'argent qu'elle me doit.

— Elle payera, mon ami, parce que sinon c'est moi qui vais la baiser.

— Dans ce cas, c'est sûr qu'elle va garder sa tune.

— Non. Elle payera avant que je la lui mette deux fois.

— Bon. D'après moi, l'homme que vous recherchez est le Kabir.

— Pourquoi ?

— Il a plus ou moins cette taille, il a une sale gueule et sait voler les voitures.

— Comment le sais-tu ?

— Parce qu'il en a piqué une pour se faire la sœur de l'Ansur, mon ami, et mon ami a même dit qu'il allait réagir.

— Il veut le tuer ?

— Non, sa sœur.

— Vous ne changerez jamais. Le Kabir a la belle vie ?

— Plus que les autres, mais il ne sort pas du quartier pour ne pas attirer l'attention. D'après moi, il travaille pour une bande.

— Il n'a jamais eu de problème ?

— Non, sauf avec les femmes. Pour le reste il est très discret. Ah... parfois il joue, et il est toujours armé jusqu'aux dents, comme s'il partait pour la guerre sainte.

— Il vit seul ?

— Parfois avec une pute.

— Où ça ?

— Vous voyez les H.L.M. de la Calle Olmo qu'on appelle la Quinta Galería ?

— Parfaitement.

— Il habite juste en face, dans une piaule qu'on lui a faite sur la terrasse. Avant, il y avait deux bars de chaque côté de l'immeuble, maintenant il y en a toujours deux mais ils ne s'appellent plus pareil.

Méndez connaissait bien l'endroit, l'immeuble et le nom de tous les bars de basse catégorie depuis que Barcelone existait. Il se rendit dans l'un d'entre eux, où on le connaissait aussi, et demanda où se trouvait le Kabir.

— Ne perdez pas de temps avec lui, monsieur Méndez. Ses papiers sont en règle.

— Ce n'est pas pour ça mais pour une histoire de mineure.

— Alors dans ce cas, d'accord, ça lui attire toujours des emmerdes.

— Il est là ?

— Ah non. Il ne rentre jamais, quand il rentre, avant le milieu de l'après-midi.

— Je vais donc rester manger.

— Qu'est-ce que ce sera, monsieur Méndez ? Vous serez bien soigné au bar.

— Qu'est-ce que vous avez ?

— Des sardines de la côte encore frétillantes, de la viande d'Almería encore vivante et du thon ultra-frais, comme dans la pub. Ah… nous avons aussi des croquettes encore sautillantes.

— Du thon.

— Ce n'est pas pour dire, monsieur Méndez, mais mon bar commence à être connu. C'est celui d'avant qui avait mauvaise réputation. Tenez, l'autre jour, sans aller plus loin, deux messieurs qui prétendaient être du *Guide Michelin* sont venus y manger.

— Et alors ?

— Alors, très bien, sauf qu'il y en a un qui est tombé malade en passant la porte. Voilà votre thon, monsieur Méndez. Grillé à point.

Méndez n'eut pas la nausée en passant la porte car il ne sortit pas. Il récupéra en restant assis pendant plus d'une demi-heure, à respirer l'air de la vieille ville. Son expérience des urgences des hôpitaux et des cuisines d'après-guerre le sauva.

— Vous avez vu passer le Kabir ? demanda-t-il au patron lorsque le sang afflua à nouveau dans son cerveau.

— Non, monsieur Méndez. Dites... vous qui avez de l'influence, vous pourriez me rendre un service ?

— Lequel ?

— Me faire une petite recommandation pour que je puisse figurer dans un guide français que j'adore.

— Pas de problème. Comment s'appelle ce guide ?

— *Les grandes tables du monde.*

— C'est celui où figurent l'Arzak, le Zalacaín, le Jockey et le Grand Vefour ?

— Ça me dit quelque chose.

— Eh bien toi aussi tu y seras. C'est tout ? Considère que c'est fait.

Sur ce, Méndez se faufila dans la cage d'escalier récemment restaurée qui menait à la chambre illégale construite sur la terrasse. Puisque le Kabir ne se décidait pas à pointer le nez, ce n'était peut-être pas une mauvaise idée de l'attendre en haut. Méndez perdit son souffle dès le troisième étage tant les marches étaient étroites et raides, sans doute refaites par un artisan malintentionné.

Il poussa la porte entrouverte de la terrasse et fut accueilli par le soleil de l'après-midi, les tours de la cathédrale, le vol elliptique des pigeons, le pubis d'une jeune fille qui se faisait bronzer et les jumelles d'un vieillard apparemment disposé à attendre l'apparition de la lune tant que la fille ne décanillerait pas. Méndez regarda les draps, les culottes unisexe, les polos de l'armée et les chemises de gala ornées du sigle d'une entreprise de travaux publics suspendus à une corde. Au loin, on apercevait le Tibidabo avec ses jardins, ses tours de faïence et ses villas cossues érigées par Mercedes Benz. De l'autre côté, Méndez contempla les trois cheminées du Montjuïc, les terres du Poble Sec, les escaliers de la Calle Margarit, les bars de bigorneaux et les verts coteaux qui avaient jadis été des potagers et abritaient des bouis-bouis où l'on buvait à la gargoulette en dégustant du lapin à la braise. Toute une génération d'enfants de la République y avaient découvert l'existence du soleil, et toute une génération de vieux de la nouvelle démocratie y découvraient que leurs jambes ne les portaient plus en haut de la montagne, mais se consolaient chaque soir en laissant libre cours à leur nostalgie.

Méndez ferma à demi les yeux pour savourer cette vue qui, au bout du compte, résumait toute sa vie.

Il regarda l'appartement conçu hors des normes de la construction et manœuvra son crochet de bagnard pour ouvrir. Il pénétra dans une sorte de salon, puis dans une chambre où l'on avait épinglé du sol au plafond des photos de seins et de fesses si bien disposées qu'on aurait pu faire payer l'entrée. Méndez s'apprêtait à les examiner de plus près lorsque la lame de la koumya, légère comme une plume, lui entailla la gorge.

— Reste où tu es, sale poulet.

Méndez resta tranquille, sachant qu'au moindre mouvement la lame lui trancherait la jugulaire. Il sentit la main gauche de l'Algérien farfouiller sous son aisselle et s'emparer de son énorme pistolet capable d'abattre un mur. Le colt s'écrasa sur le carrelage en produisant un bruit assourdissant.

— Drôle de hasard que tu aies décidé de m'attendre, connard, mais j'ai été prévenu. Mets-toi à genoux.

Méndez comprit qu'on allait l'égorger comme un mouton. La lame de la koumya glissa sur sa peau, lui donnant l'impression d'être entre les mains d'un barbier diabolique. La mort s'introduisit dans ses yeux, au fond desquels brillait une petite étincelle noire.

— J'ai dit à genoux !

— Non.

Méndez n'avait désormais plus que son orgueil à sauver. Il savait qu'il allait mourir, mais il voulait mourir debout. Sa fierté lui dicta ses dernières paroles pieuses :

— Demande plutôt à ta mère de s'agenouiller.

— Pourquoi ?

— Pour que le client puisse en profiter.

Il entendit une espèce de sifflement rageur dans son dos et sentit une salive visqueuse dégouliner sur sa nuque. L'homme avança un peu la main droite pour se donner de l'élan et faucher d'un coup sec la gorge de Méndez.

Alors deux poignes de fer soulevèrent l'Algérien par les épaules et la koumya étincela dans l'air comme un crachat au soleil. Méndez tourna la tête. Il avait l'impression de sentir à nouveau son sang circuler dans ses veines. Il distingua une ombre et entendit un hurlement. L'ombre, dégageant la puissance d'un taureau qui charge, profita de l'égarement du Kabir pour l'acculer contre la rambarde, puis le saisit par les pieds en lui faisant une prise de catch. Dans une vision cauchemardesque, Méndez vit que l'Arabe, précipité dans le vide, cherchait à s'accrocher quelque part, peut-être aux rayons du soleil qui réchauffaient les veuves, au clair de lune qui effrayait les petites filles, aux arbres lointains de la montagne, de l'autre côté de la ville. En y songeant Méndez ne put s'empêcher de lâcher une réplique de mauvais goût :

— Il les a manqués de peu.

En réalité la scène se déroula très vite. Le jeune corps pirouetta dans le vide en effectuant de ridicules mouvements de brasse, appelant à son secours tous les frères et mères du bled, puis il s'écrasa au milieu de la rue dans un bruit de tonneau plein de sang qui explose.

Méndez pivota sur lui-même. L'individu qui venait d'accomplir cet exploit n'était plus très jeune — la cinquantaine bien sonnée — mais il avait une musculature de lutteur à la retraite, un cou de taureau en rut et un visage béni des dieux. « Un fils de pute avec une tête d'ange », pensa le vieux policier. Même dans les quartiers les plus durs, il avait rarement vu tant de rudesse de traits. L'homme écarta les jambes et le toisa en lui lançant d'une voix rauque :

— Vous êtes Méndez.

— Oui.

— Vous vous sentez bien ?

— Comme si je venais de me couper en me rasant.

— Je vous ai sauvé la vie, Méndez.

— Oui.

— Vous m'êtes redevable d'un service.

— Lequel ?

— Dites que c'est vous qui avez balancé l'autre salaud de la terrasse.

— Et vous pensez qu'on va me croire ?

— Pourquoi pas ? Le Kabir est un assassin. Sa koumya a servi à tuer une pauvre femme. Vous étiez à ses trousses, vous êtes monté chez lui et il vous a surpris. Vous vous êtes battus et ça s'est mal terminé.

— D'accord. Je jurerai que je l'ai chopé par les couilles.

— Bonne idée, quoique « testicules » ferait meilleur effet dans le rapport officiel. Vous avez eu de la chance et vous l'avez poussé dans le vide. N'oubliez pas que vous avez encore la marque de la koumya sur la gorge, Méndez. Même le juge de garde sera ravi de votre déclaration.

— Et vous ?

— Je n'existe pas, personne ne m'a vu.

— Comment comptez-vous disparaître ?

— En sautant d'une terrasse à l'autre, je sortirai par une autre rue. Ça fait un siècle que tous ceux qui cocufient leur conjoint dans le quartier pratiquent cette technique.

— C'est d'accord, acquiesça Méndez.

L'homme lui tourna le dos et bondit sur la terrasse voisine. Il disait vrai, tous les voleurs de draps et tous les baiseurs du quartier connaissaient le système. Au royaume des pigeons, le silence était total car tous les bruits se concentraient dans la rue. Méndez regarda si la jeune fille au pubis à l'air les avait remarqués, mais celle-ci avait d'autres préoccupations car elle venait d'apercevoir le vieux aux jumelles.

— Gros porc ! hurla-t-elle.

— Jolie poule ! lui répondit le vieillard.

— J'ai juste une chose à te dire, lança Méndez à l'inconnu. Après tu peux disparaître.

— Pardon ?

— Tu es l'homme de Gomara, celui qui fait du travail soigné, le perforateur de culs et le videur de couilles.

— Et alors ?

— Tu y as pris plaisir.

— J'ai mes raisons.

— Pourquoi as-tu tué le Kabir ?

— Je l'ai suivi, j'en avais envie depuis longtemps.

— Envie ?

— Il a buté cette femme alors qu'on lui avait juste demandé de la menacer. Ces filles-là ne sont pas du genre à parler quand on leur fait peur. Je lui avais même donné de l'argent pour qu'il parte vivre hors de Barcelone pendant un an, mais il l'a tuée et il a empoché son fric. Je déteste qu'on s'en prenne aux femmes sans défense, ajouta-t-il d'une voix sourde, prêt à enjamber la balustrade.

— Comme la fille de Gomara, par exemple ?

L'autre ne répondit pas. Pendant quelques secondes, il eut une expression que Méndez n'avait jamais vue chez personne. Si le policier avait parfois un regard de vieux serpent, l'homme qui lui faisait face avait des yeux de cobra en train de cuire à feu vif dans une casserole égyptienne.

— Où veux-tu en venir ?

— Je voulais attraper le Kabir vivant, grogna Méndez. Il était ma seule preuve pour inculper Gomara.

— Un Kabir vivant n'aurait été d'aucune utilité pour un Méndez mort.

— Je sais, c'est la raison pour laquelle je ne dirai jamais rien contre toi. Mais je coincerai Gomara, je le jure sur le peu de couilles qui me reste.

— Tu peux coincer qui tu veux, mais attends juste que j'aie fait mon dernier boulot.

Méndez hésita un moment, puis il comprit que le meurtre le plus important, celui du violeur et de l'assassin de Virgin, n'avait pas encore eu lieu.

— J'attendrai.

— Ça vaut mieux pour toi.

— Tu peux partir tranquille, mais dis-moi au moins comment tu t'appelles.

— Miguel Don, pas la peine de chercher ma fiche, fit l'homme avant de sauter avec une agilité de Kabyle.

Un acrobate n'aurait pas été plus gracieux. Méndez le vit cabrioler une ou deux fois d'une terrasse à l'autre puis disparaître derrière des draps qui séchaient au soleil. Dans quelques minutes, il ouvrirait une porte, descendrait les escaliers, saluerait une habitante de l'immeuble en prenant garde de ne pas se faire encorner par le mari et déboucherait dans une autre rue. Peut-être s'arrêterait-il ensuite dans un bar pour boire à la santé du mort.

Méndez descendit lui aussi. La cage d'escalier s'était transformée en poulailler où caquetaient les voisines. Dans la rue qui persistait à demeurer inchangée malgré les rêves des urbanistes et du maire, des curieux s'étaient attroupés autour du Kabir, une charpie aux yeux affreusement intacts. Le peuple fidèle, comme cela arrive la plupart du temps, y allait de son oraison funèbre :

— Quand je pense qu'il s'est suicidé…

— Il était comme un coq en pâte.

— Il baisait quand il voulait.

— Moi, vous savez ce que j'en dis ? Eh ben que même sa mère ne versera pas une larme.

Quelqu'un avait probablement appelé la police parce qu'une sirène s'approcha, sans doute une voiture envoyée par le commissariat de Méndez. Aussitôt les commentaires bienveillants cessèrent et l'attention générale se mobilisa sur la jeune fliquesse fessue qui avait partagé le bureau de Méndez.

— Qu'est-ce que vous faites ici, Méndez ? lui demanda-t-elle.

— Je vous attendais. C'est moi qui ai tué cet homme.

— Quoi ?

— Il l'a sûrement flingué avec son haleine, lâcha le policier qui patrouillait avec la fliquesse.

— Légitime défense, expliqua Méndez. J'allais l'arrêter quand il m'a attaqué de dos, mais j'ai eu de la chance. Regardez, j'ai encore du sang sur le cou.

— Mais…

— J'allais l'arrêter pour le meurtre d'une femme qui s'appelait Encarna, celle qu'on a retrouvée dans le coffre de la Renault. J'ai des preuves. Il l'a égorgée avec cette koumya. Même sans empreintes digitales, les experts n'auront aucun mal à vérifier ce que je dis.

La jeune fliquesse fit preuve d'efficacité. En deux gestes énergiques, elle écarta les badauds. Entre le cadavre et le regard des hommes, ses fesses imposantes créèrent une seconde barrière de sécurité.

— Poussez-vous ! Tout le monde sur le trottoir, bordel !

— D'accord, mon lapin.

Dans la voiture, son collègue appelait les photographes, les experts, le juge et l'ambulance. Méndez se dit qu'il ferait bien d'aider à former le cordon et appela par leur petit nom tous les gens attroupés :

— Pajarito ! Chona ! Carajillo ! Parado ! Putacalle ! Sur le trottoir !

Soudain il se tut. La gorge sèche, il cligna des yeux parce qu'il venait de voir une étrange gamine.

23

Une question de petits lolos

Méndez ne voyait pas tous les jours des choses spectaculaires, loin de là. Il était plutôt abonné aux fenêtres murées, aux cours intérieures, aux lits où pleurait une fillette et aux chiens perdus. Et ce qu'il venait d'apercevoir tenait un peu du chien perdu et de la fillette en pleurs. Elle avait à peine douze ans, bien qu'assez développée pour son âge. Ses jambes étaient longues et fines, et sous son peignoir on devinait des hanches prometteuses et de petits lolos. La couleur ambrée de sa peau, ses cheveux noirs et ses longs yeux indiquaient qu'elle était maghrébine. Ses yeux en amande se posèrent sur le mort et exprimèrent un chagrin insondable.

Méndez s'avança vers elle. Les gens du quartier, qui devaient la connaître, la laissèrent passer. Seule la fliquesse au derrière imposant tenta de l'arrêter.

— Toi, petite, pas un geste ou ça va barder ! lui cria-t-elle.

Mais même la policière finit par s'incliner devant une douleur si sincère et des gestes empreints d'humilité. La gamine ferma les yeux du mort en prenant garde de contourner la mare de sang puis, presque sur la pointe des pieds, elle regagna le trottoir.

— Il ne manquait plus que ça, murmura un voisin.

Méndez s'approcha tout doucement de lui.

— J'ignorais que le Kabir avait une fille, lança-t-il à l'attention du voisin.

— Une fille ?

— Qui est-ce ?

— Il paraît qu'elle est arrivée en Espagne il y a deux ans, sur un rafiot qui traversait le détroit de Gibraltar, avec ses parents. Enfin, quand je dis ça… à l'arrivée elle était toute seule car le bateau a coulé et ses parents se sont noyés. Après, il paraît qu'à Tarifa, dans le trou du cul du monde, on l'a embarquée.

— Où ça ?

— Dans un camion qui faisait passer des clandestins, où voulez-vous que ce soit ? Elle a atterri à Barcelone avec une vingtaine de sans-papiers planqués dans des sacs. Et une fois ici, elle a retrouvé un type qui devait aider ses parents et qui n'a eu qu'à s'occuper d'elle.

— Vous parlez du Kabir ?

— Oui, c'est lui qui l'a prise en charge.

— Comment a-t-il fait ?

— Que croyez-vous, Méndez ?

Méndez préférait ne rien croire.

— On croit rêver, avec l'expérience que vous avez… Il s'est occupé de la petite et le troisième jour il l'a mise dans son lit.

— On croit rêver, avec le braquemart qu'il avait, marmonna une voisine grosse comme un camion.

— Un pied de piano, je ne vous dis que ça. Un pied de piano, renchérit un badaud.

Les yeux de Méndez se plissèrent pour céder la place au regard de vieux serpent. Il ne lui restait plus qu'à ramper sur la chaussée sans prendre la peine d'esquiver la flaque de sang.

— Et elle supportait ça ? demanda-t-il.

— Que pouvait-elle faire d'autre ? Vous savez, les Arabes ont beaucoup d'autorité sur les enfants, pas comme nous avec les nôtres, qui à dix ans piquent déjà des motos et nous baisent jusqu'à la moelle.

— Où vouliez-vous qu'elle aille ? lâcha la femme-camion. En plus, le Kabir était le frère de son père.

— Et personne n'a porté plainte ?

— Comment ça ? Écoutez, inspecteur : ici, il vaut mieux ne pas fréquenter n'importe qui et fermer sa porte à double tour. Le monde peut s'écrouler mais au moins tu t'occupes de tes affaires. Bien sûr qu'on a porté plainte parce qu'une nuit, on a entendu la petite crier. Va savoir par où il l'enfilait, toujours est-il que ça lui faisait mal. Le lendemain il avait la brigade des mineurs ou je ne sais plus qui sur le dos. On s'y perd aujourd'hui, avec tous ces organismes. Avant c'était plus simple. Il y avait les flics, les bidasses, la police secrète et le tour était joué. En tout cas, le Kabir a dit que tous ses papiers étaient en règle. Il leur a même présenté un certificat de travail. Faux comme Judas, bien sûr, mais il a réussi à prouver qu'il était l'oncle de la gosse et il s'en est tiré. Après, les flics ont interrogé la petite et vous savez ce qu'elle leur a dit ?

— Non.

— Que le Kabir la traitait bien, qu'il ne l'avait jamais touchée, qu'il était son tuteur et qu'elle l'adorait. Elle a ajouté que tout ce qu'elle voulait, c'était avoir ses papiers et devenir une vraie Barcelonaise.

— Ça c'est vrai, inspecteur. Tous ceux qui arrivent ici, même s'ils viennent du pôle Nord, deviennent de vrais Barcelonais.

— Et ils restent, reprit la femme-camion. Ici c'est la terre de tout le monde. Moi, personne ne m'en fera bouger.

— Il faudrait une grue, murmura un homme qui avait une tête de mari nécessiteux des services d'aide sociale.

— Toi, si je la trouve je te la coupe, rugit la femme-camion.

— Taisez-vous, je suis chargée de mettre de l'ordre, intervint la fliquesse.

— Contente-toi de mettre le cul, je fournirai le reste, lui cria un homme resté sur le trottoir.

La policière, qui savait se battre, lui envoya une chiquenaude que l'homme esquiva de justesse. Il portait encore des pantalons de légionnaire et une chemise de l'armée qu'il commença à déboutonner en hurlant :

— Dis donc, gendarmette, tu ne sais pas où tu mets les mains, je suis un ancien caporal de la Légion, moi. Je suis allé me battre en Bosnie, prêt à mourir pour la patrie.

— Eh bien, tu aurais pu t'épargner ce travail, grogna Méndez. Depuis don Pelayo[1], il y a des gens prêts à mourir pour l'Espagne et tu vois où ça l'a menée ?

Méndez poussa les curieux sans les ménager, avec une hargne toute populaire.

— Ils n'ont pas fait d'examens médicaux par la suite ? maugréa-t-il. Personne n'a vérifié si la petite fille avait des déchirures internes ?

— Pourquoi l'auraient-ils fait puisqu'elle a déclaré que le Kabir ne la touchait pas ?

Méndez lança un regard noir au mort, puis il baissa les yeux pour ne pas montrer la haine qui l'habitait. Il alla

1. Don Pelayo : a entrepris la Reconquête de l'Espagne contre les Arabes dans les Asturies.

trouver la fillette, qui pleurait sur le seuil d'un bar entièrement recouvert de formica. Curieusement, la plaque vissée à côté de la porte indiquait que la maison avait été bâtie en 1907.

— Comment t'appelles-tu ? demanda Méndez.

— Leila, répondit la gamine sans le regarder.

— C'est toujours mieux que Fatima. Toutes les Arabes du coin s'appellent Fatima.

Il posa une main sur son épaule, touché par ses larmes.

— Tu habitais dans l'appartement, là-haut, sur la terrasse ?

— Oui.

— Et où étais-tu quand le Kabir est tombé ?

— À l'étage du dessous, chez une amie.

— Ça c'est vrai, monsieur Méndez, fit la femme-camion, qui les avait rejoints dans un grand mouvement de masses ouvrières. Ce sont des gens bien, et ne vous en faites pas pour la petite, les Arabes prennent toujours les enfants pour des esclaves.

— Tu vas retourner chez ton amie. Moi je repasserai ce soir pour m'occuper de toi. Tout ira bien, tu verras.

— Qu'allez-vous faire du Kabir ?

— De son corps, tu veux dire ? Eh bien, le juge le fera transporter à la morgue pour qu'on procède à l'autopsie, puis si personne ne le réclame, il sera enterré dans la fosse commune. Tu crois que quelqu'un va le réclamer ?

La gamine ne répondit pas. Un tremblement spasmodique ébranla ses épaules.

— Fais ce que je dis, murmura Méndez. Il ne va rien t'arriver de mal, je te le promets. Mais fais gaffe à toi si à mon retour je te retrouve ailleurs que chez ton amie.

Il s'éloigna du vénérable bar où l'on servait peut-être des calamars grillés datant de l'année de la fondation de la ville. Il aperçut le juge, qui était arrivé avec une rapidité insolite dans l'administration espagnole.

— Laissez les photographes faire leur travail et emportez-moi cette merde au dépôt.

— Vous aurez besoin de moi, monsieur le juge ?

— Vous êtes Méndez ?

— Oui, monsieur le juge.

— Il me faut votre déclaration cette nuit, avant la fin de ma garde.

— Je passerai vous voir mais auparavant je vais aller calmer ma mauvaise humeur.

Méndez le salua et prit le chemin du bureau de Gomara. Il regarda la fliquesse à qui un petit malin conseillait de coller des feux de détresse sur ses fesses, il sentit l'odeur du sang qui montait vers les fenêtres condamnées et esquiva une chatte qui traînait son gros ventre dans ces rues de nulle part. Au tournant, il faillit se faire renverser par une moto sur laquelle se trémoussaient deux jeunes aux T-shirts estampillés d'araignées. Le conducteur freina et lança à son copain :

— Putain, mec. Un mort, putain. C'est la faute au maire, mec. Attention au cadavre, putain, et au croque-mort. Laisse-le passer.

Méndez passa.

24
Une question de principes

Par cette éclatante après-midi, le banquier Gomara travaillait dans ses locaux situés près du Ritz, dans un quartier où les gens viennent s'acheter des disques de rock, mangent des canapés, bavent le long des vitrines et discutent automobile en croyant rehausser le niveau général de la culture urbaine. Seul derrière un immense bureau, Gomara écoutait du Brahms. L'un des murs de la pièce était couvert de livres sur le maintien de l'unité européenne et sur la suppression de la faim dans le tiers monde. L'autre mur avait été laissé nu pour qu'un Monet, un Tápies et la toison d'un taureau puissent y régner en toute commodité. Au centre, sur une table de Valentí qui trônait sur un tapis persan pure soie, une femme en bronze soutenait un vase contenant une fleur solitaire.

— Vous aimez mon bureau, Méndez ?

Derrière la grande fenêtre, on pouvait voir le Ritz et sa double marquise, ses baies vitrées étincelant au soleil, son portier en uniforme et ses voitures de luxe d'où descendaient des femmes engrossées par des sultans. Méndez observa un moment le va-et-vient des jeunes filles habillées par Versace, des hommes d'affaires à la mâchoire en forme de divan et d'autres condamnés qui se rappelaient encore les femmes à cinq cents pesetas la nuit et les chansons de Bernard Hilda.

— Vous aimez mon bureau ? répéta Gomara.

— Il est d'enfer.

— Je n'y ai pas mis grand-chose parce que j'adore travailler dans le dépouillement. Je me contente d'y recevoir mes clients, d'y élaborer mes projets et basta. C'est pourquoi je ne l'ai meublé qu'avec le strict minimum pourtant trié sur le volet, vous ne trouvez pas, Méndez ? Quelque chose vous manque, peut-être ?

— Oui. Les secrétaires au joli décolleté. Elles étaient tellement silencieuses qu'on avait l'impression qu'un hymen leur voilait la face.

— Dans le petit bureau d'à côté, Méndez, j'ai une secrétaire encore plus belle, une femme qui vous ferait mourir pendant l'acte, si toutefois vous étiez capable de vous sortir des préliminaires, mais je lui ai demandé de nous laisser seuls car je veux bavarder tranquillement avec vous. Qu'avez-vous donc à me dire ?

— Ce Miguel Don est un bon gars.

— Bon comme le pain, au point de vous sauver la vie, Méndez.

— À vous aussi.

— Ah oui, pourquoi ?

— Parce qu'il a eu la bonne idée de tuer le Kabir. Cette ordure aurait pu être un témoin très gênant pour vous, Gomara.

— Il fera sa déclaration au ciel. Vous savez bien que la justice divine finit toujours par trancher. Un cigare ?

— 8-9-8 ?

— Encore mieux. Un Lusitania.

— Je regrette, Gomara. La tentation est forte mais je préfère y renoncer si je dois le fumer avec un fils de pute.

Gomara ne parut pas offensé. C'est bien connu : pour blesser quelqu'un il ne suffit pas de le vouloir, mais de le pouvoir, et la pute d'un agent de police habitué à patrouiller dans les rues n'a rien à voir avec la pute d'un directeur général. « D'ailleurs dans les hautes sphères il n'y a pas de putains », songea Gomara en sortant de sa boîte un Lusitania épiscopal qu'il alluma avec le plus grand soin.

— Alors ?

— Alors je vais vous baiser, Gomara.

— À vous écouter, vous avez dû baiser la terre entière, Méndez, mais ça ne vous a pas avancé à grand-chose. Vous vouliez me voir pour quelque chose de particulier ?

— Encarna. Une pauvre femme. Vous auriez pu vous épargner ce travail.

— Ne me jugez pas, Méndez, fit Gomara en exhalant une douce fumée. Je suis un homme bien élevé et élégant, qui dînait encore il n'y a pas si longtemps avec MM. Fuentes Quintana et Boyer[1], bien qu'ils n'aient pas amené leurs femmes. Je n'ai pas donné l'ordre de tuer cette chienne de la rue, juste qu'on l'écarte de notre chemin, mais le Kabir a outrepassé ses droits, comme ça arrive souvent avec ce genre de chiennes. Je le regrette sincèrement.

— J'ai toujours eu du mal à classer les criminels par catégories, Gomara. J'ai passé toute ma vie à les observer et je ne sais pas encore le faire. Peut-être que le monde de la rue est plus complexe que celui des règlements. Mais il y a quelque chose que je connais par cœur et qui me chatouille les

1. Fuentes Quintana : ministre de l'Économie au sein du gouvernement Adolfo Suárez, qui a succédé à Franco. Boyer : ministre de l'Économie de Felipe González.

narines : l'odeur reconnaissable entre mille d'une chambre fermée, de vieux billets, du sperme d'un jeune garçon, le parfum d'une fillette et le pet d'une pute. J'ignore ce qu'est le crime mais je peux le flairer. Avec vous je ne sens rien, tout part à vau-l'eau, je ne comprends pas. Vous êtes un criminel amène, un enfoiré qui compte ses billets et programme ses meurtres en se faisant enduire la bite de crème solaire par une masseuse. Peut-être est-ce pour cela que j'y perds mon latin.

Gomara tira une bouffée de son très long cigare du Vatican qui pouvait durer jusqu'au prochain concile. La fumée flotta dans l'air en souvenir du temps révolu où s'agitaient les jambes de Lilian de Celís. Un rayon de soleil vint effleurer la table en y apposant une marque dorée d'origine garantie.

— Je n'ai pas peur de vous, Méndez, c'est pourquoi je vais vous raconter ma vie, souffla Gomara en caressant la peau de métisse dont semblait enrobé son havane.

*

— Je suis né dans une maison modeste de Madrid, Méndez, dans une de ces impasses qu'on appelle les cités. Maintenant tout a changé et elles sont habitées par des poètes qui gagnent chaque année le prix Príncipe de Asturias, des artisans qui fabriquent les clés du palais de l'Escorial et des peintres spécialisés dans les natures mortes de poiscaille. Les vieilles cités sont à la mode parce qu'elles renferment l'esprit du peuple de Madrid, qui attend qu'une bonne âme le recueille. Tout ça coûte aujourd'hui très cher. Mais de mon temps on y entendait gueuler les femmes en couches dont le mari s'était trompé de numéro en appelant l'ambulance, les cris des gosses, les pets des vieux et les coups de crosse réglementaires de la Guardia Civil. C'était un monde sans pitié, Méndez, avec ses tables vides et ses tuyaux explosés, ses anciens miliciens blessés sur le pont de Tolède qui se levaient chaque matin en espérant voir arriver la République. Les quatre putes du quartier y comptaient leurs pesetas dans les escaliers. Bien sûr, la télé n'existait pas, alors il ne servait à rien au maire de passer nous voir en souriant jusqu'aux oreilles pour nous dire que Madrid était le paradis sur terre. Au fait… vous êtes toujours un fumeur passif, Méndez ? lui demanda Gomara en tirant sur son cigare.

— J'attends un cancer passif d'un moment à l'autre.

— Ah bon. Reprenons : je viens de vous dire que c'était un monde sans pitié, c'est faux. Quand leur père était bouclé dans la prison de Carabanchel avec un portrait de Staline sous le nez ou que leur mère atterrissait au service des maladies infectieuses avec un portrait du docteur Fleming entre les jambes, les autres familles prenaient les gamins en charge. Il y avait toujours une assiette chez l'ouvrier qui revenait de faire sa nuit, ou un lit chez la grand-mère qui interdisait à ses petits-enfants de jouer à touche-pipi. Tout était collectif : la faim, l'argent, l'éducation, l'espoir. J'ignore s'il en allait de même avec les maris et les femmes, mais je crois que oui. Mon père n'a jamais voulu m'apprendre la leçon qu'il m'a enseignée en mourant à l'ombre, persuadé que toute l'Espagne défilerait devant son cadavre en levant le poing. Personne n'est venu et quand je l'ai fait remarquer à ma mère, qui avait beaucoup de bon sens, elle m'a répondu qu'en tout cas c'était un joli rêve.

— Les jolis rêves soulagent les vies misérables, admit Méndez. Ils aident sans servir à rien parce que la plupart des gens finissent par les oublier.

— Avec le bon sens qui la caractérisait, ma mère est devenue une putain. Que pouvait-elle faire d'autre avec un mari au cachot qui passait son temps à gueuler : « Liberté ! Liberté ! Liberté ! » en rêvant que tous les hommes tombés lors de la bataille de l'Èbre se relevaient pour occuper le Pardo[1] ? Ma mère disait qu'elle ne vendait pas sa liberté mais qu'elle louait ses heures. Il faut quand même que je vous précise, Méndez, par respect pour elle, qu'elle n'a jamais travaillé dans la rue, mais qu'elle fréquentait des habitués deux ou trois jours par semaine. Elle allait dans des hôtels particuliers des beaux quartiers, traversait Argüelles et arrivait parfois jusqu'à la Castellana. Un jour, j'ai appris qu'elle voyait un phalangiste mutilé qui ne pouvait pas bouger de sa chaise. Sa blessure l'obligeait à garder en permanence le bras en l'air. Ma mère trouvait ça bien et disait qu'elle n'aurait jamais pu se faire payer par un homme capable de fermer le poing. En allant à la messe elle a fait la connaissance de toutes les épouses des hommes à qui elle rendait ses services d'honnête ouvrière. Elle s'est bouffé toute la merde de ce pays catholique où le mensonge est roi.

— Parfois, le coupa Méndez, une petite vérité apparaît au coin d'une rue.

— La vérité est une saloperie, Méndez. Seuls les rêves sont beaux, c'est du moins ce que m'a appris mon père. À quoi lui ont-ils servi ? Ma mère allait dans le même sens que lui : un jour il sortirait de prison, miraculeusement jeune, elle lui raconterait tout ce qu'elle avait dû faire pour survivre et il lui pardonnerait ses fautes avec un baiser sur le front. C'était un joli rêve de piété familiale, mais il ne lui a guère été utile.

1. Le Pardo, situé près de Madrid, était la résidence officielle de Franco.

— Gomara, vous êtes un type abominablement pratique.

— C'est incroyable de s'entendre dire ça par un flic des bas quartiers, mais j'étais en train de parler de moi, fit Gomara en tétant son cigare. J'ai alors pris conscience que ce qui comptait vraiment, dans la vie, c'était d'amasser de l'argent. Sans jamais avoir prononcé un mot sur le sujet, ma mère m'a dicté la marche à suivre. Savez-vous comment j'ai gagné mes premières pesetas ?

— Vous avez michetonné.

— Comme vous êtes vulgaire, Méndez. On voit que vous vivez parmi les charognes de cette ville. Le tapin signifie qu'on travaille pour soi-même, à la sueur de ses fesses et en poussant des cris, et cela ne rapporte pas d'argent. L'argent se gagne grâce à la sueur des autres. Avant même de pouvoir bander, bien que je sache que pour des raisons mystérieuses d'autres que moi y arrivaient, j'ai vendu la seule amie que j'avais. C'était une mongolienne douce et résignée qui passait ses journées toute seule et que je devais surveiller pendant que ses parents travaillaient. Je n'ai pas tardé à me rendre compte que certains garçons, et même des hommes, étaient prêts à me payer pour que je les fasse entrer par une fenêtre située à l'arrière. Ils emmenaient la fille dans la chambre à coucher et je les entendais haleter. Ils fermaient toujours la porte en disant qu'ils ne voulaient pas me pervertir.

Méndez suait à grosses gouttes.

— Tu es le criminel le plus dégueulasse que j'aie jamais rencontré, Gomara, marmonna-t-il.

— Ça ne m'impressionne pas, Méndez. Pour faire plus d'effet tu devrais ajouter que tu vas me baiser.

— Je vais te baiser.

— Ça ne m'impressionne pas non plus. Tu devrais savoir que si je te raconte tout ça, c'est pour mieux exprimer mon mépris à ton égard, à l'égard de la police et de la loi. Tu as l'habitude de travailler avec des criminels qui bossent à la sauvette, pas avec des artistes. Enfin, bref. Nous en étions aux gémissements des types qui s'envoyaient cette fille qui restait tout le temps silencieuse. Je lui avais fait jurer de n'en parler à personne et elle a tenu parole, sans doute qu'elle avait honte. J'ai alors découvert l'inutilité de la honte, sauf pour protéger ceux qui en profitent. Quelques mois plus tard, quand elle a succombé à une hémorragie cérébrale, sa mère est venue me voir et m'a embrassé sur le front.

Gomara recracha une colonne de fumée aromatique.

Méndez était livide.

— Ils auraient fini par me démasquer, poursuivit le banquier avec placidité, parce que les gens parlent. Ils ne parlent d'ailleurs jamais d'intelligence mais toujours de cul. Heureusement, nous avons déménagé au moment où j'étais encore en odeur de sainteté. Mon père venait de mourir, ma mère n'avait plus trop besoin de se cacher et fréquentait des lieux plus huppés où elle gagnait mieux sa vie. Je me souviens de la lumière dans le feuillage des arbres, des filles assises dans des voitures élégantes et des dames qui buvaient des tilleuls à la terrasse des cafés en parlant de mode, de lingerie et de saint Ignacio de Loyola. J'accompagnais ma mère au café Gijón. Là, d'après mes déductions, pas mal d'hommes venaient convoiter des femmes car, à les entendre, l'écriture d'un roman ne pouvait pas se faire sans une pointe de désir. Ils lui faisaient signe et elle les suivait. Parfois, le vendeur de cigarettes lui indiquait un homme, ma mère se dirigeait vers la sortie, il lui emboîtait le pas et ils disparaissaient tous deux dans une petite rue latérale où il y avait d'autres cafés, une boutique de médailles militaires et une fabrique de crucifix. Normalement je devais être au lycée, mais je manquais les cours pour l'épier de l'autre côté de la rue. Le soir, quand je la retrouvais à la maison, elle me disait qu'elle avait travaillé en cuisine et que c'était très amusant d'écouter les vers que déclamaient les nouveaux clients.

— Si tu manquais les cours, tu ne devais pas être un élève très brillant.

— Je n'ai jamais réussi un seul examen, mais j'avais une intelligence naturelle et du flair. L'intuition, Méndez, est fondamentale quand on veut s'enrichir, parce que si tu comptes suivre la voie scientifique et tout vérifier, un autre finit par empocher l'argent à ta place. C'est sans doute pour cela que la plupart des cancres deviennent des rupins. Maintenant que tu sais que j'ai débuté sur cette voie grâce à la chatte d'une anormale, je vais t'expliquer la suite. J'ai investi dans l'immobilier. Eh oui, j'avais quatorze ans à peine et j'ai placé tout ce que j'avais gagné en faisant entrer des gars par une fenêtre. Dans le commerce il y a de bonnes et de mauvaises périodes, comme partout. Les gens se serrent la ceinture pendant un an mais quand ils dénouent les cordons de la bourse, ils n'y vont pas de main morte. Ils veulent tout acheter : des appartements, des voitures, des femmes, des masseurs mulâtres et même des banquiers. Le banquier met l'argent sur la table et attend qu'on vienne lui verser les intérêts avec quelques larmes. Même le ministre de l'Économie sait qu'il faut baisser les taux d'intérêt pour relancer la consommation, après quoi l'inflation se met en branle et il faut à nouveau augmenter les taux. À cette époque, tout se vendait très bien. En tant que petit associé de l'agence immobilière, j'ai exigé qu'on m'embauche pour aider un vendeur qui était d'ailleurs une vendeuse. Quand on s'arrache les appartements, Méndez, les vendeurs s'en mettent plein les poches. La vendeuse en question était très riche, elle avait un mari irlandais qui l'emmenait au golf et un amant pakistanais qui l'emmenait au lit. Elle passait donc ses journées entre les balles et les trous. Je me suis dit que dès que quelqu'un gagnait de l'argent, il baissait la garde. J'ai fini par vendre les appartements à sa place, ce qui amusait d'ailleurs beaucoup les clients, et je lui versais quatre-vingts pour cent de mes ventes mais bon, je n'avais pas de Pakistanais à entretenir. Je l'ai persuadée que le directeur de l'agence gardait une partie de nos salaires pour le placer sur le marché interbancaire et nous faire profiter des taux d'intérêt qui montaient en flèche. En ce temps-là cette pratique était monnaie courante et elle l'est toujours aujourd'hui. Elle m'a confié son argent, j'ai liquidé mes parts en vingt-quatre heures et je suis parti à Barcelone. C'est ainsi que j'ai pris conscience de la stupidité de la loi.

— On ne t'a pas attrapé, crapule ?

— Si, à cause de ma mère, qui m'a cherché partout, même entre les jambes du vendeur de cigarettes du café Gijón. Elle a su où j'étais grâce à des parents. La police aussi. Cela m'a permis de comprendre qu'il vaut mieux ne pas avoir de parents et que, si on en a, il ne faut pas les aimer. On m'a mis dans une maison de redressement mais on n'a pas retrouvé l'argent. Tu sais comment ça marche, Méndez, les maisons de redressement ? Comme les prisons : certains commandent, les autres obéissent. Je me souviens d'un pauvre type qui était un peu comme la mongolienne de la cité. Ses parents ne s'entendaient plus et ils l'avaient laissé pourrir là. Le tocard pleurnichait sans arrêt après eux. Pauvre con. Les gars plus vieux lui promettaient mille pesetas pour qu'il leur taille une pipe, mais une fois soulagés ils lui donnaient des clopinettes et le couillon se remettait à chialer. Le lendemain, les autres gars lui tenaient le même discours et se refaisaient sucer à l'œil. Cette expérience m'a appris que tu ne dois pas croire ce que te disent les autres et qu'il ne faut jamais être plus faible qu'eux. Je me suis enfui au bout de cinq jours. La loi est une farce écrite sur un bout de papier pour rassurer les bourgeois.

Gomara marqua une petite pause et tira sur son cigare dont il n'avait pas encore fumé le tiers.

— Tout est faux, Méndez, dit le banquier.

— L'histoire de ta mère est pourtant vraie.

— Ma pauvre mère croyait en une multitude de choses : que mon père finirait enterré dans la muraille du Kremlin, que je deviendrais ministre, qu'un monsieur très catholique lui achèterait un appartement, que les putes seraient mieux traitées sous la démocratie et que prier sainte Rita faisait disparaître les engelures. Elle dut retourner dans la cité et mourut en mendiant dans la maison où j'avais vendu la mongolienne. C'est fou ce que ma mère m'a appris sans prononcer le moindre mot.

— Je vois que tu l'as remerciée.

— Chacun construit sa vie avec les matériaux dont il dispose. Il ne faut jamais utiliser un matériau vieux ou mauvais, c'est un conseil gratuit que je te donne, Méndez. Toi non plus tu ne me diras pas merci.

— Tous les rats de la ville doivent être en extase devant tes paroles, maugréa Méndez en employant la langue des rues qu'il aimait tant.

— Beaucoup de banquiers aussi, Méndez, sans oublier les avocats et les commerçants. Il se peut même que le tribunal sorte ses trompettes pour mieux se pâmer. Mais ça tu ne le sais pas, Méndez. Tu en es resté au niveau des rats.

Méndez garda le silence. Les volutes du havane tournoyaient dans la pièce au gré des changements de lumière de la fin d'après-midi.

— La grande ville est une aubaine pour un garçon seul, reprit Gomara, bien que la plupart des gens pensent le contraire. J'ai dû partir de Barcelone car on me recherchait et je suis allé à Bilbao, qui n'était plus aussi prospère, mais où on ramassait encore l'argent à la pelle. La ville regorgeait de bonnes tables, d'hommes d'affaires et de putes pour les accompagner, parmi lesquelles de belles Juives qui avaient atterri je ne sais comment Calle de las Cortes et ne baisaient pas le samedi. Il y avait là-bas une faune incroyable : des types pittoresques comme El Colores, les fils des fabricants, les dépuceleurs les plus célèbres d'Espagne et quelques pédés dignes de renom. Les partisans de l'équipe de pelote arrivaient dans les bars vers dix heures, coiffés de leur béret. L'argent, les rires et les larmes — ce qui pour moi revient au même —, mais également la drogue coulaient à flots.

— Tu t'es lancé dans le trafic de drogue. Ta carrière devrait figurer dans le livre des records, Gomara.

— J'avais de l'argent, ça m'a permis d'investir. La loi était toujours aussi stupide, Méndez : tu as le droit de te balader avec de la came pour ton usage personnel. Les gars qui me la fourguaient n'avaient jamais plus d'une dose sur eux. Une fois qu'ils l'avaient vendue, ils venaient se ravitailler. Mais j'en ai eu marre de faire fortune sous le nez de la police, dont le chef était d'ailleurs versé dans les mêmes activités que moi. Je me suis donc diversifié.

— Ah ouais ?

— Méndez, je te raconte on ne peut plus sincèrement l'histoire de ma vie et tu ne sembles pas te rendre compte qu'elle pourrait être relatée dans *Les vies exemplaires* ou *La vie des saints,* que lisent les enfants avant d'aller à la messe du dimanche. Je vendais de la drogue à des clients très riches, puis, lorsqu'ils connaissaient une gêne passagère, je leur avançais les fonds pour qu'ils continuent de se fournir. Bien sûr, je touchais des intérêts là-dessus. C'est ainsi que je suis devenu banquier. Ils me payaient rubis sur l'ongle, à quelques rares exceptions près. Dans ce cas j'engageais un homme de main. Une fois, une jeune fille de bonne famille m'a offert son corps. Elle a remboursé sa dette en une semaine et j'ai centuplé mes gains car je savais qu'elle intéressait beaucoup de monde. Je crois que même ses frères lui sont passés dessus.

— Décidément, je te vois bien dans *La vie des saints.* Saint Gomara, patron des vierges en perdition. Un de ces jours, l'Esprit-Saint va débarquer au Congrès des cardinaux pour te faire nommer pape.

— Tu es cynique, Méndez, et irrévérencieux.

— Allons bon ! Chaque fois qu'un de mes collègues meurt, je vais à son enterrement, à condition qu'il soit tombé pendant le service.

— Tu comprendras que mon opinion sur la condition humaine n'allait pas en s'améliorant. Il y a deux manières de la considérer, il me semble que même un flic des bas quartiers peut arriver à les comprendre. La première consiste à croire en ce qu'est la condition humaine, et la seconde, en ce qu'elle n'est pas. Les banquiers, les commerçants, les fouteurs impénitents, les fabricants d'armes, les trafiquants de drogue, les mères maquerelles, les hautes autorités chrétiennes et les politiciens de la droite modérée ont adopté le premier concept. Toutes ces personnes tendent à prévoir les besoins et les ambitions humaines en créant un pays varié, habitable, où on a le droit de baiser. J'introduis tout de suite une nuance pour que ton intelligence cannibale ne fasse aucune confusion : les politiciens d'extrême droite ne font pas partie du lot parce qu'ils croient en une condition humaine qui n'existe pas. Imaginer un homme toujours enlacé au même crucifix, au même drapeau ou à la même femme — ou une femme enlacée au même curé — n'est pas très plausible à moins de braquer un fusil sur eux. Maintenant sors dans la rue, Méndez, et regarde l'immense quantité de gens qui croient en une condition humaine qui n'existe pas mais qui curieusement se nourrissent de ceux qui ont passé leur vie à se consacrer à la seule qui soit vraie. Écrivains, poètes, maris chastes, femmes au clitoris cacheté, communistes, politiciens de gauche et d'extrême droite, parents abrutis qui comptent sur leurs enfants. Aucun d'entre eux n'arrivera jamais à rien, surtout ceux qui estiment qu'un honnête homme doit travailler toute sa vie pour les autres en se glorifiant de se faire enculer par un marteau et une faucille. Les maris dégonflés et leurs femmes constipées passent leurs dimanches à mourir d'ennui et plongent le pays dans un marasme que seul le son du glas vient interrompre de temps à autre. Les gauchistes inscrivent à leur programme l'écologie, l'immigration clandestine et la défense du canton de Cartagena. Certains finissent néanmoins par comprendre la véritable condition humaine et répartissent les richesses entre ceux qui la réclament et eux-mêmes. Dernièrement nous avons pu vivre ce type de situation.

Le havane s'était à moitié consumé. Gomara l'examina avec un contentement limité, comme on regarde une fille dont on a exploré le corps. Il faillit le jeter mais se ravisa, craignant que Méndez ne l'accuse de gaspillage.

— Enfin, ce que je veux te dire par là, c'est que j'ai appris à connaître la condition humaine en la mettant à mon service. Quand je suis retourné à Barcelone, j'étais devenu l'associé d'un banquier officiellement établi. Nous blanchissions l'argent de la drogue. C'est moi qui m'en occupais à travers une société parallèle tandis qu'il me regardait du haut de sa respectabilité. Tu sais quoi, Méndez ? Barcelone m'a toujours semblé être une ville où les petites affaires marchent mieux que les grandes et où l'on pratique la politique à toute petite échelle. Madrid est une ville autrement plus intéressante. J'y ai créé ma première banque, et pour cela j'ai eu besoin de plus d'argent, alors je me suis marié.

— Ma parole, c'est une véritable hagiographie.

— Il faut mener sa vie comme on l'entend sans se laisser mener par elle. Les Français parlent de *corriger la fortune*[1]. Alors je l'ai corrigée, je l'ai améliorée en épousant une femme riche et honorable qui possédait la maison d'Altos de Serrano.

— Ta femme est morte jeune ?

— Oui.

— De dégoût, je suppose. Elle a eu la gangrène après avoir baisé avec toi.

— Je ne dis pas le contraire. À la fin de chaque rapport, elle était tellement retournée qu'elle voulait faire pénitence.

1. En français dans le texte.

— J'imagine que cela t'a définitivement propulsé dans les sphères du pouvoir.

— Fortune, famille prestigieuse… qu'en dis-tu ? On me voyait même dans les magazines people. « Le prestigieux banquier Gomara », indiquaient les légendes. Je n'aimais pas ça, tu sais. C'est le genre de revues où tu vois la même bonne femme célèbre sous toutes les coutures : au marché, au bras d'un nouveau petit ami, sur des skis dans la vallée d'Aoste, montrant son cul — quand elle en a un — sur les plages de Cannes, tenant son dernier bébé dans les bras, buvant dans une fête patronale ou en visite chez son gynécologue pour qu'il lui change ses jours de règles, bref, c'est un univers stupide qui ravit les gens du peuple. Un jour, on m'a même photographié à côté de sainte Lady Di. Pourtant ce monde en trompe-l'œil me rendait bien service car cela me faisait de la publicité. On m'a aussi attribué une idylle avec une autre lady qui était si maigre qu'elle aurait eu besoin d'une béquille sous les fesses pour ne pas tomber les jours de grand vent. Tu pourrais m'applaudir, Méndez.

Le vieux policier s'en garda.

— Mon pauvre, tu devais être malheureux avec ta femme. Si je ne me retenais pas, j'irais égrener un rosaire chaque samedi à la mémoire de ton ennui.

— Pour ça, oui, je m'ennuyais avec elle, mais elle m'a donné une fille merveilleuse, on se demande bien comment parce que autant que je m'en souvienne, je ne l'ai jamais vue écarter correctement les jambes. Mais bon, un homme comme moi pouvait connaître d'autres triomphes dans un lit. Quant aux filles qui me chevauchaient, elles trouvaient extraordinaire de se faire pénétrer par une verge hypothécaire d'exception. Il ne faut pas se leurrer sur ce que cherchent les femmes dans un lit, Méndez. Elles couchaient avec moi pour l'argent et le statut social. Dans ton cas, elles se relèvent avec une blennorragie qui leur permet de décrocher un congé maladie. Je t'ai parlé de ma nièce, Ethel ?

— Non.

— Elle n'était pas particulièrement belle mais elle m'a donné une authentique sensation de pouvoir. J'avais un neveu, Oscar, qui était un crétin fini : études ratées, travail médiocre, aucune fortune. Bête comme chou, il s'est malgré tout dégotté une sacrée femme : gros cul, gros seins, ambitieuse et qui plus est universitaire. Faute d'argent, ils n'habitaient pas Madrid, mais une petite ville à une quarantaine de kilomètres. Il faut dire qu'elle était idiote. Ici permets-moi une digression à la décharge des femmes : lorsqu'elles épousent un riche on dit qu'elles sont profiteuses et quand elles convolent avec un miséreux on les traite d'idiotes. Donc, Ethel était une bécasse, mais je la trouvais si jolie que ça me rendait malade de penser que ce connard d'Oscar se l'envoyait tous les soirs pendant que je me morfondais dans mon coin. J'ai commencé à la draguer en évitant de chatouiller les mille ressorts qui ébranlent le cœur féminin et en m'attardant exclusivement sur ceux du clitoris. Quand un après-midi désert j'ai vu le liquide blanc affleurer entre ses lèvres, j'ai connu mon plus grand triomphe. Mais peut-être que toi, Méndez, tu ne sais pas ce que c'est, ajouta-t-il d'un air moqueur.

— Tu te trompes. La dernière fois que j'ai vu une femme dans cet état, elle était morte.

— Une mort glorieuse, Méndez, et une enquête tout aussi glorieuse, digne de toi : du sperme dans la bouche d'une morte. Tu as au moins vérifié de qui il était ? D'un commerçant du quartier ? D'un voleur évadé de prison ? Du maire, peut-être ? J'étais très jeune, à l'époque, jeune et célèbre.

J'avais des relations, de l'argent, des femmes. Trois choses inséparables, figure-toi. Les femmes espéraient accéder à mes relations et à mon argent, que je devais pour ma part à ma femme. Je le savais parfaitement et j'en ai profité. Il faut savourer ce qu'on a et éviter de perdre son temps à regretter ce dont on ne peut plus profiter. Ma fortune grandissait à vue d'œil et je laissais en chemin quelques déshérités qui n'avaient même pas le loisir de me haïr car je leur rendais service. Le blanchiment d'argent dans un pays encore vierge sur ce terrain me permettait de dégager des sommes insoupçonnées. Je n'ai jamais délaissé les femmes, Méndez, les meilleurs culs d'Espagne m'attendaient à Madrid comme à Barcelone. Seules les dames de cinquante ans ont un cul parfait et généreux, bien que certains intellectuels préfèrent les culs des jouvenceaux. J'ai connu d'illustres pédérastes, comme Gil de Biedma, Terenci Moix, Néstor Almendros et Juan Goytisolo, mais je ne suis jamais tombé dans le piège. Pour moi le cul d'une femme et sa douleur sont le symbole de la soumission et de mon pouvoir. Est-il nécessaire de te préciser que le petit anus rosé d'Ethel n'avait aucun secret pour moi ? Les femmes propres et saines ont l'anus rose, Méndez, mais Ethel les surpassait car le sien avait l'insolence d'une fleur fraîchement éclose. Je ne pense pas que tu puisses me conduire devant le juge pour une broutille pareille, mais je crois dur comme fer que tous les secrets de ce monde sont gardés dans le trou du cul des femmes.

— Le meurtrier d'Altos de Serrano pensait comme toi, susurra Méndez d'un air mauvais.

Gomara pâlit. Il poussa une espèce de grognement et perdit son cigare, qu'il récupéra juste avant que la cendre ne tombe sur son pantalon. Il écrasa le Lusitania d'un geste lent mais rageur, avec la froide méticulosité d'un homme qui arrache les yeux d'un ennemi pendant que son majordome lui sert un verre.

— Ça ne me fait rien, salopard, et quand bien même tu me blesserais, je trouve que je me venge suffisamment.

— Je n'en doute pas. Puisque nous sommes sur le terrain de la vengeance fine, j'aimerais que tu me dises où tu as réussi à dénicher un bourreau de la trempe de Miguel Don. Ça m'étonnerait que tu aies mis une petite annonce.

Gomara se cala dans son fauteuil pour se décontracter.

— Tu as raison. Il faut avoir été dans le métier toute sa vie pour devenir aussi compétent que lui. Miguel Don était le garde du corps de mon beau-père, un homme riche, tout comme la femme pudibonde que j'ai épousée. Une famille comme celle-ci a besoin des services d'un garde du corps car elle reçoit aussi bien des menaces de ministres que de voyous ou d'Etarras. Don était un jeune athlète, un vrai champion qui s'occupait plus particulièrement de protéger ma femme, car souvent les malfrats attaquent du côté féminin, qui est le plus vulnérable. Tu sais que Miguel Don a tué pas mal d'hommes et que chaque fois l'affaire a été étouffée par le ministre de l'Intérieur, qui a du reste donné la croix du Mérite à mon beau-père.

— Tu as eu de bonnes expériences mais tu as été à mauvaise école car tu ne crois décidément en rien. Je me demande bien pourquoi Miguel Don t'est si fidèle.

— Comme dans la maffia sicilienne, il a toujours été au service de la même famille.

— Et pourquoi est-il si sauvage ?

— Parce que moi aussi je le deviens quand il s'agit de ma fille. Nous avons toujours eu des sentiments très forts à son égard. N'oublie pas qu'il l'a vue naître.

Gomara ferma un instant les yeux. Peut-être repassait-il dans sa mémoire des images du vieux Madrid : la Puerta del Sol encore animée, les cafés qui n'existaient plus, comme le Flor, les restaurants de coquillages oubliés, comme le Dólar. Méndez se prit à songer à ses petits marchés, comme celui du Rastro, où l'on pouvait acheter un peigne de la mère et un préservatif du grand-père, aux cinés pour pédés tels que le Carretas, où l'on pouvait s'offrir un pucelage. Il se dit que Gomara regrettait sans doute lui aussi la vieille Barcelone, ses bordels de matrones, ses théâtres d'onanistes et ses cafés pour pauvres, comme Los Cuernos aux murs ornés d'instruments frontaux, la plupart égarés par des clients. À défaut de posséder d'autres vertus, Gomara pouvait au moins se vanter d'avoir vécu.

Le banquier posa ses mains sur la table avec une parfaite sérénité.

— Je suppose que tu vas me dire que tu veux me baiser, Méndez, lâcha-t-il d'une voix douce, que tu vas me bousiller, me flanquer en prison avec de grands coups de pied au cul. Que tu ne me pardonnes pas la mort de la petite pute. Je vais te répondre deux choses : la première, c'est que tu ne peux rien contre moi car tu n'as pas de preuves. Si jamais tu me convoquais demain au tribunal, tu serais surpris de l'accueil que te réserveraient les juges. La deuxième, qui me sert également à laver ma conscience de riche inséminateur de nièces, c'est que la mort de la petite pute n'était pas prévue au programme. Le Kabir l'a d'ailleurs payé de sa vie. Alors, Méndez, que vas-tu faire ? Ressasser ta défaite ? M'accuser d'autres crimes ? D'avoir pollué l'environnement, par exemple ? Si tu veux que je t'aide, je peux aller dans une église pour t'allumer un Lusitania.

Il partit d'un rire lent et insolent de triomphateur.

Méndez se leva. Plus que jamais, il avait l'impression que le sol se dérobait sous ses pieds.

— Merci de m'avoir rappelé l'enterrement du Kabir. Un peu plus et j'allais oublier d'y aller, lança-t-il à Gomara une fois près de la porte. Il faut que je m'entraîne pour quand le tien arrivera.

25

Une question de pédérastes

— Méndez, il y a une fillette qui déguste chez la Fina.

Le quartier du Raval avait changé, pourtant on ressentait une douleur presque physique lorsqu'on passait du Ritz avec ses banquiers, ses maffieux russes et ses courtisanes aspergées de Chanel, à la pension El Caimán avec ses immigrants illégaux, ses sages-femmes chinoises et ses putes désinfectées à l'eau de Javel.

C'est dans ce secteur qu'on avait averti Méndez. Celui-ci se précipita chez la Fina, un logis du rez-de-chaussée composé d'une grande porte, d'une fenêtre minuscule, d'une chambre avec un lavabo, une cuvette de cabinets, un lit légendaire où pendant des années s'était allongé tout Barcelone excepté les premiers adjoints au maire, et un portrait du Pape. La Fina avait une jolie voix qui avait failli lui faire gagner le Festival de chant des filles de l'Unión, mais en cet instant précis elle se contentait de parler tout doucement aux trois hommes dépenaillés qui attendaient dans le couloir :

— Ça va bientôt être votre tour, monsieur Nemesio. Monsieur Pelegrín a bientôt fini.

Du trottoir on ne décelait rien d'anormal, si ce n'est une

queue semblable à celles qui se formaient le dimanche devant les restaurants.

Méndez, qui connaissait la chanson, s'approcha d'eux. D'un geste, il intima aux postulants de le laisser passer et empoigna la Fina par le chignon.

— Fais-moi entrer, vieille garce !

— Méndez, salopiaud ! Je te rappelle que nous sommes dans un pays libre. Lâche mon chignon !

— Je te tire par là parce que je ne peux pas te prendre par la peau du cul ! Allez rentre, roulure !

À l'intérieur, Méndez découvrit ce qu'il avait imaginé. La Fina était spécialisée dans le commerce des mineures, si possible d'obédience chrétienne, sans que rien d'insolite n'attire l'attention des passants. Une gamine était en train de subir les assauts d'un gros bonhomme qui avait l'air d'un picador. Méndez était cependant loin de supposer qu'il s'agissait de Leila. Il eut l'impression que sa vue se brouillait et hurla à la manière d'un gradé qui passe ses troupes en revue :

— Bites à l'air, et vite !

Le gros poussa un cri, fit un bond en arrière et courut d'un air stupide, le dos plaqué au mur. Un spasme parcourut son ventre gras.

— Ma femme ! bredouilla-t-il, la bouche tremblante.

Méndez lui envoya un coup de pied dans les testicules.

— Ton médecin ! lui suggéra-t-il.

Il jeta son pantalon à la figure du gros, qui se tordait de douleur, puis tourna son visage encore pétrifié vers la petite fille.

Leila, la nièce sauvagement étrennée par le Kabir, avait fondu en larmes. Méndez lui passa une main mal assurée dans les cheveux.

— Pourquoi ? balbutia-t-il.

Restée sur le seuil, la Fina lui lança des yeux repentants de première communiante.

— Elle me l'a demandé, monsieur Méndez. Ce n'est pas de ma faute, j'ai fait ça pour l'aider.

— L'aider ?

— Elle est venue me trouver en pleurant et m'a dit qu'elle avait besoin de beaucoup d'argent.

— Pour quoi faire ?

— Vous ne devinez pas, monsieur Méndez ?

— Non.

— Pour payer l'enterrement du Kabir.

Méndez grimaça, pris de nausées soudaines.

— Cette ordure ?

— Comprenez-la, monsieur Méndez, si personne ne réclame le corps, il sera découpé et jeté à la fosse commune. La pauvre petite n'avait personne d'autre au monde.

— On devrait plutôt lui couper les couilles et les mettre dans un pot de chambre, hurla-t-il sauvagement.

Il se calma aussitôt, le regard attiré par la petite tête de Leila. Le corps de la gamine était secoué de sanglots qui résonnaient dans la pièce, en présence du Pape. En lui caressant la joue, Méndez ressentit au bout des doigts toute la douleur et la mort des rues qu'il aimait.

— Je viens de parler à un homme pour qui la vie est un mensonge, murmura-t-il. Mais toi, petite, tu me prouves que beaucoup de choses sont vraies, ajouta-t-il, la main crispée sur Leila.

Une voix rauque s'éleva de l'autre côté de la chambre.

— Bon, je peux partir ? fit le gros. Vous n'allez quand même pas m'arrêter pour une connerie pareille, monsieur Méndez ?

Le type au ventre de picador, qui avait à présent un moineau minuscule entre les jambes, venait d'enfiler son pantalon et essayait de gagner la porte.

— Il n'y a que la taille du minou qui change. Qu'il soit un peu plus large ou un peu plus étroit...

Méndez fit taire le picador d'un second coup de pied bien placé. Le gars tomba à la renverse, un filet de bave au coin des lèvres. Méndez, policier à la carrière peu prometteuse, se planta devant lui en serrant les poings.

— Maintenant, tu vas pouvoir me dénoncer à la Congrégation des enfants de Marie, enfoiré !

— Je ne vais pas me gêner, connard !

— Tu n'oublieras pas, mon frère, de faire signer la plainte à ta femme.

Le gros se tut et ses testicules, sans doute remis à leur place, cessèrent de l'élancer.

La Fina se dirigea elle aussi vers la porte.

— L'affaire est close, n'est-ce pas, monsieur Méndez ? Après tout, je ne cherchais qu'à aider une fille du quartier. On laisse couler ?

— Évidemment, veille carne, fit Méndez en lui assenant un crochet qui l'envoya bouler contre le mur.

Le brillant avenir du policier était plus que jamais compromis. Assise dans un coin, l'entremetteuse pleurait à chaudes larmes.

Méndez se tourna vers la fillette. Il voulait la sortir de là.

— Vous êtes toujours entre deux femmes de mauvaise vie, Méndez, lui lança-t-on de la porte.

Méndez pivota et vit deux soutanes faire une apparition miraculeuse dans la chambre, juste en dessous du portrait du Pape.

*

Méndez connaissait bien ces deux représentants du salut éternel. L'un était un vicaire au bout du rouleau qui était allé jusqu'à vendre ses dents pour aider les gens du quartier. Les dents vicariales ne valant pas grand-chose, il faisait également la quête auprès des commerçants, des politiques, des filles de joie et autres autorités autonomes. Il nourrissait le projet de fonder une sorte de Foyer d'accueil apostolique sous le patronage d'un saint probablement africain inventé par une O.N.G. quelconque. Il ne récoltait pas beaucoup d'argent car les élus se débarrassaient de lui, les commerçants lui juraient qu'ils étaient ruinés et ces dames se contentaient de lui promettre un coup gratuit. Cet envoyé de Dieu, plus maigre de jour en jour, ne supportait pas qu'on abuse des enfants.

— Je vous avais bien dit qu'on avait besoin de nous ici, lança l'autre religieux.

Ce dernier n'était pas un homme du vulgaire. Méndez avait même prévu qu'un jour il laisserait éclater sa joie en disant *habemus papam* au sein du Collège cardinalice. Le vieux policier s'inclina devant l'évêque don Jorge Rivera, né en odeur de sainteté et fils de don Paco.

— Toujours entre deux femmes de mauvaise vie, Méndez, répéta-t-il.

— La petite n'est pas une pute.

— Je ne parlais pas d'elle.

— N'oubliez pas que c'est ce genre de filles qu'aidait votre père. J'ignore si vous avez parfois pris le temps de réfléchir à la question, monsieur le délégué du Saint-Esprit.

Un brusque silence s'abattit dans la chambre remplie de souvenirs, de ventres châtiés, de cris de picadors enconnés, de gros culs prolétaires et de sanglots refoulés. Méndez regretta de n'être jamais sorti de ce quartier riche d'histoires qu'on n'osait jamais raconter à personne. Il aurait pu apprendre le métier dans la zone chic, où il y avait aussi des affaires de cul, mais plus propres, plus distinguées. Il voulait sortir, oublier l'existence de cette pièce, et pour cela il avait besoin de boire un coup. Et si comme on le voyait dans les films les policiers américains noyaient leurs soucis dans un océan de whisky financé par le procureur du district, Méndez exigeait plutôt une mare de vin de la coopérative de Gandesa financée par une fliquesse de la zone bleue. Le sentiment d'avoir raté sa vie et de ne pouvoir échapper à la médiocrité lui tenaillait la gorge.

— J'ai suffisamment réfléchi au cas de mon père, souffla l'évêque d'un air empreint de piété.

— J'imagine. Peut-être lui avez-vous consacré une messe quand vous avez eu tous les détails le concernant ?

— Il en avait besoin.

— Bien sûr. Les messes sont un laissez-passer pour aller au ciel. Mais entre deux offices, vous auriez pu penser que certaines femmes ou certaines fillettes avaient besoin d'un sourire, d'un mot ou d'une avance pour payer leur loyer. Tout ça à titre d'aumône. Vous sauvez les vies éternelles et je vous en félicite, mais votre père, plus modeste, a tenté de permettre à certaines personnes de sauver une journée de leur vie terrestre.

Les deux prélats lui lancèrent un regard en biais, comme s'ils ne l'avaient pas compris ou ne voulaient pas le comprendre, une grande tradition au sein de l'Église. Méndez aurait volontiers empoigné l'évêque par le col de la soutane, mais les habits religieux sont si astucieusement conçus qu'ils ne permettent pas ce genre de brusquerie. Il se contenta donc d'abattre ses poings sur le torse pétri de sainteté, garanti par tous les conciles de Rome, apte à recevoir des gouttes d'eau bénite pendant qu'une petite fille se fait souiller par des gouttes de sperme. La Fina tenta de secourir l'évêque en jouant les vierges éternelles. Le curé charitable, surnommé dans le quartier le Père Secours, s'agenouilla pour implorer le pardon du Très-Haut.

— Je me demande bien pourquoi tu défends les évêques, espèce de pute ! cria dans un accès de lucidité le picador remis de ses émotions.

— Autant que tu saches que je suis très croyante, sale con !

— Tu parles, tu as toujours dormi sur un matelas rembourré de bites !

Constatant que le Très-Haut ne se rasséréneraít pas de sitôt, le Père Secours se releva. La ville chaude, visqueuse, vive, populaire, authentique, faite de sueur, de sperme, de larmes et de vapeurs d'alcool s'engouffra dans la pièce où l'évêque accordait son pardon sans la moindre piété. Méndez cessa de le malmener et écarta de lui la masse étouffante de la Fina et son catalogue d'hymens scrupuleusement mis à jour.

— Désolé, je me suis énervé, s'excusa le policier en regardant Leila d'un air honteux.

— Un jour ou l'autre on va vous virer du commissariat, Méndez, et vous serez comme un con.

— Je me mettrai devant la porte et j'écouterai les histoires des gens qui passent.

— Allez vous faire mettre, Méndez, et je vous raconterai les miennes, lança la Fina.

— Bouchez-vous les oreilles, Méndez, lui conseilla le picador.

— Pourquoi ? marmonna la Fina.

— Parce que après il aura des traces de foutre partout.

L'évêque était blafard. Il faut dire qu'il ne connaissait pas le quartier. Il avait visité la paroisse, pas les rues. Il venait à présent de découvrir une chambre qui puait la transpiration ouvrière, le cognac en carafe du tenancier de bar, la crasse de l'éboueur et la verge anxieuse du commerçant. Y entraient aussi la salive des femmes, les gémissements de coïts ratés, les gouttelettes des premières règles et les espoirs de mariage emprisonnés dans un préservatif, autant de rumeurs sombres et profondes qui s'évanouissaient dans le tuyau d'écoulement.

— Mon Dieu ! balbutia le prélat.

L'étude du budget des cantines de Caritas ne lui avait pas enseigné cela.

— Il faut sortir cette fillette d'ici, dit le Père Secours, qui à force de regarder dans les yeux des femmes et de rester planté au coin des rues avait fini par apprendre quelque chose.

— Pas la peine de vous étendre sur la vie des saints ou les vertus théologiques, murmura Méndez en baissant la tête. Apprenez-lui plutôt la formule de l'alcool méthylique en espérant que ça lui servira à trouver du boulot.

Il sortit. Le picador l'avait précédé, se promettant sans doute de ne plus monter de jeunes filles mais de se contenter de poulains. La Fina récita une prière pour que personne ne porte plainte contre elle, même si cela ne devait entraîner qu'une engueulade suivie de deux photos. Plus que la police, elle craignait la présidente de l'Association de femmes maltraitées, qui pesait plus de cent kilos et dont on disait qu'elle n'était pas tendre avec son mari. Le Père Secours s'agenouilla à nouveau, non pour invoquer Dieu, mais pour tendre à Leila sa petite culotte posée au pied du lit.

— Tiens, remets vite ça pendant que personne ne te voit, après nous t'emmènerons dans un endroit où tu seras bien.

Méndez s'était précipité dans le premier bar du coin pour y chercher le réconfort. Le patron, ancien licencié de la Seat, la Maquinista, les Soieries de Barcelone et les Transports métropolitains, était en train d'écrire « Priorato, appellation contrôlée », sur un tonneau qui contenait du vulgaire Valdepeñas. Il poussa un cri de joie en voyant arriver Méndez.

— Putain, Méndez ! La soirée commence bien !

— Arrête de te plaindre et donne-moi quelque chose de fort. Une grenache, un primeur ou un vin tiré des couilles d'un abbé. J'ai besoin d'un coup, même payé par la Sécu. Sers-le dans un grand verre à limonade, vite fait, bien fait, c'est une urgence.

Avant d'être transformés en bar, les locaux avaient tour à tour abrité une librairie spécialisée dans la révolution prolétarienne, puis dans le régime nazi, puis dans les thèmes de la Bourse et des fonds d'investissement. Les trois avaient connu sous la houlette du même patron un fiasco retentissant. Le bonhomme avait ensuite refilé la boutique à sa femme, qui s'était spécialisée dans la lingerie érotique, mais le quartier comptait de moins en moins de courtisanes, qui avaient en outre précisé à la dame qu'elles officiaient à poil et sans le moindre entrain. Ce dernier commerce avait tenu un peu plus que les précédents avant de faire inévitablement faillite. Le bar, dernier réduit de l'économie nationale, supportait les temps difficiles avec la dureté d'un roc.

— Vous vous êtes nourri, aujourd'hui, monsieur Méndez ?

— Je ne me souviens plus de ce qu'il y avait la dernière fois que j'ai mangé ici.

— Je comprends, on m'a dit que vous déjeuniez à présent dans des restaurants de banquiers qui s'en mettent plein la panse avant de se faire arrêter. Il paraît qu'on vous a vu dans un endroit où on ne sert que des flambés d'oignons de Madagascar, des côtelettes de fourmi et des glaces en forme de sein de la duchesse d'Alba. Croyez-moi, ce ne sont pas des établissements pour vous, monsieur Méndez. Non seulement ça coûte cher mais on en ressort avec l'estomac dans les talons.

— Eh oui, avoir faim revient cher de nos jours, mon ami. Il n'y a qu'à voir les cliniques d'amaigrissement : on n'y bouffe rien et une fois qu'on a payé la facture on n'a plus un rond pour faire ses courses.

— Je vais vous remettre d'aplomb, monsieur Méndez. Maintenant j'ai une belle clientèle d'habitués et c'est rare, figurez-vous. Il faut voir le monde qui vient manger ici les jours de paye ou après les étrennes. Même le week-end, je fais salle comble. On peut dire que ça ne regarde pas à la dépense, en ce moment. C'est simple, je pourrais presque faire deux services parce que après le premier couvert, il ne me reste plus que le cul de ma femme à manger.

— Sers-moi quelque chose qui n'ait rien à voir avec le cul de ta femme, s'il te plaît.

— Ça tombe pile, monsieur Méndez, j'ai justement des hamburgers à s'en lécher les babines. Tout juste arrivés de Munich. J'ai aussi des saucisses de Francfort qui ne tiennent même pas dans le pain tellement elles sont grosses. Comme vous le voyez, je me consacre à la cuisine classique.

— Donne-moi un hamburger bien cuit.

— Et le vin qui va avec ?

— Et le vin qui va avec.

Quand, après avoir longé les murs pour que personne ne repère sa soutane, l'évêque Rivera parvint à localiser le bar où se trouvait Méndez, celui-ci avait les larmes aux yeux. Le hamburger était si piquant — sans doute pour masquer le fait que la viande avait fait le voyage à pied — qu'il avait l'impression que le feu de la justice éternelle lui embrasait le palais. L'énorme verre de vin légionnaire n'était pas venu à bout du brasier. Plein d'appréhension, l'évêque se hissa sur le tabouret d'à côté.

— Qu'est-ce qui vous arrive ? demanda-t-il à Méndez en le regardant droit dans les yeux.

— Vous ne voyez donc pas que je suis aux anges ? grogna le policier. Ça, c'est de la vraie bouffe.

— Mon père était un homme du monde, dit l'évêque. Il en fréquentait d'ailleurs un peu trop à mon goût.

— Il voyageait beaucoup, ça, c'est sûr. Et il était curieux de tout.

— Comment le savez-vous ?

— Tous les gens qui le connaissaient me l'ont dit.

— Et vous croyez qu'en fricotant dans ce milieu dégoûtant il lui est arrivé d'aider son prochain ?

— J'en suis convaincu.

— Avec d'honnêtes intentions ?

— Avec des intentions humaines, tout simplement. Nous faisons tous des choses que nous n'aimons pas, surtout les femmes. Et plus ces choses nous déplaisent, plus les gens nous collent des étiquettes dégradantes. Pour nous sauver, il nous suffit parfois de nous sentir aidés, compris et bien traités. La vie dans la rue est plus authentique que sur l'autel, respectable éminence.

— Ne vous fichez pas de moi, Méndez. S'il vous plaît, éloignez ce morceau de viande répugnant passé au mixer et ce vin tiré de la tuyauterie du dessus, il pourrait tacher ma soutane.

— C'est de la nourriture rapide, monseigneur, du *fast food*. Nous sommes entrés dans l'ère du futur. Les gens prennent leur pied en mangeant des blettes bouillies, des ailes de poulet à la vapeur, des frites anticancéreuses et du steak de diplodocus ionisé qui ne sent rien. Pendant ce temps-là, les téléphones n'arrêtent pas de sonner dans les bureaux et le dimanche, pour compenser, tout ce joli monde fait la queue devant des restaurants gastronomiques où à cinq heures de l'après-midi on finit par leur servir un chou pasteurisé et un cou d'oie. Les gens savent ce qu'ils veulent, monseigneur.

— Vous n'y survivrez pas, Méndez. Mais revenons à nos moutons. Je ne crois pas un mot de ce que vous me dites.

— Vous en savez certainement plus que moi, fit Méndez en haussant les épaules et en repoussant les reliefs de son gueuleton.

— Ces jours-ci, en rangeant ses affaires, j'ai trouvé un billet d'avion pour Leticia, en Colombie. Au cas où vous l'ignoreriez, je vous informe qu'il s'agit d'une ville située au bord de l'Amazone, dans la jungle, à la frontière du Pérou et du Brésil, des pays innommables où se rendent d'illustres pédérastes pour le plaisir d'y voir des petits garçons nus et de malheureuses fillettes. Vous m'expliquerez pourquoi il comptait y aller. Blasé des banales délices madrilènes, il recherchait sans doute la nouveauté. Ma mère m'a toujours dit que tous les hommes sont pareils.

— Un écrivain de romans policiers dont j'ai oublié le nom dit qu'il en va de même pour les femmes, murmura Méndez.

— Quelle idiotie !

— C'est peut-être pour cela qu'il ajouté que toutes les femmes étaient pareilles sauf les dix premières.

— Méndez, vous êtes… souffla Jorge Rivera d'une voix blanche.

— Ouais, je sais. Un salaud, mais vous ne pouvez pas le dire.

— Je le regrette, j'ai une mission apostolique à remplir.

— Oui, je connais un curé dans votre genre. Il passe son temps à visiter les détenus, il parle aux délinquants et les attend à la sortie quand ils sont libérés. Il invite les voleurs à dîner et prête son lit aux violeurs relâchés avant terme. Je crois même que la Generalitat lui a donné une médaille ou une croix. Le problème c'est qu'il n'a jamais rencontré une seule victime.

Méndez sirota un gorgeon de son vin salutaire auquel le virus du sida était incapable de résister.

— Les femmes violées peuvent toujours continuer à aller se faire foutre, ajouta-t-il. Telle est la loi.

— Je n'ai jamais apprécié votre langage, Méndez, et encore moins aujourd'hui.

— Et alors ? Je ne suis qu'une canaille. Je fréquente des femmes qui pleurent, des gamines violées que leur agresseur appelle pour leur dire de se faire belles car il va passer les prendre le week-end. Je suis entré dans des chambres où des femmes honteuses se terraient, j'ai parlé avec des juges qui défendaient les droits des criminels en oubliant ceux des victimes. Et, en pauvre con que je suis, j'ai rêvé d'une justice expéditive et glorieuse et de ma mutation à la Brigade des rase-bites.

— Méndez, vous êtes écœurant. Cette brigade n'existe pas.

— On finira un jour par l'inventer car on en a besoin. Elle sera financée par des fonds privés et deviendra peut-être la multinationale des coupeurs de glands. Et si votre père a su par le passé faire le bonheur d'une de ces femmes ou d'un de ces gamins, je lui tire mon chapeau. Ce n'est pas un évêque de mes deux qui peut l'en blâmer, ni même un président du Tribunal suprême ou un connard de pape.

Le patron du bar s'approcha en catimini.

— Putain, ça, c'est bien envoyé ! s'exclama-t-il.

Il remplit à nouveau le verre de Méndez tandis qu'une chasse d'eau retentissait à l'étage supérieur.

— C'est la maison qui régale, un premier cru, monsieur Méndez.

— Merci bien.

— Un vrai nectar, rien à voir avec ce jus de bure qu'on vous sert dans les quartiers chic.

— Mon père n'a jamais fait une bonne œuvre de sa vie, lâcha Jorge Rivera, que la colère avait rendu livide. Vous voulez les adresses des endroits où il s'est livré à la pédérastie ? J'en ai retrouvé deux dans ses papiers. Deux trous étroits, si ce langage vous convient. Deux péchés dégoûtants, deux victimes et deux pleurs. Tenez, les voici. Vous pouvez toujours le défendre en niant l'existence des victimes, car vous ne les verrez jamais.

L'évêque fit glisser une feuille sur la table.

— Pourquoi pas ?

— Parce que l'une d'elles, une fillette, vit à Cuba. L'autre est un petit Indien de Leticia qui croupit au bord d'un fleuve pourri.

Méndez garda le silence. Le vin métallurgique lui avait cependant insufflé la force nécessaire à une repartie bien sentie, mais l'un des agents du commissariat venait de pénétrer dans le bar en produisant un bruit de ferraille.

— Je vous cherchais, Méndez.

— Comme c'est bizarre.

— Ça oui. Si tous les agents n'étaient pas déjà occupés, je ne me serais pas donné cette peine. Une maison vient d'exploser dans le coin. Il y a des morts.

Le patron du bar s'anima aussitôt et se précipita vers la porte en bousculant Méndez. Un hurlement de sirène s'éleva, semblable au long gémissement d'un chien blessé. La chose avait dû se produire dans un quartier plus éloigné car Méndez n'avait rien entendu hormis quelques cris qu'il avait attribués à une bagarre.

— Allez-y, monsieur Méndez, lui conseilla le patron. Vous connaissez sûrement des gens. Emmenez donc ce curé avec vous, peut-être qu'un mourant lèguera ses biens à l'Église avant de pousser le dernier soupir.

Les traits crispés de fureur, Jorge Rivera s'apprêta à riposter mais l'agent fraîchement arrivé lui coupa son élan.

— Explosion de gaz dans une cave, un mur porteur s'est effondré, grogna celui-ci. Tout l'immeuble ne s'est pas écroulé mais presque. Écoutez, Méndez, vu que le personnel est occupé ailleurs, il va falloir que vous y alliez avec deux ou trois hommes pour écarter les photographes si vous y arrivez. Le chef a dit que c'était trop morbide et qu'il ne fallait surtout pas que ça fasse la une des journaux demain matin.

— Quoi donc ? demanda Méndez en écarquillant les yeux.

— Il y a une bonne femme pendue dans une chambre. Sans cette explosion on ne l'aurait peut-être jamais découverte. Elle pendouille comme un trophée accroché dans les airs, Méndez. Dépêchez-vous parce que si un photographe la mitraille par-dessous, demain matin on retrouvera sa culotte en première page. Un vrai bordel, je vous dis.

26

Une question de femmes

Dans le quartier du Raval, beaucoup d'immeubles sont dynamités. Les carrelages des anciennes cuisines, les graffitis des enfants dans la salle à manger, les marques de l'emplacement du lit où papa et maman accomplirent des prouesses s'exhibent alors au grand jour. La vieille cage d'escalier, l'encadrement des fenêtres qui donnaient autrefois sur le patio et la pénombre d'un monde plein de vie, de sacrifices, de péchés et d'espoirs croulent sous le silence sur ordre de la mairie.

La ruine devant laquelle se trouvait Méndez avait quelque chose de plus, quelque chose de morbide, pour reprendre les termes de l'agent de police. C'était presque irréel, comme si la morte flottait dans le ciel. Certains murs s'élevaient encore, certaines chambres s'exposaient ainsi que les poutres qui avaient soutenu la terrasse et, miraculeusement suspendue à l'une d'elles, on pouvait voir une lampe qui avait dû illuminer des baises commémoriales et des goûters funéraires. Au bout du crochet de la lampe incroyablement résistante, un corps se balançait.

Méndez porta une main à ses lèvres devenues sèches.

L'agent avait raison : la femme était exposée tel un trophée, le dernier de cet immeuble centenaire ouvert au grand air et laissé à la merci des pigeons. Si on la photographiait d'en bas, on dévoilerait son intimité, ses dessous chic pour dames aisées et nièces de prélat. Même vue de loin, elle semblait jeune et jolie.

Devant ce spectacle d'exception, il ne faisait pas de doute que les photographes auraient du mal à résister.

Méndez aperçut son chef entouré de ses collègues. Tous proféraient des insultes et envoyaient les badauds sur les roses dans le souci de les éloigner pour que les ambulances puissent accéder aux décombres.

Son chef aussi avait vu Méndez.

— Au boulot ! hurla-t-il. On a besoin de tout le monde, même de vous ! Arrangez-vous pour que personne ne s'approche d'elle.

— Parfait, chef. Qu'est-ce qui s'est passé ?

— Explosion de butane. J'ignore si c'est un accident ou un suicide qui a mal tourné. Une des vieilles de l'immeuble avait stocké au moins six bouteilles de gaz dans sa cave, au cas où le prix augmenterait. La grosse conne…

— Du coup elle l'a payé très cher, déclara Méndez en essayant de couvrir les cris. Qui est la pendue ?

— Nous ne le savons pas encore.

— Vous voulez dire qu'elle est apparue comme ça, après l'explosion ?

— Oui, comme ça, exactement.

— Elle s'est donc pendue avant.

— Je constate avec étonnement qu'il vous arrive de penser, Méndez.

— Seulement quand je n'ai pas la migraine. Ce qui veut dire que s'il n'y avait pas eu cette catastrophe, vous auriez mis du temps à la découvrir.

— C'est fort probable, en effet.
— Elle habitait l'immeuble ?
— Puisque je vous ai dit que je ne savais rien, bon Dieu !

Méndez lui fit un salut respectueux et s'éloigna. Comme aucun photographe n'était arrivé, il avait du temps devant lui, qu'il employa à regarder sous la jupe de la morte, là où précisément personne n'avait le droit de s'aventurer. Suspendue à une dizaine de mètres au-dessus de sa tête, la femme portait de la lingerie fine, évalua Méndez, doté d'un sens aigu de l'observation post mortem. Sa jupe évasée de bonne qualité permettait de l'apprécier à sa juste valeur. Elle avait perdu une de ses chaussures à talons, seule fausse note dans ce tableau mortuaire somme toute distingué. En regardant plus attentivement, Méndez remarqua d'autres détails détonnants, comme par exemple les mains serrées autour du cou, à croire que la victime avait tenté de se détacher au moment de mourir. Cela indiquait qu'il ne s'agissait pas d'un suicide, à moins que la femme ne se soit ravisée à la dernière seconde. Méndez ne le pensait pas. Selon lui, la morte avait au moins passé deux jours dans la chambre silencieuse avant d'être ballottée au grand air à cause de l'explosion.

C'était une vision étonnante, à la fois provocante et macabre.

Méndez fouilla dans les décombres juste en dessous de la femme. La chaussure manquante devait se trouver là, peut-être sous des tonnes de briques, de faïence cassée, de verres bon marché, de portraits d'ancêtres et de rappels de dettes.

Il eut de la chance. Le talon très haut et d'une extrême finesse affleurait parmi les gravats. Méndez tira dessus et ramena à lui un escarpin de cuir portant la marque d'un chausseur élégant. « L'un des attributs de l'extase érotique, songea-t-il avec nostalgie, spécialement conçu pour que la femme rondelette escalade le lit en balançant son corps sculptural et ses charmes avant de se laisser choir sur le braquemart d'un ancien espion soviétique. Avec des chaussures pareilles, la femme fait des merveilles. Elle peut en clouer les pointes dans les organes génitaux des indésirables, comme par exemple un banquier n'ayant pas payé à temps les services de l'amour. » Tout en poursuivant son rêve éveillé, Méndez examina l'escarpin de plus près et remarqua qu'il s'était déboîté, découvrant un creux qui abritait un sorte de bistouri capable d'égorger un homme, de trancher un pénis ou de taillader un hymen. Méndez avait vu ce genre de talons dans des vieux films d'agents secrets où intervenaient des femmes dangereuses et opulentes qui parlaient plusieurs langues et connaissaient sur le bout des doigts la méthode pour tailler des plumes à la française.

Poussée à ce stade, l'imagination déjà fertile de Méndez n'avait plus de limites. Il leva à nouveau la tête en se demandant si cette femme avait été une espionne et conclut à la négative : seuls les services secrets albanais auraient pu envoyer des agents dans le quartier. Quoi qu'il en soit, le rebord métallique des escapins aurait certainement un effet désastreux sur les couilles d'un père de famille et même sur les testicules blindés d'un inspecteur des impôts.

— Méndez ! Ne bougez pas d'ici ! hurla le commissaire en chef, qui venait de passer en trombe derrière une ambulance. L'attroupement de curieux augmentait à vue d'œil sans que les policiers parviennent à les contenir dans la rue étroite. Méndez déplora l'absence de la fliquesse aux fesses explosives et antiémeutes.

Un des voisins rôdait dans les décombres dans l'espoir que la télé allait peut-être l'interviewer. « Tous les morts étaient des gens comme il faut, normaux. Je n'ai jamais rien remarqué de bizarre. Ils s'entendaient bien avec leur femme et disaient toujours bonjour quand je les croisais dans les escaliers ». Le bonhomme lança un mauvais regard à Méndez en voyant que celui-ci avait l'intention de l'interroger.

— Vous connaissiez cette femme ? demanda le vieux policier.

— Laquelle ? Celle qui s'est pendue ?

— Oui.

— Putain, c'est quand même dommage.

— Vous la connaissiez, oui ou non ?

— Non. Jamais vue.

— Elle n'habitait donc pas l'immeuble ?

— J'aurais vachement aimé l'avoir comme voisine. Croyez pas que je lui manque de respect, mais ce qui est vrai est vrai et, à dire vrai, elle est bonne, c'te nana.

— Vous savez à qui appartenait l'appartement où elle s'est pendue ?

— Ben, évidemment, j'y habitais.

— Vous... ?

— Ben oui, mais j'ai rien perdu. C'était une pension, la pension Internet.

— Putain, c'est moderne, comme nom.

— Tout le contraire. Elle datait de 1917. La Grande Guerre. Mais dans le quartier on a toujours été à la page.

— La morte ne logeait pas à l'Internet...

— Ah ça, non. Si elle y avait couché, on l'aurait pas laissée dormir une minute. Même la patronne lui aurait fait le saut du tigre.

— Elle est morte, la patronne ?

— Non, non... elle est là-bas. Ceux qui sont morts lui devaient des sous. Elle est dans tous ses états.

Au péril de sa vie, Méndez s'approcha de la femme en question.

— Euh... madame...

Elle portait un tablier gris et serrait quelques billets dans sa main. Elle avait des yeux vides et morts et une bouche pleine de prothèses.

— Vous ne m'avez jamais vu, commença Méndez. Je suis un policier du quartier.

— Ah, je me disais justement que les choses ne s'arrangeaient pas dans le quartier.

— Je voudrais vous parler de la femme qui s'est pendue comme dans un film d'épouvante. D'ici on peut voir son visage. Vous la connaissiez ?

— Non, je ne l'avais jamais vue avant ce matin. Ce qui m'étonne, c'est qu'elle est très élégante. De nos jours les filles s'achètent plein de colifichets mais elles n'ont aucune classe. Par contre, celle-ci, elle en avait à revendre.

— Que faisait-elle chez vous ?

— Elle est venue voir un client qui avait pris une chambre il y a deux jours.

— Elle ne vous a pas donné son nom ?

— Je ne le lui ai pas demandé. J'ai pensé que c'était une affaire de cœur et je l'ai laissée entrer. C'est fini, l'époque où on refusait des visites aux clients.

— Et lui, comment s'appelait-il ? Il n'est pas mort, au moins ?

— Non, non, mais il n'est pas ici. Il n'était pas dans sa chambre quand l'explosion a eu lieu.

— Vous vous rappelez son nom ?

— Julio Garci Panteón, il m'a montré sa carte d'identité.

— Elle était peut-être fausse.

— Je ne vais tout de même pas les fliquer.

— La femme est entrée dans sa chambre ? Elle lui a parlé ?

— Oui et ils sont sortis juste après. Ils ne sont même pas allés au lit.

— Comment le savez-vous ?

— Je suis passée jeter un coup d'œil. Moi, ces choses-là, je les repère à cent mètres et je peux vous dire qu'ils n'ont pas couché ensemble.

— Et ce Julio Garci, il était élégant ?

— Normal, moins que la fille, mais ça ne veut rien dire.

— Que s'est-il passé ensuite ? Julio Garci n'est pas revenu mais la fille, si, puisqu'elle est encore là.

— C'est simple, mais je vous jure que je n'ai rien à voir là-dedans. Une heure après, ce Julio m'a téléphoné en me disant qu'il avait oublié quelque chose d'important dans sa chambre et que son amie passerait le chercher. Moi, évidemment, j'avais compris que l'amie en question était cette fille. Elle est effectivement revenue en me disant qu'elle venait récupérer ce que l'autre avait oublié. « Il a oublié de la sauter », ai-je pensé. Excusez-moi, monsieur le policier, mais cette rue, je la connais mieux que vous. Enfin, bref, je l'ai laissée entrer et elle n'est pas ressortie.

— Combien de temps est-elle restée ?

— Même pas dix minutes.

— Aussi peu ?

— Oui, juste après tout a explosé.

Méndez se gratta la mâchoire.

— Si je comprends bien il n'a pas fallu plus de dix minutes pour la pendre, dit-il à part soi. Quelqu'un devait l'attendre dans la chambre. Vous avez laissé entrer d'autres personnes ?

— Je vous jure que non.

— D'autres clients ont pu entrer dans la chambre ?

— Peut-être.

— Combien de clients aviez-vous ?

— Deux couples sans enfants, une femme et trois types. Huit au total.

Le tumulte grandissait devant l'immeuble en ruine. Méndez l'ignora, estimant que ce qu'il était en train de faire était plus important. Le premier photographe venait d'arriver. Les forces de l'ordre l'interpellèrent alors qu'il tentait de passer par-dessus une voiture de police.

— Combien sont morts ?

— Les deux couples qui me devaient de l'argent. Ce n'est pas de chance.

— Où puis-je trouver les autres ? Vous connaissez leurs noms, leur domicile, leur métier, leurs habitudes, leurs petites amies, leurs dettes ?

— Je ne note pas tout ça dans mon registre, répondit la femme en esquissant une moue excédée. Ma pension était un endroit discret, il m'arrivait parfois de louer des chambres à l'heure, et puis je ne suis pas flic, moi, mais ceux dont je vous parle venaient régulièrement, vous devriez pouvoir les localiser.

— Vous avez la liste de leurs noms ? Songez que l'un d'entre eux a peut-être commis un meurtre.

— Vous êtes un peu con, comme policier. Vous devriez savoir que tous mes documents sont restés là-haut et que maintenant ils traînent sous les décombres. Vous n'avez qu'à les chercher vous-même.

Bien qu'habitué à ce genre de situation où on finissait immanquablement par l'envoyer au diable, Méndez eut un geste de découragement.

— Vous pourriez au moins me donner leurs noms, me les décrire, suggéra-t-il.

— Oui, si vous voulez. J'ignore s'ils sont vrais, mais ce sera toujours ça de pris. Parmi les couples il y avait la Conchi et le Pepe, deux camés qui sniffaient jusqu'au trognon. Quant à la Marcela et au Conrado, je ne sais pas ce qu'ils faisaient dans la vie mais ils étaient en arrêt depuis plus d'un an. Le Martínez était un mécanicien divorcé ; le Marcial voulait se lancer dans la politique et avait créé un parti qui s'appelait « En avant, les ouvriers ». Ah, j'oubliais le Pera, un acteur qui ne jouait et ne mangeait que le samedi. Il m'arrivait aussi d'héberger le Portales, une sorte de lutteur sur le retour que tout le monde avait surnommé Rocky 16, et le Flecha, un membre de l'extrême gauche, un phénomène de la Sub-21[1] qui jouait à la Barceloneta. Ils étaient tous sympas, ne ramenaient personne au lit et payaient religieusement leurs notes.

— Va pour les hommes, mais la fille ?

— Elle habitait Paris. Jeune, jolie mais assez mal en point question finances parce qu'elle m'a raconté que, lorsqu'elle venait à Barcelone, elle se logeait toujours dans des pensions bon marché. Sympa, elle aussi, et pas dérangeante. Elle passait ses journées à lire des journaux français, anglais et même allemands, ce qui doit être relativement pénible. Elle m'a dit qu'elle était étudiante.

Méndez blémit. Ses yeux parcoururent les gravats et se

1. Sub 21 : sélection officielle de footballeurs ne dépassant pas vingt et un ans.

posèrent tour à tour sur le photographe qui prenait sa raclée et sur la défunte.

— Vous vous rappelez son nom ? souffla-t-il d'une voix presque inaudible.

— Bien sûr que oui.

— Elle ne s'appelait pas Carol, par hasard ?

— Eh bien, pour un vieux flic, vous êtes champion. Vous avez tapé dans le mille. Vous devriez jouer au bingo.

*

Méndez dut fermer un instant les yeux. La rue et la mort n'existaient plus, quant au photographe, il cesserait lui aussi bientôt d'exister si les flics continuaient sur leur lancée. Seuls quelques souvenirs flottaient dans le cerveau plutôt réduit de Méndez, éclipsant tout le reste.

Premier souvenir : l'étrange sculpture qu'il avait vue chez le père de Carol, véritable artiste des perforations en tout genre. Il se rappelait encore le commentaire ironique de la secrétaire sur les mouches castrées en plein vol.

Second souvenir : le gars étripé à la chignole.

D'autres souvenirs se bousculaient dans la tête du vieux policier insensible au tumulte de la rue. Carol était apparemment venue plusieurs fois à Barcelone sans que personne le sache et avait dormi dans des pensions modestes pour mieux passer inaperçue. Elle avait eu une relation avec un gars encore inconnu qui se rendait souvent dans la maison d'Altos de Serrano. Et, pour couronner le tout, elle avait loué une chambre dans une maison qui venait d'exploser, laissant à découvert une morte dans un cadre digne d'un film d'horreur.

Comment l'Infante Carol, apparemment si frêle, avait-elle pu tuer cette jeune femme vigoureuse, pour ne pas dire un peu forte, équipée d'armes cachées dignes d'un espion ? Ces pensées hantaient les circuits usagés du cerveau de Méndez, qui rapetissait tant et plus. Il se souvenait aussi de Sonia, la petite bonne de la Plaza Mayor. Tous les indices indiquaient qu'elle avait été assassinée par un homme, mais avant de mourir elle avait confié à sa patronne qu'elle avait peur d'une femme. Méndez trembla. Ses pensées se perdirent dans un abîme sans fond.

La rue était pleine de monde. Le cordon de police ne suffisait pas à contenir les badauds. Le photographe sauteur de voitures gisait par terre comme un déchet industriel peut-être blessé au nom de la liberté d'expression. Certains de ses confrères, placés en dessous de la morte, mitraillaient sa culotte, son entrejambe agressif et ses bas satinés. Il ne leur manquait plus qu'un trépied pour se prendre pour des metteurs en scène de l'École de Barcelone.

Le commissaire criait dans leur direction en crachotant sa salive vénéneuse, soucieux de dénicher un de ses hommes pour lui proposer une ascension à prendre au pied de la lettre.

— Méndez ! hurla-t-il.

*

Passer de la crasse et des décombres du Raval à des bureaux luxueux était une mission délicate. Les locaux en question semblaient taillés dans le cristal, coulés dans l'acier galvanisé, couverts de moquette pasteurisée, aérés d'oxygène pur, blindés à souhait et ornés de diamants polis à la lame de rasoir. Dans le hall d'entrée, l'unique réceptionniste exhibait des jambes bien tournées et aussi longues que les couloirs du musée Guggenheim. À l'évidence, elle faisait partie d'une espèce protégée car deux vigiles montaient la garde à côté d'elle. Méndez songea qu'il devait être interdit de l'emmener chez soi et avança prudemment.

Il n'était pas encore dix heures du matin et il faisait une chaleur étouffante mais dans ces bureaux carrelés de faïence pour bidets, rien ne permettait de supposer qu'une nouvelle journée ouvrable et pourrie s'annonçait au-dehors. Méndez repéra les fenêtres panoramiques devant lesquelles un décorateur écologiste avait disposé une colombe en plastique. Près de la Plaza de España et de l'emplacement du Parc des Expositions, un nouveau quartier d'affaires était né, si moderne et brillant que les employés devaient y graver leurs pensées obscènes sur disque dur.

Mauvais coin pour Méndez. Le soleil lui donnerait le cancer de la peau et les rayons cathodiques des ordinateurs risquaient de lui exploser la vessie.

Plus de quinze heures s'étaient écoulées depuis l'effondrement de la maison du Raval.

— Monsieur… susurra la fille aux jambes de musée.

— Inspecteur Méndez. Je viens voir M. Grijalbo.

— Mais bien sûr. On nous a annoncé votre visite.

Du bureau de M. Grijalbo on voyait les deux tours vénitiennes de l'entrée de l'Exposition universelle, la coupole du Palais national de Montjuïc et la large bande verte de la montagne qui bien avant la naissance de Grijalbo était tapissée de jardins potagers pour faire rêver les gosses de la République.

— Bonjour, monsieur Méndez. Il se passe des choses horribles, n'est-ce pas ?

— De quoi nous flanquer un infarctus.

— D'après ce que je sais, il n'a pas été possible de procéder à l'enlèvement du corps de notre employée avant le lever du jour.

— C'est horrible.

— C'est un assassinat, vous ne croyez pas ? Mais auparavant laissez-moi vous dire que nous sommes ravis de vous recevoir au sein de nos bureaux de sécurité de Barcelone, le centre catalan de la *Life Safety*, la grande multinationale des choses bien gardées. Comme vous le savez, notre maison mère se trouve à Washington et nous comptons parmi nos clients diverses personnalités de la Maison-Blanche : secrétaires de direction, chefs de cabinet, contrôleurs de presse, boursières distinguées et j'en passe. À la Maison-Blanche, ce sont les agents du gouvernement qui assurent la sécurité, mais une fois dehors, elle est entre les mains de la *Life Safety*. Nous n'avons jamais échoué et je vous avouerai que cette nouvelle m'accable, monsieur Méndez, car nous sommes installés dans votre ville depuis peu. Pourtant notre agent était une femme active et efficace, ce qui me prouve que pour contrarier sa mission la partie adverse n'a pas eu d'autre moyen que de la tuer.

— C'est déplorable. Assassiner une femme de cette trempe… une ressource humaine aussi profitable…

— Sans aucun doute, monsieur Méndez, sans aucun doute. Mais permettez-moi de vous demander si vous avez des informations sur le rapport d'autopsie. On ne nous a encore rien dit et il me semble que nous sommes les premiers concernés.

Méndez contempla la ligne verte des jardins de Montjuïc, lieu qu'il avait connu peuplé de broussailles et de cachettes pour batifoler. En d'autres temps écologiques, les gens baisaient dans les buissons, pas dans des voitures au moteur allumé. Les bonnes montraient leur culotte et se laissaient mettre un doigt, pas plus, pendant que les étudiants leur faisaient voir un engin qu'ils n'arrivaient pas à caser. Du haut des terrasses voisines, des hommes anxieux qui vivaient la même frustration les observaient derrière des jumelles.

— Je suppose qu'on va bientôt vous envoyer un communiqué officiel, le rassura Méndez. En attendant, je peux vous dire ce que je sais. Le légiste — avec qui j'ai passé la nuit — a confirmé ce que je pensais : votre employée a reçu par surprise un coup sur la tête qui l'a laissée inconsciente ou en tout cas incapable de réagir pendant quelques instants. Le meurtrier ou la meurtrière en a profité pour faire quelque chose qui requiert une grande habileté mais pas une force surhumaine. Il ou elle disposait d'une corde assez fine qui est en ce moment en cours d'analyse et prouve la préméditation. Il l'a passée dans le crochet de la lampe, qui lui a semblé assez solide, et a fait un nœud coulant autour du cou de la victime. Voilà pour l'habileté, mais pour la suite il fallait que l'assassin soit suffisamment fort pour tirer sur la corde et soulever la femme jusqu'à ce qu'elle succombe. Une femme a très bien pu s'acquitter de cette tâche, facilitée par le crochet, mais alors celui-ci aurait dû céder. Il y a un détail que je ne comprends pas encore, bien qu'il ne change pas grand-chose au déroulement du crime.

— Cela signifie que quelqu'un attendait notre agent dans la chambre, suggéra M. Grijalbo.

— C'est ce que j'ai pensé au début. Je croyais que l'assassin était l'un des clients de la pension. Mais dites-moi, cher monsieur, la victime travaillait pour vous, n'est-ce pas ? Quelle était sa fonction ?

— Agent, bien évidemment.

— Agent de protection ?

— Exactement. C'est est fini de l'époque où les femmes subissaient les travaux de ménage, la cuisine et la mauvaise humeur de leur mari quand il rentrait tard le soir. Aujourd'hui elles sont dans l'armée, la magistrature, la banque, la police, la surveillance privée, les affaires et aussi sur la liste d'attente des masseurs métis. Notre civilisation a changé, monsieur Méndez, et je ne vous surprendrai pas en vous disant que Rosanna Vives était l'un de nos meilleurs éléments. Championne de tir et finaliste d'un tournoi de karaté, elle avait un avenir brillant devant elle. Nous la destinions aux réunions du Fonds monétaire international ou autres événements du même acabit, pour assurer la protection des hautes personnalités de la finance. Une femme comme elle était très utile, tout le monde la prenait pour la petite amie d'un banquier alors qu'elle était une machine à tuer.

— La machine a mal fonctionné, fit doucement Méndez.

— On l'a attaquée par surprise, on l'a trahie ! s'écria M. Grijalbo en défendant son entreprise.

— C'est justement ce qui me taquine. J'ai la ferme conviction que c'est une femme qui l'a tuée, mais en était-elle capable ? J'aimerais savoir, monsieur Grijalbo, qui Rosanna Vives était chargée de protéger ?

— Nous avons beaucoup de demandes, monsieur Méndez, et c'est pourquoi nous nous sommes amplifiés. Barcelone est une ville riche, et richesse et insécurité vont de pair. Pour être protégé, il faut payer. Tout se monnaie aujourd'hui. On a évité les grandes révolutions européennes en payant des congés aux pauvres, par exemple, ou des indemnités de chômage, une couverture sociale, des logements rassurants. Les pauvres se taisent et vont raconter leurs misères au médecin du travail. Ils ont aussi la télévision, un appareil qui les calme et dont on reconnaîtra un jour l'utilité sociale. La place révolutionnaire s'est changée en salon avec un téléviseur, un canapé, des photos des enfants et une bouteille d'Anis del Mono. Or tout cela coûte de l'argent, monsieur Méndez, de l'argent.

— Eh bien, moi qui suis pauvre, je n'ai pourtant pas l'impression de coûter si cher. Mais poursuivez.

— La sécurité coûte elle aussi de l'argent. Oh, bien sûr, l'État devrait s'en charger, mais il dépense tout pour faire surveiller ses politiques, leurs enfants, leurs épouses et leurs petites amies officielles ou secrètes. Que fait le quidam qui marche à pied ? Il se fait baiser, monsieur Méndez, un point c'est tout et pardonnez-moi l'expression. Le quidam à cheval, en revanche, se paye une protection privée. Un jour, le gouvernement reconnaîtra notre utilité et nous donnera la médaille de la Croix-Rouge.

— Parfait, glissa Méndez, profitant de ce que M. Grijalbo reprenait son souffle, mais quel est donc ce client dont s'occupait Rosanna Vives ?

— Il s'agit des membres d'une société étrangère qui effectuaient des recherches à Barcelone. Appelez ça de l'espionnage industriel si vous voulez, ce n'est pas à moi d'en juger. Le contrat assurait la sécurité de quatre personnes qui se rendaient fréquemment à Barcelone. Protection vingt-quatre heures sur vingt-quatre. M. Garci était l'un d'entre eux. Il avait un passeport brésilien.

— Ce sont les plus falsifiés.

— Ça, je l'ignore.

— Et vous voulez m'expliquer, monsieur Grijalbo, comment le cadre d'une multinationale, même brésilienne, peut venir à Barcelone et prendre une chambre dans le vieux

Barrio Chino, à la pension Internet, autrefois appelée La Palomita ?

— Il s'agit d'un espion industriel, monsieur Méndez, un spécialiste probablement connu des entreprises qui l'intéressent.

— Et alors ?

— Au Ritz on l'aurait repéré au bout de deux jours ; pas à la pension Internet.

— Il y a donc tant de crimes dans l'espionnage industriel ? J'admets que je ne suis pas un expert. Je ne comprends que l'espionnage casanier, l'espionnage méticuleux qui se pratique sur les seins des voisines.

— Je ne dirais pas qu'il y a beaucoup de crimes, mais c'est tout de même dangereux. N'oubliez pas que cela représente des fortunes.

Méndez lança un regard méfiant et méchant à Grijalbo.

— Je ne saisis pas tout dans cette histoire, mon cher monsieur. En premier lieu, je crois que votre multinationale brésilienne n'existe pas, et puis vos supposés cadres à surveiller sont réunis en une seule et même personne qui s'appelle M. Garci ou peut-être autrement. J'aimerais bien que vous me le décriviez.

— Grand, jeune, fort et beau.

— Vous parlez comme une pédale, monsieur Grijalbo.

— Et vous, monsieur Méndez, comme un connard.

— Ce n'est pas faux. Avez-vous une photo de lui ?

— Celle de son passeport.

— Je vous félicite, monsieur Grijalbo, comment l'avez-vous obtenue ?

— Sans qu'il s'en rende compte. Nous demandons toujours un accompte mais nous avons besoin en outre d'une garantie, une photocopie du passeport, par exemple.

— Vous l'avez sur vous ?

— J'ai bien peur de devoir vous réclamer pour cela un ordre du juge, monsieur Méndez.

— Et moi je vous accuserai de proxénétisme, monsieur Grijalbo. Je dirai que Rosanna Vives s'est rendue à la pension Internet pour se faire sauter, ce qui est vrai dans un certain sens. Bien sûr, le voile sera levé vingt-quatre heures plus tard et on saura que j'ai menti, mais vous passerez en attendant les pires moments de votre vie. Or puisque mon enquête vous concerne plutôt favorablement, je vous prie humblement de bien vouloir me montrer cette photocopie, cher ange gardien. Bougez votre cul et allez me la chercher. Je ne suis pas un flic très constitutionnel et je mens quand ça m'arrange.

L'important M. Grijalbo comprit alors que l'arrangement lui était favorable car il avait besoin d'élucider le meurtre de son employée. Il se rendit dans un cabinet situé derrière son bureau, où se trouvait sans doute un coffre-fort. Il revint avec une photocopie de grande qualité sur laquelle figuraient un nom et une date de naissance assurément faux ainsi qu'une photo assurément vraie puisque Grijalbo avait déjà rencontré le sujet en question.

Méndez haussa les sourcils, tellement stupéfait qu'il ressentit miraculeusement une émotion proche de l'excitation sexuelle.

— Putain, parvint-il à bredouiller avec des intonations de majordome anglais.

27

Une question de fillettes

— Mais qu'est-ce qui vous arrive ? demanda l'important M. Grijalbo, étonné de voir la tête que faisait le piètre policier assis en face de lui.

— C'était lui ?

— Évidemment.

— Vous devez certainement avoir un fax ultramoderne dans vos bureaux, de ceux qui émettent de la musique stéréophonique, je suppose.

— Notre entreprise est bien entendu équipée en fax.

— Je veux que vous envoyiez immédiatement cette photo au numéro que je vais vous indiquer. N'oubliez pas d'y mettre vos coordonnées car j'imagine qu'on m'appellera dans la minute.

— Est-ce bien nécessaire ? Nous sommes une entreprise privée…

— Et moi, un inspecteur public, même si ça reste occasionnel. Vous ne subirez aucun préjudice, monsieur Grijalbo. Au contraire, cela va peut-être vous éclairer quant à la mort de votre employée.

M. Grijalbo s'exécuta d'un air très dubitatif. Quelques instants plus tard, le téléphone sonna.

— Méndez.
— Lui-même.
— Je viens de recevoir ton fax. Tu es chez toi ?
— Non. Dans une immense agence de sécurité, mais tu peux parler, honorable Gomara. J'étais sûr que tu m'appellerais.
— C'est… la photo de… Leo Patricio, hoqueta le banquier.
— C'est bien ce que je pensais, lâcha Méndez en inspirant profondément. C'est pour ça que je te l'ai envoyée. Je vais te faire un résumé de la situation, histoire de te mettre au courant, tu pourras toujours l'inscrire dans tes livres de comptes : l'assassin de ta fille te fuit.
— Comme un rat pris au piège.
— Soit il décidait de se cacher incognito dans une petite ville de province où il y a de bons restaurants et quelques gourgandines qui vont à la messe avec les femmes de leurs clients, soit il partait à l'étranger pour apprendre les langues au sens propre du terme. Mais j'imagine qu'il devait avoir des affaires à régler personnellement à Barcelone et à Madrid.
— Je crois, oui.
— Quel genre d'affaires ?
— Disons qu'elles étaient liées aux miennes. Il était mon homme de confiance, mais je ne te dirai rien de plus.
— C'est tout à fait logique, mais il se trouve qu'un homme aussi occupé n'a pas de temps à perdre dans des restaurants ou des bordels de province. Il a donc choisi de se cacher là où il avait encore du travail, en évitant de mettre un pied dans la tombe, autant dire de rentrer chez lui ou de prendre une chambre dans un grand hôtel où il risquait de se faire hacher en boulettes du chef. Restaient les

pensions bon marché, sans fenêtres mais avec une ouverture dans les chiottes en attendant de trouver une meilleure solution. Il s'est installé à la pension Internet, un haut lieu de la communication.

Au bout du fil, Gomara émit un grognement.

— Pourtant il ne se sentait toujours pas rassuré et c'est la raison pour laquelle il a fait appel à une société de protection.

— Il n'a pas dû donner son vrai nom sans quoi je l'aurais retrouvé avant que mon four ait fini de préchauffer.

— Il a falsifié un passeport brésilien sur lequel il avait collé cette photo. Il a engagé le meilleur agent de cette société, qui était une femme. Elle est allée vérifier sa situation sur place, ils sont sortis ensemble pour inspecter l'entourage puis je suppose qu'elle a voulu rentrer à la pension et s'assurer qu'elle pouvait contrôler de l'extérieur les allées et venues des clients. Ils ont appelé en disant que Leo avait oublié quelque chose et que son amie passerait le récupérer.

— Passionnant, comme récit. Elle était habillée comment ?

— Je peux te le dire parce que j'ai vu son corps au bout d'une corde. Elle portait une petite culotte noire indémodable. Elle est entrée dans la chambre de Leo, mais quelqu'un l'attendait, à moins qu'elle l'ait surpris en train de fouiner. Je me demande d'ailleurs s'il n'attendait pas plutôt Leo Patricio. Toujours est-il qu'elle est morte et qu'ensuite l'immeuble a sauté en la laissant exposée à la vue de tous.

Sentant que Gomara n'avait pas spécialement envie de formuler des condoléances, Méndez poursuivit :

— J'aimerais savoir si tes sbires ont fait leur travail.

— Non.

— Je me doute bien que tu ne vas pas t'accuser d'un crime au téléphone.

— Ma parole ne vaut peut-être rien, mais je t'assure que je suis blanc comme neige. Je savais que Leo Patricio traînait dans le coin mais j'ignorais où il logeait.

— Tu m'as l'air sincère, si tant est qu'un banquier puisse l'être.

— Qui d'autre que moi recherche Leo Patricio ? Tu as une idée ?

— Une femme, apparemment. Elle habite Paris.

— Je ne comprends pas…

Méndez raccrocha.

Assis à son bureau, l'important M. Grijalbo le fixait sans trop comprendre non plus. Par la grande fenêtre on distinguait une cité où les voitures et les immeubles avaient chassé les arbres et les oiseaux, une ville sans avenir au passé agréable.

— Alors, vous savez qui a tué mon employée, monsieur l'inspecteur en chef ? demanda Grijalbo sur un ton méprisant.

— Il ne me reste qu'à boucler la boucle mais quand ce sera fait, vous serez le premier informé.

Méndez s'éclipsa comme un chat, sans accorder le moindre regard à la réceptionniste qui ajustait son soutien-gorge derrière son comptoir.

*

Même si Méndez ne regardait pas, il n'en pensait pas moins. Au lieu de perdre son temps dans une agence de protection, la petite de la réception aurait dû passer à la vitesse supérieure, se mettre sous la houlette d'un manager du porno et se taper les cadres de chez Ford, les anesthésistes en congrès et les curetons réunis à Barcelone pour les rassemblements chrétiens. Il traversa le Parc des Expositions qui avait quadruplé au fil des ans, passa entre les fausses tours vénitiennes, les palais de verre, devant un hôtel dont l'énorme horloge de la façade venait poursuivre les clients jusque dans leurs chambres et contempla la Plaza de Toros où un jour prochain la duchesse d'Alba serait intronisée. Fuyant la lumière, il s'engouffra dans les couloirs prolétaires du métro pour se saouler au néon. Un pickpocket le reconnut et changea de wagon, une prostituée à la retraite lui présenta ses petits-enfants et un porte-étendard des Commissions ouvrières qui se rendait à un meeting le plaqua contre la porte.

La boucle que devait boucler Méndez était évidente mais délicate. Elle s'appelait Carol. Pouvait-elle réellement avoir tué une espionne ? Où se trouvait-elle à présent ? Avait-elle assassiné la femme chargée de la protection de Leo Patricio pour bien faire comprendre à ce dernier qu'elle en voulait à sa vie ?

Sans parvenir à mettre de l'ordre dans ses pensées, Méndez descendit Plaza de Catalunya, centre des commerces pour tous et des banques aux caisses replètes. Les vendeurs à la sauvette avaient sorti leurs tréteaux et acceptaient désormais les cartes de crédit. Les cafés historiques où Méndez donnait rendez-vous à des dames entrées dans la légende avaient disparu et, dans le vieil immeuble de la Teléfónica, les employés s'adressaient les uns aux autres par portables interposés. Au début des Ramblas, un chœur de retraités figé dans la ville en mouvement commentait les buts que l'équipe de foot avaient marqués en 1927.

Sur le trottoir le plus animé, le vieux policier croisa Amores, qui venait de passer une demi-heure dans le bureau des vigiles du Corte Inglés.

— Merde alors, je n'ai vraiment pas de veine.

— Qu'est-ce qui t'arrive ?

— J'ai fait une touche. La nana était cent pour cent partante, et belle avec ça, je l'ai prise pour un mannequin du rayon lingerie.

— C'est là que tu l'as rencontrée ?

— Non, à la parfumerie. C'est bizarre, Méndez, il y a là-dedans des petites fioles qui coûtent un mois de salaire, avec des noms français si exotiques qu'on se demande si elles ne contiennent pas du sperme de lézard. En tout cas la nana était vachement informée.

— Je parie qu'elle a examiné tous les produits sans rien acheter.

— Exact.

— Et qu'ensuite elle s'est serrée contre toi et t'a demandé de sortir avec elle ?

— Ouah, vous êtes fort, Méndez, on voit que vous connaissez les femmes.

— Et vous êtes passé entre deux petites barres électroniques ultraperformantes ?

— Oui, elles servent à détecter les voleurs. Nous allions sortir quand deux agents de la sécurité nous sont tombés dessus et, à dire vrai, je ne savais vraiment pas quoi faire.

— Mais elle, si. Pendant que tu attendais, elle s'est fondue dans la foule. Ça a pris moins de cinq minutes, n'est-ce pas ?

— Tout à fait, Méndez. C'est bête, quand j'ai compris son manège il était trop tard. Les deux gars n'avaient rien à voir avec des flics latins. On aurait plutôt dit des membres du F.B.I. La fille avait bien préparé son coup car c'est moi qu'on a accusé.

— Et tu as mis une bonne demi-heure à leur prouver que tu étais la colombe de la paix.

— Oui. Heureusement, à la fin ils m'ont fait des excuses, mais ils n'avaient pas l'air très convaincus. Ils étaient persuadés que j'étais le complice de cette nénette. Pour une fois que j'avais un ticket, gémit Amores, complètement dépité.

— Bah, console-toi, ce n'est pas si grave, cette fois, au moins tu n'as pas retrouvé de cadavre en répondant aux petites annonces.

Il ne restait rien du café Zurich et de ses belles gosses en Levi's, de ses touristes appétissantes, de ses poètes en transes et de ses syndicalistes qui passaient leur temps à rédiger des tracts pour obtenir la journée de deux heures. Le bar qui l'avait remplacé était bordé de magasins aseptisés aux rayonnages bourrés de dentifrices pour astronautes et de soutien-gorges fournis avec une télécommande. Barcelone grandissait tant et plus. Même les pigeons avaient des mines olympiques. Méndez et Amores parcoururent ce qui restait de la vieille ville et atterrirent au café Santa Ana, juste en face d'un vieil hôtel où les surhommes de la Liga donnaient rendez-vous à leurs copines pendant la Semaine sainte. L'endroit contenait trois tables, une étagère chargée de gigantesques bonbonnes et des cannettes de bière si chères qu'on se demandait si elle n'était pas faite avec de la bave d'évêque.

— Quelle journée, soupira Amores.

— Il y a eu pire, ce n'est pas ta femme qui dirait le contraire.

— En tout cas on ne m'a pas embêté au sujet du type que j'ai découvert l'autre jour, foré comme un puits à pétrole. Vous avez des nouvelles, Méndez ?

— L'homme qui a commandité ce crime recherche maintenant l'assassin de sa fille, qui est morte dans la maison d'Altos de Serrano. Sa soif de vengeance est aussi grosse que la cathédrale. Je ne dirai pas le nom de la prochaine victime sans quoi tu rédigerais sa nécrologie. J'ignore encore si son exécutant est un homme ou une femme.

— Une femme ?

— Tu m'as demandé si je savais quelque chose et je m'efforce de te répondre dans la mesure du possible, Amores. Je n'en peux plus. Mes poumons sont noirs de gaz d'échappement et mes membranes viriles brûlées par le soleil. En plus je me sens désorienté dans cette affaire. Je n'ai aucune piste, aucune preuve à fournir au juge. Tout me trouble, même les magazines que je vois dans les kiosques. Tiens : en couverture de *Futur*, ils ont flanqué le portrait d'un vieux de soixante balais qui a sa vie derrière lui. Et puis les vélos me rendent fou, je préfère encore les voitures auxquelles mes bronches sont habituées, mais les cyclistes te bousculent sur les trottoirs, te poursuivent dans les jardins publics et jusque dans les arbres. Je t'assure, les fils à papa à bicyclette sont plus dangereux que les fils à papa en voiture. Je ne devrais jamais sortir de mon quartier car je le connais par cœur et j'aime ses trois cheminées, son commissariat pourri, ses pickpockets qui pointent à la Sécu, ses filles de joie membres de la Croix-Rouge, ses gamines habillées en putes et vice versa. C'était un univers fermé et secret mais tout est en train de changer, Amores, moi-même je m'y perds. Tu vas sans doute me prendre pour un vieux réac, mais ce monde-là mériterait d'être conservé au musée de l'image.

— Oui, et sur l'une d'entre elles on vous verrait dans la fleur de l'âge en train de repeindre la façade du théâtre Arneu, monsieur Méndez.

— Tout juste. Et aussi en train de conter fleurette à la belle Dorita.

Deux commerçants entrèrent dans le bar en disant que les cafés pris pendant le service devraient être défalqués des heures de travail. Deux dames ajoutèrent que le gouvernement ferait bien de verser un salaire aux femmes au foyer.

— Et maintenant qu'allez-vous faire, monsieur Méndez ?

— Si j'étais chargé de l'enquête et que j'aie des hommes à ma disposition, je pourrais avancer, mais ce n'est pas le cas. Je dois me contenter de ramasser les balles que les joueurs laissent en dehors du terrain. Il faut que j'attende un peu, ajouta-t-il en terminant sa bière, que je continue d'agir avec mes maigres moyens. Entre-temps je vais faire quelque chose dont j'ai vraiment envie et qui va me soulager. J'ai l'intention de montrer ses erreurs à un évêque.

— Un évêque ? C'est un jeu dangereux, Méndez. Avant on vous aurait mis sur le bûcher pendant qu'un chœur de vierges dirigé par un curé aurait loué les bontés du Seigneur. À l'époque des carlistes, on lapidait des gens pour moins que ça et un chapelain au béret rouge venait ensuite prier pour le salut de leurs âmes. Plus tard, les colonels franquistes fusillaient les athées dans les cimetières. Entre-temps, leurs femmes organisaient des collectes pour leurs chères têtes blondes. Aujourd'hui ces choses-là n'ont plus cours, mais vous, Méndez, le sinode pontifical vous taxera de communisme, vous apprendra ce qu'est la véritable justice sociale en vous proposant d'aller porter la cuvette d'un doyen du Guatemala.

— J'empocherai l'argent de la quête, Amores.

— Restez sur vos gardes. Si ça ne dépendait que de Rome, les pratiques d'autrefois seraient remises au goût du jour. Préparez-vous à prier pour le cardinal Stepinac[1] et pour Lady Di. Comment pensez-vous lui tenir tête, à votre évêque ?

— Il croit que la seule morale qui existe est celle de Dieu, moi je ne crois qu'en celle de la rue.

— Dieu, la morale et la rue n'ont aucun avenir, Méndez. Ne vous mêlez pas de ça.

— L'évêque en question pense que son père n'a jamais été charitable et je ne suis pas d'accord avec lui. Il se fonde sur la mort accidentelle de ce monsieur dans une maison close pour lui attribuer tout un tas d'impiétés et de draps souillés. Je prétends lui démontrer le contraire.

— D'accord, mais qu'est-ce que ça peut vous faire ?

— Je crois dur comme fer à la morale de la rue, lâcha Méndez en haussant les épaules.

— Eh bien, devenez balayeur.

— J'adorerais, mais je ne suis pas sûr de réussir les examens. Non, Amores, je vais plutôt faire un voyage éclair mais très périlleux car je compte exposer ma peau malade au soleil le plus redoutable qui soit, celui qui dore les seins des mulâtresses et le nombril des tantes sur la plage. Je vais à Cuba et peut-être aussi dans la jungle colombienne, là où l'Amazone tente depuis la nuit des temps d'obtenir un croisement miraculeux entre un caïman et un singe. Je n'aimerais pas qu'elle y arrive quand j'y serai, mais cet évêque m'a mis au défi en me refilant quelques adresses, alors j'espère pouvoir lui prouver qu'il se trompe.

— Monsieur Méndez, je sais que vous n'avez pas de tête, mais avez-vous au moins un peu d'argent ?

1. Stepinac : cardinal croate pro-hitlérien.

— Très peu, mais après des années d'abstinence j'ai pu me constituer un petit bas de laine. Je fume du mauvais tabac, je bois du cognac déplorable, de l'eau infectée de sperme et du vin d'obsèques. Et dans le temps, quand je ne dormais pas dans des arrière-boutiques, je passais mes nuits dans l'armoire d'une mère supérieure. Tout ça pour dire que j'espère bien dépenser mes économies avant que le Conseil des ministres me les pique.

— Dépêchez-vous parce que le conseil en question va bientôt se réunir. Vous faites ce voyage uniquement pour sauver la mémoire d'un ami ?

— Non, Amores, je n'avais jamais vu cet homme, mais ça m'intéresse de bouffer du curé.

*

L'esprit confus, Méndez changea d'avion à Madrid en compagnie de deux directeurs généraux, deux dames de compagnie et deux gardes du corps, puis il s'envola pour La Havane, risquant le tout pour le tout.

Il eut de nombreux problèmes au contrôle, car s'il avait pris soin de laisser son colt de 1912 à Barcelone, il transportait néanmoins une boîte de pastilles en métal contre l'impuissance, un tire-bouchon signé de la main de Millán Astray[1], deux clés dont il avait oublié l'usage et dix grosses pièces de monnaie. Il passa trois fois de suite sous le détecteur tandis qu'une gendarmette en jupe lui indiquait la marche à suivre et extirpait ses trésors historiques de ses poches. Le vieux policier se laissa faire en reluquant ses jambes, excité comme une puce.

1. Fondateur de la Légion espagnole pendant la guerre du Maroc, dans les années vingt. Franco a pris sa relève par la suite.

L'appareil de la Cubana était une pièce de musée. L'espace avait été surexploité au point que Méndez se demanda si on n'allait pas l'installer dans les toilettes. Avec sa malchance habituelle, il se retrouva coincé entre un chanteur café au lait, une nonne libérée et une espèce de singe, sans doute un amateur de tourisme sexuel en pleine déveine car la nonne lui envoya sans le vouloir un vigoureux coup de genou dans les testicules. Les hôtesses se fendirent de nombreux sourires à l'intention de Méndez, lui donnèrent deux couvertures et lui demandèrent s'il mangeait comme tout le monde ou s'il suivait un régime. Pour couronner le tout, l'une d'elles l'informa qu'elle avait été secouriste et qu'il pouvait donc dormir tranquille.

Bientôt, il descendrait à La Havane, où il fondrait comme neige au soleil, se ferait dépouiller du reste de sa virilité qui tomberait en poussière commémoriale entre les jambes d'une métisse et s'estimerait bienheureux d'en finir ainsi. Méndez se figurait la ville peuplée de conquistadores au pénis aussi majestueux qu'une figure de proue, de boucaniers qui avaient appris à téter du rhum au sein de généreuses cantinières et de prédicateurs débarqués avec une nonne immaculée d'Oviedo. Avec ses capitaineries générales en pierres de taille polies par la salive des belles créoles, la ville lui semblait des plus agréables à vivre. Elle sentait le tabac qui imprégnait les doigts des rouleuses de cigares, les feuilles enduites de pollen transporté par les papillons en fin d'après-midi. Méndez admira les balcons coloniaux où trônaient le père, la mère, le lit et le pépé mis à sécher au grand air, la jetée et ses poètes sous surveillance, ses familles blasées, son horizon bercé de légendes et ses putes bercées d'espoir.

Séduit par ces rues vraies et décadentes, Méndez se rendit au cœur de la ville et découvrit un hôtel de Valenciens au portail imposant, des armoiries, une façade chaulée, du vin fraîchement tiré et une matrone au cul patriotique régi par le Tribunal des eaux[1]. Sûr que l'établissement était en pleine décrépitude, Méndez s'y installa avec délices, heureux d'échapper aux palaces, à leurs lits à sept places, leurs bidets restaurés à la langue et leurs bars américains toujours décorés du sempiternel portrait de Lindbergh. Il regretta cependant de ne pas pouvoir s'offrir une chambre à l'Hôtel National de Cuba, endroit noble et classique meublé de divans de cardinaux primats placés devant de grandes fenêtres donnant sur la forteresse du Morro. Méndez rêvait de se perdre dans ses toilettes sacramentelles qui avaient peut-être connu le fondement d'une des maîtresses de Batista. Mais la pension valencienne était dans ses cordes et ses deux femmes de chambre, qui avaient peine à tenir dans les couloirs, le ravissaient. À l'évidence, leur poitrine serait un jour annexée au patrimoine révolutionnaire, aux biens d'intérêt national ou pour le moins déclarée instrument d'utilité publique. Après ce constat, Méndez s'enferma dans sa chambre pour compter ses pastilles contre l'impuissance.

Il sortit, étourdi par les couleurs de la rue, le linge pendu aux balcons, les gens alanguis devant leur porte et les cours intérieures où le soleil étirait un rayon paresseux. Il regarda avec intérêt les femmes assises sur les marches de la Habana Vieja, leurs robes rapiécées au fil des révolutions et des discours de Fidel, leurs peaux magiques polies par

1. Le Tribunal des eaux, dont le siège se trouve à Valence, s'occupe de manière très traditionnelle de répartir l'eau destinée à l'arrosage des cultures.

des marins blonds. Il découvrit aussi des petites métisses aux seins menus, des barbus qui pesaient cent kilos et des statues d'ébène aux jambes interminables. Les nuances de cette ville avaient assurément été créées par une longue série d'amours tropicales pratiquées sur une infinité de lits qui avaient mené on ne sait comment les habitants de l'île jusqu'au cinquième centenaire de la découverte de l'Amérique.

Méndez n'avait jamais vu autant de peaux diverses, autant de tétons auxquels s'abreuver, autant de lèvres à croquer et autant d'yeux contempler d'un air triste la mer où leurs ancêtres avaient jadis navigué.

Curieusement, la plupart de ces rues lui rappelaient sa Barcelone populaire préolympique, de là son émotion en les empruntant. Son cœur se serra devant les portails lugubres, les petites culottes exposées au soleil et les commentaires des opulentes matrones qui lui promettaient de grands succès au lit, persuadées qu'en bon Espagnol il avait une bite aussi impressionnante que l'épée du Cid.

Cuba était patrimoine national de l'Espagne et inversement, songea Méndez. « S'il n'y avait pas eu les Ricains, on taillerait la route à la machette, en s'arrêtant pour boire un coup et partager un joint, le même grand-père et la même femme dans le même lit à quelques heures d'intervalle. » Pensant que ces réflexions ne le feraient pas avancer sur le chemin qu'il s'était tracé, Méndez se protégea tant bien que mal du soleil et passa de longs moments dans sa chambre, imprégné de morale valencienne. Une fois remis sur pied, il se rendit à Matanzas, ancien fief des riches catalans dont il restait encore de belles grilles en fer forgé, des petites places avec une fontaine et un ermitage de Montserrat qui n'était plus que ruines, nostalgie, histoire et larmes.

Méndez se recueillit un instant devant une des plus jolies baies du monde, d'où partaient autrefois les cargaisons de tabac, de sucre, de rhum, et où l'on se déchargeait de ses soieries, de ses armes, de ses espoirs et de son sperme. Cuba avait oublié la mort pour se tourner résolument vers la vie, qui se poursuivait. La mort se fige dans les yeux tandis que la vie avance à la même cadence que les femmes dont elle lèche l'entrejambe. Méndez partit ensuite pour Trinidad, petite ville coloniale restée telle que l'avait pleurée le dernier poète espagnol dans son cachot et le dernier colonel qui, avant d'en partir, avait promis à sa petite bonne de revenir dès que son épouse aurait passé l'arme à gauche. La cité était un miracle, un musée et une chanson lointaine, mais Méndez ne voulait pas trop s'attarder sur ce genre de détails car il avait du pain sur la planche.

Muni de l'adresse que lui avait donnée Jorge Rivera, il se mit à chercher la fillette que selon ce dernier son père avait déflorée. Un taxi le conduisit en bordure de la ville, dans une maison campagnarde qui n'avait rien d'un bouge. Il fut accueilli par une grand-mère qui agitait un éventail colonial, un vieillard qui décortiquait des épis de maïs et un chien contre-révolutionnaire qui empêchait quiconque le voulait de passer le seuil. Rarement confronté au milieu rural, Méndez se sentait comme un astronaute.

— Qu'est-ce que vous voulez ? lui demanda la vieille dame en le regardant de travers.

Méndez relut l'adresse et le nom sur son papier.

— J'aimerais voir Adelita Gómez.

— Ah, ma petite-fille.

— Elle n'est pas là ?

— Elle ne vient presque plus. Elle travaille sur la plage.

— Et son père ?

— Il est mort il y a des années. Il est revenu d'Angola, troué de partout.

— Et sa mère ?

— Elle travaille à la sucrerie, mais comme ils la payent en pesos, elle ne gagne pas trop bien sa vie. Adelita rapporte un dollar de temps en temps. Qu'est-ce que vous lui voulez ? Elle a fait quelque chose de mal ?

Méndez esquissa une petite révérence coloniale pour s'excuser et s'efforça d'avoir l'air gentil.

— Non, non, pas du tout, je la cherchais parce qu'un ami m'a donné son nom en me disant qu'elle pourrait me servir de guide. Oui, oui, je sais qu'il y a des guides officiels, mais ils racontent toujours la même chose.

— Vous avez raison, dit le grand-père. Des propagandistes, voilà ce qu'ils sont, mais moins qu'avant et d'ailleurs j'apprécie cela car sachez, monsieur, que je ne suis pas marxiste, mais fidéliste.

— Et vous dites qu'Adelita travaille sur la plage ?

— Oui. Elle nous a dit qu'elle était femme de chambre, mais je suis sûr qu'elle fait le guide de temps en temps, même sans permis. Tous les gens se battent pour ça car les clients leur donnent des pourboires en dollars. Allez-y si vous voulez. La dernière fois qu'on l'a vue, elle nous a dit qu'elle travaillait dans un des hôtels de la chaîne Sol.

Méndez acquiesça en songeant qu'il ne survivrait jamais à tant de soleil. Il remercia les vieux et se dirigea en taxi vers la côte à l'heure divine où l'horizon se zèbre de longues traînées violettes. Autrefois, avait-on expliqué à Méndez, les ménagères des petites villes comme Trinidad faisaient leur service militaire. À midi, revêtues d'une combinaison militaire et fusil au poing, elles partaient pour la Sierra Maestra en bougeant les fesses en cadence, prêtes à choper le premier marine qu'elles surprendraient dans leur lit. Puis l'ardeur révolutionnaire s'était calmée, les ménagères et les marines avaient pris leur retraite et une rangée d'hôtels flambant neufs avait remplacé les barricades. De jeunes créoles qui espéraient devenir pères en Espagne et des gamines en jean traînaient sur les plages. Les immeubles de la chaîne Sol s'étaient approprié une bonne partie du rivage et de larges bandes de soleil. Les clients allemands dînaient à six heures du soir, les Italiens inspectaient les dernières filles altières de la plage tandis que les Espagnols surveillaient les Italiens.

— Adelita Gómez ? Elle ne fait pas partie du personnel.

Le vieux Noir à la barbe blanche devait être l'un des derniers esclaves libérés par les Frères de la Côte. Il était en train d'écrire les plats du jour sur un carnet, mais Méndez avait plutôt dans l'idée qu'il rédigeait la suite de *La case de l'oncle Tom*. Il toisa Méndez d'un air moqueur en évaluant d'un coup d'œil la puissance de ses gonades, restant probablement loin de la vérité.

— Vous ne pourrez pas, lâcha-t-il.

— Quoi donc ?

— Elle est trop jeune pour vous… trop jeune d'ailleurs pour les clients de l'hôtel. Adelita a besoin d'un homme fort.

— Elle est… ?

— Je m'étonne que vous ne soyez pas au courant. C'est une prostituée. Qui vous a parlé d'elle ?

Méndez trouva absurde de lui avouer qu'un évêque lui avait donné son adresse.

— Je vois que vous la connaissez bien, murmura-t-il.

— Je lui donne parfois à manger en cuisine. Maintenant elle a du mal à gagner sa vie. Quand elle a commencé, tous les gros porcs de la plage lui couraient après, tout comme vous. Vous pouvez vous fâcher, je m'en fiche. Chacun son rôle.

Méndez n'en fit rien.

— Vous vous trompez, je ne suis pas venu pour ça.

— Vous ne l'avez jamais vue ?

— Qu'est-ce que vous voulez dire par « elle a du mal à gagner sa vie » ?

— Avant, les clients lui donnaient des fortunes, comme à toutes les gosses de son âge, vous comprenez ?

— Très bien, lâcha Méndez, soudain pensif. Les révolutions naissent quand les gens les ont dans la tête, elles triomphent quand les gens les portent au pinacle au bout du fusil et elles s'écroulent quand elles leur restent sur l'estomac. Ensuite elles meurent lorsque les femmes, dernière réserve du pays, écartent les jambes.

Le vieux Noir bigla en direction des cuisines.

— Dites, vous venez d'où, au juste ?

— Des rues de ma ville, mais ça n'a pas d'importance. Pourquoi Adelita ne gagne-t-elle plus autant d'argent ?

— Je croyais que vous le saviez.

— Non.

— Parce qu'elle a une taie dans l'œil.

— Une quoi ? fit Méndez en hésitant.

— Un jour, un client allemand ivre lui a donné un coup de poing et ça s'est infecté. Elle n'avait que treize ans mais c'est fréquent ici. Vous avez regardé les Cubaines ? Elles commencent tôt. Adelita est entrée dans le métier à douze ans et, à treize, la chance l'a lâchée à cause du coup de poing. Elle a raconté à sa mère qu'elle était tombée. Après, son œil était comme mort et les clients n'ont plus voulu d'elle.

Méndez chancela. La nuit tombait sur la plage et sur les derniers nombrils européens. Le vieux policier regarda le dernier rayon de soleil filer doucement, au gré des vagues, comme un bateau.

— On dirait qu'elle est borgne, poursuivit le Noir en s'asseyant sur le seuil de la cuisine, recroquevillé comme pour se protéger de ses maîtres à la manière de ses ancêtres. Alors je lui sers parfois un repas. Elle n'a pas de chance. De temps en temps elle tombe sur des hommes qui aiment voir les filles souffrir. Il y en avait un qui venait souvent ici pour coucher avec une aveugle. Mais pourquoi vous expliquer tout ça ? Excusez-moi mais je crois que je n'ai jamais vu un type comme vous. Vous avez l'air d'un fantôme.

— Pensez ce que vous voulez mais je ne compte pas faire de mal à cette petite.

— Je vous crois.

— Où puis-je la trouver ?

— Derrière l'hôtel, sur la droite. Suivez le chemin qui mène sur la plage jusqu'aux premiers palmiers. Là, il y a un sentier qui va vers les terres et où les filles racolent.

— Elle aussi ?

— Ça lui arrive.

Méndez se rendit à l'endroit indiqué. Il vit des palmiers, un chemin de terre et une colline poussiéreuse comme on en voyait en Castille. Il n'y avait personne, pas même les filles dont les seins nourrissaient la révolution. Méndez se rappela que, durant les années de famine, des milliers de putes espagnoles avaient soutenu Franco. Elles étaient la réserve des idéaux déchus, si tant est que Franco en ait eu. En tout cas, les prostituées l'avaient maintenu au pouvoir en apportant des devises américaines et en donnant à manger au peuple.

Les lumières s'allumèrent çà et là mais la colline resta plongée dans le noir. Méndez songea aux premières années du tourisme en Espagne : quelques hôtels brillant de mille feux, quelques serveurs morts de fatigue, quelques guardias civiles, quelques putains et d'immenses plages dissimulant quelques baiseurs. « C'est grâce à la mer, au vin et au con que nous sommes entrés dans l'ère du progrès », pensa Méndez. Mais sur cette plage il n'y avait aucun cul en mouvement, ce qui amena le vieux policier à conclure que si le gouvernement ne se réveillait pas, le pays allait bientôt connaître la débandade. Méndez se sentait revivre depuis que le soleil s'était couché. Il avait juste besoin d'un verre de cognac ou, à défaut, du rhum dont s'abreuvaient les soldats de la Sierra Maestra.

Il attendit plusieurs heures avant de voir surgir Adelita. Elle semblait menue mais avait de bonnes cuisses de Cubaine encore tendre. Elle avait enfourché une bicyclette qui grinçait et dont les rayons avaient été réparés avec du papier adhésif. Elle aperçut Méndez et son allure de croque-mort et lui lança un regard torve.

— Adelita ? s'enquit ce dernier.

Elle posa un pied à terre en soutenant le vélo, qui émit un dernier crissement de protestation.

— Vous me connaissez ?

— Non mais on m'a parlé de toi.

— Où ça ?

— Il n'y a pas longtemps, à l'hôtel.

— Ah bon ? Ce sont mes amis.

L'adolescente s'assit à côté de sa bicyclette, les jambes écartées, et lui montra ses cuisses fortes et brunes et sa petite culotte blanche. Elle avait une poitrine à peine naissante de collégienne.

— Écoutez...

— Quoi ? murmura Méndez.

— Vous ne m'avez pas attendue pour me la mettre, n'est-ce pas ?

— C'est pour ça que tu es venue ?

— Évidemment, quelle question ! Mais il faudra faire vite, derrière les rochers, ou sinon plus tard, à l'hôtel, tranquillement, car j'ai quelque chose à faire. Vous êtes d'accord ?

— Je n'ai jamais attendu une femme pour faire ce genre de trucs, c'est plutôt moi qui faisais attendre.

— Je sais, aucun homme n'aime faire le poireau. Si vous préférez, je peux vous sucer en cinq minutes.

Prononcées avec le doux accent cubain, ces paroles ne paraissaient pas déplacées mais caressantes. Méndez regarda sans s'y attarder les lèvres rouges prometteuses, les cheveux teints en blond pour rendre le visage plus blanc et donc plus distingué. L'œil sans vie, devenu une tache grise, avait transformé cette figure de vierge en guignol.

— Alors vous m'attendez oui ou non ? s'inquiéta Adelita.

— Tu as un autre rendez-vous ?

— Oui, un Hollandais que je connais m'a appelée, mais j'ai cassé mon vélo et je suis arrivée trop tard. Je dois passer à son hôtel pour voir si je le trouve. Vous savez ce que j'ai pensé quand je vous ai vu ?

— Non, dit Méndez, les yeux dans le vide.

— Que vous pourriez me garder mon vélo. Ça ne vous dérange pas ? J'ai un ami qui travaille en cuisine, à l'hôtel, mais il doit déjà être parti, et si je le laisse n'importe où on va me le voler.

— Tu y vas un peu fort, fit Méndez.

— Pourquoi ?

— C'est comme si tu voulais que je surveille ta voiture pendant que tu fais l'amour à l'intérieur.

— D'accord, je vais me débrouiller autrement.

Méndez s'excusa et essaya de sourire en lui prenant précautionneusement la bicyclette des mains.

— Je vais le faire. De toute façon je ne vois pas comment me rendre utile autrement. Va chercher ton Hollandais puisque tu en as tellement envie.

— Je n'en ai pas envie du tout.

— Alors ?

— J'en ai besoin.

— Ah.

— Je me suis dépêchée de venir, j'ai fait des kilomètres pour ça. Je ne sais pas si vous avez remarqué mais je n'ai plus de souffle.

— Tu vis toujours comme ça ?

— Il me faut de l'argent, des dollars.

— C'est triste.

— Pardon ?

— Rien, rien… des tas de choses. Sois tranquille, je vais garder ton vélo. Avec un peu de chance, ton bonhomme est peut-être mort.

Mais la fillette ne l'avait pas écouté car elle s'était aussitôt précipitée vers l'hôtel. Peut-être n'avait-elle pas beaucoup d'occasions. Peu d'hommes s'intéressaient à sa mine fatiguée, à ses cheveux teints et à son œil parti dans les limbes. Et quand ils la chevauchaient, sans doute ne se fixaient-ils que sur cet œil morose au lieu de s'amuser avec ses seins rieurs. La tristesse envahissait la nuit coloniale, le chemin solitaire où elle avait couru pour saisir sa chance. Adelita revint au bout de cinq minutes.

— Parfait, ironisa Méndez. Je commençais à en avoir marre de tenir la chandelle, mais dis donc, il est rapide comme l'éclair, ton gaillard.

— Nous n'avons rien fait.

— Il est mort ?

— Non. Il est parti ailleurs, je suis arrivée trop tard.

Adelita s'assit par terre et pleura en silence, s'interrompant pour hoqueter, la tête enfouie dans ses mains pour cacher sa honte et son œil inexistant. Méndez s'accroupit à côté d'elle dans la pénombre sans oser la regarder, chassant de son esprit le souvenir des portails et des rues éclairées par les lueurs de l'aube où tant de femmes avaient fondu en larmes en sa compagnie.

— Tu avais besoin de cet argent, n'est-ce pas ?

— Bien sûr que oui, qu'est-ce que vous croyez ?

— Je suis désolé. C'est la première fois que ça t'arrive ?

— Non… j'ai déjà manqué un rendez-vous mais c'était avant mon accident.

— Ah…

— J'étais encore plus en retard, je n'avais pas de vélo.

— Qui est-ce qui te l'a donné ?

La fillette tourna la tête vers l'hôtel, offrant à la vue de Méndez la plus belle moitié de son visage. Au loin, quelqu'un ouvrit une fenêtre, libérant une salsa endiablée et festive.

— Tu gagnais de l'argent, insista Méndez. Tu te l'es acheté ?

— Non, c'est un ami qui me l'a offert.

— Un client ?

— Non, il ne m'a jamais mis son truc entre les jambes. Il était plus jeune que vous et il venait voir les filles pour discuter. Certaines disaient que c'était un gentil monsieur, les autres pensaient qu'il était impuissant.

— Il était peut-être les deux. Beaucoup d'hommes apprennent la gentillesse quand ils deviennent impuissants.

— Enfin, toujours est-il qu'il m'a acheté un vélo sans rien me demander. Il a bavardé un moment avec moi, comme vous, m'a donné quelques dollars. Vous savez, j'ai été plus contente de parler avec lui que d'empocher ses dollars. Ma mère me dit toujours que je m'abêtis en grandissant.

— Je crois que je connais cet homme, dit Méndez.

— Quoi ?

— Ne fais pas attention. Je connais tellement de gens que ça ne vaut même pas la peine d'en parler, mais je suis content que tu m'aies dit ça. Peut-être que je ne suis venu ici que pour t'écouter.

— Je ne comprends pas.

— Ça ne fait rien, soupira Méndez en haussant les épaules. On finit toujours par comprendre que les vraies vérités se coupent de la réalité pour se transformer en sentiments. Mais je t'ennuie avec ça. Tu sais où je peux trouver un taxi pour rentrer à Trinidad ?

— Oui, à l'hôtel. Vous allez partir ? Vous ne voulez rien ?

— Non.

— Vous avez vu ce qui s'est passé ? Vous serez le premier, aujourd'hui.

Méndez se releva avec difficulté. Ses articulations craquèrent et son lumbago l'élança. La gamine lui jeta un regard suppliant.

— Le premier, répéta-t-elle. Aujourd'hui je n'ai pas gagné un sou.

— Tant mieux. Il faut savoir s'arrêter, tu sais ? Et se regarder dans une glace. Ça vaut pour tout le monde, tu n'es pas la seule concernée. Tiens, repose-toi et fais réparer ton vélo.

Il lui glissa dans la main quelques dollars, qui représentaient une somme astronomique pour un homme pauvre comme Méndez et plus encore pour Adelita, qui n'avait reçu jusque-là qu'une paire de pédales et un coup de poing dans l'œil. Elle lui rendit les billets.

— Non, je ne les ai pas gagnés.

— Bien sûr que si. Tu n'as qu'à t'imaginer qu'on vient de faire l'amour.

— Mais…

— Ne t'en fais pas. Je baise sauvagement et de façon effrénée. Tu vois ? On arrive à faire n'importe quoi avec un peu d'imagination !

Il s'éloigna en direction de l'hôtel en laissant l'argent dans la main de la petite.

— Ne t'inquiète pas, Adelita, lui lança-t-il en se retournant. Tu as bel et bien gagné ton argent et ce n'est pas cher payé pour pouvoir balancer un coup de pied dans les couilles d'un évêque.

28

Une question de sang

Méndez décida de rentrer en Espagne. Il n'avait nul besoin de voler jusqu'à Leticia et de gaspiller son temps et ses précieux deniers pour voir des bateaux glisser paresseusement sur l'Amazone comme de vieux crocodiles, chargés de prisonnières qui écartent les jambes sur un hamac. Il ne voulait pas voir les Indiens peinturlurés, leurs quinze printemps gonflés d'espoir, leurs pagnes, leurs regards timides et leurs fesses juvéniles. Dans un de ses livres maléfiques, Méndez avait lu qu'ils se maquillaient comme des filles sans penser à mal. Combien d'hommes avaient été brisés depuis le débarquement de la première caravelle ? Quel genre d'enfant aurait rencontré Méndez s'il avait poursuivi son voyage ? Après avoir vu Adelita, il savait que Paco Rivera avait dû aider le jeune Indien et les femmes des bateaux de plaisir qui allaient de village en village dans l'immensité de la jungle, source de vie sauvage, de pluies torrentielles, de sperme et d'hommes répétés à l'infini.

Méndez en avait appris suffisamment sur le père de l'évêque. Il revint à Madrid, retranché derrière son indifférence et un verre de whisky ministériel. Expert en eau-de-vie de troupes d'assaut et en *orujos*[1] enrichis de semence chevaline, il savait apprécier un pur malt d'Islay au goût de tourbe fumée et arrosée d'eau noire, mais il ne faut pas s'habituer aux bonnes choses sous peine de devenir un ivrogne solitaire vendu aux banquiers.

Madrid baignait dans une brume de gaz liquéfiés et de litrons de bière. Elle croulait sous les créances impayées, les canapés de ses multiples cocktails, les piles de dossiers perdus, les professionnels du lit, les employées fines comme des tampax d'organdi, les instances de divorce et les juges d'une intelligence rare qui, pour gagner du temps, baisaient en gardant leur toge. Madrid vibrait et Méndez s'y plongea avec joie. Même dans le brouillard, la cité avait une odeur d'argent fraîchement brassé.

Le vieux policier y retrouva Orestes Gomara, son assassin préféré, sa crapule aux œufs d'or. Il avait dû au préalable le rechercher et s'était tout d'abord rendu à son domicile de Recoletos, dans un immeuble flanqué d'une majestueuse porte cochère où l'avaient reçu un majordome habillé à l'ancienne et un portier primé qui ne buvait que de la fine Napoléon. Non, monsieur n'était pas là, mais au bureau, dans son panthéon personnel. Méndez s'empressa de gagner les locaux en question, en plein centre de Madrid, dans un édifice aux vitres blindées, couvert de marbres italiens, de ferrures de Tolède et de dalles de l'Escorial piquées sous le matelas de Philippe II. À l'étage qu'occupait le grand homme, une secrétaire pentalingue et septuagénaire à l'hymen sans doute garanti par de grosses compagnies d'assurances l'informa que monsieur le président avait pris la voiture pour aller au lycée que sa fille avait fré-

1. *Orujo* : marc de raisin ou d'olive.

quenté. Méndez songea que Gomara était somme toute doté d'un cœur ou qu'il avait suffisamment récupéré pour consoler une jeune redoublante. Il suffisait d'y aller, comme le disaient si bien les taxis.

Une fois sur place, Méndez aperçut la voiture du banquier, un véhicule de la taille du *Queen Elizabeth* qui était surveillé comme la Banque d'Angleterre par un chauffeur-gorille d'au moins deux mètres. Planté au milieu du trottoir désert du quartier résidentiel, Orestes Gomara, les mains dans le dos, contemplait des jeunes filles en jupette qui jouaient au basket.

Méndez s'approcha à pas de loup sous l'œil vigilant du garde.

— Elles sont encore trop jeunes, monsieur Gomara. Elles pousseraient de grands cris avant que tu aies eu le temps de leur mettre ton outil.

C'était une réflexion infâme, mais le vieux policier avait envie de se montrer provocant. Le banquier le regarda en esquissant un geste de dégoût.

— Va te faire foutre, lâcha-t-il en oubliant un instant son tact.

— Je t'ai cherché dès que je suis arrivé.

— Moi ? Pourquoi ?

— J'ai réfléchi.

— Un miracle.

— Qu'est-ce que tu fabriques devant ces poussins ? Tu viens de boire une grande réserve qui t'a coûté la peau des fesses et ça t'a donné envie de chair tendre ?

— Tu es dégueulasse, Méndez. Au point où tu en es, tu devrais savoir que c'est ici que ma fille étudiait.

— Ah bon ? Je croyais que tu avais envie de tirer ta crampe.

— Non.

— Alors tu as envie de tuer.

— Ça me regarde.

— Moi aussi. Je vois que tu n'as pas pu accomplir ta vengeance, Gomara. Le pire reste à faire.

— Ça me regarde également.

— Dis-moi, tu viens ici à chaque fois que tu as besoin de recharger les batteries de ta haine ?

— Je t'ai dit d'aller te faire foutre, Méndez, tu n'as pas trouvé le chemin ?

— Tu es toujours sur les traces de Leo Patricio.

— Oui.

— Et tu l'as retrouvé dans une vieille pension avec des lits qui ont tenu bon pendant deux siècles, et sous les lits le genre de pots de chambre qu'on expose au Musée historique de la ville. Entre-temps cette pension s'est modernisée et a été rebaptisée Internet. Tu y as envoyé ton gorille qui est tombé sur une détective chargée de protéger Leo Patricio et il l'a butée.

Orestes Gomara ne répondit pas. Il avança lentement jusqu'à la voiture, les traits figés.

— Ce type vous embête, monsieur ? demanda le garde du corps.

— Non.

— Il n'est pas très grand, je pourrais le pendre au filtre à eau.

— Si vous voulez mais sans me bousculer, lui conseilla Méndez. Eh, Gomara !

— Quoi ?

— Tu ne m'as pas répondu.

— Apporte-moi des preuves et je le ferai.

Il monta dans la voiture sans s'opposer à ce que Méndez s'engouffre lui aussi dans l'habitacle où la radio diffusait de la musique exclusivement sacrée.

— Je n'en ai pas encore, maugréa le vieux policier, mais j'ai tes mensonges.

— Mes mensonges ? s'étonna Gomara.

— Oui, dans ton histoire il y a des choses qui ne collent pas. Tu m'as dit que tu avais grandi dans une cité de Madrid, parmi des voisins bagarreurs, des voisines qui se mettaient un doigt et des rats assez adultes pour se procurer une carte d'identité. Donc pas d'illustre lignage, or les Gomara sont une famille prestigieuse, ils descendent d'un type parti aux Indes qui soignait sa libido avec une esclave noire, ils ont eu de grandes propriétés terriennes et possèdent encore la maison d'Altos de Serrano. Tu vois ? Rien ne colle.

— Je suis surpris que tu ne t'en sois pas rendu compte plus tôt, Méndez.

— J'ai tout de suite eu la puce à l'oreille mais j'ai gardé une carte pour mieux pouvoir te l'envoyer dans la tronche.

— Je suppose que tu es allé vérifier tout ce que je t'ai raconté.

— Bien sûr. Tes souvenirs d'enfance concordent, mais pas ton registre civil. J'ai appelé un ami spécialisé dans les particules. Tu n'es pas du tout le fils d'une rombière et d'un milliardaire, mais d'une pute et d'un bagnard. Remarque, ça, tu me l'avais dit, par contre, tu m'as caché que tu ne t'appelais pas Gomara, un nom de cardinal, mais González, un nom vulgaire de guardia civil ou de chef du gouvernement.

Le banquier soupira d'un air résigné.

— Tu es venu me dire que je n'étais pas un meurtrier sérieux, c'est ça ?

— Non, tu ne l'es pas. Tu n'es qu'une petite frappe tout juste bonne à braquer les buralistes.

— Je vais te donner un conseil, Méndez : vérifie toujours les choses par toi-même, n'écoute pas tes amis de l'état civil parce que certains détails leur échappent. Ton informateur a dû remarquer que sous la première inscription, ou dans la marge, je ne sais plus, il y en a une autre qui stipule que je suis le fils naturel de Gomara. Tu as raison, ma mère était une pute, mais une pute respectable. Un jour elle m'a révélé ce que même mon père ignorait. Elle m'a prévenu que cela ne me servirait à rien car, à l'époque, le Code civil interdisait la recherche de paternité pour sauver la dignité des bonshommes qui avaient fauté. Elle n'était autorisée qu'en Catalogne, mais je ne suis pas catalan. Ma mère a toujours le con très centraliste. J'ai donc dû vivre comme un chien, je t'ai dit la vérité. Un jour, j'ai appris que le vieux Gomara m'avait reconnu dans son testament, ce qui était permis par la loi. Je ne sais pas pourquoi je prends le temps d'expliquer tout ça à un vieux flic déchu et teigneux qui ne connaît même pas l'orthographe du mot contravention.

Méndez ne riposta pas. Les insultes des femmes de la rue l'atteignaient, mais il était étrangement insensible à ce que pouvait lui dire un milliardaire assis dans une voiture confortable.

— Je ne t'ai pas menti, enchaîna le banquier, ce n'est pas ma faute si ton ami ne sait pas lire un registre.

Méndez regardait les épaules du gorille qui lui masquaient l'horizon. Celui-ci avait pris place derrière le volant et attendait que son maître lui donne l'ordre de démarrer. Les cris enthousiastes des adolescentes leur parvenaient à chaque fois qu'elles marquaient des points. À cet instant précis, Méndez aurait juré que Gomara avait la larme à l'œil. Sans doute pensait-il à sa fille.

— Quoi qu'il en soit, ton histoire sent mauvais.

— Ah bon ?

— Le vieux Gomara t'a reconnu sur son lit de mort. Il t'a laissé un héritage ?

— Très peu de chose, il était pratiquement ruiné après tant d'années passées à fréquenter les palaces, les restaurants huppés et les poules de luxe. Il ne travaillait pas.

— Il s'agit du grand-père Gomara ?

— Oui.

— Ce n'était pas le père de ta femme ?

— Non.

— Voilà un autre mensonge. Si tu étais un Gomara et que tu avais le droit de porter ce nom, tu ne pouvais pas épouser une autre Gomara. Ta femme et toi aviez le même grand-père.

— Et alors ? fit le banquier en lâchant un rire aigrelet. En payant bien, l'Église peut signer des dispenses. Convaincre mon beau-père, qui était en réalité mon demi-frère, s'est avéré plus difficile, mais il a fini par accepter parce que ça l'arrangeait. J'étais très travailleur et rien ne sortait de la famille. Je ne sais pas si tu l'as remarqué au cours de ton enquête, Méndez, mais les Gomara commençaient à se relever. Mon beau-père était un crack et ses affaires marchaient très bien.

Méndez hocha la tête en grimaçant.

— D'après ce que tu me dis, tout semble concorder.

— Bien sûr. Que comptes-tu faire à présent ? M'accuser de nouvelles fourberies ?

— Non, je pensais que tu m'avais raconté des bobards, mais je ne t'avais peut-être pas posé les bonnes questions pour garder le bénéfice du doute.

— Il ne t'a pas mené loin.

— C'est vrai. Je continue pourtant à trouver que ton histoire sent mauvais. C'est sans doute toi qui pues la merde, Gomara.

Gomara ne broncha pas. Il se croyait si supérieur que les injures du vieux flic le laissaient de glace.

— Tu as d'autres choses à me demander ? souffla-t-il en haussant les épaules.

— Oui. Je voudrais savoir s'il y a un rapport entre toi et un jeune mec qui connaît Paris et la maison d'Altos de Serrano.

— Sûrement puisque j'en suis le propriétaire, mais je ne sais rien de plus. Et maintenant, si ça ne te dérange pas, j'aimerais bien que mon chauffeur puisse démarrer, sauf si tu veux l'interroger sur son extrait de naissance.

— Démarre, moi je descends ici, je préfère tracer mon avenir en autobus que dans ta voiture. Allez, je dégage.

— Tel que je te vois, ton avenir est tout tracé, Méndez, lui lança Gomara par la portière.

— Ah oui ?

— Tu devrais essayer de te déguiser en *drag queen* sur les Ramblas, peut-être que ça marcherait.

— Bonne idée, grogna Méndez. Je vais voir si je trouve une robe en solde.

*

Méndez fut surpris de constater que les salles des registres civils ne sentaient plus la poussière, la mite du XIXe, la chaise vermoulue usée par les caleçons des fonctionnaires. Elles étaient à présent meublées de sièges métalliques ignifugés, d'étagères étincelantes — probablement en titane — et d'ordinateurs dégrippés à l'huile de vaisseau spatial. Elles avaient été repeintes aux couleurs de l'Europe pour faire oublier le teint livide et certes fort digne de Cánovas del Castillo[1] au moment de sa mort. Mais il y traînait encore la sensation de la vie qui s'écoule au fil d'une liste de noms de plus en plus lointains, oubliés et précipités dans le néant. Une fonctionnaire grassouillette le reçut et agita sous son nez deux gros seins qui auraient mérité qu'on les baptise.

— Qu'est-ce que vous cherchez ?

Méndez exhiba sa plaque en essayant de ne pas la faire tomber et murmura :

— J'ai besoin de quelques renseignements.

Gomara avait raison : mieux valait se débrouiller tout seul. Méndez constata par ailleurs que son histoire de cité et de nom était vraie. Avant de partir dans l'autre monde et pour se faire pardonner de s'être glissé dans une autre femme que la sienne, le vieux Gomara avait légitimé son fils naturel.

*

Gomara avait donc dévoilé sa vraie vie à Méndez. Restait à savoir s'il ne lui avait rien caché de ses affaires. Non content de lui avouer les crimes liés à sa vengeance, le banquier s'était étendu sur ses activités de blanchiment

1. Cánovas del Castillo : chef du Parti conservateur et artisan de la Restauration monarchique avec Alphonse XII. On lui doit la Constitution de 1876.

d'argent comme s'il s'était agi d'un fait insignifiant. S'en occupait-il encore ? Se servait-il de sa banque comme d'un gigantesque cache derrière lequel circulaient les sommes colossales du trafic de la drogue ?

La présence permanente d'un garde du corps à ses côtés intriguait Méndez. Miguel Don, David Mellado, Alberto Parra et Leo Patricio n'étaient pas des gorilles ordinaires. Gomara les avait engagés comme tueurs à gages. Or un simple banquier n'avait pas besoin de s'entourer de ce genre d'individus à moins d'exercer un métier dangereux. Méndez était persuadé qu'en suivant cette voie il trouverait les preuves qui lui manquaient.

Il appela Olga Tavares.

— Né sériez-bous pas par hassard lé policier aberti dé l'autré your ? minauda-t-elle.

— Aberti ou abruti, comme vous voudrez. Je suis à Barcelone, Olga.

— Ah oui ? C'est une belle ville ?

— Charmante.

— Qu'est-ce que vous me voulez, monsieur Méndez ?

— Vous voir. Je vais aller m'enfumer les poumons à Paris et y bousiller ce qui me reste de foie, si vous êtes d'accord.

— Bien sûr. Je serai ravie de vous voir.

— Autre chose, Olga...

— Oui ?

— Est-ce que Carol est à Paris ?

— Oui, vous avez de la chance.

— J'aimerais faire sa connaissance et bavarder un peu avec elle, c'est juste une question de routine.

— Je vais lui demander si elle veut bien. Laissez-moi votre numéro au cas où.

— Maintenant j'ai un téléphone respectable, Olga. Avant, à chaque fois que quelqu'un me passait un coup de fil, la patronne de la pension le prenait pour un client et lui annonçait le prix des filles.

— Vous habitiez dans une maison de passe ?

— Non, derrière un bar, ce qui revient au même. À bientôt, Olga.

— À bientôt, gendarme. Vous voulez que je vienne vous attendre à la gare et qu'on aille se promener ?

— Non merci, je trouverai mon chemin tout seul.

Il téléphona au commissariat pour dire qu'il ne rentrerait pas tout de suite. La fliquesse au derrière olympique lui répondit qu'elle comprenait parfaitement, que l'impuissance produisait des lésions irrémédiables à la prostate et qu'il allait finir par ne plus pouvoir se retourner dans un lit. « Ne vous en faites pas, le rassura-t-elle, j'ai des dons curatifs. L'autre jour, le chef était un peu flagada et il m'a dit que rien qu'en me regardant il se sentait ragaillardi. Allez, monsieur Méndez, ménagez-vous, on se débrouille très bien sans vous. Je lirai les annonces mortuaires dans le journal pour m'informer de votre état de santé », ajouta-t-elle avant de raccrocher.

Méndez contacta ensuite une agence de voyages spécialisée dans les extraditions et les remboursements illégaux, réserva un single dans le Talgo du lendemain et exigea une chambre dans n'importe quel hôtel avec vue sur la place Pigalle et ses mésaventures. Tout étant archibondé, on lui dégota une mansarde avec vue sur la Santé.

Après avoir organisé son voyage, il appela Jorge Rivera, qui exerçait son apostolat à Madrid dans un cocktail de l'hôtel Villamanga.

— Cette soirée est organisée par les anabaptistes, lui apprit ce dernier. Il faut que je les affronte d'une façon ou d'une autre. Apprenez, Méndez, qu'à partir d'un certain rang les religieux exercent une vraie fonction diplomatique. Au-dessus d'eux, il y a le Pape. Bon, qu'est-ce que vous me voulez ? Je n'ai pas beaucoup de temps à vous consacrer.

— J'ai suivi la route de votre père, annonça prudemment Méndez.

— Eh bien, elle doit être belle. Vous avez pris des médicaments contre les maladies vénériennes ?

— Je suis allé à l'adresse que vous m'aviez donnée, pas à Leticia mais à Cuba.

— Cette île a grand besoin de nous.

— Je crois plutôt que les Cubains ont besoin d'aide. Envoyez de la nourriture avant d'y dépêcher vos hommes.

— Vous avez essayé de voir cette fillette ?

— Oui, et j'y suis arrivé.

— Est-elle corrompue ?

— Jusqu'à la moelle. En passant par l'ovaire gauche.

— Je déteste votre langage, Méndez. Alors, vous avez compris ce que je vous disais ? Mon père a contribué à cette porcherie. Peut-être même l'a-t-il créée ?

— Je regrette de vous contredire, monseigneur, mais votre père a secouru cette petite.

— Ah oui ? Et à quelle morale a-t-il obéi ? À celle des boutiques de préservatifs ?

— À celle de la rue, la morale des pavés, des portes cochères et des matelas d'appartements miteux, une morale de misère qui ne figurera jamais dans les très hautes archives du Vatican et encore moins sur la papemobile. Les gens comme vous s'en fichent car elle n'est pas écrite, mais votre père y attachait de l'importance parce qu'elle était vécue.

Elle consiste à faire des choses très simples : dire un mot d'encouragement, par exemple, se montrer compréhensif ou fraternel, donner un peu d'argent sans que cela se remarque, être là quand quelqu'un se sent seul et n'a personne sur qui compter. C'est un beau discours que je vous fais, n'est-ce pas, monseigneur ? Vous avez tout à fait le droit de me répondre que c'est une morale de païens et de vauriens. Votre père s'est rendu compte qu'avant d'aller au-devant de Dieu il fallait trouver l'homme et la femme, son éternelle compagne qui pleure parfois pour lui. Tous vos ecclésiastiques docteurs en droit n'ont pas saisi cela, il a fallu qu'un malheureux comme votre père cherche pendant des années une morale qui en vaille la peine.

Sur ce, Méndez raccrocha. Il n'arriverait jamais à convaincre Jorge Rivera, la seule personne qu'il espérait faire changer d'avis. Son dernier voyage s'était révélé inutile, mais Méndez s'en fichait, il pensait justement que c'est en donnant des coups d'épée dans l'eau qu'on se forge peu à peu une conscience secrète.

Il venait d'en finir avec l'évêque quand la sonnerie du téléphone retentit.

— Monsieur Méndez…

— Bonjour, ou plutôt bonsoir, Olga.

— Monsieur Méndez, vous ne savez pas comme je suis heureuse de vous entendre. Je croyais que vous étiez allé travailler dans votre maison close.

— Si je pouvais le faire, je ne serais pas flic. Pourquoi m'appelez-vous ?

— J'ai peur.

— De quoi avez-vous peur ? De l'extrême droite ? Des élèves de l'École normale ? Du fantôme de l'Opéra ? Olga, la France est un pays sûr.

— Je ne peux pas m'étendre sur le sujet et puis je ne veux accuser personne.

— Qu'est-ce que vous dites ?

Olga parlait d'une voix tremblante et inquiète qui lui ressemblait assez peu, elle qui avait lutté et souffert toute sa vie. Méndez colla le combiné à son oreille car il ne l'entendait quasiment pas.

— Quand venez-vous ?

— Après-demain matin.

— Je vous en prie, j'ai vraiment besoin de vous voir, alors n'annulez pas votre voyage.

— Pas de problème, Olga, j'ai réservé mon billet dans une agence de confiance. Dès que j'arrive à la gare d'Austerlitz, je passerai chez vous, c'est de toute façon ce que je comptais faire.

— Vous êtes vraiment gentil, c'est urgent, vous savez.

Olga avait l'air d'une femme qui n'ose pas parler à la police alors qu'un assassin se trouve derrière sa porte. Un long frisson auquel il ne s'attendait pas parcourut l'échine de Méndez.

— Olga…

— Quoi ?

— Même si je sautais dans le premier avion nous ne nous verrions pas tout de suite, dites-moi au moins ce qui se passe.

— Je vous l'ai dit : j'ai peur.

— Peur de quoi ?

À l'autre bout du fil, la vieille dame murmura quelques mots que Méndez ne pensait pas entendre mais qu'il avait néanmoins gardés dans un coin de sa tête :

— J'ai peur d'une femme.

29

Une question de chambre cachée

Méndez raccrocha en ressentant une espèce de crampe à la main droite. Une femme… L'idée, inattendue mais obsédante, revenait sur le tapis chaque fois qu'il se retrouvait devant une mare de sang.

Mónica, la domestique assassinée chez Pedro Mayor, avait été tuée par David Mellado, pensait Méndez, son ami de cœur, pour user des termes des revues à l'eau de rose et des sacristains de bon aloi. Cet oiseau-là étant mort et bien mort, il ne pouvait confirmer ou nier quoi que ce soit. Pourtant Méndez avait cru dur comme fer que le meurtrier était un homme. Juste avant de mourir, la jeune bonne avait néanmoins confié à sa maîtresse qu'elle avait peur d'une femme, et voilà qu'Olga Tavares venait de lui dire la même chose.

Qui était-elle ?

— Nom de Dieu ! s'écria Pons lorsque le lendemain matin, en bon fonctionnaire, Méndez lui annonça qu'il allait à Paris. Alors comme ça, vous partez là-bas pour discuter avec une nénette ! Vous n'êtes pas très original. Depuis l'époque du comte de Romanones[1], tous les Espagnols vont

1. Comte de Romanones : politicien conservateur plusieurs fois Premier ministre sous Alphonse XIII.

à Paris pour parler avec des filles et finissent par se retrouver dans les bras d'un gars. C'est pour ça qu'il n'y a que des wagons-lits dans le Talgo, car quand ils rentrent les pauvres n'arrivent même plus à s'asseoir. Ah, je vous vois déjà marcher à cloche-pied, il paraît que ça soulage.

— Je finance ce voyage moi-même, chef.

— Encore heureux ! On ne va tout de même pas payer votre partie de baise avec les fonds réservés, ça n'est jamais arrivé.

Pons marqua une pause et reprit :

— Enfin si, quelquefois.

Et il raccrocha.

Méndez poussa un soupir de soulagement. Il avait fait son devoir doublement. D'abord en avertissant la subalterne promise à une brillante carrière grâce à ses amortisseurs arrière, puis son chef. On lui ouvrirait peut-être un dossier dans les jours qui suivraient, mais cela ne l'empêcha pas de monter dans le train le soir venu. Il colla son front contre la vitre, s'absorba dans la contemplation du paysage, les plages désertes où des poissons ratatinés attendaient le passage d'une belle Suédoise, les maisons de Gérone baignées d'une lumière orangée, les phares des voitures transportant des familles sur la côte pour aller déguster une langouste biblique. Ils quittèrent bientôt le territoire espagnol qui disparut comme un bâillement dans la nuit. Méndez aussi bâilla, sentant toute la fatigue qu'il avait accumulée ces derniers temps lui tomber dessus. Il s'écroula chastement sur sa couchette, le membre mollasse et les yeux grands ouverts. Si seulement il avait su quel genre de femme il recherchait, les choses auraient été plus simples. Il essaya de faire le vide dans son esprit mais aussitôt une flopée de visages féminins se reflétèrent dans la fenêtre sans qu'aucune d'entre elles se risque jusqu'à lui. Quelques minutes plus tard, Méndez dormait à poings fermés.

*

La femme était près de la fenêtre noire et son corps nu s'y reflétait comme dans un miroir. Dehors il faisait nuit. Le silence était absolu, les aiguilles de l'horloge s'étaient arrêtées sur le onze. La femme tourna la tête et regarda la marque gravée dans le bois : « Le Dragon, 1911 », drôle de nom pour une pendule qui n'avait jamais marché. La voix de l'homme résonna.

— Mets-toi à genoux.

La femme s'exécuta. On ne voyait plus que sa tête dans la fenêtre. La chambre, éclairée en tout et pour tout par une lampe de chevet, était plongée dans la semi-pénombre.

— Prends-la.

— Quoi ?

— Tu sais bien, allez.

Les doigts de la femme défirent la braguette. Elle était si nerveuse qu'elle arracha un bouton. L'homme le vit tomber par terre et hurla :

— Imbécile !

La gifle projeta la femme en arrière.

— Je suis désolée, je ne l'ai pas fait exprès, je ne vais pas très bien.

— Pourquoi ? Tu n'es qu'une pute ! Tu l'as déjà fait des centaines de fois. Allez, sors-la !

La femme obéit. La Dragon de 1911 sembla ressusciter dans un craquement de bois mais le mécanisme, sans doute bloqué depuis l'époque de Jean Jaurès, ne se relança pas.

— Allez, au boulot, salope.

L'homme semblait dégoûté, à croire que le son de sa propre voix, aiguë et criarde comme celle d'un gosse dans un gymnase, le répugnait. Pour s'affirmer davantage, il empoigna la femme par les cheveux et l'obligea à observer un mouvement de va-et-vient. Elle bredouilla quelques mots et roula des yeux.

— Allez, du nerf, bouge un peu. Vas-y… vas-y…

La femme imita le balancier d'une horloge. Soudain son reflet disparut, éclipsé par les lumières laiteuses du Panthéon, qui venaient de s'allumer, alimentées par l'âme de ses morts. La tête de la femme s'agitait toujours, mue par l'angoisse. L'homme haleta plusieurs fois et explosa dans sa bouche en gémissant.

Olga Tavares passa le seuil de la porte et disparut au fond de l'appartement de la rue Gay-Lussac. Chez elle aussi il y avait une fenêtre noire et, au loin, l'éclairage laiteux du Panthéon. Derrière les vitres, un chat probablement jacobin élevé sur les toits de Paris demandait à entrer, mais Olga ne lui prêta aucune attention, trop occupée à lire le papier posé sur la table, un devis pour la réparation de la Dragon, un objet rare qu'il fallait revernir, graisser, équiper de nouvelles charnières, d'un ménanisme neuf et d'une roue de rencontre. Le coût total s'élevait à dix mille francs, une fortune aux yeux d'Olga. Mais celle-ci était davantage alarmée par une série de photos éparpillées autour du devis, où apparaissait la même femme entourée d'autres personnes. Olga se laissa choir dans un vieux fauteuil et composa un numéro à Barcelone.

— Monsieur Méndez ?

Elle croyait qu'on avait décroché, mais à l'autre bout du fil la sonnerie résonnait dans une chambre déserte, remplie de livres, de revues obscènes et de boîtes de conserves vides. Sur une table on avait laissé un ouvrage en cours de lecture à côté de deux bouteilles au contenu probablement mortel : un cognac inconnu baptisé la « Foi du légionnaire » et un *orujo* jauni dont l'étiquette indiquait qu'il s'agissait d'une fiole de 1951 destinée aux premiers secours de l'hôpital d'Algésiras. La sonnerie réveilla les pigeons qui nichaient sur les toits d'Atarazanas et énerva un couple de voisins qui en étaient à leur deuxième tentative d'assauts amoureux.

Olga Tavares raccrocha.

« Monsieur Méndez doit déjà être dans le train », songea-t-elle. Au bord du désespoir, elle se replongea avec horreur dans les photos étalées sur la table.

*

L'homme se reboutonna lentement tandis que la femme vomissait dans les toilettes contiguës. À présent qu'il s'était vidé, la chambre lui semblait triste, la fenêtre minuscule. Même le Panthéon illuminé lui faisait l'effet d'un cocon de ver à soie prêt à éclore. Il se rendait compte que la femme pitoyablement penchée sur la cuvette pour rendre tripes et boyaux ne valait pas grand-chose.

Il se prit à penser à la caissière du supermarché où il allait faire ses courses tous les jours pour le seul plaisir de la voir. Elle, c'était une vraie femme : blonde, chaussée de lunettes d'intellectuelle, large d'épaules, massive. Tous les spots du magasins donnaient l'impression d'être braqués sur ses fesses majestueuses. Mais celle qui dégobillait à côté de lui n'avait rien de tout cela. Trop maigre, le regard inquiet, elle n'avait pas le ventre accueillant et son cul était couvert de nodules qui finiraient bientôt par en masquer l'orifice sacré. Que pouvait-on attendre de ce genre de fille ?

— Tu vas me donner ce que tu me dois ? lui demanda-t-elle de l'autre côté de la porte.

— Non, pas tout de suite.

— Comment ça ? Nous avions conclu un marché.

— Je vais le respecter, fit l'homme avec lassitude, mais il y a deux actes au programme.

La femme vomissait à nouveau, agitée de convulsions.

— Je... je n'ai pas terminé ?

— Qu'est-ce que tu crois ? Bernard, le chef du groupe, va venir te voir. Il te donnera tout mais il faudra être gentille avec lui.

La femme sortit des toilettes, la jupe mal ajustée.

« À y regarder de plus près, tu n'es pas très belle, pensa l'homme. Tu as maigri, tes joues sont creuses et surtout tu as un regard de bête prise au collet. Mais bon, que peut-on attendre de plus avec la vie que tu mènes ? »

— Je n'ai pas été assez gentille ? balbutia-t-elle.

— Si, si, mais j'espérais autre chose. Avec Bernard il va falloir que tu te surpasses, je te le dis pour ton bien. Tu dois t'appliquer.

La femme se tordait les mains dans un geste de désespoir muet.

— Jean...

— Quoi ?

— Je n'aime pas ça.

— Le deal est correct. C'est comme ça, la vie : si tu donnes, tu reçois et vice versa. Rien n'est gratuit.

— Vous avez tort de me dévaloriser, toi et Bernard.

— Vraiment ?

— Vraiment. Vous ne me connaissez pas, personne ne me connaît.

— C'est vrai mais tu ne vaux pas la peine qu'on te connaisse. Remets ta jupe en place, maquille-toi, déguise-toi en vraie femme même si ça ne dure qu'une demi-heure, Bernard ne va pas tarder.

— Si je comprends bien, vous vous partagez mon corps.

— Juste un moment, fit l'homme en haussant les épaules.

Il vit son reflet dans la fenêtre et se trouva présentable. Il contempla le Panthéon, plus illuminé que jamais, puis se tourna vers la femme :

— Arrange-toi un peu, ça ne coûte rien, et sois gentille, lui lança-t-il d'un ton paternaliste.

— Vous êtes... des... hoqueta-t-elle.

— Tu peux dire ce que tu veux, tu as besoin de nous.

En sortant il faillit renverser l'horloge vermoulue.

— Quel coucou, grogna-t-il, elle n'a pas dû marcher depuis la Commune et elle s'appelle Le Dragon...

*

Bernard arriva dix minutes plus tard. Il était corpulent (trop) et avait l'allure d'un manutentionnaire des anciennes Halles que son élégant complet anglais ne parvenait pas à faire oublier. Son visage bovin ponctuait un corps enrichi de graisse de canard, de pâtés, de pieds de porc arrosés de saint-Émilion et de gaillac. Il avait cependant un regard intelligent et rusé.

— Trop maigre, estima-t-il.

— Je suis dans une mauvaise passe.

— Eh bien, tu devrais t'en sortir parce que sur les photos que j'ai vues tu étais beaucoup plus rondelette.

— Tu peux m'aider à changer.

— Tu peux compter sur moi, je vais te donner ce que je te dois. Viens voir un peu par ici… tu n'es pas très bandante.

L'homme jeta un coup d'œil sur le lit, qui ne sembla pas lui plaire, puis sur les vêtements de la fille, qui a priori n'étaient pas davantage à son goût, mais il fit un effort sur lui-même car il s'était déplacé.

— Tourne-toi.

— Vous ne savez que donner des ordres.

— Fais ce que je te dis.

Elle s'exécuta. À l'évidence l'homme n'appréciait pas le panorama mais il comptait employer son temps à bon escient.

— Bon, conclut-il, tu vas peut-être avoir mal…

— Quoi ? Qu'est-ce que vous avez en tête ?

— … mais peut-être pas.

— Je ne veux…

— Tais-toi, je ne suis pas venu jusqu'ici pour lire la Bible.

Il la poussa, manquant de renverser l'horloge.

— Marche sans te retourner ou tu vas me gâcher la vue. Couche-toi et obéis-moi, on verra bien le temps que ça durera, je suis un gars très pointilleux. Dis donc… elle fonctionne, cette pendule ?

M. Méndez arriva gare d'Austerlitz enivré de mille arômes de vins méditerranéens. Mme Tavares l'attendait. Même refaite, la gare avait toujours l'aspect d'un carrefour de la misère, point de rencontre des réfugiés politiques, des immigrants avec leur valise en carton, des vendangeurs flanqués de leurs filles et des bonnes galiciennes munies de leur livret d'épargne. Des Arabes poussaient des chariots débordants de valises déposés dans des taxis conduits par d'autres Arabes qui se dépêchaient de descendre l'avenue d'Italie.

— Monsieur Méndez, yé bous souhaite la bienbénoue. Yé bessoin dé bous, dit Olga Tavares.

— Moi aussi j'ai besoin d'une femme, même retraitée. Je préférerais qu'on parle une langue civilisée, si ça ne vous dérange pas.

— Ça fait si longtemps que je vis ici que j'en arrive à oublier que je suis espagnole, monsieur Méndez.

— Vous êtes à l'heure. Allons boire une bière et racontez-moi tout.

— J'aimerais mieux qu'on aille rue Gay-Lussac, monsieur Méndez. Tout est là-bas. J'ai peur.

— Peur ?

Olga Tavares ne répondit pas mais ce n'était pas nécessaire. Ses lèvres tremblaient, son visage avait changé. L'anxiété et la terreur qu'on y lisait semblaient avoir déteint sur sa peau livide, et dans ses yeux flottait comme un dégoût de vivre.

Sans échanger un mot, ils longèrent la Seine en taxi, passèrent devant Notre-Dame, ses pigeons et ses autocars remplis de Japonais. Méndez regarda défiler les bouquinistes, les hôtels pour antiquaires, les portes de la Shakespeare and Company, les restaurants orientaux où un client devait être en train de déguster un oiseau sodomite. Ils traversèrent des rues où l'on cherchait encore l'arbre de la science et virent le Panthéon, qui à cette heure matinale n'était plus éclairé. Enfin ils arrivèrent au domicile de l'Infante Carol et pénétrèrent dans le deux-pièces silencieux.

— Monsieur Méndez... commença Olga.
— Quoi ? Vous ne m'aviez pas dit que Carol était à Paris.
— Si, elle est rentrée d'Allemagne.
— C'est une bonne nouvelle, ça. Vous aviez envie de la voir.
— Oui, monsieur Méndez. J'étais très contente de son retour mais j'ai eu deux grosses déceptions.
— Qu'est-ce qui s'est passé ?
— D'abord, ça l'embêtait que je vienne m'occuper d'elle. Elle m'a traitée en intruse, et même si elle ne me l'a pas dit clairement, elle me l'a bien fait comprendre.
— Ça semble logique, dit Méndez d'une voix douce. Elle ne vous a pas demandé de venir faire son ménage. Tous les jeunes veulent leur indépendance.
— Oui mais...
— Ne dites rien, je sais que vous l'aimez par-dessus tout. Et la deuxième déception ?
— Elle a beaucoup maigri.
Méndez étouffa un rire devant l'air angoissé d'Olga.
— Olga, murmura-t-il, je sais bien que tout ça s'arrange avec un bon ragoût galicien, du jambonneau aux feuilles de navets primeurs, des tartes de Saint-Jacques-de-Compostelle et du lait de vache asturienne. Il suffit de vous laisser la petite Carol pendant un mois pour que vous la transformiez en grosse fille bien dodue qui ne peut plus passer la porte, mais vous devez comprendre que les femmes d'aujourd'hui veulent rester minces, se nourrir d'aspirine et défiler sur les podiums de Miami. On n'y peut rien.
— Il ne s'agit pas de ça.
— Alors qu'est-ce que vous avez ?
— Monsieur Méndez, je ne sais plus quoi penser ni quoi dire, je sais juste que j'ai peur.

— Mais de quoi, enfin ?

— Je vais vous expliquer.

— Ouais, eh bien, dépêchez-vous avant que le maire de Paris me déclare persona non grata.

Olga Tavares ferma les yeux.

— Tout a commencé avec une horloge, monsieur Méndez.

— Une horloge ?

— Oui. Une Dragon de 1911, autant dire une antiquité ou une relique, comme vous voudrez. On dirait qu'elle a été construite par les membres de l'Action française qui voulaient savoir si Jeanne d'Arc en avait encore pour longtemps.

— Vous connaissez très bien l'histoire de France, Olga, mais continuez. C'est Carol qui a acheté cette vieillerie ?

— Non. Elle devait être dans sa chambre quand elle y a emménagé. Dans l'autre chambre. Quand je l'attendais ici, elle était ailleurs. Je vous parle de deux chambres différentes à deux endroits différents, je ne sais pas si c'est clair.

— Non.

— Eh bien, Carol habitait officiellement ici mais elle avait loué un autre appartement.

— Celui où se trouvait l'horloge.

— Oui.

— Et vous n'étiez pas au courant.

— Non.

— Je comprends parfaitement que ce manque de confiance vous fasse mal, mais comment l'avez-vous découvert ?

— Tenez.

Méndez lut le papier qu'Olga lui montrait. Il lui fallut moins d'une minute pour le parcourir.

— C'est un devis pour réparer cette horloge à la con, dit poliment Méndez. Et alors ?

— C'est elle qui l'a demandé, apparemment. Peut-être qu'elle aimait cette pendule, après tout. Qu'est-ce qu'on peut espérer d'une gamine qui ne mange rien ? Toujours est-il que quand ils lui ont apporté le devis, elle n'était pas ici mais dans l'autre appartement, qui se trouve juste à côté. Elle leur avait donné un numéro au cas où elle s'absenterait.

— Normal, dit Méndez.

— Mais elle s'est trompée et a donné le numéro d'ici.

— Ça arrive souvent. Grâce à ce genre d'erreurs le *Guinness* pourrait monter une rubrique sur les records de la chasse à cornes.

— Enfin, l'horloger m'a appelée pour me laisser le devis, évidemment j'ai accepté et je me suis rendu compte que je ne connaissais pas la pendule en question et encore moins l'adresse que Carol leur avait indiquée. Je ne savais pas quoi penser.

— Je comprends, mais je suis sûr qu'après vous avez su quoi faire. Vous êtes allée voir l'autre appartement.

— Eh bien oui, monsieur Méndez. Ce que j'ai fait est peut-être moche mais j'avais de bonnes intentions. J'y suis allée avec un de mes vieux amis, un Juif galicien au passé brillant : il a été veilleur de nuit dans les meilleurs quartiers de Pontevedra et peut ouvrir n'importe quelle serrure, même celle des ceintures de chasteté des religieuses de Lugo, ajouta-t-elle en clignant de l'œil à Méndez.

— Les ceintures de chasteté de l'ancienne Lugo, ça devait être quelque chose.

— Il m'a donc ouvert la porte et j'ai découvert un monde inconnu. L'horloge y était, bien sûr, ça je le savais. Il y avait aussi un lit défait où l'on voyait encore l'empreinte de deux corps. Je vous passe le reste : une salle de bains pas très propre et une kitchenette avec des restes de ces pizzas qu'on livre. Celle que j'ai trouvée était si dure qu'on avait dû l'envoyer par avion une semaine plus tôt. Des boîtes de conserves traînaient partout, à demi remplies de nourriture pour cosmonautes, les pauvres, ils sont obligés d'avaler des produits ultraconcentrés parce qu'ils ne peuvent même pas faire pipi. Certaines boîtes contenaient une viande bizarre et fibreuse, conçue spécialement pour les crocodiles.

— Voilà ce qui est à l'origine de notre actuelle paix sociale, déclara Méndez. Après avoir avalé ce genre de trucs, les gens n'ont plus la force de faire la révolution.

— Enfin cet appartement me dévoilait une facette inconnue de Carol, comme vous pouvez l'imaginer, mais tout compte fait, ce n'était pas si grave. Je me suis dit que Carol avait une garçonnière, ou plutôt un baisodrome, pour employer un terme plus actuel. Jusque-là ça allait. J'ai commencé à paniquer quand j'ai vu les photos.

— Quelles photos ?

— Tenez !

Méndez les examina. Olga les éparpilla sur la table comme un jeu de cartes. Il y avait de vieux clichés de l'époque franquiste, puis de la transition et de la monarchie populaire et modérée. Méndez en avait déjà vu certaines chez Lola : la petite Carol bébé, le regard ingénu d'une fillette dont les parents se disputent tous les dimanches, puis la gamine devenue princesse. Lola possédait toutes ces photos parfaitement normales.

Les portraits suivants retinrent davantage son attention. Carol y était déguisée en punk, dansait avec un type qui semblait évadé de Sing Sing, bronzait sur une plage en monokini, travaillait à une sculpture en bois, une tête torturée qui évoquait à elle seule toute la souffrance de Mathausen. Méndez se rappela l'œuvre qu'il avait remarquée chez Pedro Mayor. Était-ce donc si normal ?

Méndez regarda de plus près. Il ignorait ce qui clochait et fit une grimace à Olga pour lui signifier qu'il ne comprenait pas.

— Vous ne remarquez rien ? lui demanda Olga.

— Je ne sais pas. Il y a quelque chose qui me chiffonne mais je ne sais pas exactement quoi.

— Moi, je le sais.

— Alors ?

— Au début ça m'a fait comme à vous, mais maintenant je sais. Mon ami veilleur de nuit a éclairé ma lanterne. Figurez-vous qu'il a vu grandir une ville entière et qu'il a élevé onze enfants dont sept étaient de lui. Il m'a fait remarquer qu'entre les premiers visages et les derniers, quelque chose ne collait pas, mais il n'arrivait pas à me dire quoi. Il m'a proposé d'aller voir un médecin originaire de sa région, qui est le portrait craché de son deuxième petit-fils. Il s'appelle Quiroga, mais depuis qu'il a la nationalité française, il a fait mettre Quirogé sur sa plaque. Il est réputé pour ses talents d'anatomiste. Il a chez lui une rangée de têtes conservées dans du formol et des piments de Padrón confits dans leur sauce. Enfin, toujours est-il qu'on lui a apporté les photos et qu'il les a observées en fronçant les sourcils. Il a passé une demi-heure à pianoter sur son ordinateur en faisant une drôle de bobine.

— Et qu'a-t-il dit ?

— Il a fait une étude des os, des arcades sourcilières, du menton et une simulation de croissance, un vrai professionnel. À la fin il a été formel et a conclu qu'entre les premières photos et les dernières ce n'était pas la même fille.

Méndez sentit sa gorge se nouer. Son regard dénué d'expression se perdit au-delà de la fenêtre, quelque part sur la coupole du Panthéon. Olga Tavares tremblait de la tête aux pieds.

— Vous vous rendez compte, Méndez ? bredouilla-t-elle. J'ai connu Carol dans les bras de sa mère, à Paris, je lui ai pour ainsi dire presque donné le sein. Des années se sont écoulées avant que je la revoie et que je lui redonne aussitôt mon amour. À défaut de lait je l'ai couverte de baisers, je l'ai aimée comme une mère, c'était ma petite fille, mais je n'ai pas remarqué qu'elle n'était plus la même.

30

Une question de visages

« Olga, ne vous éloignez pas de moi, avait ordonné Méndez à la vieille dame. Laissez tout tel quel, remettez les objets à leur place comme si vous n'étiez jamais entrée dans cet appartement. Calmez-vous, arrêtez de trembler et partez d'ici à la vitesse grand V, pas la peine de consulter votre montre. Évitez que Carol soupçonne quoi que ce soit quant à ce que vous avez découvert sur son compte. Rentrez chez vous, débranchez le téléphone, n'ouvrez à personne, j'ai bien dit personne. Je vais vous accompagner. Surtout, restez collée à moi. »

Toutes les victimes avaient parlé de cette femme, qui n'était aparemment autre que Carol, songeait Méndez, la gorge sèche. Il faisait encore jour et Paris n'inspirait pas la moindre peur, pas même le cimetière du Père-Lachaise. Les gens allaient au travail, les voitures se retrouvaient cul à cul, les vitrines exhibaient des chaussures Pompadour, des bouteilles immémoriales, des robes de fête et des jeans effilochés par un chanteur enragé. Les rues animées et pleines de vie étaient totalement dépourvues de mystère. Mais la peur se lisait encore dans les yeux d'Olga Tavares tandis qu'elle marchait jusque chez elle, aux confins d'une ville que Méndez, recru de fatigue, était las d'arpenter. Quand ils arrivèrent dans la cage d'escalier obscure, Méndez n'arrivait plus à respirer tant il avait couru derrière la Galicienne.

— Je monte avec vous, lui dit-il.

— Non, monsieur Méndez.

— Comment ça ? Vous ne voulez pas que je jette un œil dans votre appartement ?

— Je me fiche de ce qui peut m'arriver, monsieur Méndez, je voudrais mourir, je n'ai même plus peur, bien au contraire.

Elle pleurait tout en gravissant l'escalier tortueux et sombre. Méndez l'entendait sangloter et pouvait presque sentir les spasmes qui ébranlaient cette femme dont la vie n'avait plus aucun sens. Il se retourna pour caresser ses cheveux blancs et se maudit de son accès de sentimentalisme, malvenu dans un moment pareil.

— Ne pleurez pas, ce n'est peut-être pas ce que vous pensez, elle ne vous a peut-être pas abusée, vous comprenez ? Il faut y penser.

Il aida Olga à monter. Ses pleurs avaient redoublé. Elle tourna la clé dans la serrure d'une main tremblotante et ouvrit la porte de son appartement, celui d'une femme qui avait nourri toute sa vie un seul espoir. D'un coup d'œil Méndez jaugea la pièce : un canapé, une chaise en cuir espagnol, une cuisine de poupée, un lit fait avec soin, un tapis valencien et d'innombrables photos encadrées de la Guerre civile. « Je te découvre enfin, mon colonel, toujours agrippé à ton fusil ou à ton drapeau alors que les justes s'accrochent plutôt à une paire de seins, aurait pensé le vieux policier en d'autres circonstances. Ton épouse est en larmes. Tu ne l'as jamais trompée mais une autre s'en est chargée. »

— S'il vous plaît, laissez-moi.

— Vous allez faire ce que je vous ai dit, Olga ?

— Qu'est-ce que je dois faire ?

— Débrancher le téléphone et n'ouvrir à personne, ne pas sortir de chez vous jusqu'à mon retour. Ensuite je vous emmènerai dans un endroit plus sûr.

— Vous allez partir ? Vous allez où ?

— Je veux entrer dans l'appartement de la fille qui se fait passer pour Carol. L'adresse me suffit. Ne me demandez pas comment je vais entrer, j'ai déjà fait pire.

Méndez ne prit pas plus de quatre minutes à inspecter le minuscule appartement. Il ouvrit une des fenêtres pour regarder à l'extérieur. Personne ne pouvait escalader l'immeuble.

— Olga, vous allez m'obéir ?

Elle détourna la tête.

— Peut-être que Carol est Carol, qu'elle ne vous a pas menti, lâcha-t-il d'une voix douce.

— C'est ce que vous croyez, Méndez ?

— Oh moi, je ne crois plus en rien, pas même en l'évêque de Mondoñedo, qui au demeurant doit être fort bien placé, alors de là à croire en une femme dont je ne connais pas le nom… Mais la Constitution dit qu'il faut en principe respecter la présomption d'innocence.

Il se dirigea vers la porte. Au fond de la pièce, il distinguait la silhouette vacillante d'Olga. Il lui adressa un signe qui se voulait rassurant mais s'avéra inutile.

— Ne perdez pas espoir, lui lança-t-il. C'est peut-être une erreur, je vais tout vérifier. Écoutez…

— Ne vous faites pas de souci. Je me cloître et je n'ouvre à personne.

— C'est bien. Comme personne ne se cache ici, vous ne courez aucun risque. Je reviens tout de suite.

Méndez dévala les escaliers où il faillit se casser la figure. À son âge, la hâte pouvait s'avérer fatale.

Olga Tavares resta seule dans sa chambre silencieuse, étrangère aux bruits de la ville. Assise près de la fenêtre, elle respirait l'air le plus personnel qui soit, celui du temps perdu. Ses yeux s'égarèrent dans la pénombre avant de se poser sur les portraits du colonel clairsemés de taches brunes et dans les recoins obscurs derrière les portes entrebâillées.

Petite, les soirs d'hiver, sa mère l'envoyait faire des courses. Il faisait nuit et elle avait peur de passer le portail. Elle suivait à tâtons la rampe de l'escalier, si froide qu'elle avait l'impression de toucher la main d'un mort, en s'aidant du rai de lumière pâle qui passait sous la porte. Avant de sortir elle devait affronter la loge inhabitée du concierge, une sorte de guérite en bois où les enfants se cachaient sans faire de bruit, pensant surgir de l'ombre, et où un jour un homme s'était tapi pour surprendre une des voisines. Bien avant la naissance d'Olga, les gens racontaient qu'on n'avait jamais retrouvé ni l'homme ni la voisine. Au pied des escaliers, Olga devait ensuite marcher sur un carré de dalles blanches. Jadis, disaient les mêmes voix hors du temps, on y avait découvert le corps sans vie d'un enfant venu s'y reposer. Peut-être attendait-il encore, songeait Olga, qui comme tous les enfants entretenait sa peur des escaliers étroits, des lueurs diffuses, des coins sombres et des visages furtifs des trépassés. La vieille dame avait longtemps cru à ces légendes macabres, jusqu'à ce qu'elle enterre sa propre fille. Pourquoi ces peurs ancestrales revenaient-elles la hanter à présent ? La lumière dispensée par la fenêtre parut se voiler, comme assombrie par le souvenir des défunts qu'elle avait laissés derrière elle.

Elle se retourna sans trouver la force de se lever. Elle avait une armée d'ombres pour seule compagnie. Soudain, un bruit la fit sursauter. Quelqu'un montait les escaliers d'un pas vacillant et s'apprêtait à sonner chez elle. Olga compta les marches. Une dizaine à peine la séparaient de l'inconnu qui devait se trouver sur le palier. Elle retint sa respiration, les sens en alerte, et entendit à l'extérieur comme un léger battement d'ailes.

« N'ouvre pas. N'ouvre surtout pas. »

Les pas reprirent leur ascension. L'inconnu chantonnait. Il poussa une porte et il y eut un concert de voix et des sauts d'enfant sur les lattes qui grinçaient. Olga se sentit revivre.

De quoi avait-elle peur ? Elle était seule chez elle et personne ne pouvait entrer.

Elle ferma les yeux et essaya de se ressaisir mais le battement d'ailes semblait à présent s'être déplacé du côté de la fenêtre. Elle tourna la tête et ne vit que les rayons obliques du soleil éclaté qui s'introduit dans les modestes cours parisiennes.

« Tout cela est absurde, je suis en train de devenir folle. »

Elle se leva, passa devant les photos de guerre et les portraits jaunis du colonel, gagna la kitchenette. La solitude lui pesait et son studio lui donnait l'impression de n'avoir jamais été habité. Plus loin il y avait d'autres appartements, d'autres fenêtres et peut-être d'autres femmes qui contemplaient le vide de la mort ou, pis encore, le vide de leur vie. Une ombre passa devant la fenêtre. Olga pivota brusquement pour constater qu'il s'agissait d'une nuée de pigeons. Elle n'avait aucune raison d'avoir peur, alors pourquoi paniquer ?

Soudain, dans l'escalier, elle perçut un bruit de pas furtifs. Elle songea qu'aucun voisin, à moins d'être un enfant, ne se serait amusé à jouer les fantômes sur le palier. Les pas s'arrêtèrent devant la porte et Olga entendit à nouveau l'étrange battement d'ailes. Elle s'attendait à ce qu'on sonne chez elle d'un moment à l'autre et pensa qu'elle ne devait ouvrir à personne. Elle ferma les yeux pour chasser son vertige et entendit retentir la sonnette d'à côté.

Elle s'effondra dans le fauteuil. Elle avait honte de sa propre peur, elle qui avait passé sa vie dans des mansardes miteuses, des couloirs obscurs, des cabinets nichés sur le palier, elle qui dans son enfance avait traversé des bois peuplés de violeurs de petites filles. Terrée dans une pièce verrouillée à double tour, elle ne risquait rien. Elle regarda audehors et vérifia comme Méndez le lui avait dit que personne ne pouvait escalader l'immeuble, pas même un spectre spécialisé dans les tuyaux.

D'autres bruits la firent tressaillir juste à l'étage du dessus pourtant inhabité. La gorge nouée, Olga avait la respiration coupée. Des pas menus semblèrent glisser sur sa tête en direction de la fenêtre puis tout s'arrêta et un silence abominable s'abattit dans la pièce. La vieille dame prit alors conscience qu'elle allait mourir.

Personne ne pouvait descendre chez elle, à moins d'utiliser l'ancien conduit d'aération qui reliait étage par étage les W.-C. de cet édifice construit sous la Commune. Olga Tavares entendit le glissement d'un corps aussi agile que celui d'un chat. Elle n'avait même pas la force de crier et d'ailleurs c'eût été inutile face à une fille gracile capable de se faufiler n'importe où. Elle vit tout à coup devant elle un visage aux yeux calmes, dénués d'expression, et une bouche déformée par une grimace immonde. Ce visage n'était pas celui qu'avait connu Olga durant des années. Il paraissait issu d'une autre couche et gorgé d'autres chagrins que les siens.

— Carol, murmura Olga.

— Je ne me suis jamais appelée comme ça.

Le couteau étincela dans la pénombre, prêt à porter un coup bas et facile à une femme qui souhaitait mourir.

Olga ne bougeait pas.

— Pour moi tu seras toujours Carol, souffla-t-elle.

Le couteau s'immobilisa près de la gorge de la vieille dame. La force d'un nom ou d'un souvenir avait peut-être stoppé sa course, ou alors la présence d'une femme qui avait tout donné à celle qui voulait à présent la tuer. La fille haletait et semblait hésiter, à croire que la tendresse ne l'avait pas entièrement désertée.

— Je ne peux pas… dit la fausse Carol.

31
Une question de mère et de père

Méndez tordit le poignet de la fille avec une violence rare. Il avait perdu sa force d'antan mais conservé la technique et la hargne des bas quartiers. Les articulations de la fausse Carol craquèrent lorsqu'elle tomba par terre et sa bouche s'ouvrit démesurément. Elle suffoquait.

— J'attendais sur le palier, j'étais sûr que tu viendrais, dit-il d'une voix blanche. Une minute plus tard et tu aurais fini ton boulot. La vie ne tient qu'à un fil.

Il ferma la porte de la pointe du pied et tenailla davantage le poignet. La fille poussa un gémissement de douleur, convaincue qu'on allait réduire son bras droit en bouillie. Elle roula au sol sans savoir ce qui lui arrivait, les yeux exorbités.

Olga Tavares tourna de l'œil elle aussi et s'affaissa doucement, incapable de supporter ce spectacle.

— Ne lui faites pas de mal, balbutia-t-elle avant de s'évanouir.

— Ça dépendra d'elle, rugit Méndez.

Il immobilisa la jeune fille en posant son pied sur sa jugulaire.

— Tiens-toi tranquille, saloperie, ou je n'aurai même pas besoin de sortir mon pistolet pour te défoncer le clito.

Oubliant qu'Olga avait perdu connaissance, il appuya plus fortement en grognant :

— Il vaut mieux que tu parles si tu tiens à ta langue, alors chante, et vite, parce que je me fous de tes droits. Ton nom.

— Je...

— Je sais que tu ne t'appelles pas Carol. Ton nom !

— Elena...

— C'est vrai ?

— Je te le jure.

— Où est passée la vraie Carol ?

— Elle est morte, s'étrangla-t-elle.

Méndez grinça des dents et relâcha un peu sa prise pour permettre à la fille de continuer à parler.

— Morte ?

— Oui, il y a longtemps. Je t'en prie, laisse-moi respirer.

Méndez leva le pied. Elena se remit debout en vacillant mais elle retomba aussitôt. Elle s'adossa au mur, les yeux dans le vague, comme les junkies du quartier barcelonais de la Mina. Méndez la regardait de haut, mal à l'aise, trop habitué à voir le monde d'en bas.

— Comment ça, il y a longtemps ? répéta-t-il.

— C'est vrai, elle est morte à deux ou trois ans, peut-être quatre, je ne sais plus et ça n'a pas d'importance. Elle est morte de mort naturelle, je te jure que c'est vrai.

— Alors qu'est-ce que tu fous ici ?

— C'est une longue histoire.

— Raconte-la quand même.

— C'est très simple.

— Va à l'essentiel et magne-toi.

— Eh bien, tu connais Lola...

— L'ex de Pedro Mayor, la courtisane de haut rang ? Bien sûr que je la connais.

— C'est par elle que tout a commencé. Quand elle s'est séparée de Mayor, elle a eu la garde de la gosse.

— Je sais.

— Pedro Mayor lui versait une pension alimentaire assez généreuse pour qu'elle n'ait plus besoin de travailler. Elle était comme un coq en pâte. La petite était sa police d'assurance et la situation allait s'améliorer avec les années car le père comptait lui payer ses études, ses habits, ses voyages culturels, bref, toute son éducation sans poser de limites.

— Je commence à comprendre, lâcha Méndez en haussant les sourcils.

— Alors tu peux comprendre dans quelle situation s'est retrouvée Lola, une prostituée qui n'avait rien à attendre pour ses vieux jours. Une fois la gamine morte, adieu le gros lot. C'est pour ça qu'elle a caché la nouvelle à son père, ce qui n'était pas si difficile parce que Carol est morte à l'étranger, en France plus exactement.

— Et pour le faire elle avait besoin d'une autre fillette.

— C'était la première chose à faire. C'était assez simple car son père ne la voyait pas souvent, ses maîtresses la considéraient comme une rivale et se débrouillaient pour qu'elle n'aille pas chez lui. Plus elle était loin, mieux c'était. N'importe quelle petite fille faisait l'affaire, pourvu qu'elle ait le même âge que Carol et qu'elle lui ressemble. Lola s'est donc mise à chercher une gamine qui réunisse ces conditions.

— Et elle t'a trouvée, toi.

— Elle a trouvé ma mère, une toxico abandonnée par son mari, une minable qui mendiait dans la rue et qui était ravie de se libérer d'une charge en gagnant de quoi mourir dignement. Elle s'est peut-être dit aussi que c'était la seule façon de me sauver. Moi je ne me suis rendu compte de rien, juste que je gagnais un peu au change : née de père inconnu et d'une mère clocharde, je suis devenue la fille d'un richard et d'une prostituée.

Elena avait baissé la tête. Elle évitait de poser sur Olga ses yeux vitreux où perlaient quelques larmes.

— Et tu as été heureuse ?

— J'ai mené une vie tranquille, je mangeais à ma faim, je fréquentais de bonnes écoles et je m'habillais comme je voulais. De temps en temps on m'emmenait chez le photographe pour tenir Pedro Mayor au courant de mon existence. Parfois, on me collait devant un homme qui disait être mon père, m'embrassait sur la joue en essayant de ne pas me montrer que ma présence le gênait. Lola faisait ça quand elle ne pouvait pas l'éviter, mais elle préférait jouer au chat et à la souris et faire chanter Mayor. J'étais pour ainsi dire l'instrument de sa haine. En tout cas, Lola a pris toutes ses précautions pour que son ex ne remarque rien d'anormal.

— Il se contentait de payer.

— Ça oui. Lola doublait toutes les dépenses, même quand elle m'achetait à manger. Quand elle me rhabillait, elle se faisait facturer quatre robes au lieu de deux. Je ne sais pas comment elle s'arrangeait, mais il payait. Parfois il râlait, sûrement que ses bonnes femmes l'asticotaient à ce sujet, mais Lola m'a dit qu'il préférait ne pas contester car, dans sa position de notable, il n'avait pas envie de se retrouver au tribunal ou qu'on apprenne dans la presse que son ancienne femme s'était envoyé la moitié de ses clients. Tout a marché comme sur des roulettes.

— Mais les années ont passé.

— Évidemment, soupira Elena. Je vais devoir arrêter la fac un jour ou l'autre et c'en sera fini de la poule aux œufs d'or. Lola a un plan : après mes études, elle a préjà prévu mon mariage avec un Arabe ou un Vietnamien sans papiers, assez beau pour que mon père puisse croire au coup de foudre. L'étranger obtiendra ses papiers après avoir signé tous les documents nécessaires au divorce avant de m'épouser. Ce n'est pas une idée originale mais ça fonctionnera. Beaucoup de gens le font.

— C'est vrai, reconnut Méndez. Moi un jour on m'a proposé de convoler avec une mère maquerelle de Saigon.

— Pour de l'argent ?

— Non, juste une bouffe à la Casa Leopoldo.

Méndez changea de place. De là où il se trouvait il pouvait contrôler la porte d'entrée et les mouvements d'Elena quoique celle-ci, effondrée et clouée au sol, ne semblât pas près de bouger.

— Ce mariage va me permettre de lui réclamer un appartement à Paris, des meubles et aussi un voyage de noces, pourquoi pas ? poursuivit-elle d'une voix éraillée qui semblait sortie des profondeurs de la terre. Si jamais Pedro Mayor veut venir, il faudra organiser un banquet, puis nous vendrons tout le reste à prix d'or et nous nous partagerons le butin. Mais nous avons encore du temps devant nous parce que Lola m'a inventé tout un tas d'études bizarroïdes dans des universités où les chefs d'État africains décrochent leurs diplômes. Tant qu'il n'y avait pas d'autres problèmes, Mayor était prêt à payer n'importe quel cursus à Tombouctou. Lola a confié à un expert le soin de faire de faux diplômes. Elle est allée jusqu'à me faire suivre un cours de sculpture auquel j'ai d'ailleurs assisté. Tu as vu ? Je ne suis pas si mauvaise.

Méndez se rappela les bustes tourmentés et les visages à l'agonie forés à la perceuse. Il pensa à une foule de choses mais n'en formula qu'une seule :

— Le compte n'y est pas.

— Ah bon ? Je t'ai pourtant tout dit.

— En oubliant certains détails qui ont leur importance. Je suis sûr que Lola vivait très bien et que tu n'étais pas malheureuse non plus.

— Oui.

— Tu allais à Barcelone de temps en temps.

— Oui.

— Alors pourquoi traînais-tu dans les hôtels les moins chers ?

— Parce que je n'avais pas d'argent.

Méndez eut un petit geste de surprise.

— Comment ça ?

— J'avais des problèmes.

— Ils ont quelque chose à voir avec ta maigreur, tes problèmes ? J'avoue que je préfère les grosses mais toi, Elena, tu as une mine déplorable.

La jeune fille se recroquevilla. Ses yeux se posèrent un instant sur Olga, toujours évanouie.

— Tu te drogues depuis longtemps ? C'est pour ça que tu n'as pas d'argent ? demanda doucement Méndez.

— Je vois que tu as deviné.

— Je n'ai rien deviné du tout, je t'ai juste posé une question, nom de Dieu !

— Je suppose que je tiens ça de ma mère, ça m'est venu naturellement, comme de passer mes journées à ne rien faire, à tuer le temps d'une façon ou d'une autre, ce qui n'arrangeait pas les choses.

— On t'en a donné au début ?

— Oui, en général il y a toujours un connard pour t'en proposer.

— Le connard en question était de Madrid ?

Elena le regarda d'un air étonné, sans comprendre, puis elle baissa à nouveau la tête.

— C'était un type bien.

— J'imagine.

— Quand je l'ai rencontré, je l'ai trouvé sympa et j'ai eu une aventure avec lui.

— Et il t'en a fait prendre.

— Oui, mais il ne s'est pas fait payer. J'ai été dépendante immédiatement, comme si ça faisait partie intégrante de moi.

— Tu as commencé à dépenser des sommes folles.

— Oui.

— Parle-moi de ce bonhomme.

— Il était de bonne famille, il vivait à…

— Dans un des coins les plus chic de Madrid, dans le haut de la Calle Serrano ? Il ne t'a pas dit la vérité. Il n'habitait pas dans cette maison mais je suppose qu'il y avait des réunions de travail. En tout cas il a réussi à t'impressionner avec ça et à se faire passer pour un grand monsieur.

— C'était un grand monsieur, j'ai peut-être été une fausse étudiante mais l'Université m'a quand même appris à repérer les gens qui ont de l'éducation. Ce type connaissait la compta, l'informatique et le droit financier sur le bout des doigts.

— Une formation un peu trop poussée pour dealer dans la rue.

— Ce n'était pas un dealer, il avait une fortune personnelle et donnait toujours de l'excellente came à ses amies pour qu'elles se démènent comme des bêtes.

— Ah bon ?

— Oui, au lit.

— Mes compliments.

— Qu'est-ce que tu croyais ? Tu vas m'interroger encore longtemps ? Normalement, tu devrais décrocher ce téléphone et appeler la police, espèce de salaud.

— Je l'emmerde, la police, mais au bout du compte je finirai par la prévenir. Et tant que je n'en aurai pas plein le cul, ce qui me semble assez ardu à cause de certaines déficiences, je continuerai à t'interroger. Donc, tu me disais que ce gars était un as de la finance, tu ne crois pas qu'il s'occupait plutôt de blanchir de l'argent ?

Elena lui lança un regard déconcerté. Elle se tourna vers Olga en gémissant et plongea ses yeux dans ceux de Méndez.

— Je n'y avais jamais pensé.

— Mais ça pourrait être le cas ?

— Maintenant que tu le dis, oui.

— Tu avais l'impression qu'il travaillait pour un groupe organisé ? Tu vois ce que je veux dire ?

— Oui, parce qu'il consultait souvent son ordinateur pour passer des ordres de vente ou d'achat d'actions.

— Il voyageait beaucoup ?

— Oui, et alors ?

— Il pouvait donc placer des capitaux à l'étranger.

— Vous savez, je m'en fous complètement, moi qui n'ai jamais eu un sou.

— Oui mais s'il avait de la bonne coke, par exemple, c'est qu'on devait lui en refiler comme une faveur spéciale. Tu crois qu'il a pu avoir des contacts privilégiés avec un trafiquant ?

— Je n'en ai rien à battre, s'écria Elena d'un ton exaspéré. Je ne demande pas aux gens d'où ils sortent leur came ni par où ils la sniffent.

Méndez ne cilla pas.

— T'a-t-il par hasard parlé d'un banquier qui s'appelle Gomara ?

Elena le regarda d'un air désemparé. À l'évidence, elle ne savait rien de plus.

— Non, jamais.

— Je te crois. Dans ce milieu pourri, quitte à être un salaud, il faut toujours faire preuve de discrétion. Pourquoi allais-tu à Barcelone ?

— Je vous l'ai déjà dit. Lola me le demandait mais j'y allais aussi pour le plaisir. Barcelone est une très belle ville et puis elle n'est qu'à une nuit de train de Paris.

— C'est sûr, acquiesça Méndez. Tu n'allais pas y chercher de la drogue ?

Elena eut un rire amer. Quelques gouttes de salive perlèrent au coin de sa bouche.

— N'importe quoi ! On trouve de la drogue partout et à Paris plus qu'ailleurs, mais c'est sûr qu'à Barcelone j'achetais de la très bonne came pour pas cher. Ça vous étonne que je me sois déplacée exprès pour ça, hein, espèce de flic raté ? Évidemment que j'en profitais, Lionel m'avait recommandé une personne cultivée et sympa qui dealait dans la haute.

— C'est qui, ce Lionel ?

— Le type dont vous me parliez tout à l'heure.

— Ah. Ce n'était peut-être pas un trafiquant mais il avait des contacts dans le milieu. En tout cas, une chose est certaine, c'est que je vais lui régler son compte. Et maintenant j'aimerais bien qu'on parle d'hôtels pouilleux. Lors de ton dernier séjour à Barcelone, tu as pris une chambre à la pension Internet ?

— Celle qui a sauté ?

— Ouais. On y a découvert le corps de Rosanna Vives, une vigile qu'on a retrouvée pendue au bout d'une corde. Tu connaissais le type planqué dans sa chambre, un certain Leo Patricio ?

— Non. Je n'ai jamais vu ce connard et j'en sais encore moins sur la nana qui s'est pendue. Je suis allée dans cette pension parce qu'elle était bon marché et proche du centre-ville.

Méndez avait l'impression qu'Elena disait vrai. Déjà mouillée jusqu'au cou, elle n'avait manifestement pas l'intention de s'enfoncer davantage en mentant.

— Parle-moi d'Olga Tavares. Tu n'es pas obligée de la regarder… quelques mots suffiront.

— Elle m'aimait.

— Oh que oui.

— Elle me considérait comme sa fille.

— Oui. Continue.

— Je suppose qu'il ne serait rien arrivé si je n'avais pas été accro. Elle est devenue insupportable, elle me surveillait sans arrêt. La haine est un sentiment affreux, je le sais, mais l'amour obsessionnel aussi. Quelqu'un qui t'aime démesurément peut te faire autant de mal que quelqu'un qui te déteste. Elle était tout le temps fourrée rue Gay-Lussac, je ne me sentais plus chez moi.

— Dans un certain sens tu n'avais pas tort. Tu t'es loué un studio.

— Normal. L'appart de la rue Gay-Lussac était mon domicile officiel, Pedro Mayor payait le loyer. Je ne pouvais y recevoir personne et encore moins m'y piquer. On ne sait jamais, mon « père » aurait très bien pu y passer et Olga venait toujours m'emmerder. J'ai pensé changer la serrure mais j'y renoncé, c'était trop injuste pour elle. Elle s'occupait quand même bien de moi.

— De la partie publique de ta vie, tu veux dire. Le reste se déroulait à une autre adresse.

— Oui, soupira Elena. C'est tout près d'ici et j'y allais quand Olga me croyait à l'étranger ou que je restais à Paris pour quelques jours. Je pouvais m'envoyer au ciel ou coucher avec des mecs sans avoir de comptes à rendre à personne.

— Tu t'es débrouillée comment pour le loyer ?

— Les types qui me fournissaient la drogue le payaient. Elle n'était pas aussi bonne que celle de Lionel, mais je leur trouvais des clients et je leur passais la commande. Ça a très bien marché au début.

— Et ça s'est gâté par la suite ?

— Oui. Pedro Mayor ne m'a pas envoyé d'argent dernièrement, il le fera mais plus tard, et j'ai des besoins urgents. Mes dealers me font confiance mais ils commencent à en avoir marre de cette situation, alors je leur ai proposé de…

— … de payer en nature ?

— Oui. Je ne leur plais pas trop mais ça les amuse. Ils sont dégoûtants, ils me passent des vidéos et me demandent de leur faire la même chose que dans les films.

Méndez détourna les yeux. Il avait vu juste dès le départ. Il marqua une pause pour permettre à Elena de se ressaisir.

— Jusqu'au jour où Olga a découvert le pot aux roses, murmura-t-il enfin.

— Oui, à cause d'une connerie d'horloge que je voulais faire réparer pour la revendre plus cher. Elle est entrée dans l'appartement et elle est tombée sur les photos.

— Ton petit monde s'est écroulé et celui de Lola avec, enchaîna Méndez d'une voix blanche. Tu as eu un pont d'or sans travailler ni étudier et Lola a édifié sa fortune sur un tas de mensonges. Si tu as encore un cerveau, tu devrais trouver une solution. Pourquoi n'as-tu pas demandé à Olga de garder le silence ?

— Elle était bouleversée, tout fichait le camp pour elle aussi. Comment aurais-je pu lui parler ? Je savais qu'elle t'avait appelé et j'ai cru qu'elle voulait porter plainte, alors j'ai perdu les pédales, j'étais hors de moi, je... je...

Elle éclata en sanglots, rappelant à Méndez d'autres pleurs dans des rues sans nom, des gens qui l'avaient regardé sans le voir et s'étaient brusquement effondrés, des yeux de femmes brisées qui prenaient soudainement conscience de leur existence.

— Pour garder de l'argent on est prêt à faire pire que pour l'obtenir, petite conne. L'ambition peut te faire monter ou bien te clouer au sol.

Elena continuait de pleurer, le visage enfoui entre ses mains.

— Qu'est-ce que tu vas faire ? geignit-elle.

— Primo, aller sur la tombe de la vraie Carol, tu vas me dire où elle est. Deuzio, appeler la police et un médecin pour Olga. Elle a juste perdu connaissance mais je n'aimerais pas qu'elle meure.

— Tu aurais déjà dû le faire.

— Et tertio, je crois que je vais m'appliquer à mentir.

Elena releva la tête, abasourdie.

— Mentir ? répéta-t-elle.

— Je ne veux pas que tu croupisses à l'ombre et c'est pourtant ce qui t'attend pour une tentative d'assassinat. Je ne connais pas tes droits mais il te reste l'espoir. Si tu n'as pas pu tuer Olga, c'est que tu as encore des sentiments et quelques souvenirs à défendre. Entre nous soit dit, c'est un miracle que tu sois encore en vie, parce que tout à l'heure tu avais un pitolet braqué sur la tempe et comme je sais encore tirer…

— C'est vrai ? Tu me laisses une chance ?

— Tu en as déjà eu pas mal, Elena, et l'amour d'Olga aurait suffi à les multiplier par dix. Tu n'as pas su en profiter. Donne-moi ton couteau, je dirai à la police qu'Olga et toi vous vous êtes disputées. Ah… autre chose.

— Quoi ?

— Je ne compte rien révéler non plus à Pedro Mayor, il a suffisamment d'argent pour continuer à payer. Je vais simplement lui dire que tu es devenue une femme et qu'il peut te verser la moitié de ce qu'il te donnait sans passer par Lola, déclara Méndez en s'approchant d'Olga. Te couper les vivres n'est pas une solution, le reste dépend de toi. C'est ta dernière chance, ne l'oublie pas.

Elena se cogna contre le mur.

— Pourquoi fais-tu ça pour moi ? demanda-t-elle.

— D'abord parce que je suis une tête de con qui n'aime pas faire son devoir, lâcha-t-il en haussant les épaules, les yeux rivés sur Olga. Et puis merde, j'ai vu très peu d'histoires d'amour tout au long de ma vie.

32

Une question de blanchiment d'argent

Mais il y avait encore des histoires d'amour, songea Méndez, ou en tout cas des aventures fugaces. Tous les couples qui peuplaient les bars de Barcelone le samedi soir en promettant de s'aimer jusqu'au prochain caprice étaient plus heureux que lui. Ils avaient au moins un destin sentimental assuré jusqu'à la fin du mois, contrairement à Méndez, qui ne jouissait que de ses livres, d'une belle vue de sa fenêtre et de fichus souvenirs de femmes aujourd'hui disparues. Il déambula dans le Barrio Chino et les ruelles de Santa María del Mar, arpentant des fortifications imaginaires, à la recherche d'un fantôme qui justifie son existence Il n'en avait toujours pas trouvé lorsqu'il arriva devant l'immeuble d'Orestes Gomara, ses fenêtres immenses qui s'ouvraient sur la ville des prodiges, ses arômes de vieux havane, ses livres aux lettres dorées et ses domestiques bien balancées.

Le grand homme se trouvait justement à Barcelone, à croire que les spéculateurs misaient désormais davantage sur les pinèdes de la Costa Brava que sur les plaines castillanes. Gomara était plongé dans des papiers noircis de colonnes de chiffres qui lui parurent terriblement hostiles et inutiles, mais qui renfermaient concrètement de grands domaines, des voitures de luxe, des tours du monde et des femmes prêtes à dire oui au tout-venant pourvu qu'il soit riche et beau. « Toi aussi tu es beau, Gomara, pensa Méndez, mais tu es condamné. »

Le banquier leva le nez de ses livres de comptes d'un air agacé.

— Qu'est-ce que tu viens faire ici ? Je croyais que tu avais plus de dignité, Méndez.

— J'en ai mais j'ai préféré la laisser au placard avant que tu aies eu le temps de vendre la cathédrale de Barcelone. Je suppose que dans tes chiffres figure le prix du terrain et la somme que va te verser l'antiquaire pour le Christ de Lépante.

— Je n'ai pas encore trouvé d'acquéreur pour le crucifié mais le reste est réglé, répondit Gomara, une pointe d'énervement dans la voix.

Méndez s'installa de l'autre côté du bureau et alluma avec morgue un cigarillo canarien, au risque de déclencher une explosion nucléaire.

— J'étais en voyage, Gomara.

— Comme c'est intéressant.

— Je reviens de Paris.

— Je suis admiratif. Quelle fabuleuse aventure. Je suppose que tu as pris le train au péril de ta vie ? Renversant.

— Plus que tu le penses. J'espère qu'un éditeur me laissera raconter tout ça dans un livre.

— Les gens vont se l'arracher. Et alors ? Ça s'est bien passé ?

— Pas trop, non.

Méndez recracha sa fumée, quitte à noircir un Sorolla accroché au mur.

— J'ai fait un travail de justicier ou quelque chose qui y ressemble.

— Un miracle, Méndez, parce que même les meilleurs tribunaux ont du mal à faire régner la justice. Les derniers qui y soient arrivés sont ceux de l'Inquisition. Puis-je savoir en quoi consistait ce prodige ?

— Deux femmes extorquaient de l'argent à un homme.

— Mince, pour une nouvelle, c'est une sacrée nouvelle. Des femmes comme ça, il y en a jusque dans le calendrier chrétien.

— L'une d'entre elles ne touchera plus un sou, elle devra mener une vie de privations quotidiennes, une punition distillée au goutte-à-goutte.

— Elle s'y fera, ça ne me semble pas un châtiment trop cruel, Méndez.

— Elle ne méritait pas davantage, elle a assez souffert et souffrira encore.

Gomara leva les yeux au ciel.

— Qui est cette femme, Méndez ?

— Une pute.

— Joli. Et original avec ça.

— Elle s'appelle Lola et exerce son noble métier à Barcelone.

— Eh bien elle va arrêter son chantage, c'est parfait. Je suis certain que ça fera la une des journaux dès demain matin. Et l'autre femme, c'était qui ? La gouvernante d'un évêque ?

— Non. Elle se faisait passer pour sa fille.

Gomara pouffa de rire.

— Fantastique, Méndez. Faire semblant d'être l'enfant de quelqu'un doit déjà être d'un mortel ennui, alors jouer les enfants de putain, c'est le comble de la bienséance.

— Lola se servait d'elle pour toucher ses chèques, fit Méndez sans se désarçonner.

— Et pour elle aussi, c'est fini ?

— Exact. Elle a failli tuer une femme admirable qui prenait soin d'elle.

— Ah oui ? Vraiment émouvant. Et pourquoi donc ?

— Parce qu'elle avait peur qu'elle dénonce leur manège.

— Eh bien, il s'en est passé des choses, à Paris. Horribles et immorales. Plus ça va et plus je me rends compte que je suis la seule personne décente en ce bas monde.

— Tu es une vipère dégoûtante, Gomara, une vipère de cloaque.

— Ce sont les plus résistantes parce qu'elles reçoivent des subventions municipales. Mais arrêtons les insultes, Méndez, car ma patience a des limites et j'ai été assez gentil avec le minable que tu es. Je peux fumer ?

— C'est pour chasser l'odeur de mon cigarillo ?

— Tout juste. Tu peux être malin quand tu veux, fit Gomara en allumant un Punch de taille moyenne. Et qu'as-tu fait de cette meurtrière en herbe ?

— Je l'ai remise à la police française.

— Pour qu'elle purge sa peine ? Tu es comme ces gars qui voudraient encore voir la guillotine en action ?

— Non, je veux qu'elle purge sa peine, c'est vrai, mais elle peut le faire en pensant. Ça n'est pas efficace à cent pour cent, je l'admets. Je crois pourtant que penser sans avoir de mur devant soi pendant des années peut être bénéfique. Que sais-tu donc de la justice, Gomara ?

— Ne viens pas me demander ça à moi.

— Il faut parfois savoir considérer les femmes comme des morceaux de viande, n'est-ce pas, Gomara ?

Le banquier haussa les épaules avec indifférence, drapé dans la fumée de son cigare.

— Très bien. Je me réjouis de tes dernières prouesses en matière de vertu. Je me sens plein d'espoir et, si tu continues, peut-être que je vais finir par croire en Dieu. Je peux poursuivre mon travail, Méndez ? J'ai une affaire importante à négocier demain en fin de matinée.

— Du calme, je n'en ai pas pour longtemps, maintenant c'est toi qui entres en scène.

— Tant mieux, j'ai presque fini mon cigare. J'espère que j'ai le beau rôle.

— L'apprentie assassin disait s'appeler Carol et être espagnole. En réalité, elle s'appelle Elena et a la nationalité française. Ses papiers sont en règle mais son père ne les a jamais vus, enfin, toujours est-il qu'elle est la fille d'une droguée.

— Magnifique, et alors ?

— J'ignore si elle a hérité du syndrome de sa mère mais elle était sacrément prédisposée à la consommation de narcotiques. Elle a supporté son mal avec courage parce qu'elle a tout de même une certaine dignité, jusqu'au jour où a surgi un jeune homme bien élevé, sympathique, qui lui a gentiment offert de la coke et de l'héroïne de la meilleure qualité. Elena est tombée en écartant les jambes. Depuis ce moment-là elle est accro.

— On en trouve à la pelle, des filles accros qui écartent les jambes, fit Gomara, exaspéré.

— D'accord, mais j'aimerais bien te donner le nom de ce bonhomme. Il s'appelle Lionel.

— Et ?

Gomara affichait un calme olympien. Il exhala un peu de fumée.

— Lionel utilisait la maison d'Altos de Serrano comme lieu de référence. Apparemment, elle aurait été son quartier général.

Le banquier avait toujours la même expression. Avec une extrême concentration il posa son Punch au bord d'un cendrier en argent.

— Profession de ce remarquable individu ? poursuivit Méndez. Disons technicien bancaire, messager capitaliste, facteur de confiance, pédé d'aéroport. Il prend de la pâte noire en Espagne et la transporte jusqu'à Gibraltar pour la convertir en pâte banche. Et qui dit Gibraltar dit aussi Tanger, le Lichtenstein, les îles Caïmans. Le monde regorge d'endroits splendides où tu laisses de l'argent sale qui repart blanc comme neige, estampillé de jolies petites fleurs.

— Que cherches-tu à expliquer à un banquier, pauvre type ? Tu as déjà vu un billet de cinq cents euros autrement qu'en couverture de magazine ?

— Comme par hasard, Lionel travaillait pour un banquier. Il n'était qu'un agent employé par une banque, ta banque, Gomara. Je vais m'étendre sur les détails, histoire de te faire ravaler ton cigare.

— Explique-toi, ça s'impose.

— C'est enfantin. Dire que le trafic de drogue rapporte des millions est une vérité tellement rebattue que même un cardinal en bâillerait d'ennui. Ces millions ne peuvent pas rester sur place parce qu'ils sentent mauvais. Des banques se chargent donc de les faire transiter d'un lieu à l'autre, de les investir, de les laver et de leur donner des titres de noblesse. Une de ces banques est la tienne, Gomara. Tu n'as pas besoin de trafiquer mais tu t'occupes de blanchir de l'argent. Maintenant je comprends beaucoup de choses.

— Quoi par exemple ?

— Le genre de tes collaborateurs. Un banquier normal n'a pas besoin de s'entourer de cette engeance : David, Alberto, Leo Patricio, Miguel Don... Par contre, toi, tu en as besoin parce que tu es de la même espèce. Je comprends aussi pourquoi des sommes astronomiques te passent entre les mains. J'ai fait mon enquête, tu sais ? Au risque de m'asphyxier dans la merde qui pollue souvent les quartiers chic. Malgré le fait que tu aies très peu d'argent officiel dans ton affaire, tu n'as jamais eu recours au marché interbancaire, ce qui signifie que tu ne veux pas agir à découvert. On ne t'a jamais proposé d'absorber ta banque parce que tu es plus riche que n'importe quelle autre société. Tu finances des plans d'urbanisme sans avoir un seul associé parce qu'il ne te servirait à rien. D'où sors-tu ton fric, Gomara ?

— De la collecte des Missions ou des petits Chinois, lâcha paisiblement Gomara.

— L'ambition, c'est comme une femme que tu aurais dans la peau, reprit Méndez. Si tu tâtes le terrain en te fixant une limite, tu peux t'en tirer. Si tu ne le fais pas, tu te retrouves au fond du trou, c'est ce qui est arrivé à Elena, elle est allée trop loin.

— En supposant que je sois lié à tout cela, chuchota Gomara, avoue que je ne m'en suis pas trop mal sorti.

— Tu en es sûr, Gomara ? Tu es prisonnier de tes collaborateurs qui sont de véritables salauds. Il me semble d'ailleurs que l'un d'eux s'est oublié dans le cul de ta fille.

C'était une phrase cruelle, spécialement calibrée pour décontenancer Gomara et qui ne laissa pas Méndez indifférent quand il la prononça. Les mains du banquier se crispèrent, sa bouche se tordit, il serra les dents pour se ressaisir aussitôt, faisant preuve d'une maîtrise admirable.

— Vas-y, lance tes accusations.

— Oui. Tu as commis trois meurtres : Alberto, David et cette pauvre prostituée.

— Des preuves.

— Je reconnais que je n'en ai pas en dehors de tes propres aveux.

— Qui ne sont enregistrés nulle part.

— Je t'accuse aussi de blanchiment d'argent à un niveau international.

— Des preuves, répéta Gomara en le bravant d'un air insolent.

— Je vais me débrouiller pour qu'on lance un avis de recherche contre Lionel, grogna Méndez. Tu peux toujours me dire qu'aucun juge ne le signera, je te répondrai que le juge en question pourra disposer d'une montagne de renseignements compromettants sur tes activités s'il ordonne un audit de ta boîte. Tu peux croire aussi qu'aucun juge n'osera demander un audit et tu as sans doute raison : les juges veulent éviter les complications et se lavent les mains avant de se gratter les couilles. Je ne vais pas emprunter cette voie mais faire en sorte que cela passe directement par le ministère des Finances.

— Ils ne te laisseront pas franchir la porte, Méndez, ou alors ils exigeront que tu te laves les pieds.

Il reprit son cigare, sûr de sa position, de sa solidité, de sa force. De l'autre côté du bureau, il toisait Méndez comme si celui-ci se dissipait dans des volutes de fumée qu'il ne pourrait jamais s'offrir.

— Dans ce pays maffieux, ajouta Gomara à voix basse, les relations sont fondamentales. J'ignore si je t'ai déjà dit que certains magistrats de la Cour suprême me font la révérence.

— Je sais.

— Je t'ai raconté également que dans ma jeunesse je blanchissais de l'argent, alors il n'y a rien d'étonnant à ce que je continue. En vérité, tu n'as pas de nouvelles fraîches à m'apprendre, Méndez.

— Non mais à présent les pièces de mon dossier s'imbriquent les unes dans les autres, Gomara. Il ne m'a pas été facile d'arriver jusqu'à toi en partant de rien.

— C'est certain, mais tu vas devoir multiplier les efforts et tu n'aboutiras nulle part.

Il regarda le vieux policier avec la placidité du banquier qui s'apprête à consentir un emprunt.

— Nulle part, Méndez, mais si jamais tu réussis, je t'en féliciterai. Tu sais, je n'apprécie plus la vie comme avant.

— Tu te sens donc si vieux ?

— Bien au contraire, je suis dans la fleur de l'âge. Ce n'est pas ça.

— Alors pourquoi ?

— Le monde n'est plus ce qu'il était, les bons vivants le savent. Nous sommes enfermés dans une coque et protégés par notre argent. Le sacré et le naturel sont partis au galop et cela me déçoit. Le soleil me déçoit, il a changé. Tu l'aimes mais tu dois t'enduire de crème pour t'y exposer, tu aimes l'eau et tu dois la filtrer, tu aimes la mer où tu as nagé dans ton enfance et tu y découvres des boîtes de bière et de vieux bikinis. Il te faut donc prendre le premier avion pour dénicher une mer propre où aucun enfant n'a jamais nagé ni ne nagera jamais car l'accès lui en est interdit. En ces temps glorieux du sida, tu aimes une femme et tu dois enfiler un bout de caoutchouc pour t'en préserver et inversement. Le jour est proche, Méndez, où on fera l'amour derrière un écran qui nous dictera nos positions avant qu'un tube cathodique récupère notre sperme, le désinfecte et l'envoie aux labos de la Sécu. Les gens n'y pensent pas mais moi, si. J'ai eu la chance de vivre dans un monde différent. Figure-toi qu'Orestes Gomara, homme de prestance, est fatigué de tout cela.

Méndez regarda le banquier d'un air étonné. Il ne l'avait jamais entendu s'exprimer de la sorte.

— Même les enfants ont changé, enchaîna Gomara en fixant un point dans l'espace. Ils n'ont plus aucune classe.

Il se leva, apparemment las de cette conversation, las de Méndez, de son bureau luxueux, du jour déclinant et de ses colonnes de chiffres.

Méndez l'imita, gagna la porte en scrutant l'épais tapis pour ne pas s'y prendre les pieds.

— Relève la tête, se moqua Gomara. Tu ne trouveras aucun mégot de Montecristo par terre.

— J'aurais aimé te donner le temps de choper Leo Patricio, les vengeances artistiques m'ont toujours paru fascinantes. Au lieu d'organiser un Prix national de poésie, le gouvernement ferait mieux de primer la vengeance, mais nous sommes menés par une bande d'imbéciles à qui ça ne viendra jamais à l'idée. Enfin, je vais m'arranger pour qu'on t'arrête avant que tu mettes la main sur ce gugusse, Gomara, je le regrette. Et puis de toute façon tu en aurais été incapable, ajouta-t-il.

Aucune petite bonne au cul appétissant ou secrétaire aux seins protubérants ne le reconduisit. Un type de deux mètres et de deux cents kilos qui ne s'était même pas rasé referma la porte derrière lui.

« Tu as raison, Gomara, songea le vieux policier, le monde devient ennuyeux. »

33

Une question de châtiment

La chambre était entièrement tapissée de velours rouge qui étouffait les pas, les conversations, les pensées et incendiait le regard. Elle n'existait que pour elle-même, comme un caisson isolant ses occupants de la réalité. Elle accueillait — et donc justifiait — les premiers rêves de masturbation, les premiers désirs de pouvoir et les secrets du tout premier domptage exercé sur une femme dont la présence planait encore dans son ambiance feutrée. Une fois qu'on y pénétrait, la chambre imposait sa loi. Pour alléger un peu l'atmosphère — ou pour envoûter davantage — un petit aquarium offrait le spectacle de poissons qui allaient et venaient en ligne droite sans jamais se croiser. Les lumières, aussi diffuses que dans un tabernacle, tranchaient à peine sur le velours.

Orestes Gomara y entra. Comme pour observer un rituel initiatique réservé aux hommes riches, il fixa son regard sur les deux tableaux accrochés au mur, deux huiles de l'école française où figuraient deux dames nues, à plat ventre sur un divan. Leurs culs de haut lignage, exhibés à travers l'histoire et sans doute bénis par Louis XIV, se reflétaient dans le miroir d'une coiffeuse. Ces peintures avaient toujours émoustillé Gomara et lui évoquaient des marquises ingénues attendant la charge masculine une fleur à la main, la croupe implorante. Après s'être laissé allé à la contemplation, il se tourna vers la femme assise en face de lui, qui dardait sur lui des pupilles de serpent à l'éclat de diamant. Elle lui adressa un sourire candide et amène d'étudiante à qui on enseigne ses premières perversions.

— Don Orestes, cela faisait longtemps qu'on ne vous avait pas vu, lui dit-elle d'une voix douce.

Gomara ne répondit pas aussitôt, trop occupé à examiner les lieux. L'unique fenêtre avait été masquée, sans quoi il aurait vu les tours de Pedralbes et les murs du monastère où le baron Thyssen avait autrefois entreposé une partie de son patrimoine. Le monument était devenu un endroit bruyant à cause des voitures et des motos, engins que le grand homme aurait sûrement adorés s'il avait assez vécu pour les chevaucher, son membre viril engoncé dans une capote en cuir.

— C'est normal, je n'étais pas d'humeur à ça après la disparition de ma fille.

— Ça n'a jamais été aussi bon, vous verrez. J'ai rénové certaines chambres et mis des meubles d'époque. J'ai aussi engagé des débutantes qui arrivent ici avec leurs livres. Naturellement, j'ai un peu augmenté les prix.

Les tarifs se lisaient dans le parquet en chêne, la tapisserie orientale où l'on voyait une jeunette lutter contre un dinosaure — ou plutôt son pénis —, et l'authentique tapis persan du couloir tissé par les dix filles d'un imam.

— La clientèle est toujours la même ?

— Toujours, don Orestes, vous savez bien que je ne fais pas de publicité. Évidemment, il y a quelques nouveaux à qui on a donné notre adresse, comme par exemple deux ambassadeurs de passage à Barcelone. Les autres, vous les connaissez, tout ce qu'il y a de plus solvable dans notre ville. Et bien sûr les messieurs que vous m'avez envoyés par le passé continuent de venir.

— Ce sont des clients, corrigea Gomara.

— Oui, des clients de la banque. Certains passent toutes les semaines, en rentrant de Madrid, les autres sont moins réguliers, c'est logique, ils sont sans cesse en voyage à Bonn, Amsterdam, Gibraltar, Marbella ou Washington. Mais la qualité de la maison n'a pas baissé d'un pouce, je vous l'assure.

— J'aime te l'entendre dire, Eva, parce que ça fait quelque temps que je ne m'en suis pas occupé.

— Ce n'est pas nécessaire. Mes filles font preuve de la même courtoisie que vous à l'égard des clients, et puis quand un problème se pose je suis ouverte au dialogue. Quand vous avez cessé de venir, Leo Patricio a tout pris en charge et nous a continuellement amené des clients de Madrid. Il payait les dîners et le reste avec beaucoup d'élégance. Mais en ce moment je me sens un peu perdue et je suis heureuse de votre visite.

— Perdue ? Mais pourquoi ?

— Leo Patricio s'est évaporé. J'espère que les affaires vont bien. Je vous dis ça parce que si vous avez besoin d'aide… remarquez, j'applique vos consignes au pied de la lettre : je suis muette comme une carpe et aux petits soins avec ces messieurs.

Gomara détourna la tête, curieusement gêné de devoir mentir.

— Leo Patricio travaille à l'étranger, dit-il en affrontant à nouveau les yeux implacables et efficaces de la mère maquerelle. Tu es bien placée pour savoir que si une banque ne s'internationalise pas, elle finit par financer les guérites de Coca-Cola. As-tu entendu quelque chose au sujet de ma fille ?

— Rien de particulier, personne ne l'a vue. Le jour où je vous ai téléphoné, je suis tombée sur elle et elle m'a dit qu'elle avait une peine de cœur et qu'elle n'avait pas envie de sortir. Elle est peut-être partie sans donner de nouvelles pour se changer les idées. Moi, don Orestes, je n'appellerais pas ça une disparition, ajouta-t-elle à voix basse.

— Façon de parler.

— Je serais vous, je n'y accorderais pas autant d'importance. Je connais bien les femmes dans cette situation…

— C'est vrai, ce n'est pas si important, mais ça me perturbe quand même.

— Je n'ai vu votre fille que dans les magazines, don Orestes. C'est une beauté, j'aimerais bien la rencontrer, mais bien sûr elle ne viendra jamais ici. Enfin… je suis contente de vous voir. Pourquoi ne pas en profiter pour vous distraire un peu, comme au bon vieux temps ? J'ai deux nouvelles recrues qu'on croirait sorties du couvent des Ursulines.

Orestes Gomara sembla considérer la proposition, plongé dans les tableaux, admirant les dames aux culs dorés qu'on retrouvait dans tous les manuels d'histoire de l'art, les rêves des onanistes et les encyclopédies visitées par des savants qui finiraient immanquablement par devenir onanistes.

— Je ne me sens pas de faire connaissance, et puis tu sais que la première fois je n'ai aucun plaisir, j'ai besoin de m'habituer, alors, s'il y en a deux, je ne veux même pas y songer : comment savoir si elles s'aiment ou se détestent ?

— Elles peuvent s'aimer, don Orestes, elles suivent mes recommandations.

— Je préférerais une ancienne avec qui je suis déjà allé. Pourquoi pas Lina ?

Les yeux de la patronne se plissèrent, seules ses prunelles étincelaient.

— Je vous la déconseille, don Orestes.

— Pourquoi ? C'était l'une de mes préférées.

— C'est vrai. C'est aussi la favorite de Leo Patricio.

Gomara eut un petit rictus à peine décelable dans son visage de joueur de poker.

— Ah bon ? murmura-t-il.

— Oui. Autant vous le dire, je ne crois pas que ça vous vexe.

— Eh bien… pas du tout.

— C'est normal, don Orestes. Si les clients devaient se fâcher à chaque fois qu'une fille va avec un autre homme, autant qu'ils deviennent trappistes.

— Qu'est-ce qui ne va pas avec Lina ?

— Elle est très affaiblie. Écoutez, je n'apprécie pas qu'on maltraite les filles, vous me connaissez, mais certains clients sont bizarres et puis les temps changent. Personne n'a réellement fait de mal à Lina, s'empressa-t-elle de préciser, mais elle a dû être outragée. Nous avons un client richissime, un fabricant, qui se complaît à humilier les femmes. Comment vous expliquer ? Il leur met par exemple un collier et une laisse et les oblige à marcher à quatre pattes.

Orestes Gomara resta de glace.

— Il m'a demandé une fille qui accepte ça et je lui ai proposé Lina sur les instances de Leo Patricio. Ça a été un succès.

— Un succès ?…

— L'homme en question revient très souvent et il ne veut qu'elle.

— Comme ça elle gagne plus d'argent, je ne vois pas pourquoi...

— Elle ne va pas bien, don Orestes, elle n'est plus la même. Elle a de ces sautes d'humeur... Dans la chambre elle se plie aux quatre volontés du client mais, une fois dans la salle de repos, elle fond en larmes. Elle manque de cran, une autre fille qu'elle supporterait parfaitement ces traitements, certaines vont jusqu'à en redemander parce qu'elles aiment ça, enfin, Dieu leur a donné à chacune une spécialité.

— Mais si Lina n'est pas heureuse, pourquoi ne s'en va-t-elle pas ?

Une lueur traversa les yeux d'Eva et son sourire candide se mua en une grimace semblable à celle du masque grec qui symbolisait le mépris.

— Il ne manquerait plus que ça ! Les filles ne partent pas d'ici simplement parce qu'elles en ont envie.

— Leo Patricio la menace ?

— Eh bien, puisque vous le dites, je crois que c'est le terme approprié.

— Qu'importe s'il a disparu ?

— Et alors ? Cela ne fait pas longtemps et il va revenir. Vous voulez qu'on examine les livres de comptes, don Orestes ? lui proposa-t-elle pour changer de sujet. Vous oubliez souvent que vous avez investi de l'argent dans cette affaire.

Le visage de Gomara demeura impassible, ses yeux allèrent du visage d'Eva à la fenêtre orientée sur les trésors de von Thyssen, puis de la fenêtre aux fesses que l'Europe entière avait vues.

— Nous verrons ça un autre jour, susurra-t-il. Quant à Lina, il vaut mieux que je la voie pas si elle se sent mal, je lui rendrai visite plus tard pour lui redonner du baume au cœur. Quand je pense qu'elle a été ma petite fiancée pendant quelques mois... En tout cas je crois qu'il vaut mieux qu'elle ne revoie plus ce client.

— Comme vous voudrez, don Orestes, quand il reviendra je lui dirai que Lina n'est pas là.

— Elle habite toujours ce bel appartement du Paseo de Bonanova ?

— Non. Elle dort ici en ce moment.

— Mais c'est de l'esclavage...

— La belle histoire ! s'exclaffa la mère maquerelle. N'allez pas croire que nous sommes une prison, même les filles n'iraient pas dire ça ! Figurez-vous que Lina fait faire des travaux chez elle, ils devraient être terminés à l'heure qu'il est mais les ouvriers traînent.

— On dit qu'il y a du chômage, mais allez trouver un bon maçon ou un bon menuisier...

— Les bons éléments sont rares, comme dans notre métier.

Orestes Gomara se leva. Eva le regarda, la mine légèrement déconfite.

— Je trouve dommage que vous partiez sans avoir profité de nos services, don Orestes. Ça me fait un drôle d'effet, comme si vous me disiez que je ne sais pas diriger ma maison. Je suis déçue.

— Mais il n'y a aucune raison, enfin !

— C'est une question d'orgueil professionnel. Certaines personnes s'occupent de faire rouler des voitures, moi je fais circuler des femmes.

Pour la première fois, Gomara se fendit d'un sourire satisfait quoiqu'un peu las, comme s'il venait de clore un bilan de fin d'année.

— C'était juste une visite de courtoisie, Eva, fit-il en se dirigeant vers la porte. Je repasserai dans quelques jours et tu me présenteras toutes tes filles. Ah, prépare aussi les comptes, nous les verrons ensemble. À bientôt.

Il sortit. Un vent froid soufflait dans cette rue paisible bordée de constructions qui dataient du début du siècle, d'hôtels particuliers où des enfants nés pour devenir des poètes de droite avaient vu le jour. Les fenêtres étaient soigneusement fermées et donnaient sur des jardinets où un chien n'avait d'autre loisir que se flairer lui-même. La maison de passe se trouvait au sein de ce quartier distingué, dans un recoin discret. Cachés derrière les fenêtres et armés de jumelles, les hommes surveillaient les allées et venues des filles de joie tandis que leurs épouses épiaient les clients.

Cet air frais était le bienvenu, se disait Gomara, qui avait constaté que le climat se réchauffait. Il n'avait pas pris sa voiture et pressa le pas pour rejoindre le flot de lumières et d'automobiles du haut de la Vía Augusta, où il prit un taxi jusqu'au Paseo de Bonanova. En chemin il contempla les immeubles déjà vieux d'un siècle, les blocs d'habitations luxueuses bâties un an plus tôt et les cliniques de grande reproduction qui délivraient du sperme de la meilleure qualité récolté en 1994. Le secteur de Bonanova avait changé. Il n'était plus le fief des Espagnols d'Amérique rentrés au bercail pour y bâtir des tours de seize pièces afin de distraire leur femme et planter des palmiers à la mémoire des mulâtresses. Les tours avaient été vendues par de cupides héritiers qui n'avaient jamais vu de mulâtresses ailleurs que dans *Playboy*. En leurs lieu et place s'élevaient de petits édifices très chic qui comportaient une terrasse et un époux adultère par étage. Gomara descendit devant l'un d'eux, pas le plus luxueux ni le plus grand, et vit des rais de lumière filtrer à travers les persiennes. Apparemment, les ouvriers faisaient du zèle et travaillaient jusqu'à point d'heure.

Gomara avait gardé la clé. Du temps où Lina vivait dans cette ambiance raffinée et fréquentait le gratin de Barcelone, elle aimait s'asseoir dans un fauteuil du type Emmanuelle, écouter de la musique classique et donner des ordres à une domestique qu'elle était allée chercher dans un collège de bonnes sœurs. De retour de Madrid, Gomara, qui ne voulait pas être vu au bordel, aussi discret soit-il, lui rendait visite à son domicile. Persuadé qu'on avait changé les serrures du portail et de l'entrée de service, il espérait qu'on avait oublié celle de la terrasse où l'on pendait le linge. Personne ne serait allé s'imaginer que de là, sans être forcément un athlète, on pouvait sauter sur la terrasse inférieure. Gomara salua le concierge, qui se souvenait très bien de lui, et décida de tenter sa chance.

Elle était de son côté. La clé ouvrit la porte, qui donnait sur une terrasse d'où l'on apercevait les lumières de la petite colline pourpre de Vallvidrera et celles de la jetée et des clubs de natation fréquentés par des vieux rompus au dur sport du sauna. Il régnait un silence absolu, comme dans toute bonne maison bourgeoise. Gomara, encore dans la fleur de l'âge, se suspendit à la balustrade et se laissa tomber juste devant les fenêtres de l'appartement.

Entre les lattes des persiennes, il distingua des tables avec des ordinateurs, des armoires métalliques et deux hommes en bras de chemise qui pianotaient devant les écrans. Un drôle de spectacle chez une prostituée de luxe. Il n'y avait pas trace de travaux. Hormis le mobilier qu'on y avait installé, l'appartement était tel qu'il l'avait connu. Il s'avança, sachant qu'une porte à volets s'ouvrait sur le grand salon. Il la poussa sans faire de bruit.

En entrant, il constata la disparition du fauteuil d'Emmanuelle où Lina croisait les jambes en lui montrant la dentelle de ses bas, prête à pervertir en file indienne un commerçant de Sabadell et quatre enfants de chœur. S'étaient également volatilisés les deux canapés étudiés pour que deux femmes puissent s'aimer sur l'un tandis qu'un voyeur confortablement étendu sur l'autre attendait de pouvoir partir à l'assaut. C'était un monde de femmes expertes, calculatrices et savantes éduquées à l'ancienne. Dans l'espace ainsi dégagé, on avait installé un bureau sur lequel s'entassaient les cours de la Bourse et des extraits bancaires. Le nid d'amour où la verge patronale la plus dure croulait sous les caresses avait cédé la place à un centre de calcul où la même verge croulait sous les O.P.A.

La pièce était toujours aussi silencieuse.

Gomara se dirigea vers l'ancien bureau où Lina, en femme prévoyante, contrôlait le taux de ses placements, qui devaient monter le jour où ses seins commenceraient à tomber. Gomara ouvrit, découvrant qu'il s'agissait toujours d'un bureau. Un homme jeune et fort examinait comme lui-même le faisait des liasses de feuilles noircies de longues colonnes de chiffres.

Il leva la tête en entendant la porte grincer.

— Salut, Leo, murmura Gomara.

34

Une question d'ordre

Leo Patricio ne semblait pas surpris ou ne le montra pas. Il redressa son corps d'athlète rompu aux gymnases de luxe remplis d'appareils de musculation faits avec des excédents de pièces de Jaguar. Il exhiba son ventre resté dur et lisse grâce aux diètes prescrites par les médecins et aux langues de diverses masseuses. Encore beau, il présentait cependant les symptômes décadents qu'on cultive dans les lits et les vagins et qu'on entretient avec de la bonne chère et d'excellents havanes. Gomara, qui souffrait des mêmes maux, les décela au premier coup d'œil.

— Alors vous avez deviné ? chuchota Leo Patricio en glissant une main dans un tiroir du bureau pour s'emparer d'un revolver à la crosse étincelante.

Il n'eut pas besoin de son arme, un .38 trop bruyant pour le quartier. Debout en face de lui, Gomara parvint à le décontenancer en écartant les pans de sa veste pour lui montrer qu'il n'avait rien sur lui. Le banquier s'assit ensuite derrière le bureau, comme un client qui attend ses projections bancaires.

— Tu as bonne mine, Leo.

— Ooouuii…

— Mais tu as déglingué cet appartement en supprimant le décor qu'y avait créé Lina pour rendre un homme heureux. Maintenant c'est plus moderne, l'homme s'y sent riche, mais rien de plus.

— C'est... c'est parfait pour travailler. Je ne peux pas faire ce genre de boulot au café, vous le savez très bien.

— Et comment ! J'ai été ton professeur, ne l'oublie pas. Comment t'y es-tu pris pour mettre Lina à la porte de chez elle ?

— L'appartement est en pleine réfection.

— C'est plutôt ton gland qui est en réfection, lança Gomara en copiant le langage de Méndez. C'est l'excuse qu'a inventée Lina pour aller vivre ailleurs. Alors, comment l'as-tu réduite à ça ?

— Elle sait ce qu'elle a à faire.

— Elle a peur de toi ?

— Oui.

Leo Patricio avait retrouvé son assurance mais sa main ne décollait pas du tiroir. Par contraste, Gomara avait croisé les jambes, parfaitement à son aise.

— Tu as toujours su effrayer les femmes, Leo, ou les séduire. Tu dois avoir un secret parce que tu n'es plus aussi beau qu'avant. Lina a peur que tu la tues ?

— Et alors, quand bien même ?

— Je suppose que tu as suivi mon conseil : intimider et promettre à la victime que si elle se conduit bien, son supplice se terminera un jour ou l'autre.

— C'est ce que j'ai fait. Lina croit qu'elle va pouvoir rentrer chez elle.

— Et s'affranchir. Eva, qui a toujours été gentille avec elle, lui fait des misères.

Leo Patricio le regardait, attendant la suite.

— Tu lui envoies des clients très spéciaux qui l'humilient et la maltraitent. Je sais que c'est toi qui lui as ordonné d'utiliser son cul de cette manière.

— Qu'est-ce que ça peut vous faire ? C'est une pute.

— Ça m'est égal mais ça m'étonne de toi. Tu as aimé cette femme, elle te plaisait, c'était l'une de tes favorites.

— Une des vôtres également.

— C'est vrai mais je ne lui ai jamais fait de mal. Pourquoi la détestes-tu ?

— Je ne la déteste pas.

— Qui est derrière tout ça, dans ce cas ?

— Personne. Je n'ai pas l'intention de répondre à des questions sans queue ni tête.

— Tout obéit à une logique, Leo, tout. Même le fait de chercher à savoir qui en a après Lina, qui a transformé cette poule de luxe qui buvait des liqueurs distillées par le Pape en pute de bas étage que les clients forcent peut-être à avaler leur urine.

— C'est important de savoir qui en veut à une pute ?

— J'imagine que ça fait quelque temps que tu n'as pas mis les pieds au bordel, au moins depuis la disparition de ma fille. Là-bas ils croient que tu as disparu. Remarque, je te comprends, tu n'allais pas pointer le nez après t'être si bien caché dans des pensions minables du Barrio Chino… l'Internet, par exemple.

— Comment le savez-vous ?

Gomara écarta les bras, prenant ainsi possession de tout l'espace du bureau.

— Ce n'était pas si difficile. Quand on voit une femme épouvantée parquée dans une maison close parce qu'on fait soi-disant des travaux chez elle, on songe aussitôt que son appartement est l'endroit idéal pour y organiser une mini-salle de calcul où recevoir quelques clients. Oh, bien sûr, c'est une solution temporaire en attendant de pouvoir t'installer derrière mon bureau. Ça t'étonne tant que ça que j'aie voulu m'assurer qu'il y avait bien des travaux ?

— Vous êtes… très intelligent.

— Pas besoin de s'appeler Einstein pour s'en rendre compte. Jusque-là tu t'es débrouillé comme un chef, Leo, ajouta Gomara en souriant. Tu as su te cacher comme un rat d'égout, le rat le plus malin de tous les égouts de Barcelone, mais de quoi as-tu donc tellement peur ?

— C'est vous qui me posez la question, Gomara ?

— Bon, j'avoue qu'après ce qui est arrivé à Virgin, tu devais t'attendre à ce que je réagisse.

— Jusqu'à un certain point. Les meurtres de David et Alberto étaient abominables. Je viens juste après sur votre liste.

— Tu n'as jamais songé que je pouvais tomber sur toi en allant voir Lina ?

— J'ai fait changer les serrures et mettre des caméras au-dessus des lits. J'ai paré à toute éventualité et puis je me disais que vous n'auriez pas trop envie de vous payer du bon temps, Gomara.

— C'est sûr, tu avais tout prévu, sauf la terrasse où se trouve la buanderie, mais bon, ça n'a plus d'importance, déclara Gomara en écartant à nouveau les bras d'un air condescendant. Alors tu sais de quelle charmante manière David et Alberto ont été envoyés au paradis ?

— C'est… horrible.

— Tu n'en as pas cru tes oreilles.

— Je savais que comme moi ils étaient condamnés, mais pas de cette façon. Orestes Gomara, ajouta-t-il en s'emparant du revolver, vous êtes un fils de pute.

— On me l'a souvent dit, mais ça ne m'impressionne pas, d'autant que c'est vrai, quoique je trouve l'insulte un peu forte venant de ta part.

— Vu ce que vous avez fait à David et Alberto…

— Je ne leur ai rien fait et tu le sais très bien, dit Gomara avec le plus grand calme.

*

Leo Patricio était décontenancé. Les doigts qui empoignaient la crosse du revolver relâchèrent leur pression et ses yeux se posèrent sur Gomara comme sur une apparition.

— Qu'est-ce que vous dites… ?

— Ce n'est pas moi qui ai commandité leur mort, tu as parfaitement compris.

— Mes… mes services d'information…

— Tes services d'information, qui doivent au demeurant te coûter une fortune, t'ont appris qu'un policier du nom de Méndez m'avait rendu visite entre deux services de dératisation municipale. Un type étrange, ce Méndez. Il s'achète des livres au lieu de se payer un costume neuf. Tes services d'information ont dû t'informer par ailleurs que je n'avais pas nié être l'auteur de ces crimes dont je suis même allé jusqu'à m'accuser.

Leo Patricio le regardait, abasourdi.

— Pourquoi ? souffla-t-il d'une voix à peine audible.

Gomara ne répondit pas. Il tourna légèrement la tête vers une des portes des chambres, qui venait de s'entrebâiller.

— Salut, ma fille, dit Gomara avant même que la porte soit ouverte.

35

Une question de vérité

Les gonds bien huilés de la porte tournèrent sans faire plus de bruit que le coffre à bijoux d'une duchesse, permettant à Gomara d'entrevoir la moquette couleur saumon de la chambre où il avait autrefois pratiqué les délices du saut du tigre. Il vit également des escarpins qu'il connaissait bien pour avoir souvent passé en revue les placards de sa fille, et admira ses bas fins qui semblaient faits en peau de bébé. Elle avait des chevilles délicates et de belles jambes, la petite pute.

— Salut, ma fille, répéta Gomara alors que Virgin n'était pas encore entrée dans le bureau.

Virgin s'adossa au chambranle de la porte. Rien ne venait troubler le silence de la pièce : aucune voiture ou mouvement d'ascenseurs, pas le moindre bruit non plus du côté des deux employés qui travaillaient dans le salon. Virgin s'était déplacée avec l'agilité d'un félin. Ses yeux en amande se plantèrent dans ceux de Gomara, qui ne bougeait pas. Apparemment indifférent à ce qui allait suivre, il s'efforçait d'adopter une distance aristocratique.

— Maintenant je sais qui en veut à Lina, dit-il d'une voix blanche.

— Pardon ? s'étonna sa fille.

— C'est toi, Virgin, qui as demandé à Leo de l'humilier. Il n'est pas facile de pardonner aux anciennes maîtresses de l'homme qu'on aime.

Tous trois attendaient en silence. Virgin fit crisser un de ses talons sans changer de posture.

— Tu n'as pas l'air surpris, lança-t-elle à Gomara.

— Non.

— Comment l'as-tu appris ?

— J'ai toujours su que Leo était ton amant.

— Et tu n'as rien fait pour l'éviter ?

— Tu ne m'appartiens pas, Virgin. Mon sang coule dans tes veines, mais pas mon bon vouloir. J'ai pensé que ce qui convenait à ma fille devait forcément me convenir et j'en ai pris mon parti.

— Et puis, tu avais confiance en Leo…

— Oui. C'est le plus courageux de tous et il connaît tous mes secrets professionnels.

— Mais jamais tu n'aurais cru que…

— Je croyais autre chose, Virgin.

— Ah bon ? Quoi ?

— Que ma fortune était tentante, que tu la convoitais et Leo encore plus, mais je pensais que tu attendrais, tu aurais de toute manière hérité de la banque.

La bouche de Virgin se tordit et la jeune fille se départit de l'air détaché et dédaigneux qui devait faire son charme lors des réceptions du *Queen Elizabeth* et chez les joailliers de la place Vendôme. Quant à sa pureté de collégienne, elle l'avait désertée depuis bien longtemps. Son rictus lui donnait dix ans de plus.

— Attendre quoi ? Nos vieux jours ? Subir les caprices de tes conquêtes en continuant de nous cacher et de nous faire entretenir par ta connerie de banque conventionnelle qui sert à masquer tes véritables activités ? Non, je n'ai pas ta patience, moi. Je ne veux pas rester derrière un guichet à calculer des intérêts, faire des investissements et supporter des clients emmerdants pendant les déjeuners de travail. J'ai envie de la vendre, ta banque espagnole, et d'en créer une autre aux îles Caïmans sans courir aucun risque. Toi, cher père, tu es un homme de la vieille école qui aime être vu au Cercle de l'économie et au casino de Madrid. Leo et moi rêvons d'autre chose, nous voulons développer l'international et pour cela il faut tout réorganiser et ne garder que les clients de confiance. C'est ce que Leo a commencé à faire ici.

Patricio écoutait Virgin sans piper mot. Gomara l'observait comme s'il venait de la découvrir.

— Si je comprends bien, je suis de trop dans cette affaire.

— Oui.

L'affirmation fit à Gomara l'effet d'un coup de fouet.

— Je suppose que vous avez souvent dû avoir l'occasion de me tuer, dit le banquier.

— Non. Tu es mieux protégé que tu ne le penses. Miguel Don ne te lâche pas d'une semelle, même chez toi, mais curieusement je n'ai jamais eu peur de lui. Il m'a vue naître et quoi que je puisse faire il ne lèvera jamais la main sur moi. Je craignais surtout — et Leo aussi — David Mellado et Alberto Parra. Ils te surveillaient de près et ne m'aimaient pas. Plus que mon argent, c'est mon corps qu'ils convoitaient. Si nous t'avions supprimé, ils ne nous auraient jamais pardonné ta mort et nous auraient fait la guerre avant même que tu sois mis en bière. Juste après ton enterrement ils auraient jeté Leo dans une fosse pleine de rats et se seraient empressés de me ligoter dans un lit.

— Vous avez donc eu l'idée de les éliminer avant moi, déduisit Gomara.

— Logique, dit Leo en intervenant pour la première fois dans la conversation.

— Mais vous ne vouliez pas vous charger du travail vous-mêmes.

— C'était trop dangereux, expliqua Leo. Nous étions seuls, il valait mieux confier cela à quelqu'un d'autre.

— À moi, par exemple ? demanda Gomara.

— Exact.

— Vous avez attisé ma haine, murmura Gomara en se tournant vers sa fille.

— C'était indispensable, précisa Virgin. Et pour la calmer tu étais obligé de tuer, c'est pour cela qu'on a utilisé la maison d'Altos de Serrano.

— Tu savais qu'elle était truffée de micros et que je captais tout ce qui s'y disait.

— Tu me l'avais dit.

— Vous avez donc inventé une saynète avec des menaces, des cris, des effets sonores. J'avoue que vous vous êtes mieux débrouillés qu'un metteur en scène, c'était parfait, hormis un détail, conclut Gomara en grimaçant.

— Lequel ?

— Le sang. Dans les analyses on y a retrouvé des matières fécales. Il provenait donc de…

Gomara s'interrompit en pinçant les lèvres.

— Enfin, enchaîna-t-il. Je ne sais pas comment tu te l'es procuré.

Virgin souriait de toutes ses dents mais elle était lointaine, indifférente, méprisante.

— Ce que tu peux être naïf malgré ta longue expérience, souffla Virgin, la voix vibrante de commisération. Les choses viennent de là où elles doivent venir. Leo savait que, pour plus de vraisemblance, il devait me faire mal là où tu penses. Vraiment mal. La fin de l'enregistrement est donc authentique, le coup de feu aussi, mais la balle est restée dans l'oreiller que nous avons utilisé, pas dans mon…

Elle laissa sa phrase en suspens. Rouge de colère, Orestes Gomara se jeta sur Leo Patricio, qui demeurait imperturbable. La table le freina mais le banquier parvint à saisir son ancien garde du corps à la gorge. Celui-ci poussa la chaise qui se trouvait derrière lui pour esquiver le coup. La voix de Virgin brisa net l'élan de son père :

— Ne sois pas ridicule, il me l'avait déjà fait et dans d'autres circonstances, avec un peu de délicatesse et de la musique, ça n'était pas si désagréable.

Gomara s'écroula dans le fauteuil, la bouche ouverte, cherchant à reprendre sa respiration.

— Ne faites pas semblant d'être prude, Gomara, lui lança Leo d'un ton dédaigneux, en matière de cul vous avez fait vos classes, alors ne jouez pas les machos. Cela dit, je ne comprends pas pourquoi vous êtes venu sans arme.

Gomara se redressa, referma la bouche, les yeux perdus dans le vague.

— Nous comptions donc sur votre vengeance, Gomara, mais nous n'imaginions pas qu'elle serait aussi terrible.

— Quelle importance ?

— Nous avons découvert chez vous une cruauté insoupçonnée, mais vous avez raison : quelle importance ? Une fois David et Alberto morts, vous vous êtes retrouvé seul, sans une minute devant vous pour retrouver d'autres gardes du corps. Vous deveniez une proie facile.

— Ou pas, le contredit Gomara.

— Ou si. Il suffisait de tomber sur la bonne occasion car, avec vous, pas question de bricoler. Il y aurait eu quatre ministres flanqués de dix policiers pour suivre votre cercueil, et ce n'était pas précisément ce que nous recherchions. Il fallait donc faire le travail proprement, sans que votre mort contrarie nos affaires.

— Je vois.

— Et puis je courais un grave danger. Vu la sauvagerie avec laquelle vous aviez accompli votre vengeance, je m'attendais au pire et j'étais le prochain sur la liste. J'avoue que j'ai eu peur. Je me suis donc caché le temps que vous vous calmiez. J'ai même engagé des agents de sécurité.

Orestes Gomara ferma les yeux. Un court instant sa vie entière, son argent et les regards transparents de sa fille dans un monde qui ne l'était plus défilèrent dans sa tête.

— Il y a certaines choses que je ne comprends pas, souffla-t-il, les paupières toujours closes.

— Quoi, par exemple ?

— La mort de Mónica, ou Sonia, comme vous voudrez, le genre de prostituée qui aime se faire attacher à un lit pour que le client ait l'impression d'être le roi du monde, bien que, le jour de sa mort, elle n'ait été rien de plus qu'une domestique dans un appartement de la Plaza Mayor. Figurez-vous que cette Mónica était la petite amie de David Mellado.

— Oui, répondit Virgin d'un ton cinglant.

— Par mes relations dans la police, je sais que c'est un homme qui l'a tuée, pourtant, elle a dit à sa maîtresse qu'elle avait peur d'une femme.

— Oui, répéta Virgin.

— Quelle femme ? Toi ?

— Oui, moi.

Orestes Gomara eut un haut-le-corps. Il se tendit comme si le fauteuil le brûlait et regarda sa fille de ses yeux glacés, coulés dans l'acier, aussi ternes que des tuyaux métalliques souterrains et aussi inexpressifs qu'une rangée de chiffres.

— Toi ?

— À quoi bon le nier ?

— Mais pourquoi ?

— Elle ne me connaissait pas très bien mais c'était suffisant. Ça s'est produit par un de ces hasards que même un plan infaillible ne peut prévoir. Après ma disparition, autant dire ma mort, je me suis cachée, j'ai quitté Madrid en voiture et j'ai croisé Mónica dans une station d'essence.

— Elle t'a vue de près ?

— Oui, mais j'ai fait semblant d'être quelqu'un d'autre et de ne pas la reconnaître. Il y a des gens qui se ressemblent, je comptais là-dessus. J'étais censée être morte. Si jamais Mónica était allée crier sur les toits qu'elle m'avait rencontrée, tous nos projets tombaient à l'eau. Évidemment, elle n'était pas au courant de mon soi-disant assassinat mais elle aurait très bien pu raconter qu'elle m'avait vue dans une conversation banale. Et puis elle couchait avec David Mellado. Je l'ai appelée pour la menacer et j'ai eu l'impression qu'une tierce personne nous écoutait…

— La deuxième femme de Paco Rivera, je suppose, elle voulait peut-être savoir qui discutait avec sa bonne.

— Mais elle n'a rien entendu de compromettant, continua Virgin, elle n'a saisi que quelques mots. En revanche, Mónica était morte de peur, mais c'est un homme qui l'a assassinée.

— David Mellado…

— Oui, ajouta posément Virgin, qui semblait distiller ses paroles goutte à goutte. C'était facile pour lui puisqu'il sortait avec elle. C'est moi qui lui ai ordonné de le faire.

— Pourquoi ?

— Faut-il te l'expliquer ? Un banquier de ton espèce devrait le deviner. Si David t'avait dit qu'elle m'avait vue, adieu ta vengeance et nos projets, et puis ça aurait été gênant par rapport à toi. J'en suis donc arrivée à la conclusion que cette femme devait mourir et que ce gros porc de David serait ravi de s'en occuper.

— Il ne t'a pas posé de problème ?

— Non, j'y avais mis le prix, lança Virgin d'un air cynique.

— Tu lui as proposé de l'argent ?

— Ça et autre chose.

— Quoi ?

— Un paiement en nature.

Gomara laissa tomber sa tête comme si on l'avait frappé à la nuque et observa quelques minutes de silence à peine rompu par leur respiration, le craquement mystérieux des meubles et le souffle de l'air.

— Petite salope, dit Gomara.

— Ce n'est pas si grave, déclara Leo pour minimiser la situation, David n'en avait plus pour longtemps. Et si votre fille est une salope, il fallait en tout cas être une sacrée ordure pour accepter ce marché.

— Mais il n'a pas été surpris d'avoir Virgin au téléphone ? Il ne savait pas qu'elle avait disparu ?

— Comment l'aurait-il su ? lâcha Leo en haussant les épaules. Alberto et lui ne sont jamais intervenus dans cette histoire. Ils ignoraient qu'on avait cité leur nom sur la bande. La police et la presse n'ont jamais rendu la mort de Virgin publique. Pour eux, rien n'avait changé, Virgin était toujours en vie et je continuais de travailler pour vous. Comme des milliers d'hommes prêts à ramper pour de l'argent et une partie de jambes en l'air, David s'est laissé tenter par la proposition de Virgin. N'importe quel loubard parti de rien crèverait d'envie de se taper une fille immensément riche.

— Vous avez pris le risque qu'il m'en parle... bredouilla Gomara. S'il l'avait fait, votre plan aurait capoté.

— Non, trancha Leo, réfléchissez un peu, Gomara. David ne serait jamais allé vous raconter qu'il voulait s'envoyer votre fille. Le plus logique était de vous voir le moins possible, et puis je suis intervenu en leur disant que pour des raisons professionnelles il voulait que vous vous éloigniez pendant une quinzaine de jours. Je comptais sur vous pour leur mettre la main dessus et en finir avec eux, et je ne me suis pas trompé.

— Eh bien justement, tu te trompes, espèce de salopard, fit Gomara en relevant la tête.

— Ah oui ? Ils ne sont pas morts, peut-être ? Mon plan n'a pas marché ? N'est-ce pas le grand Orestes Gomara qui se trouve juste en face de moi, dans le bureau que j'ai spécialement créé pour entreprendre mes affaires parallèles ? Le pire, c'est qu'il n'est même pas armé.

— Tout cela est vrai, mais pas le reste. Je n'ai assassiné personne.

Leo Patricio éclata d'un rire lent, moqueur, presque acide.

— Allons, Gomara ! Ne faites pas l'innocent. C'est tout ce que vous avez trouvé pour vous en tirer à bon compte et nous faire capoter au dernier moment ?

— Je n'en ai pas du tout l'intention. Je n'ai jamais été un enfant de chœur, et encore moins après avoir traîné pendant des semaines dans les bas quartiers, mais je vous répète que même si ces types méritaient de mourir, je n'y suis pour rien.

— Pourquoi ?

— Parce qu'on ne m'a pas laissé le temps d'agir.

Virgin écarquilla les yeux. Elle avança de quelques pas, contourna le fauteuil où Gomara était assis dans la même position que les prisonniers soumis à un interrogatoire.

— Quelqu'un les a trouvés avant moi, enchaîna Gomara. Quand je suis arrivé ils n'étaient plus que des déchets humains. Parfois, les ministres disent qu'en lisant les journaux ils apprennent qu'il y a une crise au sein du gouvernement, eh bien je peux dire que j'ai éprouvé la même chose en voyant les corps de David et Alberto.

— C'est trop facile, de dire ça après coup, murmura Leo d'un ton narquois. Pourquoi mentir, Gomara ? Nous ne sommes pas de la police.

— C'est la vérité et je peux vous le prouver par A plus B. Je suis un homme fort, mais pas un athlète. Je n'ai rien d'un catcheur. Même en les prenant séparément, je n'aurais jamais pu dominer ces deux hommes et faire ce travail de design.

— Vous vous êtes fait aider, Gomara.

— L'homme qui les a massacrés a très certainement amené avec lui un exécutant, ou peut-être que non, qu'il est tout à fait capable de se débrouiller seul.

— Qui est-ce ? demanda Virgin.

— Moi, je le sais.

Virgin fut sur le point de reposer la question à son père, mais Leo prit les devants :

— Si ce n'est pas vous, Gomara, pourquoi vous être accusé ?

— Ça n'a pas d'importance. Il n'y a aucune preuve contre moi.

— Mais il pourrait y en avoir. Ces aveux vous desservent, Gomara.

— Je savais que Virgin était en vie et que par conséquent tu l'étais toi aussi, petit con.

L'insulte ne sembla pas atteindre Leo Patricio, qui avait dû entendre pire. Pour plaisanter, ses collègues racontaient qu'en le baptisant le curé l'avait traité de fils de pute.

— Comment le saviez-vous ? le pressa-t-il, dévoré par la curiosité.

— Par les mouvements bancaires. Dans le temps, quand les vieux flics qui portaient des hauts-de-forme et des montres à gousset disaient qu'il fallait « chercher la femme », ils essayaient de repérer l'odeur du con. Maintenant que les femmes n'ont plus d'odeur, on doit pour les retrouver flairer les caissiers des banques. L'argent a un parfum qui traverse les pays et les continents. Après avoir écouté la bande, je me suis empressé de bloquer le compte de Virgin.

— Facile, ironisa Leo. De toute façon nous ne voulions pas nous en servir.

— Évidemment. Vous n'avez fait aucune erreur et l'argent était intact, mais Virgin possédait d'autres comptes à mon nom dans des paradis fiscaux. Elle pouvait signer à ma place en cas d'urgence. C'est un réseau compliqué pour la police mais pas pour moi puisque je l'ai inventé, ni pour Virgin, qui s'en servait de temps en temps. C'est en examinant les comptes que j'ai été sidéré, puis je me suis dit que si ma fille avait besoin d'argent, c'est qu'elle était vivante et qu'elle ne voulait pas que je le sache.

Virgin avança. Malgré sa démarche élégante et posée, elle faillit se tordre la cheville sur le parquet. Leo Patricio restait de marbre.

— Si vous le saviez, vous n'aviez aucune raison de vous accuser des meurtres de David et Alberto.

— J'étais persuadé que Virgin réapparaîtrait et je ne voulais pas qu'on l'interroge, qu'on l'inculpe de quoi que ce soit.

— Qu'avez-vous gagné à ce petit jeu ? lâcha Leo Patricio sans se soucier de se montrer superficiel.

— Tu m'aimais donc tant que ça ? demanda Virgin, plus profonde que son compagnon.

— J'y gagnais énormément, fit Gomara en répondant à la première question. Je ne suis pas idiot, j'ai pris conscience que j'allais y passer, alors, faute d'un garde du corps, j'ai demandé la protection de la police car, en me surveillant, les flics me protégeaient.

— Vous êtes toujours un vieux renard, lâcha Leo, une pointe d'admiration dans la voix. Vous avez tout calculé.

— Non, loin de là. Il a éludé ma question, murmura Virgin.

Orestes Gomara se tourna lentement vers elle avec dans le regard des années de vide, des cadres sans photos, des fenêtres murées, des radios muettes, la vacuité d'une existence qui n'avait plus aucun sens et d'une chambre où gazouillait une fillette.

Gomara ne répondit pas, ce n'était pas nécessaire.

Leo Patricio se leva. Il était grand, fort et jeune mais aussi insensible et implacable que la pierre.

— Tu te rends compte, Virgin ? grogna-t-il. Il nous a mâché le travail.

D'un geste mécanique il tendit les mains vers Gomara et le souleva. Tel un robot, il le transporta près de la fenêtre qui donnait sur la rue.

— Ouvre-la, ordonna-t-il.

Orestes Gomara n'essaya pas de lutter et garda le silence, se contentant de fixer sa fille sans bouger, totalement inexpressif.

— Ouvre la fenêtre, répéta Leo. Tu es tombé dans le piège, nous n'aurons plus jamais une occasion pareille.

— Quelle occasion ? protesta Virgin. Tout le monde va voir son corps dans la rue.

— Justement ! La police pensera qu'il s'est suicidé parce qu'il était coupable. Il a les clés de la terrasse sur lui, les flics croiront qu'il s'est jeté de là-haut. Vas-y, ouvre, Virgin.

La jeune fille avait une foule de raisons pour ne pas obéir à Leo, des raisons incalculables et invisibles qui pouvaient se résumer à des sentiments planant çà et là, sauf dans son cœur. Son regard accrocha celui de son père mais elle resta de glace.

— Allez, ouvre !

Elle s'exécuta. Leo grinça des dents comme une machine usée, puis, après une longue inspiration, il poussa Gomara dans le vide. Derrière la fenêtre la nuit parfumée enveloppait le quartier chic de Bonanova. Gomara s'y précipita sans un cri, ameutant les portiers distingués, les futures mamans de la clinique Dexeus et les passants qui feuilletaient le *Financial Times* en marchant.

Le corps du banquier s'écrasa sur le sol, contrairement aux déclarations d'un concierge avide de publicité qui affirma par la suite qu'il avait vu le grand homme se désagréger dans les airs.

36

Une question de gratitude

Le sang éclaboussa un arbre, une poubelle municipale, les roues d'un autobus qui s'était arrêté à temps et les bas d'une collégienne occupée à retrousser sa jupe. Quelques gouttes giclèrent également sur un homme tranquille et tout de noir vêtu qui assistait au spectacle.

Méndez se précipita sur le corps, esquivant un concierge qui pestait contre la municipalité, un taxi qui se plaignait du gouvernement et une femme qui, plus raisonnablement, lui gueulait dessus. Dans le tumulte général, un garde municipal et le portier de l'immeuble où habitait Lina accoururent.

— Je connaissais cet homme. Il faut appeler la police ! hurla le portier.

— La police, c'est moi, maugréa Méndez en se doutant que personne n'allait le croire.

— Vous ?

— Je surveillais l'immeuble.

— Peut-on savoir pourquoi ? demanda le garde, pointant un doigt sur Méndez et s'érigeant en autorité suprême.

— J'ai suivi cet homme. J'attendais qu'il redescende pour l'interroger.

— Eh bien, pour redescendre il est redescendu. C'est un meurtre, faites quelque chose, montez, contactez le juge.

— Vous avez un téléphone, je suppose, fit Méndez en désignant le concierge.

— Évidemment, celui que le syndic paye régulièrement tous les mois, pas comme d'autres.

— Composez tout de suite ce numéro, lui enjoignit Méndez en gribouillant sur un bout de papier. C'est le commisariat. Ils contacteront le juge.

Il tenta d'écarter les badauds attroupés autour du corps :

— Éloignez-vous, je vous le demande gentiment. Dépêchez-vous, putain de merde !

Les gens reculèrent. Le gardien de la paix mandé par la Constitution, trop près du mort, commençait à tourner de l'œil. Deux soldats de l'Escouade impériale de Catalogne s'approchèrent en agitant les bras. Méndez leur montra sa plaque en essayant de ne pas la faire tomber sur le cadavre.

— Police ! Formez un cordon, s'il vous plaît… je viens d'appeler le commissariat. Faites respecter l'ordre pendant que je monte inspecter l'immeuble. Je suis sûr qu'il est tombé de la terrasse la plus haute.

— C'est sûr, lui dit le portier, il y allait.

Méndez traversa la rue d'un pas décidé pour s'insuffler un peu de courage. Même s'il avait dû prendre l'autobus parce qu'il n'avait pas les moyens de s'offrir le taxi, il avait bien fait de suivre Gomara. Il était à présent sur une piste sérieuse. Certes il n'avait pas prévu, et c'était heureux, sa fin brutale, mais il allait probablement découvrir des choses dignes d'intérêt.

Il n'eut pas besoin de monter.

Un homme jeune, beau, massif, du genre à figurer dans *Playgirl* ou à jouer les Chippendales lors des enterrements de vies de jeunes filles, descendait l'escalier. Méndez regretta presque de ne pas être une veuve au compte en banque bien fourni, mais il n'hésita pas une seconde. Les mains sur les hanches, il murmura :

— Bienvenue dans l'immeuble, Leo Patricio.

*

Il se rappelait parfaitement la photo du faux passeport brésilien, la description de Gomara et toutes les mauvaises pensées qui l'avaient animé depuis le début de cette enquête.

Leo Patricio, en revanche, ne se souvenait de rien puisqu'il ne savait rien. Il regarda cependant avec un curieux soulagement la plaque que Méndez lui agita sous le nez.

— Je suis descendu en courant, il est arrivé un malheur. Vous ne l'avez pas vu ? Un malheur. Mais comment savez-vous mon nom ?

— Comme ça.

— Bon. Tant mieux. Je n'ai rien à cacher.

— Qu'est-ce que vous faisiez sur la terrasse ?

— J'ai un bureau de gestion financière.

— Comme c'est étrange !

— Pourquoi ?

— Parce que, d'après ce que j'ai pu vérifier, cet appartement appartient à une prostituée de luxe.

Planté au milieu du hall, Leo Patricio ne semblait pas le moins du monde désarçonné. Au contraire, il se fendait d'un large sourire, arborant sa magnifique dentition sans doute dessinée par un styliste de Detroit.

— Oh, je suis ravi que vous le sachiez ! s'exclama-t-il en levant les bras. Je crois que cet homme était un de ses clients. Moi, vous savez, je suis ici en toute régularité, je paye un loyer à cette prostituée.

— Vous avez les quittances ?

— Il faudrait que je les cherche.

En véritable dépositaire de la culture du quartier, le concierge s'avança vers eux.

— Ce monsieur dit vrai. La demoiselle qui possède cet appartement paye religieusement, et son ami y a installé une agence financière. Ce sont des gens calmes et pas dérangeants pour un sou.

— Et que fabriquait Gomara sur le toit ? maugréa Méndez. Il attendait des conseils de gestion ?

— Je n'en sais rien, lâcha Leo Patricio d'un air innocent. Je ne sais même pas comment il est entré.

— Moi, il m'a juste dit qu'il montait là-haut, intervint l'indécrottable concierge.

— Je peux vous jurer qu'il n'a pas appuyé sur l'interphone.

— Nous relèverons les empreintes digitales sur la sonnette, dit Méndez.

— Bien sûr, je vous en prie, fit Leo en poussant un soupir de soulagement.

— Même s'il n'y a pas d'empreintes, ça ne signifie pas grand-chose. Le mort avait peut-être les clés de l'immeuble.

— Dans ce cas vous les retrouverez dans ses poches.

— Logique. Allons-y. Il faut battre le fer tant qu'il est chaud.

Méndez retourna dans la rue, suivi de Leo Patricio. Le cercle de curieux s'était agrandi mais le gardien de la paix et les gars de l'Escouade parvenaient à maintenir l'ordre.

Méndez savait qu'il ne fallait toucher à rien avant l'arrivée du juge, mais il devait sa santé et son allant au refus de suivre les consignes judiciaires. Il fit les poches du défunt du bout des doigts de crainte de se souiller avec de l'argent ou du sang. Il en extirpa un portefeuille, des lunettes, un agenda, une enveloppe bourrée de papiers, un mouchoir, quelques pièces de monnaie et des clés.

— Allons voir, dit-il en s'en emparant.

Il adressa un signe à Leo Patricio et au concierge, qui lui emboîtèrent le pas. Ils prirent l'ascenseur jusqu'au dernier étage, dont la porte était fermée. Méndez remit les clés au concierge.

— Vous êtes la personne indiquée. Faites attention à ce que vous faites parce que après vous allez devoir déclarer. Ouvrez.

Le portier obéit mais aucune clé n'entrait dans la serrure.

— Ce ne sont pas les bonnes, ce sont les vieilles clés de l'immeuble.

— Gomara n'a donc pas pu entrer tout seul. Il y a une autre porte ?

— Oui, ça, il y en a une mais c'est une entrée d'alpiniste. Elle donne sur une terrasse particulière.

— Allons-y.

Ils répétèrent l'opération, cette fois avec succès, et furent accueillis par la brise tiède de la nuit éclairée çà et là par les lumières orangées des appartements des étages inférieurs et la lueur bleutée de téléviseurs gigantesques directement connectés au casino de Monte-Carlo. Méndez remarqua aussitôt des traces de pas sur les dalles humides.

— Ne bougez pas, ordonna-t-il. Je vais aller de l'autre côté.

En prenant soin de ne pas marcher dans les empreintes, Méndez se déplaça jusqu'à la balustrade. De là, il observa la terrasse de l'appartement du dessous. Les empreintes s'arrêtaient devant le garde-fou. En contrebas, il repéra un pot de géraniums cassé qui indiquait que quelqu'un avait probablement sauté. Il semblait évident que c'était ce que Gomara avait fait.

— Vous voyez ? Ces clés-là fonctionnent ? lui lança le concierge. Je crois que M. Gomara les avait gardées parce qu'il rendait souvent visite à la demoiselle qui habitait ici, mais depuis on a changé les serrures.

— Je vous ai dit la vérité ! s'exclama Leo Patricio avec excitation. Vous devriez comparer ces empreintes et les chaussures du mort. Il a sauté d'ici, c'est sûr.

— Nous allons le faire, mais pourquoi a-t-il sauté ?

— Je n'en sais rien, moi, toujours est-il qu'il l'a fait et qu'il a dû trébucher. Ce bonhomme était trop vieux pour jouer les équilibristes.

Méndez les rejoignit en contournant les empreintes, le visage figé.

— S'il avait fait une chute de cet endroit, il ne serait pas tombé au milieu de la rue. Il a dû aller plus loin, susurra-t-il.

— Il y a des traces de pas sur la terrasse du bas ? demanda-t-il avec appréhension. Elles peuvent peut-être nous apprendre quelque chose.

— Apparemment, non, grogna Méndez. Et c'est bizarre : la terrasse de vos bureaux est entièrement sèche.

Leo Patricio se fendit d'un sourire qui n'altéra en rien son visage idéal pour vanter les mérites d'un club de golf, d'un salon de massages faciaux ou d'une crème antirides. Il semblait si éclatant et impassible que même la bouche d'une femme ne devait pas y laisser de marques.

— Je ne vois rien d'étrange à cela, expliqua-t-il. Avec un peu d'attention, vous remarquerez que cette terrasse est protégée par un velum. Nous venons de le replier.

— Eh bien, vous avez de la chance.

— Pourquoi ?

— Parce que plus rien n'indique le chemin qu'a pu suivre Orestes Gomara. Dans le jugement, n'importe quel expert dira qu'il est entré par cette porte, s'est avancé jusqu'à la balustrade, a sauté en renversant un pot de fleurs et a perdu l'équilibre. On ne peut rien prouver d'autre. On ne pourra jamais vous accuser, par exemple, de l'avoir poussé. Je vous félicite, vous venez de commettre le crime parfait. J'ai toujours dit que le crime parfait n'avait rien à voir avec les meurtres scientifiques qui se font en exposant les seins d'une nana au rayon laser. Le crime parfait se commet au petit bonheur la chance, dans un lieu solitaire, devant une gargote fermée et si possible bourré comme un coing. Vous avez de la veine, Leo Patricio, parce qu'on ne peut rien prouver contre vous.

L'intéressé le regarda avec une moue de dédain :

— On ne peut rien prouver parce que je n'ai rien fait, grommela-t-il. Maintenant laissez-moi vous dire, monsieur l'agent, que j'ignore quel est votre grade au sein du glorieux corps de la police espagnole…

— Il est assez bas, le coupa Méndez.

— … mais vous raisonnez comme un gendarme de l'époque de Philippe III. Pas besoin de me faire une fleur, je suis innocent. Et à présent laissez-moi, j'ai encore quelques rapports financiers importants à rédiger pour des gens importants et je n'ai pas de temps à perdre avec vous.

Tandis qu'il tournait les talons, Méndez lui effleura l'épaule avec délicatesse.

— Vous devriez vous occuper d'investir un peu d'argent chez un avocat, lui conseilla-t-il d'une voix rauque. Il y a forcément des preuves, ne serait-ce que l'angle de chute du corps.

— L'angle de chute, policier de mes deux, démontrera simplement que Gomara est tombé de ma terrasse. De là à savoir s'il est allé un petit peu plus à droite ou à gauche...

— Et les traces de violence sur ses habits ?

— L'impact a dû les faire disparaître. N'oubliez pas qu'il a perdu pas mal de sang.

— Il a pu recevoir des coups avant de tomber.

— Même si on ne l'a pas frappé ? Imaginez qu'on l'ait seulement poussé. Vous faites fausse route, mon ami, vous devriez plutôt aller porter votre costume chez le teinturier si vous en avez les moyens. Vous en avez un de rechange en attendant ?

Leo Patricio partit d'un rire sec, nargueur, en pointant un doigt sur Méndez. Jamais un assassin ne s'était fichu de lui avec un air aussi triomphal.

— Quand reverrez-vous Virgin ?

— Pardon... ?

Méndez répéta sa question.

— Mais enfin, elle est morte, dit Leo Patricio, pris pour la première fois au dépourvu.

— Morte ? Comment le savez-vous ?

— Oh, mais je ne sais rien. Si elle est vivante, elle finira bien par réapparaître, ce n'est pas mon problème, et puis je ne vois pas ce qu'elle vient faire là-dedans.

— Gomara s'est accusé de tout, fit Méndez en le regardant droit dans les yeux.

— Et alors ?

— En général on s'accuse d'un crime pour protéger ceux qu'on aime et qui sont vivants, bien entendu.

— Vous avez trop d'imagination.

— Non, c'est juste une réflexion. D'habitude je commence à réfléchir au deuxième verre, mais comme les bars sont ouverts je peux aller jusqu'à cent et je vous attraperai, Leo Patricio. En attendant je vais m'assigner une tâche délicate : celle de vous coller le règlement pénitenciaire au cul, d'obliger le juge d'instruction à vous laver la bite à l'eau de Javel avant de vous couper les couilles.

En prononçant ces phrases rituelles, symboles de justice éternelle à ses yeux, Méndez eut l'intuition soudaine qu'il allait gagner. Il était engagé sur la bonne voie pour piéger cet homme. Il avait autant de preuves que Leo Patricio d'alibis et se donnait un jour pour le coincer. L'ancien homme de confiance de Gomara le toisait d'un air narquois.

— M'attraper, moi ? Pourquoi ? Je n'ai tué personne. Vous allez m'accuser d'avoir couché avec la fille d'un banquier ? Et alors ? Vous croyez que les filles des banquiers ne baisent pas ? Sachez qu'elles s'envoient en l'air dans des chambres blindées et que chaque fois qu'elles jouissent le cours de la Bourse monte. Vous ne pouvez m'accuser de rien, surtout si Virgin resurgit. Mais ne vous démontez pas, l'enveloppe que vous venez de prendre dans les poches du mort est peut-être bourrée de preuves contre moi.

— Peut-être, répéta Méndez. C'est au juge de l'ouvrir mais j'inventerai une excuse, grogna-t-il. Moi, les juges, je me les carre au cul. Quant aux magistrates, je préfère ne pas y penser.

Il décacheta l'enveloppe qui contenait une lettre manuscrite signée de la main de Gomara.

— « J'ai tué David Mellado et Alberto Parra, lut Méndez. Je le déclare de mon propre chef pour qu'on n'accuse personne d'autre que moi. Je déclare par ailleurs que je vais mettre fin à mes jours. Ma mort sera un acte volontaire dont je suis le seul responsable. Je demande donc à la police de ne pas chercher d'autres coupables. Merci, Miguel Don. »

Méndez en resta bouche bée. Tous ses espoirs venaient de s'écrouler. Intrigué par son expression, Leo Patricio se glissa derrière lui et lut par-dessus son épaule.

— Vous avez tout faux, espèce de flic à la manque, ricana-t-il. Maintenant essayez de dire quelque chose contre moi.

— Je ne peux rien dire, bredouilla Méndez.

— On raconte que vous êtes fort pour faire des recherches mais que vous n'arrêtez jamais un seul coupable.

— Chacun son truc, mais c'est vrai : je n'arrête jamais personne.

— Et moi encore moins.

— Oui.

— Dans cette lettre, je ne comprends pas ce que vient faire ce « Merci, Miguel Don », à la fin.

Méndez serra les dents.

— Moi non plus, grogna-t-il.

37

Une question de compagnie

Méndez ne comprenait qu'une seule chose : il ne pouvait rien contre Leo Patricio et Virgin Gomara. La lettre du banquier constituait une preuve légale irréfutable. Décontenancé, le banquier faillit laisser tomber le papier par terre.

— Bien, je retourne à mon bureau, s'exclaffa Leo Patricio, à présent sûr de son fait. Je vous félicite. Si vous pensez m'arrêter, envoyez-moi un message par un de ces coursiers qui livrent des pizzas.

Il s'éloigna, laissant Méndez désemparé au milieu de la rue embouteillée où de plus en plus de curieux se massaient.

— Je profiterai du livreur pour t'envoyer une pizza aux œufs, cria Méndez avant que Leo Patricio disparaisse.

— Je n'aime pas les œufs.

— Surtout si ce sont les tiens ! lui lança Méndez.

Leo Patricio pouffa d'un air indifférent et poussa la porte de l'immeuble.

Une fois dans l'appartement, une sensation de bien-être l'envahit. Il n'avait plus rien à craindre de la part d'Orestes Gomara, son argent et sa soif du mal. Quant aux enquêtes de la police, elles étaient réduites à néant. Virgin et lui avaient remporté la bataille. Il suffirait de s'acquitter de quelques formalités pour s'approprier l'empire peuplé d'ombres dorées de Gomara.

Il pénétra dans le bureau en s'appliquant à refermer derrière lui, regarda la fenêtre d'où il avait poussé Gomara et constata l'absence totale de traces de violence. Soulagé, il se tourna vers le fauteuil que le banquier avait occupé quelques instants plus tôt et dut se frotter les yeux tant il était surpris.

— Mais... qu'est-ce que tu fais là ? demanda-t-il, abasourdi.

L'énorme paquet de muscles se souleva en faisant grincer les ressorts du siège. L'air du bureau parut se raréfier, comme entièrement absorbé par la statue d'acier qui venait de se mettre debout.

— Ça t'étonne de me voir ici ? dit Miguel Don d'une voix douce.

— Comment es-tu entré ?

— Ce n'était pas difficile de se glisser dans la foule.

— Comment savais-tu que j'étais ici ?

— Ça aussi c'était un jeu d'enfant. Orestes Gomara m'avertissait de tous ses faits et gestes. Il m'a dit qu'il allait faire une petite visite à Eva, qui m'a appris à son tour que vous aviez parlé de Lina et de son appartement, alors j'ai pensé que ça ne serait pas idiot de venir y faire un tour.

Il souriait de ses dents de requin probablement aiguisées par un armurier de Tolède.

— Qu'est-ce que tu veux ? balbutia Leo Patricio.

Il cligna des yeux sans rien distinguer d'autre que la masse gigantesque de Miguel Don et ses dents de carnivore. Seul l'ordinateur qu'il pouvait presque toucher et les lumières de la ville éclairaient le bureau, plongé dans une semi-pénombre inquiétante.

— Je ne veux rien, souffla Miguel Don, rien du tout, sale petit enfoiré.

Leo Patricio lança un coup d'œil fébrile au tiroir du bureau, dans lequel se trouvait son revolver. Le front en sueur, il calcula son élan mais l'autre ne lui laissa pas le temps de bouger. D'une main de fer, Miguel Don l'empoigna à la gorge, lui coupant instantanément la respiration. La vue de Leo Patricio se brouilla tandis qu'il agitait désespérément les bras, espérant atteindre son bourreau au visage. Miguel Don cilla à peine sous l'effet des coups de poing et resserra son étreinte. Il souleva Patricio, qui se débattit en vain.

— Dommage que je n'aie pas le temps de t'infliger le même traitement qu'à David et Alberto, murmura Miguel Don en le plaquant contre le bureau pour l'écraser de tout son poids et serrer davantage son cou. Leo Patricio ouvrit la bouche et sa langue sortit comme celle d'un pantin, libérant un jet de salive et de sang qui atteignit Miguel Don au visage. Dès que sa victime avait l'impression de pouvoir respirer, l'étau l'étranglait à nouveau. La dernière image que vit Leo Patricio fut un visage impassible aux yeux aussi inexpressifs que des billes de verre.

Miguel Don relâcha enfin sa pression. La tête du mort s'affaissa sur le côté et son corps s'écroula sur le tapis. Alors une voix s'éleva :

— Le supplice du garrot aurait été plus charitable.

Miguel Don se retourna, les muscles contractés.

— Vous auriez pu m'interrompre, Méndez, lâcha-t-il.

— Je suis arrivé trop tard et je n'ai assisté qu'au final. J'arrive toujours trop tard ces derniers temps.

Planté dans l'encadrement de la porte, les jambes légèrement arquées, Méndez ne bougeait pas.

— J'ai une lettre qui te disculpe, souffla-t-il en indiquant sa poche. Orestes Gomara s'accuse des autres crimes.

Le géant le regarda avec étonnement.

— C'est… c'est vrai ? bredouilla-t-il.

— Oui. Tu es aussi innocent que l'agneau qui vient de naître, mais… Gomara a menti.

Méndez s'adossa au chambranle de la porte, adoptant sans le savoir la même posture que Virgin quelques instants auparavant.

— Il a menti parce que c'est toi qui as tué David et Alberto en faisant durer le plaisir, chuchota-t-il en remuant à peine les lèvres. Avec Rosanna Vives tu as été plus expéditif, quant à la pute, c'est le Kabir qui a fait le coup mais tu l'as bien vengée. Gomara a également menti pour une autre raison.

— Laquelle ?

— Pour sauver Virgin. Il savait qu'elle était en vie et qu'elle finirait tôt ou tard par repointer le bout du nez. Il a voulu leur éviter des complications, à elle et à Leo Patricio. À mon avis, il ne croyait plus en rien ni en personne, alors il a accepté sa défaite. Enfin, il aimait Virgin.

— Mais pourquoi a-t-il voulu que ce porc s'en sorte ?

— Moi non plus au début je n'ai pas compris, mais dans sa lettre il te disait merci parce qu'il savait que tu allais terminer le travail, expliqua Méndez en montrant le cadavre de Leo Patricio.

Miguel Don voulut s'approcher du corps mais il semblait vidé de ses forces. Il regarda Méndez d'un air incrédule.

— Tu es sûr de ce que tu avances ?

— Certain.

— Pourquoi comptait-il sur moi ?

— Tu étais son garde du corps, l'ombre protectrice de Virgin. Tu l'as vue naître, et puis tu t'es occupé avec amour de la première femme de Gomara, qui ne s'est jamais entendue avec lui.

— C'est vrai.

— Il faut aussi préciser que quand Virgin est née, gros mastodonte, tu as vu naître ta fille. Gomara ne l'a jamais su, siffla-t-il en s'écartant de la porte. Mais si après la mort il existe comme on dit une intelligence supérieure, il a dû se rendre compte que sa vie avait été un échec retentissant. En hommage à son attitude élégante au moment de mourir, j'ordonnerai pour le repos de son âme une messe pendant laquelle tout le monde aura le droit de fumer.

Méndez fit un pas vers Miguel Don, qui resta immobile. Il tenait à peine debout et ouvrait démesurément la bouche en un geste tragique.

— Avant de prendre conscience que sa fille était encore vivante, poursuivit Méndez, imperturbable, Gomara a essayé de la venger, mais il est arrivé après le carnage. Toi, tu ne t'es jamais douté que Virgin avait fait croire à sa mort pour hériter de la fortune de Gomara. Tout compte fait, il n'a pas tout raté et a réussi à te coller plusieurs meurtres sur les bras.

— Virgin est vivante ?

— Ça, oui. Elle s'est cachée parmi les ombres pour ourdir sa machination, quelque part dans cet appartement. Tu n'as plus qu'à aller la chercher, quelques mots suffiront.

— La chercher ? Et après ? N'oublie pas que je viens de tuer un homme, Méndez, la police m'attend en bas.

— Je suis le seul à t'avoir vu, dit Méndez en haussant les épaules, je peux mentir, dire qu'il était déjà mort quand je suis entré. Tu auras peut-être des problèmes, Don, mais personne ne peut rien prouver contre toi.

— Méndez… pourquoi fais-tu ça ?

— Sans doute parce que ces types méritaient de mourir. J'ai vérifié pas mal de choses dans ma vie sans jamais arrêter qui que ce soit. J'ai toujours cru que la mort en finissait avec nous, mais tout bien réfléchi c'est peut-être la vie qui nous achève.

Le vieux policier grimaça :

— Il me semble bien vous connaître, Virgin et toi. Trop bien. Allez, va la retrouver et casse-toi, conclut Méndez en lorgnant obstinément du côté de la porte. Il ne cilla même pas lorsque Miguel Don passa près de lui pour sortir rapidement de la pièce.

— Vous êtes prêts, le temps fera le reste, lâcha le vieux policier.

*

Par cette matinée ensoleillée, la petite place au cœur de Madrid était calme, à peine agitée par une faible brise venue de la montagne. « Une brise sans octane, songeait Méndez, qui peut tuer un homme sans éteindre les chandelles mais qui le soir gèle l'entrejambe des tapineuses. »

— La vie est injuste, don Alex. On croit avoir la science infuse et on ne sait rien. *Do you mind ?*

— Pourquoi me parlez-vous en anglais ? demanda ce dernier, assis à ses côtés, l'*ABC* de la route des poubelles glissé sous le bras. À cause de ce vieux perroquet et de sa jeune prof, là-bas, sur le banc ? Ça fait des semaines qu'elles pratiquent la langue de Shakespeare et la vieille n'a toujours rien appris.

— C'est parce qu'elle ne *mind* pas.

— Quoi qu'il en soit je suis ravi de vous revoir, monsieur Méndez. *I'm happy*. Mon Dieu, à force d'écouter cette fille je vais finir par oublier ma propre langue, dans tous les sens du terme. C'est tout ce qui me reste, vous savez ? Méndez, *do you see ?* Il y a toujours autant de va-et-vient chez doña Lorena. Je suppose que les filles continuent d'y broder des chasubles d'évêques et des capes de toreros à qui l'on a donné l'extrême-onction. Et moi qui fais encore la route des poubelles et qui trouve de moins en moins de choses... Ce matin, je suis tombé sur un manifeste qui disait que tout allait pour le mieux en Espagne. Notre pays est en train de changer, monsieur Méndez, c'est moi qui vous le dis. Je viens d'apprendre que la banque d'Orestes Gomara a été saisie et qu'on n'a pas retrouvé un centime dans les caisses. Vous y êtes pour quelque chose, Méndez ? Ça ne me surprendrait pas, même si vous avez l'air plutôt nul question finances. *I tell you the true situation*. Et cet évêque de Trifouillis-les-Oies, il a fini par accorder son pardon à son père ?

— Je n'ai pas l'impression, et vous savez ce que je pense : dans la vie, on ne sait jamais rien. Il nous faudrait une autre vie pour en apprendre davantage. Ah, je crois que ça va bientôt chauffer en Espagne et qu'il va y avoir *many, many injuries for all the people*.

— Vous savez ce que je crois, moi, Méndez ? Que nous parlons de mieux en mieux anglais. Je devrais suivre des cours mais comme je n'en ai pas les moyens, ce ne serait pas une mauvaise idée de rester près de la vieille et de sa prof.

— Comme vous voudrez, don Alex. Ça me semble parfait. *If you wish it, I wish it also*.

— Et puis cette prof n'est pas mal du tout, chuchota don Alex. On voit qu'elle mange autre chose que de l'aspirine.

— Vous avez raison. Elle est bonne à mettre *in bed*, *immediatly*.

— Elle est *very well rolled*, renchérit don Alex, je veux dire… vraiment bien roulée.

DU MÊME AUTEUR

Aux Éditions Gallimard

Dans la collection La Noire

LE DOSSIER BARCELONE, 1998

HISTOIRE DE DIEU À UN COIN DE RUE, 1993

LA DAME DE CACHEMIRE, 1992 (Folio Policier n° 56)

Dans d'autres collections

LES RUES DE BARCELONE, Folio Policier n° 206

Aux Éditions L'Atalante

LOS NAPOLEONES, 2001

CINÉ SOLEDAD, 2000

LOS SIMBOLOS, 1999

SOLDADOS, 1998 (Folio n° 2515)

CHRONIQUE SENTIMENTALE EN ROUGE, 1994

Composition Nord Compo.
Reproduit et achevé d'imprimer sur Roto-Page
par l'Imprimerie Floch à Mayenne
le 1er octobre 2001.
Dépôt légal : octobre 2001.
Numéro d'imprimeur : 52393.
ISBN 2-07-075791-9 / Imprimé en France.

94314